DEVNEY PERRY

REI DE AÇO

Traduzido por João Pedro Lopes

1ª Edição

2023

Direção Editorial:
Anastacia Cabo
Tradução:
João Pedro Lopes
Preparação de Texto:
Marta Fagundes

Revisão Final:
Equipe The Gift Box
Arte de capa:
Bianca Santana
Diagramação:
Carol Dias

Copyright © Devney Perry, 2019
Copyright © The Gift Box, 2023

Todos os direitos reservados.
Nenhuma parte do conteúdo desse livro poderá ser reproduzida em qualquer meio ou forma – impresso, digital, áudio ou visual – sem a expressa autorização da editora sob penas criminais e ações civis.
Esta é uma obra de ficção. Nomes, personagens, lugares e acontecimentos descritos são produtos da imaginação da autora. Qualquer semelhança com nomes, datas ou acontecimentos reais é mera coincidência.

Este livro segue as regras da Nova Ortografia da Língua Portuguesa.

CIP-BRASIL. CATALOGAÇÃO NA PUBLICAÇÃO
SINDICATO NACIONAL DOS EDITORES DE LIVROS, RJ
Gabriela Faray Ferreira Lopes - Bibliotecária - CRB-7/6643

P547r

Perry, Devney
  Rei de aço / Devney Perry ; tradução João Pedro Lopes. - 1. ed. - Rio de Janeiro : The Gift Box, 2023.
  316 p.

Tradução de: Steel king
ISBN 978-65-5636-266-3

1. Romance americano. I. Lopes, João Pedro. II. Título.

23-84255   CDD: 813
                 CDU: 82-31(73)

CAPÍTULO UM

BRYCE

— Bom dia, Art — eu o cumprimentei com meu café, ao passar pela porta de vidro da frente.

Ele retribuiu o gesto com sua própria caneca.

— Oi, garota. Como você tá hoje?

Na *Tribuna de Clifton Forge,* eu era a garota, querida e, ocasionalmente, docinho, porque aos trinta e cinco anos, eu era a funcionária mais de treze anos mais jovem. Mesmo sendo parte proprietária, eu ainda era vista como a filha do chefe.

— Fantástica. — Agitei os ombros, ainda sentindo a energia da dança que me acometeu no meu carro no caminho para o trabalho. — O sol está brilhando. As flores estão desabrochando. Vai ser um grande dia. Eu posso sentir.

— Espero que você esteja certa. Tudo o que sinto no momento é azia. — Art riu e sua barriga protuberante sacudiu. Mesmo com uma calça cargo e camisa social azul-claro, ele me lembrava o Papai Noel.

— Papai tá aqui?

Ele assentiu.

— Desde antes de eu chegar, às seis. Acho que ele está tentando consertar uma das prensas.

— Bem. É melhor eu ir me certificar de que ele não tenha perdido a paciência e desmontado tudo. Até mais, Art.

— Até, Bryce.

Passei por ele na recepção e empurrei a porta interior que se abria para o corredor do escritório. O cheiro de café fresco e jornal se infiltrou em meu nariz. O paraíso olfativo. Eu tinha me apaixonado por este cheiro quando tinha cinco anos e fui trabalhar com papai em um dia de família no jornal, e desde então nada conseguiu superar este cheiro.

Segui pelo corredor deserto, passando pelas mesas de cada lado do corredor central, até as portas traseiras que se abriam para a gráfica.

— Pai? — Minha voz ecoou na sala aberta, ricocheteando nas paredes do bloco de cimento.

— Aqui na Mexerico!

Os tetos se estendiam bem acima de mim, as tubulações e os canos expostos. O cheiro único e peculiar do jornal era mais forte aqui, onde guardávamos os gigantescos rolos de papel e os tonéis de tinta preta. Saboreava a caminhada pela sala, inalando a mistura de papel e solventes e óleo de máquinas enquanto meus saltos clicavam no piso de cimento.

Minha paixonite de infância não tinha sido um menino, tinha sido a sensação de um jornal recém-impresso em minhas mãos. Era um mistério para meus pais o fato de eu ter entrado para a TV e não para o jornal depois da faculdade. Havia muitas razões, nenhuma das quais importava agora.

Porque, aqui estava eu, trabalhando no jornal do meu pai, voltando às minhas raízes.

A impressora Mexerico era nossa maior e principal prensa. Posicionada ao longo da parede distante, estendia-se de um lado do edifício para o outro. As pernas do papai, cobertas pelo jeans e botas marrons, ficaram à vista abaixo da primeira de quatro torres.

— O que tem de errado? — perguntei.

Ele saiu de baixo da Mexerico e ficou de pé, esfregando o jeans e deixando marcas pretas de graxa e tinta nas coxas.

— Coisinha maldita. Tem algo errado com o retorno de papel. Ela enrosca a cada décima rotação e estraga qualquer página em que esteja. Mas tudo parece normal ali embaixo, então não sei o que estou tentando consertar.

— Poxa. Tem algo que eu possa fazer?

Ele negou com um aceno de cabeça.

— Não. Vamos ter que chamar um especialista para consertá-la. Sabe-se lá quanto tempo isso vai demorar e quanto vai custar. Por enquanto, tudo o que podemos fazer é imprimir um extra para compensar.

— Pelo menos ainda funciona e não estamos usando a prensa manual. — Lancei uma olhadela para a máquina antiga no canto mais distante. Só a tinha usado uma vez, para aprender como funcionava, e meu braço ficou doendo por uma semana depois de usar a manivela.

— É melhor orçar uma nova prensa, ou uma séria revisão mecânica nesta, num futuro próximo.

Cutuquei minha têmpora.

— Beleza.

Meu pai vinha falando sobre orçamentos e planos futuros desde que me mudei para Clifton Forge, há seis meses. No momento, nós dividíamos

DEVNEY PERRY

a propriedade igualmente – eu tinha comprado metade do negócio quando me mudei para a cidade. Eventualmente, eu compraria o resto da *Tribuna* de meus pais, mas não tínhamos nenhuma data firme de transição em mente, o que, por mim, estava tudo bem. Eu não estava pronta para assumir o controle e meu pai não estava pronto para deixar.

Eu estava perfeitamente feliz em ter um *jornalista Bryce Ryan* carimbado depois das minhas matérias. O meu pai podia manter o título de chefe de redação por mais alguns anos.

— O que você vai fazer hoje? — perguntou ele.

— Ah, nada demais. — Além de investigar a antiga gangue de motoqueiros da cidade.

Os olhos de papai se estreitaram.

— O que vai fazer?

— Nada. — Eu tinha esquecido como ele conseguia detectar facilmente uma mentira. Levantei uma mão e coloquei a outra às costas, cruzando os dedos. — Juro.

Um canto de sua boca se ergueu.

— Você pode enganar a maioria das pessoas, mas não a mim. Eu conheço esse sorriso. Você está prestes a causar problemas, não é?

— "Problema" soa tão juvenil e malicioso. Vou só até a delegacia de polícia cumprimentar o delegado Wagner. Não falo com ele há algumas semanas. Depois vou trocar o óleo do meu carro.

Ele revirou os olhos.

— Primeiro, Marcus não é um idiota. Ele também não vai acreditar na sua cara de inocente. O jornal não pode estar em desacordo com o delegado, portanto, seja gentil. Ele não nos dará informações se estiver chateado. E segundo, eu sei exatamente por que você está trocando seu "óleo". Não pense que não notei que você tem desenterrado artigos antigos sobre os Tin Gypsies.

— Eu, huh... — Merda. Eu tinha pedido ao Art para retirar alguns dos arquivos, e pelo jeito ele contou ao meu pai, embora eu lhe tivesse trazido bolos e doces caseiros para ficar calado. Traidor.

— Fique longe deles, Bryce.

— Mas tem uma história. Não me diga que você não pode sentir isso. Isto pode ser sensacional para nós.

— Sensacional? — Ele balançou a cabeça. — Se você quer algo sensacional, é melhor voltar para Seattle. Pensei que você tinha vindo aqui para diminuir um pouco o ritmo. Para aproveitar a vida. Não foram essas suas palavras?

REI DE AÇO

— Sim. E eu estou desacelerando. — Não estava acordando às três da manhã para chegar à estação de TV para o programa matinal. Não estava cortando o cabelo para apaziguar meu produtor ou me cobrar constantemente sobre minha dieta. Eu não estava relatando as histórias de outra pessoa para a câmera. Ao invés disso, estava escrevendo as minhas próprias.

Era maravilhoso, mas depois de dois meses vivendo na pequena cidade de Montana, eu estava ficando um pouco louca. Telefonar para o hospital por conta dos anúncios de nascimento e para a funerária para os obituários não era um desafio mental suficiente. Eu precisava de algum agito. Eu precisava de uma história decente.

E a oficina de Clifton Forge tinha uma história para ser escrita.

Há cerca de um ano, o Moto Clube Tin Gypsies havia sido dissolvido. Eles foram uma das gangues mais proeminentes e lucrativas de Montana e tinham acabado sem qualquer explicação.

Os antigos membros afirmaram que estavam se concentrando em administrar a oficina aqui na cidade. A loja havia se tornado conhecida em certos círculos ricos e famosos por restaurações de carros clássicos e personalização de motos.

Mas homens como eles – homens como Kingston "Dash" Slater, com sua aparência atraente, seu ar arrogante e sorriso diabólico – se esforçavam para ter poder. Eles ansiavam pelo perigo e por uma vida desregrada, sem limites. Como uma gangue, os Gypsies possuíam poder e dinheiro.

Então, por que haviam desistido?

Ninguém sabia. E se souberem, não revelarão nada.

— Não parece estranho que, no ano passado, não tenha havido notícias sobre eles? E nenhuma explicação sobre por que eles fecharam seu "clube"? Eles passaram de notórios membros de gangues a cidadãos íntegros da noite para o dia. Eu não acredito nisso. Tá muito tranquilo. Limpo demais.

— Isso é porque eles estão limpos — afirmou papai.

— Claro — respondi.

— Você faz parecer que todos nós estamos encobrindo as coisas para eles.

— Franziu o cenho. — Qual é... Você não acha que se houvesse uma história ali, eu não a contaria? Ou você pensa tão pouco de mim como repórter?

— Não é isso que estou dizendo. Claro que você contaria a história.

Mas será que ele cavaria a fundo? Eu não duvidava da capacidade do meu pai de investigar. Ele tinha sido um repórter de destaque em seu auge. Mas desde que ele e minha mãe se mudaram para Clifton Forge e compraram o *Tribuna* anos atrás, ele tinha diminuído o ritmo. Ele não estava tão empolgado quanto antes. Nem tão faminto.

Eu? Eu estava faminta.

— Se não há história, não há história — comentei. — A única coisa que estou perdendo é meu tempo, certo?

— Vou te dizer como seu pai e seu sócio: não gosto disso. Eles podem não ser mais uma gangue, mas esses caras são perigosos. Não quero que você os provoque.

— Entendido. Vou fazer minhas perguntas e ficar longe. — Mais ou menos.

— Bryce — ele advertiu.

Levantei as mãos, fingindo inocência.

— O quê?

— Tome cuidado.

— Sempre. — Quero dizer, às vezes. A definição de cuidado do papai era um pouco diferente da minha.

Eu me levantei para beijar sua bochecha, depois acenei e saí correndo da gráfica antes que ele me designasse algo que me mantivesse presa à minha mesa o dia todo.

A delegacia ficava no extremo oposto da cidade, em relação ao jornal. Localizava-se às margens do rio Missouri, ao longo de uma rua movimentada e repleta de restaurantes e escritórios. O rio corria rápido e alto da montanha. O sol de junho refletia da superfície ondulada da água em cintilações douradas. O ar de Montana estava limpo e fresco, em segundo lugar comparado ao meu amado cheiro de jornal.

Era outro cheiro de minha juventude, um cheiro que eu havia perdido em Seattle.

Estacionei meu carro e entrei no prédio, trocando uma pequena conversa com o policial da recepção. Depois agradeci a sorte quando entrei sem nenhum incômodo. As três primeiras vezes em que vim aqui para visitar o delegado, fui levada pela burocracia. Impressões digitais. Verificação de antecedentes. Uma foto.

Talvez tenha sido protocolo.

Ou talvez eles não gostassem de repórteres.

A delegacia estava tranquila esta manhã. Alguns policiais estavam sentados às suas mesas, cabeças inclinadas sobre teclados e canetas esferográficas cuidando da papelada, enquanto os outros, por turnos, patrulhavam as ruas. O escritório do delegado ficava ao longo da parede traseira do prédio. A janela atrás de sua mesa tinha uma bela vista para o rio.

— Toc, toc — disse eu, através da porta aberta, entrando. — Bom dia, delegado.

— Bom dia, Bryce. — Ele abaixou o documento que estava lendo.

— Sabe, não sei dizer se isso é um sorriso feliz ou um sorriso irritado quando eu venho aqui.

— Depende. — Seus olhos se estreitaram para minha bolsa, suas sobrancelhas grisalhas e volumosas se unindo.

Peguei de dentro da bolsa um pacote de alcaçuz.

— Servido?

Ele deu de ombros, olhando para os doces enquanto eu os colocava em sua mesa e puxava uma das cadeiras. Em minhas visitas anteriores, eu tinha trazido Twix, Snickers e M&M's. Ele não tinha curtido muito esses doces. Por isso, hoje eu tinha escolhido algo diferente.

— Parece um sorriso feliz, mas com o bigode, é difícil dizer.

Ele riu e rasgou o pacote enquanto eu comemorava internamente.

— Eu sabia que você acabaria descobrindo.

— Você poderia ter simplesmente dito.

— Qual é a graça disso? — O delegado Wagner enfiou o doce em sua boca e deu uma mordida enorme.

— Você vai me fazer trabalhar tanto por toda a minha informação?

— Não — respondeu. — Reportamos tudo em um folhetim semanal. Tudo o que você tem que fazer é baixar. Fácil, fácil.

— Ah, sim. O folhetim semanal. Por mais fascinantes que esses relatórios sejam, eu estava falando de informação um pouco mais... substancial.

O chefe posicionou seus dedos sob o queixo.

— Não tenho nada pra você. Assim como não tinha nada há duas semanas. Ou na semana anterior a essa.

— Nada? Nem mesmo um pedaço minúsculo que você tenha esquecido de colocar no folhetim?

— Nada. Clifton Forge é um lugar bastante entediante hoje em dia. Lamento muito.

Franzi o cenho.

— Não, você não lamenta.

Ele riu e mordiscou outro pedaço de alcaçuz.

— Você está certa. Não lamento. Estou muito ocupado desfrutando da paz.

O delegado Wagner estava muito contente que seus folhetins incluíam apenas chamadas esparsas para o 911, bebedeiras e desordens aleatórias aos sábados à noite e os pequenos roubos ocasionais de um adolescente rebelde. Esta cidade tinha visto mais do que sua cota de assassinatos e desordens ao longo dos anos – graças aos Tin Gypsies. O Moto Clube foi provavelmente responsável pelas rajadas grisalhas no cabelo de Marcus.

No entanto, pelo que pude desenterrar nos arquivos de notícias, os antigos membros do Tin Gypsies tinham passado pouco ou nenhum tempo nas celas da prisão. Ou o delegado havia negligenciado seus crimes ou os Gypsies eram muito bons em encobrir seus rastros.

Em seus dias de glória, a gangue era liderada por Draven Slater. Eu o tinha visto pela cidade, e ele portava o mesmo ar de confiança impiedosa que havia transmitido a seu filho, Dash. E nenhum dos dois homens me pareceu um tolo.

Minha teoria era que o delegado de polícia Marcus Wagner era um policial muito bom. Mas Draven, Dash e seus Gypsies estavam sempre um passo à frente.

Se eu fosse conseguir uma história, eu teria que estar no topo do jogo. Draven não estava mais à frente da oficina, o que significava que eu estaria contra Dash. Eu tinha visto o homem – eu o tinha observado.

Dash pilotava sua moto preta pela avenida central como se fosse dono de Clifton Forge, exibindo um sorriso branco e perfeito que era ofuscante. Ele era o bad boy clássico. Seu sorriso sexy, o queixo forte e a barba curta faziam todas as mulheres pirarem.

Todas, exceto eu.

As outras mulheres da cidade podiam se divertir com seu corpo incrível. O que eu queria de Dash eram seus segredos.

E eu precisaria da ajuda do delegado para obtê-los.

Em minhas visitas anteriores aqui, eu não havia proferido uma palavra sobre os Gypsies. Eu só tinha vindo para conhecer o chefe e construir uma relação. Mas se eu fosse iniciar minha investigação, então era hora de ir direto ao ponto.

— Você sabe por que os Tin Gypsies acabaram tão repentinamente?

Ele parou de mastigar e estreitou seu olhar.

— Não.

Movimento errado. Ele ia se fechar.

— Tudo bem. — Levantei as mãos. — Só estava curiosa.

REI DE AÇO

— Por quê?

— De verdade? Meu instinto diz que ali tem uma história.

O delegado engoliu e recostou os cotovelos sobre a mesa.

— Escute, Bryce. Eu gosto de você. Gosto de seu pai. É bom ter repórteres decentes dirigindo o jornal, para variar. Mas você é nova aqui, então deixe-me dar-lhe uma lição de história.

Cheguei até a beira do meu assento.

— Está bem.

— Nossa cidade tem tido mais problemas nos últimos vinte e poucos anos do que a maioria em cem. Os Gypsies trouxeram muita merda pra cá. Eles sabem disso e estão tentando compensar. Eles não passam de homens cumpridores da lei há mais de um ano. Seguem a lei à risca e a cidade está mudando. Eu tenho cidadãos que se sentem seguros andando pelas ruas à noite. Eles deixam as portas de seus carros destrancadas quando vão à mercearia. Esta é uma boa cidade.

— Não estou tentando impedir o progresso.

— Ótimo. Então deixe os Gypsies em paz. Já estive frente a frente com eles mais vezes do que posso contar. Pelo que eu poderia puni-los, eu já fiz. E estou observando. Se eles fizerem algo ilegal, serei o primeiro a fazê-los pagar. Confie em mim.

O delegado não me pareceu um fã do antigo clube. Era bom saber disso. Mas se ele achava que sua advertência me assustaria, estava enganado. Agora eu estava mais curiosa do que nunca sobre o que havia feito com que os Gypsies fechassem as portas do clube deles.

Isso se eles acabaram mesmo. Talvez tudo isto tenha sido um estratagema.

— Ei, chefe? — Um policial fardado colocou sua cabeça porta adentro. — Temos um problema que precisa de sua atenção.

O delegado Wagner pegou outro bastão de alcaçuz e ficou de pé.

— Obrigado pelo doce.

— Disponha. — Também fiquei de pé. — Balinha ou jujubas na próxima vez?

— Continue me trazendo alcaçuz, e nós nos daremos muito bem. — Ele me acompanhou até a porta. — Tenha cuidado. E lembre-se do que eu disse: é melhor deixar algumas coisas e algumas pessoas em paz.

— Entendido. — Melhor não mencionar que minha próxima parada seria uma troca de óleo na oficina de Dash Slater.

Despedi-me de Wagner e do outro policial, depois me dirigi para o corredor. A placa para o banheiro feminino me atraiu depois de muito café. Usei o banheiro e lavei as mãos, a expectativa aumentando diante da minha primeira interação com os Tin Gypsies, mas quando estava prestes a abrir a porta, uma palavra trocada por dois homens parados no corredor do lado de fora chamou minha atenção.

Assassinato.

Congelei e estaquei, ouvindo através da abertura. Os homens estavam próximos, suas vozes não passavam de sussurros.

— Riley atendeu a chamada. Disse que nunca tinha visto tanto sangue assim antes. O delegado o está interrogando agora mesmo. Então, todos nós precisamos estar prontos para sair.

— Você acha que ele fez isso?

— Draven? Claro que sim. Talvez tenhamos finalmente algo para usar contra aquele sacana.

Meu. Deus. Se meus ouvidos não estiverem me traindo, ouvi dois policiais falando sobre um assassinato e Draven Slater era o principal suspeito. Eu precisava sair deste banheiro. Agora.

Fechei a porta devagar e recuei três passos. Depois tossi, alto, e pisei com mais força no piso de azulejos. Abri a porta de supetão e fingi estar surpresa com os homens lá fora.

— Ai, nossa. — Coloquei uma mão sobre meu coração. — Vocês me assustaram. Não pensei que alguém estivesse aqui fora.

Ambos compartilharam um olhar, e depois se afastaram.

— Desculpe, senhora.

— Sem problema. — Sorri e passei, fazendo o meu melhor para manter a calma em meus passos.

Coloquei uma mecha de cabelo atrás da orelha, usando o gesto para dar uma olhada por cima do ombro no corredor. Três policiais homens estavam de pé à mesa do canto distante; nenhum tinha notado que eu estava caminhando em direção à saída. Dois dos homens estavam praticamente zumbindo. As bocas se moviam rapidamente enquanto um falava para se sobressair ao outro. Os gestos das mãos eram agitados. O terceiro policial estava de pé com os braços cruzados, o rosto pálido enquanto se movia de um pé ao outro.

Meu coração acelerou ao encontrar a porta de saída mais próxima. Quando o sol bateu em meu rosto, corri para meu carro.

— Merda. — Meus dedos se agitaram para pressionar o botão de ignição e colocar o carro em marcha ré. — Eu sabia!

Minhas mãos tremiam conforme eu pegava a rua, verificando o espelho retrovisor para ter certeza de que a polícia não estava atrás de mim.

— Pense, Bryce. Qual é o plano? — Não tinha ideia de onde o assassinato tinha acontecido, então não poderia comparecer no local do crime. Eu poderia esperar e seguir os policiais, mas eles me afastariam antes que eu visse alguma coisa. Então, o que mais havia por lá?

Ser uma testemunha ocular da prisão de Draven. Bingo.

Era um risco ir para a oficina e não esperar para seguir a polícia até a cena do crime. Droga, Draven talvez nem estivesse lá, mas se eu fosse apostar, era minha melhor chance de um furo. Eu poderia descobrir mais sobre o assassinato em si com aqueles folhetins abençoados.

Sim, se minha sorte se mantivesse, eu estaria na frente e no centro quando Draven fosse levado para a cadeia. Esperemos que Dash também esteja lá. Talvez ele fosse pego de surpresa apenas o suficiente para que eu tivesse um vislumbre durante um momento de fraqueza. Eu descobriria algo que me ajudaria a desvendar os segredos ocultos por trás de seu rosto ridiculamente bonito.

Dei um sorriso por sobre o volante.

Chegou a hora da troca de óleo.

CAPÍTULO DOIS

BRYCE

Meu coração estava agitado quando a Oficina de Clifton Forge surgiu à vista. Meus dedos estavam tremendo. Esta emoção – emoção única que só vem com a caça – foi o motivo pelo qual eu me tornei uma repórter. Não para me sentar na frente de uma câmera e reportar a história de outra pessoa.

O arrependimento foi a força motriz por trás desta história dos Tin Gypsies. O remorso era a razão pela qual era tão, tão importante.

Eu havia escolhido uma carreira promissora na televisão. Havia mudado de direção, afastando-me do trabalho jornalístico que sempre havia planejado fazer. O emprego que todos esperavam que eu aceitasse. Mas depois da faculdade, eu não queria seguir os passos do meu pai, pelo menos não de imediato. Uma mulher de vinte e poucos anos de idade, fui inspirada a forjar um caminho próprio. Então me mudei de Montana para Seattle e fui para a TV.

Ao longo do caminho, eu tinha feito escolhas. Nenhuma delas parecia errada no momento. Até que um dia, uma década depois, eu tinha acordado em meu apartamento em Seattle e percebido que a coleção dessas boas escolhas tinha se acumulado em uma vida ruim.

Meu trabalho não estava sendo cumprido. Dormia sozinha na maioria das noites. Quando me olhei no espelho, vi uma mulher de trinta e poucos anos que não estava feliz.

A estação de TV era dona da minha vida. Cada ação era feita a seu bel-prazer. Como minhas horas eram tão estranhas, nem me dei ao trabalho de tentar namorar. Que homem queria jantar às quatro e estar na cama às sete? Não era grande coisa quando eu estava na casa dos vinte e poucos anos. Sempre imaginei que o homem certo acabaria por aparecer. As coisas iriam se encaixar quando chegasse a hora. Eu me casaria. Teria uma família.

Bem, as coisas não tinham se encaixado. E se eu ficasse em Seattle, isso nunca aconteceria.

Clifton Forge foi o meu novo começo. Eu tinha verificado novamente minhas expectativas para o futuro. As chances de encontrar um homem e ter filhos enquanto eu era fisicamente capaz disso estavam diminuindo. Portanto, se me tornar uma solteirona era o meu caminho, então pelo menos eu desfrutaria do meu maldito trabalho.

Minha carreira em Seattle tinha se revelado um fracasso. Os executivos da rede me fizeram promessas atrás de promessas de que, eventualmente, eu teria mais liberdade. Eles me asseguraram que eu teria a oportunidade de contar minhas próprias histórias ao invés de entrevistar outros jornalistas e ler prompts.

Ou eles tinham mentido, ou não tinham pensado que eu possuía talento.

Independentemente disso, eu me mudei para casa me sentindo um fracasso. Eu era mesmo?

Talvez. Ou talvez quando não estava diante das câmeras, quando as pessoas precisavam de mim pelo meu cérebro e não pelo meu rosto, eu finalmente me destacaria. Provaria para mim mesma que era boa o suficiente.

Eu tinha dedicado minha vida ao jornalismo. A encontrar verdades ocultas e a expor mentiras enterradas. Era mais que um trabalho, era a minha paixão. Se havia uma história épica à espreita sob a superfície desta pequena cidade pitoresca, eu a contaria.

Uma investigação de assassinato envolvendo Draven Slater? Estou dentro.

Meu pé pairava sobre o pedal do acelerador, enquanto eu estava no cruzamento do outro lado da rua da garagem, verificando novamente meu retrovisor para ver se havia luzes vermelhas e azuis. Se o delegado estava vindo por aqui para prender o Draven, eu não tinha muita pista.

Isso se eu estivesse na direção certa.

Havia a chance de Draven não estar na oficina, e, sim, em casa, e a polícia estar indo para lá. Permaneci no caminho. Quer conseguisse encontrar o Draven ou não, eu estava indo para a oficina.

Hoje era o dia em que me encontraria com Dash Slater. Hoje, eu avaliaria meu oponente.

Usei meu joelho para estabilizar o volante enquanto tirava o suéter que tinha colocado esta manhã. Por sorte, minha camiseta preta por baixo não tinha marcas de desodorante. Conduzi com uma mão, agarrando a pequena lata de xampu seco de emergência da minha bolsa para limpar e amaciar o cabelo. Em seguida, passei uma camada do meu batom rosa-escuro segundos antes de entrar no estacionamento.

A oficina em si era enorme. Eu tinha passado por lá algumas vezes de carro, mas nunca tinha parado. Era mais intimidante agora, estando estacionada em frente às quatro portas das baias abertas que se elevavam acima do meu Audi.

No final do longo estacionamento asfaltado, um prédio estava situado ao lado de um pequeno bosque de árvores. As janelas eram escuras e havia uma grossa corrente em volta do puxador da porta frontal. O cadeado anexo brilhava sob a luz do sol.

Devia ser a antiga sede dos Tin Gypsies. Um clube – era assim que estas gangues os chamavam, certo? Não havia carros ou motocicletas estacionadas na sede do clube. A grama ao seu redor estava alta.

De relance, o prédio parecia fechado. Abandonado. Mas quantos homens possuíam uma chave para aquele cadeado? Quantos homens entravam depois que o sol se punha? Quantos entravam por uma porta dos fundos escondida?

Eu me recusei a julgar aquele edifício pelo valor aparente. Claro, parecia abandonado por fora. Estava prosperando atrás daquelas portas fechadas?

Em meus espelhos retrovisores, havia uma fila de motos estacionadas contra a cerca de corrente alta que delimitava a propriedade da oficina. Além da cerca, havia carros, alguns cobertos por lonas enquanto esperavam por reparo ou restauração. Todos os quatro compartimentos da garagem na minha frente estavam cheios de veículos – três caminhonetes e um carro clássico vermelho.

O revestimento de aço da oficina era brilhante ao sol da manhã. O escritório ficava mais próximo da rua, a placa acima de sua porta não era realmente uma placa. As grandes palavras Oficina de Clifton Forge haviam sido pintadas de vermelho, preto, verde e amarelo no edifício metálico.

Passados os veículos na garagem, o local era imaculado. Não era o lugar gorduroso e sujo que eu esperava. As luzes fluorescentes iluminavam o que parecia ser um piso de concreto quase sempre sem manchas. As bancadas vermelhas de ferramentas ao longo das paredes eram limpas e novas. Este lugar tinha dinheiro. Mais dinheiro do que uma oficina de uma cidade pequena poderia gerar com rotineiras trocas de óleo e trocas de pneus.

Verifiquei meu cabelo e batom no espelho retrovisor uma última vez, depois saí. No momento em que minha porta se fechou, dois mecânicos apareceram por baixo dos capôs das caminhonetes em que estavam trabalhando.

— Bom dia. — Um deles acenou antes de secar meu corpo inteiro com o olhar. Um sorriso se alastrou pelo rosto indicando que ele gostou do que viu.

REI DE AÇO

Um ponto para a minha camiseta.

— Bom dia. — Acenei com a mão enquanto ambos os homens se aproximavam de mim.

Cada um usava macacão em jeans azul e botas de solado grosso. O mais magro dos dois tinha o cabelo cortado curto, revelando uma tatuagem preta que descia pelo pescoço apenas para desaparecer sob o colarinho de seu macacão. O homem mais musculoso tinha seu cabelo escuro amarrado para trás e o macacão desabotoado, amarrado ao redor da cintura. Seu peito estava coberto por uma regata branca, os braços enormes expostos, exceto pela massa de tatuagens coloridas.

Talvez fosse por isso que a oficina estava com tanto dinheiro. Mulheres solteiras da metade do estado dirigiriam até aqui para que seu óleo fosse trocado por estes mecânicos gostosos. Embora nenhum desses homens bonitos fosse o que eu procurava.

Onde estava Draven? Eu esperava que ele estivesse no escritório tomando café.

— O que podemos fazer por você, senhora? — o homem de cabelo curto perguntou enquanto limpava as mãos manchadas de preto em um pano vermelho.

— Eu realmente preciso de uma troca de óleo. — Franzi as sobrancelhas de modo exagerado. — Não sou muito boa em fazer das coisas do carro uma prioridade. Suponho que não haja nenhuma chance de você me encaixar esta manhã?

Os homens trocaram um olhar e um aceno de cabeça, mas antes que qualquer um deles pudesse responder, uma voz profunda soou por trás deles:

— Bom dia.

Os mecânicos se afastaram, revelando ninguém menos que Dash Slater. Seus passos eram determinados. Potentes, até. Eu esperava encontrá-lo aqui, até queria, mas não tinha sido preparada mental ou fisicamente.

Nossos olhares se encontraram e meu coração disparou, roubando meu fôlego. Minha mente ficou em branco, incapaz de se concentrar em algo além da maneira como seu jeans escuro se esticava sobre as longas pernas e aquelas coxas grossas.

Nunca tinha visto um homem se movimentar como Dash, com confiança e carisma em cada passo. Seus olhos cor de mel, um redemoinho vibrante de verde, dourado e marrom, ameaçavam me atrair sob seu feitiço.

Meu corpo me traiu, irritando meus sentidos racionais. Eu estava aqui para obter uma história. Estava aqui para roubar os segredos deste homem, um a um, e depois os publicar em todas as manchetes. Esta reação primal e selvagem era ridícula.

Mas, caramba, ele era lindo.

A camiseta preta de Dash estava esticada sobre os músculos do peitoral. Ela repuxava com força ao redor dos bíceps. A pele exposta em seus braços era bronzeada e lisa, exceto pela variedade de tatuagens que serpenteavam pelos dois antebraços.

Tonificado. Tentador. Havia outra palavra com T em minha mente, mas quando ele se aproximou ainda mais, perdi a capacidade de pensar em um vocabulário adequado.

Na moral... parabéns.

Sempre preferi o visual limpo. Desalinhado não era o meu forte. Ele não era o meu forte. Eu gostava de olhos azuis, não da cor de mel. Gostava de cabelo curto, e a cabeleira castanha do Dash já deveria ter sido cortada há semanas.

Esta reação era puramente química, provavelmente porque eu não tinha estado com um homem desde... bem, eu tinha parado de contar os meses depois de terem passado dos dois dígitos.

— Em que podemos ajudá-la, senhorita? — perguntou Dash, parando com as pernas abertas enquanto ocupava o espaço entre os outros dois homens.

— Meu carro — apontei em direção ao Audi — precisa de uma troca de óleo.

O sol deve ter se aproximado mais da Terra, porque estava muito quente. O suor deslizava em meu decote conforme seu olhar pairava momentaneamente sobre meus seios. Ele não olhou para eles por mais de uma fração de segundo, mas eles chamaram sua atenção.

Dois pontos para a minha camiseta regata.

Dash olhou para o homem de cabelo comprido e apontou com o queixo em direção à garagem. O homem acenou com a cabeça, deu ao cara de cabelo curto um grunhido e a dupla saiu, voltando ao trabalho sem uma palavra.

Era assim que eles se comunicavam por aqui? Queixo erguido e grunhidos? Isso tornaria difícil uma entrevista. E curta.

Dash olhou por cima do ombro para ter certeza de que estávamos sozinhos, então me deu aquele famoso sorriso sexy que eu tinha visto de longe. Ao vivo e em cores era vertiginoso.

— Vamos cuidar da troca de óleo. Faremos um trabalho completo também. Por conta da casa.

— Isso seria ótimo. — Tentei manter a voz estável e alegre. — Mas vou pagar por isso. Obrigada.

— De nada. — Dash se aproximou, seu físico de mais de 1,80 m bloqueando um pouco a luz do sol.

Meu impulso natural era de recuar e manter meu espaço, mas não me movi um centímetro.

Talvez ele só quisesse ficar mais perto. Mas eu tinha aprendido anos atrás que homens arrogantes muitas vezes testam a força de sua presença sobre uma mulher. Eles faziam pequenos gestos para ver até onde podiam pressioná-la, especialmente quando aquela mulher era uma repórter.

Eles tocariam numa mecha do meu cabelo para ver se eu hesitaria. Aprumariam a postura para ver se eu me acovardaria. E se aproximariam o bastante para ver se eu me afastaria.

Ou Dash sabia exatamente quem eu era e queria checar se eu hesitaria, ou ele era tão convencido que achava que um sorriso e uma troca de óleo me fariam cair de joelhos e tirar o cinto dele para pagar pelos serviços por conta da casa.

— Você é nova por aqui? — perguntou ele.

— Eu sou.

Ele murmurou:

— Estou surpreso por não ter te visto antes.

— Não saio muito. — O ar estava denso ao nosso redor, como se uma parede de tijolos tivesse subido no lugar da minha bolha pessoal e a brisa da primavera não conseguisse passar.

— É uma pena. Se tiver vontade de sair, passe pelo *The Betsy*. Talvez eu lhe pague uma cerveja um dia destes.

— Talvez. — Ou talvez não.

The Betsy era o infame bar de Clifton Forge e, definitivamente, não era minha praia.

— Todos vocês devem gostar de motos. — Eu me virei e apontei para a fila delas atrás de mim.

— Você pode dizer que sim. A maioria de nós anda de moto.

— Eu nunca andei em uma antes.

— É? — Ele sorriu. — Não há nada igual. Talvez antes de lhe comprar aquela cerveja, eu te leve para dar uma volta primeiro.

A maneira como ele enfatizou a palavra volta fez minha respiração falhar. Travei o olhar ao dele, um foguete ardente passando entre nós.

Estávamos ambos imaginando um tipo de passeio muito diferente naquela motocicleta? Porque, apesar dos meus melhores esforços para bloqueá-la, uma imagem minha, me agarrando ao seu quadril estreito, era agora a única coisa na minha cabeça. Pelo olhar faminto de seus olhos, ele tinha uma imagem mental semelhante.

— Qual moto é a sua? — perguntei, afastando os pensamentos sexuais.

Ele levantou um braço, o pulso roçando meu cotovelo em um movimento que parecia acidental, mas que, definitivamente, tinha sido feito de propósito.

— A preta no meio.

— Dash. — Eu li o nome envolvido em chamas em um painel. — É o seu nome?

— Sim. — Estendeu uma mão entre nós. — Dash Slater.

Aceitei o cumprimento, recusando-me a deixar meu coração palpitar pela maneira como seus longos dedos envolviam os meus.

— Dash. É um nome interessante.

— Apelido.

— E qual é seu verdadeiro nome?

Ele sorriu, soltando minha mão.

— Esse é um segredo que só conto a uma mulher depois que ela me deixa pagar uma bebida.

— Que pena. Eu só bebo com um homem depois de saber seu verdadeiro nome.

Dash riu.

— Kingston.

— Kingston Slater. Mas o seu apelido é Dash. Alguém já o chamou de King?

— Não alguém que viveu para dizer isso duas vezes — ele caçoou.

— Bom saber. — Dei uma risada, tirando cuidadosamente meu celular do bolso, caso surgisse uma oportunidade para tirar uma foto. Então, abanei meu rosto. — Está quente aqui fora. Você tem uma sala de espera ou algum lugar geladinho onde eu possa me sentar?

Talvez um lugar onde seu pai, que em breve será preso, esteja? Se a polícia sequer aparecesse. Por que eles estavam demorando tanto?

— Venha. — Gesticulou com a cabeça para a porta do escritório. — Você pode esperar em meu escritório.

Demos três passos quando um carro da polícia entrou na maior velocidade no estacionamento, com luzes piscando, mas sem soar a sirene. Isso! Resisti ao impulso de erguer os braços vitoriosamente.

Dash parou, estendendo um braço para me proteger da polícia. Foi um gesto de proteção, certamente não o que eu esperaria de um ex-criminoso. Ele não deveria estar me usando como um escudo contra as autoridades, e não o contrário?

Os dois policiais no carro de patrulha saíram num instante.

— Estamos à procura de Draven Slater.

Dash aprumou a postura, cruzando os braços sobre o peito.

— O que vocês querem com ele?

A polícia não respondeu. Eles marcharam em direção à porta do escritório e desapareceram lá dentro, assim que outro carro da polícia entrou no estacionamento – este agora com o delegado dentro.

Marcus saiu do banco do passageiro e veio até mim e Das, levantando os óculos escuro ao se aproximar.

— O que você está fazendo aqui, Bryce?

— Trocando o óleo.

— Pensei ter dito para você ficar longe.

— O carro é novinho em folha, delegado. — Eu sorri. — Eu quero que dure e ouvi dizer que o cuidado é a chave.

Os olhos dele se estreitaram, os cantos de seu bigode curvaram para baixo. Então é assim que seu rosto irritado se parece. Nunca mais confundiria isso com um sorriso.

— O que está acontecendo, Marcus? — perguntou Dash, olhando entre nós.

— Vamos levar o seu pai.

— Por quê?

— Não posso lhe dizer isso.

Dash resmungou algo.

— Então o que você pode me dizer?

— Com ela presente? — Marcus apontou um polegar em minha direção. — Não há muita coisa a dizer oficialmente, no momento. Espero que você não lhe tenha dito nada que não queira no *Tribuna* de domingo.

— O quê? — Dash ficou boquiaberto.

— Ela é a nova repórter da cidade.

Dash se virou para mim.

— Você é a nova repórter? Pensei que tinham contratado um homem.

— Sim, escuto isso direto. É o meu nome. Sempre causa confusão. — Dei de ombros. — Bryce Ryan, *Tribuna de Clifton Forge*.

As narinas de Dash inflaram. Meu convite para uma cerveja no Betsy tinha acabado de ser revogado.

A porta do escritório da oficina se abriu e os dois policiais saíram com Draven Slater algemado entre eles.

Lutei contra um sorriso, lançando um agradecimento aos anjos do jornalismo que hoje me abençoaram.

— Chame nosso advogado — Draven ordenou a Dash, a mandíbula ainda mais tensa do que a de seu filho.

Dash só acenou com a cabeça enquanto o pai era empurrado para a traseira da viatura.

Uma mulher com um cabelo Pixie cut platinado veio correndo para o lado de Dash, tendo acompanhado o desfile do lado de fora do escritório. Os dois mecânicos da oficina correram em nossa direção.

Apressei-me para tirar uma foto com meu celular antes que o carro saísse. Não mantínhamos um fotógrafo em tempo integral no jornal, não que precisássemos realmente de um quando os smartphones eram tão convenientes.

Quando a viatura e Draven desapareceram de vista, Dash se dirigiu ao delegado:

— Que porra está acontecendo?

— Dash, eu gostaria que você viesse até a delegacia para ser interrogado.

— Não. Não até que você me diga do que se trata.

O delegado balançou a cabeça.

— Na delegacia.

A pausa que pairava no ar era tão asfixiante quanto a tensão entre os homens. Eu não esperava que Dash cedesse, mas, por fim, ele assentiu.

— Na delegacia — Marcus repetiu, me lançando outro olhar carrancudo antes de caminhar até seu carro.

— O que está acontecendo? — A mulher do escritório tocou o braço de Dash. — Por que eles o prenderam?

— Não sei. — Dash olhou fixamente para os faróis traseiros da viatura enquanto eles desapareciam pela rua, então voltou sua atenção para mim. — O que você quer?

— Seu pai é um suspeito em uma investigação de assassinato. Você tem algum comentário a fazer?

— Assassinato? — A boca da mulher se escancarou enquanto o mecânico musculoso praguejou:

REI DE AÇO 23

— Porra.

No entanto, Dash só retesou o corpo diante da minha pergunta, a expressão se transformando em pedra.

— Saia da minha propriedade.

— Então você não tem nenhum comentário sobre seu pai talvez ser um assassino? — Fui abusada. — Ou você já sabia disso?

— Vá se ferrar, moça — a mulher disparou, enquanto as mãos de Dash cerravam em punhos ao lado. Sua expressão permaneceu séria, mas atrás de seu olhar gélido, aquela mente girava.

— Vou registrar como um comentário. — Pisquei e virei em direção ao meu carro, ignorando os olhares furiosos que fuzilavam minha nuca.

— Bryce. — A voz de Dash ressoou pelo estacionamento, congelando meus passos.

Olhei por cima do ombro, dando-lhe apenas meu ouvido.

— Vou te dar uma dica. — A voz dele era dura e inflexível, enviando calafrios pela minha coluna. — Um aviso. Não se meta nisto.

Canalha. Ele não ia me assustar. Esta era a minha história. Eu a contaria, quer ele gostasse ou não. Eu me virei de leve e fixei meu olhar ao dele.

— Vejo você em breve, King.

CAPÍTULO TRÊS

DASH

O que diabos acabou de acontecer?

Quando o Audi branco de Bryce saiu do estacionamento, balancei a cabeça e repassei os últimos cinco minutos.

Depois de uma xícara de café quente com meu pai no escritório, eu saí para a oficina, pronto para começar a trabalhar no Mustang GT 68 vermelho que eu estava restaurando. Minha manhã estava indo muito bem quando uma morena gostosa e com um belo corpo apareceu para trocar o óleo. Ficou ainda melhor quando ela flertou de volta e me deu aquele sorriso espetacular. Então tirei a sorte grande, porque ela se mostrou espirituosa também, e a tensão entre nós era praticamente palpável.

Eu deveria saber que algo estava acontecendo. As mulheres boas demais para serem de verdade estavam sempre procurando problemas. Esta estava apenas me atraindo em busca de uma matéria.

E, puta merda, eu mordi a isca. Anzol, linha e fisgada.

Como diabos Bryce sabia que meu pai seria preso por assassinato antes mesmo de os policiais aparecerem? Melhor ainda. Como eu não sabia?

Porque eu estava sem contatos.

Não muito tempo atrás, quando o clube ainda era forte, eu teria sido o primeiro a saber se a polícia estava se movendo na minha direção ou da minha família. Claro, viver do lado certo da lei tinha suas vantagens. Principalmente, era bom viver uma vida sem o medo constante de acordar e ser morto ou mandado para a prisão pelo resto da vida.

Eu estava contente. Preguiçoso. Ignorante. Baixei a guarda.

E agora meu pai estava indo para uma cela de prisão. Merda.

— Dash. — Presley me deu um soco no braço, chamando minha atenção.

Eu me virei e olhei para ela, cerrando os olhos enquanto seu cabelo platinado refletia a luz do sol.

— O quê?

— O quê? — ela me remedou. — O que você vai fazer com seu pai? Você sabia sobre isso?

— Sim. Deixei que ele tomasse seu café, falando besteira com você, sabendo que ele seria preso em breve — vociferei. — Claro que eu não sabia disso.

Presley fez uma careta, mas ficou calada.

— Ela disse assassinato. — Emmett afastou uma longa mecha de cabelo do rosto. — Eu ouvi direito?

Sim.

— Ela disse assassinato.

Assassinato, falado na voz sensual de Bryce que pensei ser tão suave quando chegou aos meus ouvidos. Meu pai foi preso e eu fui derrotado por uma maldita repórter intrometida. Meu lábio se curvou. Eu evitava a imprensa quase tanto quanto evitava policiais e advogados. Até resolvermos essa merda, eu estaria preso lidando com todos os três.

— Ligue para Jim — ordenei a Emmett. — Conte o que aconteceu.

Ele acenou com a cabeça, caminhando para a oficina com o telefone pressionado contra o ouvido enquanto ligava para o nosso advogado.

Emmett tinha sido meu vice-presidente e, embora o Moto Clube Tin Gypsy pudesse estar extinto, ele ainda estava ao meu lado. Sempre esteve.

Nós crescemos juntos no clube. Quando crianças, brincávamos em eventos familiares. Ele era três anos mais novo, mas tínhamos sido amigos durante toda a escola. E, então, irmãos no clube, como nossos pais tinham sido.

Nós dois quebramos inúmeras leis. Tínhamos feito coisas que nunca veriam a luz do dia. Nós brincamos na semana passada enquanto tomávamos uma cerveja no *The Betsy* sobre como nossas vidas haviam se tornado tranquilas.

Acho que deveríamos ter batido na madeira.

— Isaiah, de volta ao trabalho — ordenei. — Aja como se fosse qualquer outro dia. Se alguém aparecer e fizer uma pergunta sobre meu pai, você não sabe nada.

Ele assentiu.

— Entendi. Algo mais?

— Você provavelmente cobrirá o resto de nós. Você tá de boa com isso?

— Estou de boa. — Isaiah se virou e entrou na oficina, ainda com uma chave inglesa na mão. Nós o contratamos apenas algumas semanas atrás, mas meu instinto dizia que ele lidaria com o trabalho extra muito bem.

Isaiah era caladão – bastante amigável. Ele não era sociável. Não se juntava a nós para tomar uma cerveja depois do trabalho ou conversar comigo e com os caras por horas na oficina. Mas ele era um bom mecânico e apareceu na hora certa. Quaisquer que fossem os demônios com os quais ele estava lutando, ele os guardava para si.

Assumi o título de meu pai como gerente da oficina quando ele se aposentou anos atrás, mas como eu odiava qualquer coisa relacionada a recursos humanos ou contabilidade e ele odiava ficar em casa sozinho o dia todo, ele vinha e ajudava com frequência. Quando o incumbi de encontrar outro mecânico para mim, ele encontrou Isaiah.

Eu nem tinha me incomodado em entrevistar Isaiah porque quando Draven Slater aprovava alguém, você confiava em seus instintos.

— O que você quer que eu faça? — perguntou Presley.

— Onde está o Leo?

— Meu palpite? — Ela revirou os olhos. — Na cama.

— Ligue para ele e acorde o vagabundo. Vá até a casa dele se for preciso. Quando eu voltar da delegacia, espero vê-lo trabalhando. Então vamos conversar.

Ela assentiu e se dirigiu ao escritório.

— Pres — chamei. — Faça outras ligações também. Veja se alguém na cidade ouviu alguma coisa. Discretamente.

— Pode deixar. — Com outro aceno de cabeça, ela correu para o escritório enquanto eu seguia para minha moto.

No caminho para a delegacia, um carro branco passou correndo na direção oposta e minha mente imediatamente saltou para Bryce.

Emmett tinha me dito que havia um novo repórter na cidade. Mas o nome dele era Bryce Ryan. Eu não esperava uma mulher, certamente não uma com lábios carnudos e rosados e cabelo cor de chocolate.

Qualquer pessoa além de Emmett teria o nariz quebrado por me deixar pensar que o repórter era um homem. Embora com base no choque em seu próprio rosto, Emmett também não esperava uma mulher.

Era bom dar o fora dali sempre que Presley queria espalhar fofocas da cidade pequena no escritório. Estar desinformado, foi minha culpa. Sem falar em Bryce... bem, ela era boa.

Ela me fez de tolo. Caralho, eu até disse a ela meu nome verdadeiro e ela só esteve na oficina por cinco minutos. Nem Isaiah sabia, e trabalhávamos lado a lado todos os dias.

Um flash de seu sorriso branco, aqueles lindos olhos castanhos brilhando, e soltei minha língua. Agi como um adolescente com tesão desesperado para tirar a calcinha dela, em vez de um homem de trinta e cinco anos que tinha muitas mulheres para as quais ligar se precisasse gozar.

Malditos repórteres. Eu não me preocupava com o jornal ou seus repórteres há décadas. Mas Bryce, ela mudou o jogo.

Os donos anteriores do jornal eram burros demais para incomodar. O novo proprietário, que devia ser o pai de Bryce, veio para Clifton Forge anos antes, mas Lane Ryan não pegou as notícias interessantes.

Ele veio para a cidade quando os Tin Gypsies não estavam mais operando com tráfico de drogas. Quando nosso ringue de luta clandestino se tornou mais um clube de boxe. Quando todos os corpos que enterramos já haviam esfriado há muito tempo.

Lane nos deixou em paz. Nas vezes em que trouxe o carro de sua esposa para um conserto, ele não perguntou nem uma vez sobre o clube. Ele estava contente em deixar o passado ficar lá.

Mas Bryce estava com fome. O olhar em seu rosto quando ela se despediu era feroz. Ela arriscaria tudo e nunca recuaria. Em um dia normal, ela seria um pé no saco. Mas se meu pai realmente era suspeito de assassinato, as coisas só iriam piorar.

Quem foi morto? Como eu não tinha ouvido falar de um assassinato na cidade? Esqueça minhas antigas conexões, o assassinato era uma grande notícia para uma cidade pequena e deveria ter se espalhado como fogo minutos depois que o corpo foi encontrado. A menos que... Marcus tinha encontrado um corpo do passado? Os pecados do nosso passado nos alcançaram?

Como clube, justificamos o assassinato, porque os homens que matamos teriam feito o mesmo conosco. Ou com nossas famílias. Livramos o mundo de homens maus, embora fôssemos demônios por direito próprio. Nós éramos culpados – sem dúvida. Mas isso não significava que todos queríamos passar o resto de nossas vidas na penitenciária estadual.

Pilotei mais rápido pelas ruas de Clifton Forge, sem me preocupar em obedecer às leis de trânsito. Quando entrei na delegacia, o delegado estava me esperando na recepção.

— Dash. — Ele fez sinal para que eu o seguisse até seu escritório. Assim que fechou a porta, ele se sentou atrás de sua mesa, pegando um doce de alcaçuz de um pacote aberto.

— Onde está meu pai?

— Sente-se — ofereceu, enquanto mastigava.

Eu cruzei meus braços.

— Vou ficar em pé. Comece a falar.

— Não há muito que eu possa lhe dizer. Estamos investigando um crime e...

— Você quer dizer um assassinato.

A mastigação parou.

— Onde você ouviu isso?

O choque de Marcus foi genuíno. Acho que ele disse a seus policiais para ficarem quietos, só que Bryce estava um passo à frente dele também.

— Sua nova amiga, a repórter, me perguntou se eu tinha algum comentário sobre a prisão de meu pai por homicídio. Que porra está acontecendo?

Uma veia na testa de Marcus pulsava conforme ele engolia o pedaço e arrancava outro.

— Por acaso você sabe do paradeiro do seu pai entre as cinco da tarde de ontem e as seis da manhã?

— Talvez. — Fiquei perfeitamente imóvel, embora uma pitada de alívio desacelerasse meu coração disparado. Marcus estava perguntando sobre a noite passada. Obrigado. O passado tinha que ficar no passado. E como meu pai não matou ninguém ontem à noite, isso tinha que ser um erro.

— Bem? Onde ele estava?

— Tenho um pressentimento que você já sabe, então por que está perguntando?

— Seu pai recusou interrogatório até que seu advogado chegue.

— Bom.

— Isso nos ajudaria se vocês dois cooperassem.

Não cooperamos com ninguém, muito menos com a polícia. Se eu abrisse a boca e dissesse a coisa errada, Marcus me marcaria como cúmplice e me jogaria em uma cela ao lado de meu pai. Um Slater atrás das grades era o suficiente por hoje.

Quando permaneci em silêncio, Marcus fez uma careta.

— Se você não vai falar, então também não vou.

— Tudo bem. — Virei em direção à porta e a fechei com tanta força que um quadro na parede tremeu enquanto eu saía da delegacia.

Não descobri muito, mas foi o suficiente. Por enquanto.

Subindo na moto, coloquei meus óculos escuros e peguei o celular para ligar para meu irmão mais velho.

— Dash — Nick respondeu, com um sorriso na voz. Um sorriso que esteve presente permanentemente nos últimos sete anos, desde que ele se reconectou com sua esposa. — E aí?

— Temos que conversar. Você está ocupado?

— Me dê um segundo. — Colocou o telefone em seu ombro ou algo assim, porque sua voz ficou abafada quando ele gritou: — Vai longe, amigão. Mais longe. A última.

Houve uma lufada de ar e Nick riu quando voltou ao telefone.

— Este garoto. Ele jogaria bola o dia todo se eu deixasse. E ele está ficando bom. Quero dizer, ele tem apenas seis anos, mas é talentoso.

— Futuro wide receiver. — Eu sorri. Draven, meu sobrinho e homônimo de meu pai, era a cara de Nick. E ele era o seu companheiro constante. — Tá trabalhando hoje?

— Sim. Draven ficará comigo na oficina por algumas horas. Emmy está levando Nora para furar as orelhas.

— Hmm... ela não é um pouco nova para isso? — Nora havia completado quatro anos recentemente.

— Nem me diga, porra — Nick murmurou. — Mas não vou discutir com Emmy no momento.

— Por que não? Ela irritou você?

— Bem, ela tá... — Ele soltou um longo suspiro. — Estávamos esperando para contar a todos que Emmy está grávida. Ou ela estava grávida. Ela sofreu um aborto na semana passada.

— Merda, irmão. — Coloquei minha mão sobre o coração. — Sinto muito.

— Sim, eu também. Emmy está passando por um momento difícil. Então, se ela quer furar as orelhas de Nora e ter um dia de mamãe e filha em Bozeman, não vou dizer nada.

— Posso ajudar?

— Não, vamos superar isso. E aí?

Torci o nariz. A última coisa que eu queria era acrescentar isso aos fardos de Nick, mas ele tinha que saber.

— Tenho más notícias. Gostaria que pudesse esperar.

— Diga.

— Alguém foi assassinado ontem à noite. E ou o pai fez isso, ou ele sabe quem foi, ou alguém está tentando incriminá-lo por essa porra. Eles o prenderam cerca de trinta minutos atrás.

— Caralho — Nick praguejou. — O que mais você sabe?

— Nada. Os policiais não vão falar. — Eu não ia admitir que a única razão pela qual eu sabia metade do que sabia era por causa de uma repórter sexy e safada. — O pai pediu um advogado. Assim que Jim se encontrar com ele, saberei mais.

— Deixe-me ligar para Emmy. Chegaremos aí assim que pudermos.

— Não, não — eu disse a ele. — Não há nada que você possa fazer aqui. Só queria que você estivesse ciente.

— Dash, estamos falando de um assassinato.

— Exatamente. Você, Emmeline, as crianças... não precisam estar perto dessa merda. — Ele precisava ficar em Prescott, jogando bola com seu filho, beijando sua filha e abraçando sua esposa com vontade.

— Tudo bem. — Nick soltou um longo suspiro. — Mas se precisar de mim, estou aqui.

— Eu sei. Vou te manter informado.

— Sempre tem alguma coisa — murmurou.

— Já faz algum tempo.

— Verdade. Ele... você acha que ele fez isso?

Olhei para a delegacia de polícia, imaginando meu pai dentro daquelas paredes em uma sala de interrogatório. Suas mãos algemadas e descansando sobre uma mesa barata enquanto se mantinha sentado em uma cadeira desconfortável.

— Não sei — admiti. — Talvez. Se o fez, havia uma razão. E se não o fez, então Clifton Forge, definitivamente, não é um lugar em que quero que você traga as crianças.

Porque se alguém está atrás do papai, pode estar atrás de todos nós.

— Se cuida — eu disse.

— Você também.

Encerrei a chamada e liguei a moto. A sensação do motor, a vibração e o barulho eram um conforto enquanto eu acelerava pela cidade. Passei longas horas neste assento, percorrendo centenas de quilômetros, pensando nas estratégias do clube.

Exceto no ano passado, que não houve negócios do clube. Não havia disputas a resolver. Nenhum crime a esconder. Sem inimigos para enganar. Meu tempo atrás do guidão foi gasto simplesmente curtindo a estrada livre. Para pensar na oficina e como poderíamos aumentar o volume dos nossos trabalhos personalizados e guardar uma pilha de dinheiro.

Quando se tratava de uma prisão por assassinato, minha mente parecia lenta e enferrujada. Surpreendeu-me a rapidez com que esqueci os velhos hábitos. Embora estivéssemos diminuindo as coisas por anos, os Tin

Gypsies haviam se dissolvido apenas um ano atrás. A última prisão com a qual tive de lidar foi há quase quatro anos e, mesmo assim, foi por causa de uma das brigas de bar de Leo.

Cheguei ao estacionamento, pilotando a moto de volta para a vaga. Enquanto caminhava para o escritório, olhei para o estacionamento em direção ao clube.

O quintal estava coberto de mato e eu precisava tirar uma hora para podar aquela merda. O interior estava sem dúvida mofado e coberto de poeira. A última vez que estive lá dentro foi durante o inverno, quando um guaxinim entrou e acionou os sensores de movimento.

Em um dia como hoje, quando eu precisava de informações e respostas, daria tudo para entrar na sede do clube, chamar todo mundo para a mesa da sala de reuniões e chegar ao fundo disso.

Em vez disso, eu teria que me contentar com o escritório da oficina e algumas pessoas que eram tão leais a nós agora quanto eram quando usávamos o mesmo emblema.

Presley estava ao telefone quando abri a porta do escritório. Ela levantou um dedo para eu ficar calado.

— Tudo bem, obrigada. Me ligue de volta se ouvir mais alguma coisa.

Fui até a fileira de cadeiras na parede abaixo da janela da frente. A mesa de Presley era a única na área de espera, e embora meu pai e eu tivéssemos nossos dois escritórios ao longo da parede oposta, normalmente nos reuníamos ao redor dela.

O título oficial de Presley era gerente de escritório, mas ela fazia muito mais do que colocamos em sua descrição original de trabalho. Ela garantia que as contas fossem pagas e os clientes ficassem satisfeitos. Ela organizava a papelada em minha mesa ou na de meu pai para assinaturas; cuidava da folha de pagamento e nos obrigava a falar sobre planos de aposentadoria uma vez por ano.

Ela era o coração da oficina. Estabelecia o ritmo e o resto de nós seguia o exemplo.

— O que você descobriu? — perguntei.

— Liguei para o salão. — O rosto dela empalideceu. — Stacy disse que viu um monte de carros de polícia no motel a caminho do trabalho esta manhã. Há um boato de que uma mulher foi encontrada morta, mas ela não tem certeza se é verdade.

Merda. Provavelmente era verdade.

— Algo mais?

Ela negou com um aceno de cabeça.

— É isso.

O que eu precisava era falar com meu pai, mas dada a atitude de Marcus, isso não ia acontecer. Então, por enquanto, eu teria que canalizar as informações através do advogado.

A porta do escritório se abriu e Emmett entrou, seguido por Leo.

— Ouvi dizer que perdi algumas coisas esta manhã — Leo brincou.

Sem ânimo para isso, fiz uma carranca que apagou o sorriso de seu rosto.

— Onde você estava, porra?

— Dormi demais.

— Isso tem acontecido muito, ultimamente.

Ele passou a mão pelo cabelo loiro bagunçado, as mechas ainda molhadas do banho.

— Não estou fazendo meu trabalho?

Eu não respondi. Leo era o artista do grupo, fazendo toda a pintura e *design*, enquanto Emmett, Isaiah e eu preferíamos a mecânica e a fabricação. Seu trabalho estava sendo feito, mas ele estava bebendo muito mais ultimamente. Sua hora de chegada pela manhã estava se tornando cada vez mais tardia. Todas as noites ele parecia ter uma nova mulher em sua cama.

Ele ainda estava agindo como o playboy do clube.

— Acho que temos coisas mais importantes com que nos preocupar no momento do que a qualidade degradante do trabalho de Leo, não é? — Emmett perguntou, sentando-se na cadeira ao meu lado.

— Qualidade degradante do trabalho — Leo murmurou, balançando a cabeça enquanto se sentava na última cadeira livre. — Idiotas. Eu odeio todos vocês.

— Cavalheiros, façam-me um favor — interveio Presley. — Calem. A. Boca.

— Qual é o plano, Dash? — Emmett apoiou os cotovelos nos joelhos.

Passei a mão pelo queixo.

— Precisamos descobrir o que pudermos sobre o assassinato. Meu pai vai ficar de boca fechada para que a polícia não tire nada dele. Mas eles têm algo. Precisamos descobrir o que é. Isaiah está cuidando da oficina, mas Pres, limite os trabalhos para não ficarmos sobrecarregados. Emmett e Leo, comecem a perguntar por aí.

Ambos assentiram. Podíamos não ser mais um clube, mas tínhamos conexões.

REI DE AÇO   33

— O que você vai fazer? — perguntou Presley.

Emmett e Leo não precisavam da minha ajuda e, a menos que o trabalho na oficina fosse demais, eu deixaria Isaiah e Presley cuidarem disso. Porque havia outra pessoa na cidade que tinha informações, e ela as daria livremente ou eu arrancaria dela.

— Investigar.

CAPÍTULO QUATRO

BRYCE

— Adoro os domingos. — Sorri para o jornal em minha mesa. O título em negrito não era chique ou floreado, mas, com certeza chamava a atenção.
MULHER ASSASSINADA. SUSPEITO PRESO.

Tínhamos um jornal de oito páginas que saía duas vezes por semana, às quartas e domingos. Quando papai comprou o jornal, ele manteve os dias de publicação iguais, mas estabeleceu uma distinção clara entre as edições de quarta e domingo. As edições de quarta-feira eram voltadas para os negócios, focadas nas atividades que aconteciam na cidade, nos classificados e anúncios.

O jornal de domingo trazia as coisas boas. Publicávamos as principais manchetes no domingo, dando aos habitantes da cidade algo sobre o que falar depois da igreja. Se havia uma grande história na cidade, era no domingo. Sempre que fazíamos uma matéria longa ou peça de várias semanas, era no domingo.

Eu vivia para o jornal de domingo. E o desta semana definitivamente causaria um rebuliço.

Os anúncios em que George estava trabalhando para a página três e a coluna de Sue, sobre o novo local de casamento fora da cidade, provavelmente, passariam despercebidos por trás do meu artigo.

Assassinato conseguia chamar a atenção.

A fofoca de cidade pequena se espalhou rápido e eu não tinha dúvidas de que a maioria das pessoas em Clifton Forge e arredores já sabia sobre o assassinato. Mas a fofoca era apenas isso, especulação e boato, até que foi publicada no meu jornal. Então, tornou-se fato.

Depois de deixar a Oficina de Clifton Forge – e um motoqueiro irritado – para trás na sexta-feira, fui ao jornal e imediatamente comecei a escrever.

No que diz respeito às histórias, esta não tinha muitos detalhes. O delegado Wagner estava mantendo a boca fechada sobre o assassinato, assim como sobre a vítima. Antes de divulgarem o nome dela, eles estavam rastreando parentes próximos.

Os únicos detalhes que ele divulgou em seu folhetim foram que uma mulher havia sido assassinada no Evergreen Motel e eles tinham um suspeito sob custódia. Para minha sorte, eu sabia quem era o suspeito e pude adicioná-lo ao meu relatório.

Junto com minha foto oportuna.

O nome de Draven Slater apareceu na primeira página do *Tribuna*, não pela primeira vez e certamente não pela última. Eu ia relatar essa história do começo ao fim — o martelo do juiz batendo em um bloco de madeira enquanto ele sentenciava um assassino à prisão perpétua.

Eu estava correndo o risco de já saber o final da minha história. Os jornalistas quase nunca presumiam que o principal suspeito era culpado e, normalmente, eu me orgulhava de manter a mente aberta. Mas meus instintos gritavam que Draven era um criminoso e enquanto ele conseguiu escapar da prisão por suas prisões anteriores, eu duvidava que conseguiria escapar dessa vez.

Reportar e escrever esta história podia ser a marca que deixaria nesta cidade. Poderia estabelecer minha carreira aqui. O meu nome. E poderia ser a história que preencheria o vazio da minha vida.

Enquanto a polícia e os promotores trabalhavam para construir um caso contra Draven, eu estaria no caminho certo, relatando quaisquer boatos que eles lançassem em meu caminho. E como o delegado não estava muito disponível no momento, eu faria algumas pesquisas por conta própria.

Eu estava empolgada com a perspectiva de um verdadeiro jornalismo investigativo.

A porta atrás de mim se abriu e BK saiu, enxugando as mãos em um pano. Seu avental preto passava dos joelhos.

— Ei, Bryce. Não pensei que você ainda estivesse aqui.

— Estou saindo. — Levantei-me da cadeira e dobrei o jornal novo ao meio antes de enfiá-lo na bolsa. Eu tinha chegado antes do amanhecer para ajudar papai e BK a terminarem a tiragem, depois embrulhei os jornais e os preparei para a equipe de entrega. Depois que os jornaleiros saíram, peguei minha própria cópia.

Este exemplar valia a pena.

— Você está indo para casa? — perguntei. Papai havia saído trinta minutos atrás.

— Assim que eu desligar tudo.

— Se cuida, BK. Obrigada.

— Você também. — Ele acenou, desaparecendo de volta na gráfica.

BK e eu só nos cruzávamos nas quartas e domingos de manhã. Ele trabalhava em horários estranhos, principalmente chegando à noite antes de uma tiragem. Às vezes, ele fazia manutenção nas impressoras, novamente preferindo trabalhar à noite. Ocasionalmente, ele fazia algumas entregas no início da manhã se estivéssemos com pouca ajuda.

Como os outros funcionários aqui – inclusive eu – BK trabalhava duro para o papai. Um dia, esperava inspirar esse tipo de lealdade também nos funcionários do jornal.

Sorri para o jornal mais uma vez, pensando na reação de papai à minha história. Quando eu o entreguei na noite de sexta-feira, ele tinha um sorriso do Gato Risonho no rosto. Papai não queria que eu investigasse os Tin Gypsies, mas não teve nenhum problema em relatar um assassinato e ser o primeiro a anunciar Draven Slater como o principal suspeito.

Ele veio trabalhar com BK ontem à noite, certificando-se de que o jornal fosse impresso sem problemas. Minha história revigorou papai. Ele sabia que eu continuaria cavando, descobrindo tudo o que pudesse sobre o assassinato, e não disse uma palavra para impedir ou retardar meu progresso. Embora ele tivesse me advertido: Dash Slater não deixaria seu pai ir para a prisão facilmente.

Bocejando, saí do corredor, examinando as mesas vazias. Eram seis horas da manhã e, assim que BK saísse, não haveria ninguém trabalhando hoje.

Com exceção de Art, que havia sido o recepcionista e segurança por quase duas décadas, a equipe mantinha horários flexíveis. Papai não se importava. Nem eu, desde que todos cumprissem seus prazos.

Sue era responsável pelos classificados e, como eu, preferia trabalhar de manhã. George, que dirigia a publicidade, chegou antes do meio-dia, bem a tempo de marcar o ponto, pegar um punhado de lapiseiras e um bloco de anotações e sair para o almoço que havia marcado no dia anterior. E Willy, um colega jornalista que tinha aversão à sua mesa, chegava por volta das seis ou sete todas as noites, deixando sua última história antes de desaparecer para onde quer que ele fosse.

Era um ritmo diferente trabalhar aqui. Muito diferente do caos da televisão. Não havia maquiadores ou cabeleireiros me seguindo em cada canto. Nenhuma câmera rastreando meus movimentos. Nenhum produtor latindo ordens.

Sem pressão.

Como era quieto aqui, muitas vezes me encontrava sozinha. Ou nos dias bons, a sós com o papai. Ele trabalhava sempre que havia trabalho a ser feito, o que, para um jornal com apenas seis funcionários, era frequente. Isso nos permitia muitas horas, cada um trabalhando independentemente em nossas mesas, mas ainda juntos.

Abri a porta da frente, virando-me para trancá-la. Meu carro estava na primeira vaga, mas eu estava nervosa demais para ir para casa. Eu não tinha dormido por mais do que algumas horas na noite passada, e levaria um tempo até que conseguisse fazer exatamente isso.

Então fui para a calçada, percorrendo três quarteirões em direção à Avenida Central. Eu esperava que os entregadores fossem rápidos hoje, colocando os jornais nas mãos de nossos leitores.

Lamentava que a manchete de hoje só tenha sido possível porque a vida de uma mulher foi tirada. Embora eu tenha gostado da emoção de uma história dramática, a tristeza e a tragédia subjacentes foram de partir o coração. Não tinha certeza de quem era a vítima, se era uma boa pessoa. Se ela foi amada ou se estava desgarrada.

Não havia muito que eu pudesse fazer por ela além de contar os fatos e relatar a verdade. Eu traria sua vida – junto com sua morte – à luz.

Minha impressão inicial do delegado Wagner foi positiva. Mas eu tinha a sensação de que ele se acostumara a manter o povo de Clifton Forge um pouco no escuro.

Não mais.

Se descobrisse alguma coisa, eu compartilharia.

O sol estava brilhando com intensidade, mesmo no início da manhã. O ar matutino refrescou minha pele e meus pulmões. Respirei fundo enquanto caminhava, os aromas da leve brisa me lembrando dos verões de quando eu era criança.

Montana era tipicamente bonita no início de junho, mas este ano parecia especialmente bonita. Talvez porque foi minha primeira primavera de volta depois de ter morado em Seattle por quase duas décadas.

As árvores pareciam mais verdes. O céu mais azul, maior. Não passei muito tempo explorando a cidade desde que me mudei, mas enquanto caminhava, senti vontade de ver tudo. Eu estava pronta para tornar esta cidade minha, para me tornar parte da comunidade.

Clifton Forge era minha casa.

Cheguei à Avenida Central, virando à direita. Dois quarteirões adiante havia uma cafeteria me chamando pelo nome. Quase todas as empresas e escritórios que lotavam essa rua estavam fechados àquela hora, com as janelas escuras. Os únicos lugares abertos eram a cafeteria e a lanchonete do outro lado da rua.

Clifton Forge não recebia o enorme fluxo de turistas que outras pequenas cidades de Montana recebiam a cada verão. O turismo aqui não era nada como em Bozeman, onde eu cresci. Nossa cidade ficava muito longe da rodovia interestadual para ser notada. Os milhões de visitantes que afluíam ao estado a cada verão para visitar os Parques Nacionais de Yellowstone e Glacier passavam por nós.

O principal influxo de forasteiros em nossa cidade ocorria no outono, quando os caçadores faziam de Clifton Forge sua base antes de partir para as florestas com guias e cavalos para caçar alces, ursos e veados.

A maioria dos habitantes locais gostava assim, trocando o tráfego de negócios por paz e reclusão. Quando você entrava na lanchonete ou na cafeteria, nove em cada dez rostos eram familiares.

Só que o meu não era. Ainda.

Eu tinha passado tempo suficiente fora da cidade. Agora que o verão havia chegado, isso iria mudar. Passei anos suficientes em Seattle sendo reconhecida pelo meu rosto — se é que fui reconhecida. Na maioria das vezes, eu era apenas mais uma pessoa anônima cuidando de sua vida diária.

Mas aqui, eu queria me estabelecer, e criar raízes. Queria que as pessoas soubessem que eu era filha de Lane e Tessa Ryan, porque pertencer a eles me deixava orgulhosa. Queria que as pessoas pensassem em mim quando pensassem no jornal, porque ler minhas histórias era o ponto alto da semana.

— Bom dia — eu disse, ao entrar na cafeteria.

A barista estava atrás de um balcão ao lado de uma máquina de café expresso. Sua boca estava aberta enquanto olhava para o meu jornal entre as mãos.

— Você viu? Uma mulher foi assassinada no motel.

Balancei a cabeça.

— Vi. Foi horrível. Pelo menos eles pegaram o cara.

— Não posso acreditar. Draven? Ele é um cara tão legal. Deixa boas gorjetas. Sempre amigável. Eu só… nossa. — Ela dobrou o jornal e colocou-o no balcão, o olhar chocado em seu rosto permanecendo. — O que vai querer?

— Cappuccino, por favor. — Sorri, educadamente, embora estivesse irritada por Draven ter conseguido enganar tanta gente.

— Para comer aqui ou para viagem?

— Para viagem. Só saí para uma caminhada matinal.

Em qualquer outra manhã, eu teria me apresentado, mas, enquanto preparava meu café, ela não parava de dar uma olhada no jornal. Eu duvidava que se dissesse meu nome, ela se lembraria hoje. Ela parecia perturbada. E não pelo assassinato de uma mulher, mas porque Draven era o principal suspeito.

Como ele enganou todo mundo?

Ela fez meu cappuccino e eu a deixei com um aceno. Atravessei a rua, indo em direção ao jornal, mas dessa vez examinando o comércio do outro lado da rua. Quando cheguei ao meu carro, entrei, mas minha casa não era meu destino.

O Evergreen Motel estava cheio de atividade nos últimos dois dias, a barricada policial enviando uma mensagem muito clara de "vá para o inferno" para qualquer um que estivesse passando. Mas o assassinato tinha dois dias e minhas perguntas não iriam esperar muito.

Era um risco ir tão cedo, mas eu estava disposta a arriscar. Com sorte, os donos podiam ter algumas informações que gostariam de compartilhar sobre a vítima. Ou o próprio Draven. Informações que eles poderiam estar muito confusos para dar aos policiais.

O motel ficava do outro lado da cidade, longe do rio. O trajeto levou apenas alguns minutos por conta das ruas quase vazias. Foi nomeado apropriadamente; as copas das árvores que cercavam o motel por três lados pareciam roçar as nuvens.

O prédio em si era de apenas um andar, construído quando o estilo exigia que cada cômodo tivesse uma porta externa. As chaves de metal sem dúvida estavam presas a discos ovais vermelhos com os números dos quartos estampados em letras brancas. O motel era em forma de U, todos os doze quartos voltados para o quiosque no centro, que era o escritório.

Se os proprietários não tivessem cuidado tão bem do Evergreen, isso poderia ter me lembrado algumas áreas mais decadentes de Seattle, onde quartos de motel como esses eram alugados por hora. Mas este lugar era limpo e charmoso.

O tapume foi recém-pintado de verde-sálvia. Havia cestas de flores penduradas em postes do lado de fora de cada quarto, transbordando de petúnias vermelhas, brancas e rosa. O estacionamento havia sido recentemente refeito.

Definitivamente, não era um lugar que eu esperaria um assassinato.

Um homem da minha idade estava sentado atrás da recepção do escritório, a pequena sala construída exclusivamente para funcionamento. Não havia área de espera para o café da manhã ou um jantar à noite. Havia apenas espaço suficiente para ficar ao lado do balcão para pegar sua chave – todas penduradas em um quadro fixo na parede. Imaginei discos ovais vermelhos. Estes eram verdes.

— Bom dia, senhora — cumprimentou ele.

— Bom dia. — Abri meu sorriso mais brilhante e amigável.

— Você tem reserva?

— Não, na verdade sou daqui. — Estendi a mão por sobre o balcão. — Bryce Ryan. Eu trabalho no *Tribuna*.

— Ah. — Ele hesitou antes de segurar minha mão. — Cody. Cody Pruitt.

— Prazer em conhecê-lo, Cody.

— Você está aqui por causa do que aconteceu no 114?

Balancei a cabeça.

— Sim. Gostaria de lhe fazer algumas perguntas, se não se importar.

— Não sei de nada além do que já contei à polícia.

— Tudo bem. — Procurei na bolsa um pequeno bloco de notas e uma caneta. — Você se importaria se eu fizesse algumas anotações enquanto conversamos? Você sempre pode dizer não. E sempre pode dizer que algo está fora do registro se quiser manter isso entre mim e você.

— Isso é bom. Mas, como eu disse, não tenho muito a relatar. — Sua mandíbula estava tensa. Seus olhos se estreitaram. Cody estava a segundos de me expulsar porta afora.

— Bom, tudo bem. — Contive o sorriso. — De qualquer forma, sou nova na cidade, então provavelmente vou fazer um monte de perguntas estúpidas. Você é daqui?

— Sim. Nascido e criado. Meus avós compraram o Evergreen. Eles passaram para os meus pais. Agora estou assumindo o negócio.

— Ah, isso é ótimo. Eu trabalho com a família também. Meu pai comprou o jornal e acabei de me mudar para cá para trabalhar com ele. Aqueles primeiros meses foram, bem... — Arregalei os olhos. — Foram um ajuste para nós dois. Meio estranho trabalhar para seus pais. Mas agora acho que chegamos a um bom ritmo. Ele não ameaça me demitir há mais de um mês, e eu não jogo meu grampeador na cabeça dele há semanas.

Papai e eu adorávamos trabalhar juntos, mas a mentira valeu a pena quando Cody riu.

— Também tivemos alguns desses dias. Houve dias em que fiquei bastante frustrado com meus pais. Bem, talvez não tanto quanto minha esposa. Ela queria fazer algumas coisas para arrumar o lugar e eles estavam sendo teimosos. Mas, eventualmente, nós resolvemos isso. O lugar parece muito melhor também.

— Acho que aqueles lindos vasos de flores foram ideia da sua esposa.

Seu semblante se encheu de orgulho.

— Sim. Ela tem bom gosto.

— Eles são lindos.

— Sim. — O sorriso de Cody esmaeceu. — Minha mulher faz arrumação aqui. Na verdade, trocamos dias. Sexta-feira era o dia dela. Ela encontrou… — Ele balançou a cabeça, baixando a voz. — Não sei como ela vai superar isso. Meus pais estão com o coração partido. Eu sou o único que tem estômago para trabalhar aqui. Não que eu tenha escolha. Temos contas a pagar e não posso recusar reservas. Caramba, estou feliz por termos hóspedes.

— Desculpe. E sinto muito por sua esposa. — Encontrar um cadáver deixaria cicatrizes para qualquer um.

— Obrigado. — Ele colocou a mão no balcão. — Eu gostaria de poder dizer que fiquei surpreso.

Meus ouvidos se animaram.

— Você não está?

— Esse clube nunca fez nada além de causar problemas.

Meu coração começou a disparar, mas fiz o possível para esconder a empolgação. Cody Pruitt podia ser a primeira pessoa em Clifton Forge que me daria de bom grado informações sobre os Tin Gypsies em vez de uma advertência.

— Eles já lhe causaram problemas aqui antes?

— Não ultimamente. Mas eu frequentava a escola com Dash. Ele era um filho da puta arrogante naquela época. O mesmo que é agora. Ele e alguns amigos alugaram alguns quartos dos meus pais depois do nosso baile de formatura. Foram destruídos.

— Você está brincando. — Fingi choque, enquanto por dentro estava dando cambalhotas. Finalmente encontrei alguém que não estava me alertando sobre Dash ou um membro fundador de seu clube.

— Não.

Esperei, imaginando se ele diria mais alguma coisa, mas os olhos de Cody desviaram-se da janela do escritório, em direção ao quarto marcado com 114. Quando passei ontem, havia a fita da polícia na frente. Agora, não mais. A menos que você soubesse onde aconteceu, você não imaginaria que uma mulher foi assassinada ali.

— Você viu Draven aqui na sexta? — perguntei.

Ele balançou a cabeça.

— Não. Minha mãe estava trabalhando naquela noite.

— Ela viu...

Fui interrompida pelo ronco de um motor do lado de fora. Cody e eu viramos nossas cabeças para a outra janela a tempo de ver Dash entrar no estacionamento em sua Harley.

Merda. Ótimo momento, Slater.

Dash estacionou ao lado do meu carro e desmontou a moto. Ele estava vestindo uma jaqueta de couro preta hoje e um par de jeans desbotados. Apenas a visão de suas longas pernas e seu cabelo rebelde fez meu coração acelerar. Maldito. Por que ele não poderia ser loiro? Eu nunca tive uma queda por loiros.

Eu fiz o meu melhor para estabilizar a respiração enquanto ele caminhava em nossa direção. A última coisa que eu queria era que ele entrasse aqui e me visse toda ofegante. O rubor em minhas bochechas já era ruim o suficiente.

Virei as costas para a porta, mantendo a atenção em Cody, que estava praticamente fervendo.

A campainha tocou quando Dash entrou. Seu olhar queimou minha bunda enquanto percorria minha coluna, mas eu me recusei a virar ou dar atenção quando ele veio para o balcão. Pelo canto do olho, eu o vi tirar os óculos escuros.

— Cody. — O calor do corpo de Dash atingiu meu ombro quando ele apoiou os cotovelos no balcão. — Bryce.

Meu nome em sua voz me deu arrepios na pele. Abaixei os braços ao lado, escondendo-os de sua visão. Ele tinha que estar tão perto? Ele estava a menos de um centímetro de distância e o cheiro de couro encheu meu nariz. E, caramba, eu inalei uma respiração mais profunda.

Vão se ferrar, feromônios.

— Kingston — murmurei, ousando olhar para seu perfil com meu melhor olhar indiferente.

REI DE AÇO

Um grunhido se formou no fundo de seu peito, mas ele não pronunciou nenhuma outra resposta. Ele sustentou meu olhar por um momento longo demais, e então me dispensou, dando a Cody um aceno de cabeça.

— Como você está?

— Como estou? — A voz de Cody vacilou. — Você tem muita coragem de vir aqui, Slater.

— Não estou aqui para causar problemas.

— Então saia.

— Só quero fazer algumas perguntas.

Entre na fila, amigo.

— Cody estava me contando que deu todas as informações para a polícia.

— Isso mesmo. — Cody apontou para a porta. — Não tenho mais nada a dizer. Então, a menos que você queira destruir mais um quarto ou dois, acho melhor ir embora.

— Olha, eu já disse isso uma centena de vezes. Me desculpe pelo baile. Meu pai e eu pagamos por isso e mais um pouco. Eu era um garoto idiota. Se pudesse voltar no tempo, eu desfaria a porra toda, mas não posso.

Eles pagaram pelo estrago? Interessante. Eu tinha imaginado Draven e Dash como homens que não fariam reparações por algo como vandalismo mesquinho. Como líderes de uma perigosa gangue de motoqueiros, eles poderiam ter feito algumas ameaças e saído impunes. Assumir a responsabilidade não era algo que eu esperava.

E algo que Cody convenientemente deixou de fora de sua história.

— Não tenho nada a dizer a você — disparou Cody. Ele era uns bons dez centímetros mais baixo que Dash e pelo menos trinta quilos mais leve. Mas tive a impressão de que não era tanto sobre o assassinato ou o baile, e, sim, sobre um garoto menos popular se posicionando contra um velho inimigo.

Bom para você, Cody.

— Eu só quero descobrir quem matou aquela mulher. — Havia vulnerabilidade na voz de Dash. Não gostei de como meu coração amoleceu.

Cody bufou.

— Vocês, da família Slater, são todos iguais. Seu pai deu uma facada em uma mulher no meu motel, esfaqueou ela da cabeça aos pés, e você está aqui para culpar outra pessoa. Acho que é bom que Bryce esteja aqui. Caso contrário, você pode tentar dizer que eu a matei.

— Isso não é...

— Se manda — rosnou Cody. — Antes que eu chame a polícia.

Dash soltou um longo suspiro, então voltou sua atenção para mim.

— Você colocou o nome e a foto do meu pai no jornal.

— Bem, ele foi, de fato, preso por homicídio. Você deve se lembrar, eu estava lá.

O canto de seu lábio se curvou.

— Você tem o hábito de imprimir mentiras? Mal posso esperar para enfiá-las por sua goela abaixo.

Mentiras? Não. Ninguém questionou minha integridade como jornalista.

— O que eu imprimi era a verdade. Uma mulher foi assassinada. Verdade. Ela morreu aqui no motel. Verdade. Seu pai foi preso como suspeito. Verdade. São essas as mentiras que você vai me enfiar goela abaixo?

Ele se aproximou, olhando para mim de nariz empinado.

— Talvez. Mas prefiro enfiar outra coisa nessa garganta.

— Patético. — Revirei os olhos. — Se acha que ameaças com insinuações sexuais vão me assustar, você precisa se esforçar mais.

— Você vai implorar por mais. — Ele se aproximou novamente, o couro macio de sua jaqueta roçando o algodão fino da minha camiseta.

Eu estava usado um sutiã esportivo desde ontem à noite, optando por conforto em vez de proteção. Escolhi um sem preenchimento e quando seus olhos se desviaram para baixo, eu sabia que ele via meus mamilos despontando.

Eu poderia me afastar. Ou poderia aceitar seu blefe. Dash era um playboy? Absolutamente. Mas ele era um mulherengo misógino que forçaria sua presença a mim? Não. O que significava que ele estava me pressionando para ver o quanto eu revidaria.

Desafio aceito.

Dei um passo à frente, pressionando meus seios em seu peito.

— Eu duvido... King.

Dash sibilou quando arrastei as unhas na lateral de sua coxa. Meu corpo inteiro estava preparado, esperando para ver sua reação. Se ele me tocasse, eu provavelmente teria que dar uma joelhada nas bolas dele. Mas não chegou a isso. Usar seu blefe funcionou.

Em um piscar de olhos, ele se afastou, seu corpo tenso, e marchou porta afora. O sino tilintou pelo ar e minha respiração voltou aos trancos, o som abafado pelo barulho da Harley de Dash enquanto se afastava.

O sorriso de Cody esticou de orelha a orelha.

— Gosto de você.

— Obrigada. — Eu ri, meu ritmo cardíaco se acalmando.

— O que mais você gostaria de saber? — Cody perguntou. — Vou te contar tudo se você quiser pegar Dash.

Agora foi a minha vez de sorrir de orelha a orelha.

— Por acaso, você sabe o nome da vítima?

CAPÍTULO CINCO

DASH

— Eles não me deixam vê-lo. — Bati a porta ao entrar no escritório da oficina.

— Eles podem fazer isso? — Presley perguntou, o olhar se intercalando entre mim e Emmett.

Emmett deu de ombros.

— Eles são policiais. Neste ponto, podem fazer o que quiserem.

Eu estava tentando falar com meu pai há dias, mas o delegado não permitiu. Nenhum visitante, a menos que fosse o advogado dele. Sem exceções. Então, embora eu pudesse obter algumas informações de Jim, não era o suficiente. Não era a conversa a sós que eu precisava. Confiamos em nosso advogado, mas havia perguntas que eu não iria deixá-lo transmitir. Suas conversas sem dúvida estavam sendo gravadas, o que era ilegal, mas eu não confiava nos policiais para defender os direitos constitucionais de meu pai.

Além disso, dependendo da situação, meu pai não contaria tudo a Jim. Porque ele não era um Gypsy. Podemos não estar mais com insígnias e juramentos, mas ainda éramos leais um ao outro. Leais até a morte.

— É normal eles demorarem tanto para liberar um suspeito? — Presley perguntou.

Dei de ombros.

— Segundo Jim, a promotora está tentando decidir se quer acusá-lo de homicídio em primeiro ou segundo grau. Poderíamos pressioná-los a decidir, marcar a audiência de fiança, mas Jim teme que, se fizermos isso, eles optem por homicídio em primeiro grau. Ele acha melhor deixar meu pai ficar onde está e torcer pelo melhor.

— O que você acha? — Emmett perguntou.

— Não sei — murmurei. — Não sei o suficiente sobre o sistema de justiça criminal para questionar Jim. Ele sempre fez o bem por nós. E meu pai confia nele.

Com alguma sorte, eles decidiriam logo e marcariam a audiência de fiança. Talvez meu pai saísse na sexta-feira. Então teríamos algumas respostas.

— Odeio ficar no escuro. — Sentei-me perto da janela. — Você ouviu alguma coisa?

— Nada — Emmett disse. — Leo e eu perguntamos por todos os lados. Nem uma maldita palavra. Todos ficaram tão surpresos quanto nós.

— Merda. — Do outro lado da sala, o escritório de meu pai estava vazio.

Normalmente, estaríamos lá a essa hora do dia, tomando uma xícara de café e conversando sobre carros ou motos. Eu veria que tipo de papelada ele me deixaria passar da minha mesa para a dele. No momento, eu não conseguia me concentrar no trabalho. As perguntas sobre o assassinato tiraram todo o meu foco.

— Gostaria de saber quem era ela, a mulher. Descubra o que ele estava fazendo com ela.

— Amina Daylee — Emmett disse, de sua cadeira em frente à mesa de Presley.

— Oh. — Estremeci, surpreso com sua resposta.

Quando a polícia divulgou o nome dela? Talvez eles tivessem feito isso enquanto eu estava na delegacia, esperando em uma cadeira por mais de uma hora para saber que não veria meu pai. De novo. Você pensaria que com a quantidade de impostos que pagamos, eles pelo menos teriam uma cadeira mais confortável.

Amina Daylee. Repassei o nome em minha mente várias vezes, mas não soava familiar.

— Não sei quem é.

— Ela fez o ensino médio aqui — afirmou Presley. — Mudou-se depois da formatura e estava morando recentemente em Bozeman. Tem uma filha que mora no Colorado.

Não era chocante que Presley já tenha investigado em seus círculos de fofocas para descobrir sobre a vítima.

— Vamos descobrir mais coisa. Quantos anos ela tinha? Ela ainda tem laços aqui? Como pode ter conhecido meu pai?

Já que eu não poderia perguntar a ele como ele a conhecia, talvez eu mesmo pudesse descobrir a conexão.

— Eles fizeram o ensino médio juntos — disse Emmett. — Ela é um ano mais nova que Draven.

— Sempre um passo à minha frente. — Eu ri, mas meu sorriso sumiu rápido. — Espere. Se a polícia acabou de divulgar o nome dela esta manhã e eu vim direto da delegacia, como você já descobriu tudo isso? Foi no Facebook ou algo assim?

Emmett e Presley trocaram um olhar hesitante.

— O quê? — exigi. — O que aconteceu?

Presley soltou um suspiro profundo e, em seguida, deslizou um jornal por baixo de sua própria pilha de papelada.

— Porra. — Bryce Ryan estava se tornando um grande pé no saco. Teria que começar a ler o maldito jornal?

— Fizeram uma matéria especial sobre a vítima hoje. — Presley ergueu o jornal. — Amina era o nome dela.

Arranquei o jornal de sua mão, lendo a primeira página rapidamente. Bem no centro havia uma foto de Amina Daylee.

Seu cabelo loiro estava cortado logo acima dos ombros. A maquiagem era leve, não escondendo algumas rugas aqui e ali. Na foto, ela estava sentada em um banco de algum parque, sorrindo enquanto as flores desabrochavam aos seus pés descalços.

Minhas mãos amassaram o papel em uma bola, o som rangente ressoando pelo escritório. Eu deveria ter obtido aquela foto dias atrás. Eu deveria ter o nome dela. Não deveria ter que abrir o jornal para receber um monte de novas informações.

Eu tinha feito algumas investigações sobre Bryce Ryan desde a prisão de meu pai. Aqui a história parecia direta. Cresceu em Bozeman. Mudou-se para Seattle e trabalhou em uma estação de TV. Encontrei alguns videoclipes antigos dela na internet, lendo as notícias com aquela voz sexy. Depois largou o emprego, mudou-se para Clifton Forge e entrou no jornal.

Sua rotina era chata, na melhor das hipóteses. Ela ficava em casa, no jornal ou na academia. A única viagem aleatória que ela fez foi para o Motel Evergreen no domingo.

Quando o papel estava todo embolado na minha mão, joguei-o do outro lado da sala. Exceto que minha mira era uma merda e acertei a cabeça de Emmett.

— Ei!

— A merda do Cody Pruitt. Ele provavelmente deu a ela todas essas informações no dia em que me expulsou do motel. Aquele babaca nunca gostou de mim.

Se eu não tivesse aparecido, ele teria contado alguma coisa a ela? Ou vomitou tudo por despeito?

— O que vamos fazer? — perguntou Presley. — Você acha que ele fez isso?

— Draven? — Emmett perguntou. — Sem chance.

De acordo com o artigo, meu pai foi a única pessoa vista entrando ou saindo do quarto de motel de Amina entre as 20h e as 6h da manhã, na noite em que ela foi assassinada. Bryce foi generosa o suficiente para observar em sua matéria que ele não havia sido visto com sangue nas mãos.

Mas isso não significava merda nenhuma. Meu pai havia dominado a arte de lavar o sangue há muito, muito tempo.

— Ele não fez isso — assegurei a Presley.

— Como você sabe?

— Porque se ele tivesse matado Amina Daylee, eles nunca teriam encontrado o corpo dela.

— Ah. — Presley afundou na cadeira, baixando a cabeça.

Ela começou a trabalhar na oficina cerca de seis anos atrás. Foi bem na época em que os Tin Gypsies estavam diminuindo nossos empreendimentos ilegais. Ou pelo menos, os realmente ilegais.

Presley foi contratada para ajudar no escritório quando meu pai se aposentou. Ela não se importava em ignorar algumas coisas que aconteciam na sede do clube. As festas. As bebedeiras. As mulheres.

Nem mesmo os irmãos que pensaram que poderiam intimidá-la um pouco. Presley era pequena, mas sua personalidade era incandescente, e ela teve a coragem de colocar cada homem em seu lugar quando eles agiam como idiotas.

E sua lealdade ao meu pai e a mim, a Emmett e Leo era profunda. Ela era a irmã que eu nunca tive.

A visita de Marcus à oficina na semana passada não foi a primeira. Presley nunca deu a entender que ela contaria qualquer coisa aos policiais, não que tivéssemos dado muito a ela para relatar. Ela nos protegia quando fazíamos coisas estúpidas no *The Betsy* de vez em quando. Leo a tinha na discagem rápida para as noites em que ele estava bêbado demais para dirigir.

Ela fazia parte da nossa família. Não contamos a ela detalhes do que aconteceu anos atrás. Era melhor que ela não soubesse. Todos esses segredos foram enterrados em sepulturas sem identificação.

Pres era esperta. Ela sabia que havíamos sido homens maus.

Talvez ainda fôssemos.

— Qual é o plano, Dash? — Emmett perguntou.

Balancei a cabeça.

— Não quero mais surpresas. Subestimei a repórter. Isso acaba agora. Ela está cavando e precisamos impedir isso.

— O que você quer que eu faça?

— Que vá trabalhar. Leo está na garagem?

Ele assentiu.

— Ele está terminando as listras no Corvette. Isaiah está fazendo os trabalhos de rotina no quadro.

— E você?

— Temos uma nova Harley reformada para fazer orçamento. Normalmente, fazíamos isso juntos para que pudéssemos trocar ideias.

— Você pode fazer isso sozinho?

Ele assentiu.

— Sim.

— Bom. — Seguir Bryce até o motel não terminou do jeito que eu esperava. Acho que era hora de tentar uma abordagem diferente.

Entrei no *Tribuna de Clifton Forge*, dando uma rápida olhada ao redor. Eu vivi toda a minha vida nesta cidade, mas nunca estive neste edifício antes. Até agora, não tive que me preocupar com a imprensa.

— Olá. Posso ajudá-lo? — O cara na frente era um sósia do Papai Noel. Na verdade, acho que esse cara era o Papai Noel durante o desfile anual de Natal na Avenida Central.

— Só procurando por Bryce. — Apontei para a porta que deduzi levar para dentro do prédio. — Ela passou por aqui? Deixa para lá. Vou encontrar o caminho.

As rodas de sua cadeira rolaram pelo chão, mas ele foi lento demais para me impedir. Eu empurrei a porta. Bryce estava sentada a uma mesa perto dos fundos, sozinha na sala.

Seus olhos se ergueram de seu laptop, o olhar se estreitando enquanto eu caminhava pelo corredor. Ela se acomodou em sua cadeira, cruzando os braços. Então arqueou uma sobrancelha, quase me desafiando a causar uma cena.

— Desculpe, Bryce. — O homem da frente me alcançou, os passos pesados martelando o chão.

— Está tudo bem, Art — ela o dispensou. — Eu cuido do nosso convidado.

No momento em que ele se foi, ela cruzou os braços novamente, o movimento empinando ainda mais os seios.

Meus olhos involuntariamente foram para seu decote. A mulher era abastada. Quando encontrei seu olhar novamente, aquele sorriso estava ainda mais largo. Fui pego no flagra.

— Se importa se eu me sentar? — Deslizei uma cadeira para longe da mesa vazia em frente à dela, sentando-me.

— O que posso fazer por você hoje, King?

King. Eu odiava esse maldito apelido desde o jardim de infância, quando a pequena Vanessa Tom me chamava de King toda vez que se aproximava de mim no recreio e me beliscava. Mas de jeito nenhum eu deixaria meu aborrecimento transparecer na frente dessa mulher. Ela já tinha a vantagem.

E também sabia disso.

Caramba, ela era uma figura. Bryce ficou sentada ali, parecendo entediada enquanto esperava que eu respondesse à sua pergunta. Escolhi o silêncio, estudando seu rosto por alguns longos momentos.

Seus lábios fartos eram irritantes, principalmente porque eu não conseguia parar de me perguntar qual seria o sabor quando eu os lambesse. Seus lindos olhos me deixavam louco porque eles viam demais. Eu odiava que seu cabelo escuro fosse do meu comprimento favorito, não muito longo para atrapalhar e açoitar a minha cara enquanto ela estivesse na garupa da minha moto.

Tudo nela me irritava por causa da reação do meu corpo.

— Li sua história. — Peguei um exemplar do jornal de hoje da mesa. — Parece que Cody foi mais direto com você do que comigo.

— Eu nunca revelo minhas fontes.

Joguei o jornal de lado e encontrei seu olhar. O silêncio se instalou e contei até dez. Então vinte. Então trinta. A maioria das pessoas quebrava aos quinze, mas não aqui. Bryce manteve aquele sorriso arrogante em seu rosto como se tivesse nascido com ele. Seus olhos estavam brilhantes e seguraram meu olhar sem ao menos uma pitada de medo.

Maldita seja esta mulher. Eu gostava dela. Esse era o meu verdadeiro problema. Eu gostava dela. O que tornaria a ameaça dela muito mais difícil. Isso, e pelo fato de que ela não parecia nem um pouco intimidada por mim.

— Você não se assusta facilmente, não é?

— Não.

— Qual é o seu jogo aqui?

— Meu jogo? — ela repetiu. — Não estou jogando. Estou fazendo meu trabalho.

— Mas é mais que isso, não é? Você está atrás de mais do que apenas os detalhes deste assassinato.

Ela ergueu um ombro.

— Talvez.

— Por quê? O que fizemos para te irritar?

— Isso não é pessoal.

Tudo bem, certo. Ninguém trabalhava tanto quando não era pessoal. Essa coisa toda era mais profunda do que sua necessidade de fazer seu trabalho. Ela não estava relatando uma investigação de assassinato para o bem da população. Tudo isso era pessoal.

Por quê? O que a estava levando a cavar com tanto vigor? Pelo que descobri sobre ela, ela fez sucesso na TV em Seattle. Eles a demitiram? Ela estava tentando provar seu valor para um antigo empregador? Ou para o pai dela?

Ou para si mesma?

— O que você realmente quer? — perguntei, sendo direto. Às vezes, a melhor maneira de obter respostas para suas perguntas era colocá-las para fora.

Ela arqueou uma sobrancelha.

— Você espera que eu apenas coloque todas as minhas cartas na mesa?

— Não custa perguntar.

Bryce se inclinou para a frente em sua mesa, os olhos finalmente mostrando aquela faísca.

— Quero saber por que os Tin Gypsies encerraram as atividades.

— É isso?

Bryce assentiu.

— É isso.

Eu estava esperando algo mais. Talvez ela quisesse ver todos os antigos membros apodrecendo na prisão.

— Por quê?

— Você era o líder de uma das gangues de motoqueiros mais poderosas da região. Tenho certeza de que isso significava dinheiro. E poder. No entanto, vocês debandaram sem qualquer explicação. Para quê? Uma vida mexendo com graxa? Sem chance. É muito fácil. É muito limpo. Vocês estão escondendo alguma coisa.

— Não estamos — menti.

Estávamos nos escondendo tanto que se ela soubesse a verdade, nunca mais olharia para mim da mesma forma. Não haveria mais indícios de atração, nem olharia para mim quando pensasse que eu não estava vendo. Ela olharia para mim como o criminoso que eu tinha sido.

Como os criminosos que todos nós fomos.

— Ah, sim. A deflexão padrão. — Bryce revirou os olhos. — Desculpe. Eu não caio nessa.

— Não tem nenhuma grande história aqui. — Outra mentira que ela não ia acreditar.

— Se isso é verdade, então por que vocês se separaram?

— Em caráter confidencial? — perguntei.

— Sem chance.

— Claro que não. — Eu ri. E, claro, ela não estava me dando nenhuma folga. Eu sempre gostei das mal-humoradas. — Então acho que chegamos a um impasse.

— Um impasse? — zombou. — Isso não é impasse. Estou vinte passos à sua frente e nós dois sabemos disso. Por que exatamente você veio aqui hoje?

— Meu pai é inocente. Se você der algum tempo aos policiais, eles provarão isso também. Fazer o seu melhor para provar ao mundo que ele é culpado só vai fazer você parecer uma boba.

— Não tenho medo de parecer boba. — Ela havia percebido meu blefe, como sempre, mas eu não acreditava. Algo cintilou naqueles olhos que pareciam muito com o primeiro sinal de fraqueza.

— Tem certeza disso? Repórter nova em uma cidade nova, enlouquecendo em uma investigação de assassinato como se ela fosse uma idiota. Ela arrisca o pescoço para tentar desmascarar um cidadão conhecido. Um empresário que retribui à sua comunidade. Quando ele sair limpo, você é quem parecerá suja. Você é coproprietária aqui, certo?

— Sim. Qual é o seu ponto? — ela perguntou, entredentes.

— O meu ponto é... minha família vive em Clifton Forge há gerações.

Somos bem conhecidos. E benquistos. Em sua época, os Gypsies também.

— Então você está dizendo que se eu não ficar do seu lado, o povo da cidade vai me odiar? Eu posso viver com isso.

— Você pode? Jornal de cidade pequena, não deve estar ganhando muito dinheiro. Basta um boato de que você está imprimindo informações falsas para que as pessoas parem de ler.

A cor subiu em suas bochechas, o fogo queimando em seus olhos.

— Eu não gosto de ser ameaçada.

— E não gosto de me repetir. Você teve seu aviso. Fique fora disso.

— Não. — Ela me encarou. — Não até eu saber a verdade.

Meu temperamento subiu à tona e eu me levantei, empurrando a cadeira para trás para que pudesse me inclinar sobre a mesa com meus braços bem plantados na superfície.

— Você quer a verdade? Aqui está a verdade. Eu vi e fiz coisas que te dariam pesadelos. A verdade faria seu estômago revirar. Você sairia correndo desta cidade e nunca olharia para trás. Fique feliz por não saber a verdade. Pare de encher o saco, porra. Agora.

— Dane-se. — Ela se levantou, de repente, inclinando-se para ficar cara a cara, de modo que a única coisa que nos separava era a mesa. — Eu não vou recuar.

— Você vai.

— Nunca.

O som de seus dentes rangendo atraiu minha atenção para seus lábios. A vontade de beijá-la era mais forte do que nunca senti com qualquer outra mulher. Com a mesa entre nós, eu provavelmente não levaria uma joelhada no saco.

Eu me inclinei alguns centímetros e sua respiração parou. Quando desviei meus olhos de seus lábios, seu olhar estava fixo em minha boca. Seu peito arfava, os seios subiam e desciam por baixo da blusa com decote em V. Minha ameaça a ela não tinha feito nada além de nos excitar. Ela nunca iria recuar? Filha da puta.

Eu estava a um segundo de mandar tudo à merda e tomar seus lábios com os meus quando a porta se abriu. Lane Ryan entrou, limpando as mãos em um pano engordurado. Ele deu uma olhada para mim e sua filha e o sorriso sumiu de seu rosto.

— Tudo certo?

— Tudo ótimo. — Bryce sentou-se em sua cadeira, prendendo uma mecha de cabelo atrás da orelha. — Dash e eu estávamos discutindo o jornal de hoje.

Inclinei-me para trás da mesa e respirei fundo, meu pau inchado e dolorido dentro da calça. Afastei-me de Bryce e de seu pai, parando por um momento para deixar tudo se acalmar enquanto eu endireitava a cadeira que havia empurrado para longe.

Então, eu me aproximei de Lane e estendi a mão.

— Bom te ver, Lane.

— Você também, Dash. — Ele apertou minha mão, me olhando de soslaio, sem dúvida preocupado com sua filha irritante.

— Acho que terminamos aqui — afirmou Bryce, levantando-se e pegando seu laptop. — Se você me der licença, eu tenho que sair.

Não tínhamos terminado essa conversa, nem de longe, mas até que eu conseguisse controlar meu pau, não havia mais nada a dizer.

— Sim. Eu também.

Acenei com a cabeça para Lane, lançando um olhar furioso para Bryce, depois me virei e saí do *Tribuna*.

Merda. Ela não ia recuar, não importava quantas vezes eu a ameaçasse. Na verdade, minha visita apenas a estimulou.

O que significava que eu teria que ser criativo.

CAPÍTULO SEIS

BRYCE

— Idiota presunçoso — murmurei, remexendo os papéis em minha mesa enquanto procurava meu bloco de notas. — Como ele ousa entrar aqui e me ameaçar? Como ele ousa... Ah! Cadê?

O bloco de notas que eu estava procurando não estava em lugar nenhum. Não no meu carro. Não em casa em uma cesta cheia de roupas desdobradas. Não na minha mesa, que agora estava uma bagunça total.

Eu guardava blocos de notas diferentes para cada uma das minhas histórias, um lugar onde poderia fazer anotações para não esquecer de nada. Rosa era para anúncios de nascimento. Preto para obituários. Vermelho era para o rodeio e as festividades de 4 de julho. E o amarelo era pelo assassinato de Amina Daylee.

A última vez que o vi foi ontem de manhã. Lembrei-me de ter anotado no volante do meu carro que o nome do meio de Amina era Louise. Sua filha morava em Denver. Eu tinha anotado tudo para não esquecer, então enfiei o bloco de notas na minha bolsa com os outros.

Refazendo meus passos, eu vim direto para o jornal depois disso. Joguei tudo da bolsa na minha mesa enquanto trabalhava em várias matérias em andamento. Eu estava no meio da finalização de um artigo para o jornal de domingo. Era de boa – a programação para as comemorações do fim de semana do Dia da Independência de Clifton Forge. Eu tinha todos os meus blocos de notas bem aqui perto do meu teclado, o vermelho aberto enquanto eu digitava, quando...

Levantei de um pulo da cadeira.

— Aquele imbecil!

Dash deve ter pegado. O bloquinho não poderia simplesmente ter desaparecido, e eu procurei em todos os lugares. Mas como ele sabia que era o certo? Merda. Ele deve ter visto no motel quando eu estava conversando com Cody.

Por sorte, o caderno não continha nada que eu não conseguisse lembrar. O ato de escrever minhas anotações geralmente era suficiente para memorizá-las. E a maior parte das informações daquelas páginas já havia sido impressa.

Não importava. Eu estava brava.

— Merda. Não acredito que ele fez isso.

— Quem fez o quê? — Sue olhou por cima do ombro ao ver minha explosão.

Bufei e me sentei.

— Um ladrão idiota roubou meu bloco de notas bem debaixo do meu nariz.

Tudo porque eu estava muito distraída. Distraída pelo perigo que o cercava e pelo fascínio de descobrir todos os seus segredos.

— Sinto muito, querida.

— A culpa é minha — murmurei, dando-lhe um aceno de cabeça para que voltasse ao trabalho.

Definitivamente, foi minha culpa.

Dash se inclinou para perto e seu cheiro... Bom, ele cheirava bem. Seu perfume picante misturado com a brisa do verão era uma combinação inebriante. Sob o feitiço daquele perfume e seu olhar castanho inabalável, eu temi por uma fração de segundo que ele me beijaria. E que eu retribuiria.

Então, temi que ele não o fizesse.

Ele provavelmente roubou meu bloco de notas quando eu estava encarando sua boca.

Desgraçado. Baixei a guarda e ele não hesitou em tirar vantagem. Dash deve estar sentindo a pressão se teve que recorrer a pequenos furtos.

Nós dois sabíamos que eu estava ganhando. Eu tinha mais ases na mesa do que ele tinha no momento, mas o jogo estava prestes a virar.

Amanhã será a acusação de Draven, e a menos que o juiz decida que o homem de sessenta anos tem um risco de fuga, ele sairia sob fiança. Assim que Draven estivesse livre, Dash teria uma fonte interna.

Então, para manter a vantagem, eu precisaria forçar mais e cavar mais fundo. O que eu precisava era de outra fonte, encontrar outra pessoa como Cody Pruitt, que ajudaria porque tinha um rancor pessoal contra a família Slater.

Mas quem?

A porta da recepção se abriu e Willy entrou, indo direto para sua mesa do outro lado do corredor de Sue. Ele colocou seus óculos de sol acima do cabelo loiro ralo, revelando olheiras profundas. Era quase meio-dia, mas com suas roupas amarrotadas, ele parecia ter acabado de sair da cama.

— Oi, Willy.

Ele levantou uma mão enquanto se sentava, inclinando-se em sua cadeira.

— Bom dia. Oi, Sue.

— Oi, Willy. Noite difícil?

— Posso ter bebido muitas cervejas.

Com isso, a porta se abriu novamente e George entrou correndo, os braços sobrecarregados com papéis soltos e a pasta presa sob um cotovelo prestes a escorregar. Ele chegou à sua mesa bem a tempo de despejar tudo em cima quando a pasta caiu no chão.

— Ei, pessoal.

— Oi, George.

Todos os outros trocaram cumprimentos enquanto eu me sentava e observava; eu, a recém-chegada ao time. Pela primeira vez, a sala estava cheia. Todo mundo estava aqui, menos papai porque, de acordo com a exigência de mamãe de que sua rotina de vinte dias de trabalho terminasse, ele estava tirando o dia de folga.

— Acho que não estamos todos na mesma sala desde a reunião de equipe do mês passado — brinquei.

Willy sentou-se ereto, os ombros tensos.

— Lane disse que eu não precisava manter o horário regular.

— Por mim, tudo bem. Eu só estava fazendo uma observação. Trabalhe quando quiser.

— Ah. Okay. — Ele relaxou novamente. — Obrigado. Não gosto muito das manhãs.

— Em que você está trabalhando? — perguntei.

Ele vasculhou a bolsa que trouxera, tirando um bloco de notas.

— Ainda não digitei, mas você pode ler.

— Sim, por favor. Adoraria. — Levantei-me e fui até sua mesa, pegando o bloco de sua mão.

Não demorei muito para ler o artigo, mesmo com a caligrafia zoada de Willy. As palavras me prenderam e, no final, eu tinha um sorriso no rosto.

— Essa vai ser incrível — eu disse a ele, devolvendo o bloco. — Bom trabalho.

Um rubor subiu por suas bochechas.

— Obrigado, Bryce.

Willy estava fazendo um artigo de cinco semanas sobre a vida dos andarilhos ferroviários. Ele passou a maior parte do mês na primavera passada conhecendo um punhado de pessoas que passaram por Clifton Forge, cortesia da linha ferroviária Burlington Northern Santa Fé, que passava ao longo da periferia da cidade.

A coluna desta semana era sobre uma mulher que havia sido caroneira por sete anos. As palavras de Willy pintaram sua vida nômade com detalhes vívidos. Uma escolha de vida árdua, porque não havia luxos como banhos diários. Brutal às vezes, quando a comida se tornava difícil de encontrar. Saudoso com sua liberdade final. Feliz porque viveu a vida que escolheu.

A história era intrigante, a escrita impecável. O talento de Willy era a razão pela qual papai lhe dava rédea solta quando se tratava de lançar ideias. O que quer que ele escrevesse, nossos clientes devoravam.

Willy conhecia bem seu público, talvez porque tivesse morado em Clifton Forge a vida inteira e não houvesse uma alma na cidade que ele não conhecesse.

Uma ideia chegou na minha cabeça. Talvez Willy pudesse me ajudar a manter minha vantagem contra Dash.

— Posso fazer uma pergunta? — Sentei-me na beirada de sua escrivaninha.

— Manda.

— Eu esperava dar uma olhada no relatório da autópsia, o relatório da mulher que foi assassinada no Evergreen. Mas quando passei no escritório do legista do condado esta manhã, eles tinham uma nota na porta dizendo que estava fechado. Se eu quisesse falar com o legista, quem seria?

— Mike — falou Willy. — É só ligar para ele. Ele vai te ajudar.

— Mesmo para uma investigação em andamento?

As autópsias eram de registro público, mas quando uma investigação estava envolvida, elas não eram liberadas até que o promotor permitisse.

— Ele pode não deixar você ler o relatório inteiro, mas já me deu um resumo de antemão só para eu incluir alguns detalhes em uma história. Além disso, nunca é demais perguntar.

Eu sorri.

— Exatamente.

Uma coisa que meu pai me ensinou desde cedo foi que pedir informações era gratuito. Na pior das hipóteses, você receberia um não. Eu já sabia que essa seria a resposta do delegado Wagner.

Mas talvez esse Mike fosse um pouco mais aberto a compartilhar.

— Adoraria perguntar ao Mike. — Levantei-me da mesa de Willy. — Só que não o conheço. — Nem tinha o telefone dele.

Willy sacou o celular do bolso sem dizer uma palavra, apertou-o por um segundo e o levou ao ouvido. Cinco minutos depois, nós dois estávamos no meu carro, indo para o escritório do legista.

— Obrigada por vir — agradeci, enquanto ele se acomodava no banco do carona.

— Tranquilo. Estou meio curioso para ver você em ação. As coisas que você escreveu sobre o assassinato são boas. Muito boas. Melhor trabalho que vi desde o de seu pai.

— Obrigada. — Sorri por cima do volante talvez com o melhor elogio que recebi em uma década. — Seu trabalho também é impressionante.

— Que bom que você pensa assim. Eu, eh... Eu realmente amo meu trabalho. Posso ir mais... para o escritório. Se for preciso. — Seus dedos tamborilaram sobre o colo.

Willy sempre foi nervoso e arisco no escritório. Eu apenas presumi que ele era assim o tempo todo. Talvez ele fosse até certo ponto. Mas ele também estava nervoso com seu trabalho. Que comigo na equipe, papai não precisaria de um repórter adicional.

— Não me importo quando você vai no escritório, Willy. Contanto que você continue escrevendo as ótimas histórias que tem escrito e as entregue no prazo, sempre terá um lugar no *Tribuna*.

Ele acenou com a cabeça, mantendo os olhos para fora da janela, para os prédios que passavam. No reflexo do vidro, vislumbrei um leve sorriso.

Não demoramos muito a chegar ao consultório do médico legista, que ficava do outro lado da rua do pequeno hospital da cidade. Willy abriu caminho até uma porta trancada, batendo na tela de arame que cobria uma janela quadrada de vidro. Esperamos por alguns minutos, mais do que eu teria ficado ali sozinha, até que, finalmente, a porta se abriu e um homem sinalizou para que entrássemos.

— Mike. — Willy apertou sua mão. — Esta é Bryce. Bryce, Mike.

— Prazer em conhecê-lo, Mike. Obrigada por fazer isso.

— Sem problemas. — A voz dele estava rouca. As olheiras de Mike combinavam com as de Willy. Apesar do cheiro pungente de produtos químicos dentro do espaço estéril, o cheiro rançoso de álcool exalando de seu corpo quase me fez engasgar. — Devo uma ao Willy depois que ele me levou para casa ontem à noite. Bebi demais depois do nosso torneio de sinuca.

Balancei a cabeça e respirei pela boca.

— Muito legal.

— Em que posso ajudá-la? — Mike perguntou.

— O escritório do legista está fechado e...

— Aqueles caras — Mike zombou e revirou os olhos. — Sabe, eu trabalho pra caramba fazendo relatórios e enviando para eles. Eles levam um bom tempo para realmente processá-los. De quem você queria ver?

Eu me preparei.

— Amina Daylee.

— Oh. — Seus ombros cederam. — Não pode. Investigação ativa. Você vai ter que conseguir isso com a polícia.

— Droga. — Suspirei. — Bem, valia a pena perguntar. Tive alguns examinadores no passado que me deixaram ler seu relatório ou me falaram um pouco sobre ele. Às vezes até *in off* mesmo, então não consegui imprimir nada até que fosse liberado pela polícia. Mas ter uma ideia da autópsia me ajuda a fazer as perguntas certas. Pode levar a outras pistas também.

Meu discurso foi sem expectativas. Eu esperava que Mike nos empurrasse porta afora a qualquer momento, como provavelmente deveria fazer.

— Eu não posso mostrar para você — ele disse, enquanto eu prendia a respiração, esperando e torcendo pela palavra mágica. — Mas... — bingo — posso te dar uma ideia. Em off total. Você terá que esperar que os detalhes sejam divulgados para publicá-los.

— Perfeito. — Olhei para Willy, que me deu uma piscadela.

— Vamos — murmurou Mike, fazendo sinal para que Willy e eu o seguíssemos pelo corredor.

O prédio estava deserto, a única luz provinha das janelas, já que as luzes do teto estavam todas apagadas.

— Dia tranquilo? — perguntei.

Mike deu de ombros.

— Sou só eu agora. Eu tinha uma estagiária, mas ela folga no verão.

Nós lotamos o escritório de Mike no final do corredor. A escrivaninha e o chão estavam cheios de pilhas de pastas de arquivos da mesma cor de seu uniforme. O corredor cheirava a antisséptico e alvejante, mas ali dentro o ar estava perfumado com café e ressaca.

— Beleza. — Mike abriu uma pasta enquanto se sentava atrás de sua mesa. Sentei-me em frente a ele em uma cadeira dobrável, e Willy permaneceu de pé contra o batente da porta. — Amina Daylee. Cinquenta e nove anos. Causa da morte, perda de sangue devido a múltiplas facadas.

Informações que já obtive dos relatórios policiais e da minha conversa com Cody Pruitt no motel. A esposa de Cody chorou ao contar a ele sobre a cena no quarto 114. A cama inteira estava encharcada com o sangue de Amina. Também pingou no carpete, criando poças quase pretas. A esposa de Cody pisou em uma quando correu para o lado de Amina para verificar o pulso.

— Quantas facadas? — perguntei.

— Sete. Todas na parte superior do corpo.

Engoli em seco.

— Ela sofreu?

— Sim. — Mike encontrou meu olhar e me deu um sorriso triste. — Não por muito tempo. Ele atingiu uma artéria importante, então ela sangrou rapidamente.

— Você sabe a hora da morte?

— Tenho uma cronologia bastante apertada, mas como sempre, é uma estimativa. Entre as cinco e sete da manhã.

O que significava que Draven a tinha matado logo cedo.

— Algo mais que você pode me dizer?

— Ela recentemente teve relações sexuais.

Minha coluna se endireitou.

— Algum sinal de que foi forçado?

— Não. Provavelmente foi consensual.

— Pelo menos já é alguma coisa. — Fiquei feliz por Amina não ter sofrido um estupro antes de morrer. — O esperma era o de Draven?

— Isso tudo é extraoficial. — Mike olhou entre mim e Willy, um súbito pavor cruzando seu rosto como se ele já tivesse falado demais. — Certo?

— Certo — prometi. — Não vou usar nada disso no jornal até que as autoridades liberem para a imprensa.

Mike estudou meu rosto por um longo momento, então me deu um aceno de cabeça.

— O novo teste rápido preliminar combinou com sua amostra. Ainda estou esperando os resultados completos. Mas as preliminares raramente estão erradas.

Uma reviravolta interessante. Draven e Amina fizeram sexo antes que ele a matasse. Por quê? Eles eram amantes há pouco tempo? Antigos amantes? Por que o motel em vez de sua casa? Sua morte foi um ato passional? Todas essas perguntas eu teria anotado no meu bloco de notas.

Dash filho da puta.

— Muito obrigada pelo seu tempo. — Levantei-me e estendi a mão. Mike também se levantou.

— Nada disso será impresso até que o relatório seja divulgado.

— Você tem minha palavra. Obrigada novamente.

Willy e eu saímos do escritório, voltando para o sol e o ar fresco. Enquanto entrávamos em meu carro, Willy riu.

— Você é boa. Eu tinha certeza de que ele nos expulsaria quando você dissesse a ele qual relatório queria.

— Tenho meus momentos. — Sorri e liguei o carro. — Obrigada pela ajuda.

— Disponha. E agora?

— Agora? — Soltei um longo suspiro. — Agora preciso saber mais sobre nossa vítima. A filha dela está no Colorado, mas eu não iria abordá-la tão cedo de qualquer maneira. Amina cresceu aqui, mas não tem mais família. Espero encontrar algumas pessoas que a conheceram quando criança. Quero descobrir por que ela voltou e por que se encontrou com Draven.

— Posso ajudar com isso — comentou Willy. — Que tal eu pagar uma cerveja para a minha nova chefe?

— Você está falando minha língua.

Aparentemente, o *The Betsy* não era apenas um bar decadente, mas um lugar onde a história da cidade era tão abundante quanto os ácaros flutuando nas vigas.

Graças a três frequentadores do bar – um trio de homens com mais de setenta anos que eram de alguma forma parentes entre si por meio de primos e casamentos, eu perdi a noção – eu tinha mais informações sobre Amina Daylee do que pude encontrar em minhas fontes confiáveis no Facebook e Google.

O nome de Amina não aparecia muito nos arquivos dos jornais. A única referência era um anúncio de formatura décadas atrás. Foi como descobri que ela estudou na *Clifton Forge High*, um ano abaixo de Draven. Mas, além da formatura, não encontrei muitas informações sobre a família dela.

De acordo com os caras do bar, a família de Amina não morava em Clifton Forge há muito tempo. Seu padrasto trabalhava na ferrovia e fora transferido do Novo México para cá. Um dos frequentadores lembrou que a família havia se mudado para a cidade pouco antes de Amina aprender a dirigir, porque ele havia vendido um carro para eles. *Eu era um pouco velho demais para ela na época, mas aquela garota era de virar a cabeça.*

A família era muito querida, pelo que os caras do *The Betsy* recordavam, mas suas interações eram limitadas porque no inverno depois que sua filha se formou e se mudou, os pais de Amina morreram em um trágico acidente de carro. De alguma forma, eu não vi isso nos arquivos de notícias, pois sua mãe adotou o sobrenome de seu padrasto enquanto Amina manteve Daylee.

Seus pais foram enterrados no cemitério da cidade. Talvez ela voltasse para visitar seus túmulos.

— Outra, Bryce? — perguntou o barman.

Engoli o último gole da minha cerveja.

— Estou bem, Paul. Obrigada.

Cerca de vinte minutos atrás, eu havia perdido Willy e os três frequentadores para a mesa de sinuca enquanto fiquei em meu banco, terminando minha segunda cerveja. A porta atrás de mim se abriu, a luz brilhante da tarde se infiltrando. O baque de botas pesadas fez vibrar as tábuas do assoalho quando o novo cliente se aproximou do bar.

Olhando por cima do ombro, esperava deparar com o rosto de um estranho. Em vez disso, encontrei olhos castanhos vibrantes e um rosto que praticamente memorizei.

— Você roubou meu bloco de notas.

Dash deslizou para o banquinho vazio ao meu lado e apontou o queixo para Paul, uma ordem silenciosa que devia significar traga uma cerveja para mim, porque Paul fez exatamente isso. Dash se acomodou na banqueta. O assento estava tão perto do meu que um de seus ombros largos chegou a uma fração de centímetro de tocar a pele nua do meu.

Meu coração disparou – órgão estúpido – e cerrei os dentes. Recusei-me a reconhecer o quão perto seu antebraço estava do meu. Recusei-me a olhar para a tatuagem preta que decorava sua pele em largas pinceladas. Eu me recusei a ceder enquanto ele me espremia ali porque, caramba, eu cheguei aqui primeiro.

— Você se importa? — Eu o olhei de cima a baixo. — Afaste-se.

Ele não se moveu.

— Eu não gosto de você.

REI DE AÇO

O canto da boca de Dash se ergueu. Com o outro braço, ele estendeu a mão para trás e tirou algo do bolso traseiro, jogando-o no balcão. Meu bloco de notas amarelo.

— Aqui.

— Ladrão. — Peguei-o e coloquei na bolsa. Eu não daria a ele a satisfação de examiná-lo agora. Mas no segundo em que ficasse sozinha, verificaria cada página.

— Não é muito de tomar notas, não é? Não havia nada aí que eu já não soubesse.

Eu ofeguei.

— Porque já publiquei no jornal.

— Aqui está. — Paul entregou a cerveja de Dash. — Alguma novidade sobre o seu pai?

— A audiência de fiança é amanhã.

— Você acha que ele vai sair sob fiança?

Dash me lançou um olhar cauteloso, como se não quisesse responder enquanto eu estivesse sentada aqui. Que azar, King. Eu estava aqui primeiro.

— Sim. Ele vai sair.

— Ótimo. — Paul suspirou. — Isso é muito bom.

Bom?

— Você não está preocupado que um assassino em potencial esteja fora da custódia da polícia e perambulando pelas ruas?

Paul apenas riu, matando qualquer chance de uma gorjeta decente.

— Grite se precisar de alguma coisa, Dash. Preciso voltar e trocar um barril.

— Pode deixar. — O ladrão tinha um sorriso arrogante no rosto enquanto levantava o copo para beber.

Incapaz de desviar meus olhos – mais órgãos estúpidos –, segui o movimento de seu pomo-de-Adão enquanto ele engolia. Observei com muita atenção quando sua língua se projetou para secar a espuma em seu lábio superior.

— Vou roubar outra coisa se você continuar olhando para a minha boca desse jeito.

Não desviei o olhar. Era uma alegação de desafio, mas não desviei o olhar.

— Alguém já lhe disse que suas sobrancelhas são muito grossas?

Dash riu, o som baixo e profundo enviando um arrepio na minha coluna espinhal.

— Uma ou duas vezes. Como foi sua reunião com Mike hoje?

— Informativa. — Ele estava me seguindo agora? Deus, este homem era irritante, mas mantive a expressão neutra. — Fiquei sabendo de muita coisa hoje. O jornal de domingo vai ser bom.

— Ansioso para ler. — Dash largou a cerveja e se contorceu no assento, esbarrando o joelho no meu. — Será a última vez que o *Tribuna* publicará algo que eu ainda não saiba.

— E por que isso?

— Meu pai vai sair amanhã.

— E daí, exatamente? Ele vai sair da prisão e me matar também?

Seu queixo coberto pela barba por fazer flexionou.

— Ele sai da cadeia e me conta o que diabos aconteceu. Então terminamos este joguinho.

— Não é um jogo. — Levantei-me da banqueta, ajustando minha bolsa no ombro. — Este é o meu trabalho. A cidade merece saber que há um assassino entre eles. Uma mulher foi assassinada e merece justiça.

— Ela vai conseguir justiça quando os policiais encontrarem a pessoa que a matou, não prendendo um homem inocente.

— Inocente? Eu li o suficiente sobre este seu clube para saber que seu pai está longe de ser inocente.

— Ex-clube.

— Questão de semântica.

— Porra, você é difícil — ele rosnou.

— Até logo, King. — Dirigi-me para a porta, acenando para Willy, que ainda estava absorto em seu jogo de sinuca. Ele teria que encontrar outra carona para o escritório, porque eu não ficaria mais um segundo no *The Betsy*.

Bem, talvez mais um segundo.

— Ah, e Dash? — Eu me virei e encontrei seu olhar. Ele estava me observando ir embora. — Quanto tempo você acha que demorou depois que seu pai fodeu Amina Daylee para ele matá-la? Uma hora? Talvez duas? Ele não me parece ser do tipo carinhoso.

A mandíbula de Dash mal relaxou, seus olhos se arregalaram apenas uma fração. Ele era bom em esconder a surpresa, mas eu era melhor ainda em detectá-la. Ele não tinha ideia de que seu pai *inocente* tinha transado com Amina logo antes de seu assassinato.

Eu o deixei sentado lá, sua mente visivelmente girando, e saí porta afora. Lentamente, segredo por segredo, eu descobriria a verdade. Primeiro sobre o assassinato de Amina Daylee. Então, sobre o Moto Clube Tin Gypsy.

E quando isso acontecesse, talvez esse sentimento vazio de que estava perdendo algo em minha vida finalmente desaparecesse.

REI DE AÇO

CAPÍTULO SETE

DASH

Esperei do lado de fora do tribunal do condado por meu pai em minha caminhonete, tamborilando o polegar preguiçosamente em meu joelho. A audiência de fiança havia acabado, e assim que ele saísse, nós iríamos dar o fora daqui.

Era estranho dirigir o Dodge no verão. Eu tinha comprado esta caminhonete apenas um mês antes da primavera, então ainda estávamos nos adaptando. Era preta, como todas as suas antecessoras. Ainda tinha o cheiro de carro novo, porque não a usei muito. Assim que o gelo descongelava das estradas a cada primavera, eu só andava de moto até a neve voltar a cair no final do outono. Os invernos de Montana eram longos e a maioria de nós que pilotava não queria perder um único dia.

Mas eu queria buscar meu pai hoje. Tínhamos muito o que conversar para adiar os dez minutos que levaríamos para cada um de nós ir de moto até a oficina. E eu não queria tirar os caras do trabalho para trazer a moto dele para cá.

Ele saiu pela porta da frente vestindo as mesmas roupas que usava na sexta-feira passada. Sua barba por fazer estava grisalha e espessa, quase cheia, e quando ele entrou na caminhonete, seus olhos castanhos e escuros estavam cansados. Ele parecia ter passado um mês preso, não apenas uma semana.

— Oi. — Ele me deu um tapinha no ombro e afivelou o cinto de segurança. — Obrigado. Por cobrir a fiança.

— Sem problemas.

— Você colocou a minha casa? — ele perguntou.

— Não. A oficina.

O juiz determinou que meu pai não tinha grande risco de fuga, mas dado que ele era o principal suspeito de um assassinato violento e sua associação anterior com o clube, a fiança foi fixada em meio milhão de dólares.

— Droga — ele disse. — Devia ter colocado minha casa. Queria que você não tivesse envolvido a oficina.

— Eles fariam um monte de perguntas se eu simplesmente aparecesse com uma mochila cheia de dinheiro do meu cofre. — Coloquei a caminhonete em movimento e me afastei do tribunal. — Sua casa. Minha casa. A oficina. Não importa. Vai passar quando resolvermos essa merda.

Meio milhão em dinheiro não era difícil para nenhum de nós conseguir, mas considerando como ganhamos esse dinheiro, nós o usamos para coisas que não podiam ser rastreadas. Definitivamente, não para cobrir uma fiança.

— Poderia ter me deixado lá.

— Nunca. — Eu fiz uma careta. Não só porque ele era meu pai e não merecia ficar lá, mas porque eu precisava de respostas. Talvez eu, finalmente, pudesse superar Bryce. Porque no momento, nessa corrida por informações, eu estava perdendo miseravelmente. — Temos que conversar sobre o que aconteceu.

— Preciso de um dia. — Ele inclinou a cabeça para trás. — Então conversaremos sobre tudo.

— Não temos um dia.

— Os policiais não vão encontrar nada que já não tenham encontrado. Quem armou para mim foi meticuloso.

— Não é com a polícia que estou preocupado — eu disse a ele, observando-o sentar-se ereto. — Temos um problema com a filha de Lane Ryan no jornal.

— Que tipo de problema?

— Ela está cavando. E ela é boa.

— O que ela achou? — perguntou meu pai.

— No momento, ela está focada na investigação do assassinato. Mas estou preocupado que ela não pare por aí.

— Porra — murmurou papai. — Não precisamos de uma maldita repórter intrometida desenterrando velhos negócios dos Gypsies.

— Não, não precisamos. Tivemos sorte. Paramos com aquelas coisas. Nós estamos cumprindo as regras agora. E as pessoas simplesmente deixam para lá. — Eles estavam felizes por ter paz na cidade, para variar. — Bryce, essa repórter, ela não é do tipo que deixa nada passar.

Uma característica que teria sido irresistível se ela estivesse trabalhando ao meu lado. Mesmo como inimiga, ela era muito tentadora.

— Ameacei arruinar a reputação dela. Isso saiu pela culatra. Mas vou agir. — Eu só tinha que descobrir como.

Quanto mais eu pressionava, mais ela revidava. E Bryce era uma mulher obstinada. Eu aprendi com minha mãe desde cedo que a maioria dos homens não tem chance contra uma mulher obstinada e teimosa.

— Apenas tome cuidado — pediu. — Nós dois não podemos parar na cadeia.

— Não se preocupe. Não vou fazer nada para me colocar na cadeia. Eu só... tenho que encontrar algo para usar contra ela para que ela recue.

O medo costumava ser minha arma. Minha ferramenta favorita. Nos meus vinte anos, usei violência física para deixar as pessoas com medo. Mas então aprendi que extorsão e chantagem eram geralmente mais eficazes. Talvez nenhuma alternativa funcionaria com Bryce, certamente não algo físico. Nunca machuquei uma mulher na minha vida e não ia começar agora. A ideia de machucá-la fez meu estômago revirar.

— Você poderia dar um jeito de convencê-la a trabalhar conosco. Não contra nós — sugeriu meu pai.

Não era uma má ideia. Havia uma maneira de conseguir que Bryce se tornasse uma aliada? Se ela fosse uma amiga, não uma inimiga, eu seria capaz de alimentá-la com informações sobre os Gypsies, sem me preocupar com ela cavando pelas minhas costas. E então eu poderia controlar as informações que ela colocava em seu precioso jornal.

— Inteligente. Isso pode funcionar.

— Talvez devêssemos ter sido mais abertos sobre o motivo de fechar o clube — falou ele, olhando pela janela. — Estive me perguntando se isso colocaria um alvo em nossas costas.

— O que teríamos dito? Não havia como explicar sem levantar um monte de merda que precisa ficar oculta.

— Você está certo. — Seus ombros cederam. — Só foi uma longa semana. Pensei muito sobre o passado e os erros que cometi. Eu odeio a prisão.

— A maioria odeia.

Eu só estive na prisão uma vez, quando tinha dezenove anos. Fui preso como suspeito de agressão. Culpado, espanquei um homem que me enganou no pôquer e apontou uma arma para mim quando o confrontei sobre isso.

O babaca deveria ter atirado em mim.

Eu não tinha certeza do que meu pai havia feito para que o cara retirasse as acusações, mas elas foram retiradas e o cara se mudou da cidade na semana seguinte. Depois disso, aprendi a ser mais verbal durante uma briga. Antes de deixar alguém inconsciente, eles sabiam que, se falassem com a polícia, pagariam com a vida.

Quantas pessoas viram meu rosto em seus pesadelos?

A dúvida havia se tornado um sentimento familiar nos últimos anos.

Dúvida. E vergonha. Eu já fui orgulhoso. Orgulhoso do homem que o clube me fez. Tínhamos vivido nossas vidas seguindo um conjunto de regras não nutridas na sociedade, mas na irmandade. Eu tinha tanta certeza dessas regras, era tão firme em segui-las.

Então comecei a questionar tudo.

Esse foi o começo do fim para os Tin Gypsies.

Anos atrás, depois que o pai de Emmett foi assassinado no estacionamento do *The Betsy*, o clube votou pela mudança. Muitos homens morreram, muitos entes queridos. Levamos quase seis anos para desfazer os negócios ilegais do clube. Para mudar a mentalidade de um legado antigo e ultrapassado.

Passamos esse tempo construindo a oficina para que ela pudesse gerar renda suficiente para cobrir o que havíamos feito ilegalmente. Não há mais tráfico de drogas. Não há mais ringue de luta subterrâneo.

Graças a muito trabalho e um pouco de sorte, a oficina teve mais sucesso do que qualquer um de nós imaginava. E quando chegou a hora de decidir se os Gypsies continuariam como um clube cumpridor da lei ou se separariam, no final, estávamos todos prontos para deixar o passado para trás.

Eu não era o único irmão que se olhava no espelho e não gostava do homem olhando de volta.

A maioria dos membros do clube pegou o dinheiro que havia guardado e mudou-se para novas cidades e novas casas. Eles deixaram velhos demônios para trás para um novo começo. Os que ficaram formaram uma nova família, centrada na oficina. Meu pai, Emmett, Leo e eu.

Eu ansiava por esta vida normal.

Pensava que as normas da sociedade seriam sufocantes. Acontece que a vida era mais fácil deste lado da lei. Era bom ter pessoas fazendo contato visual quando passavam por você na calçada. É bom não ver mães agarrando as mãos de seus filhos quando você olha para elas. É bom não estar constantemente olhando por cima do ombro.

Pelo menos foi bom, até Bryce Ryan aparecer com seu bloco de notas amarelo e a maldita curiosidade.

Eu não iria deixá-la arruinar esta nova vida que construímos. Eu não a deixaria ameaçar minha família. A única maneira de nos proteger era obter as informações primeiro.

— Conte-me sobre Amina Daylee.

Papai soltou um longo suspiro.

— Hoje não.
— Pai...
— Por favor. Um dia. Me dê um dia. Conversaremos amanhã.

Eu fiz uma careta, mas assenti. Então mudei de direção, levando-o para casa em vez de para a oficina. Não nos falamos enquanto eu percorria a cidade. Quando estacionei na garagem da casa da minha infância, permaneci no meu lugar.

— Amanhã.

Ele abriu a porta e assentiu.

— Amanhã.

Cabisbaixo, ele caminhou até a porta lateral da casa e entrou.

Nós só usamos a porta lateral na casa dele. A porta da frente não era usada há anos. Até o carteiro sabia que deveria deixar os pacotes na entrada lateral.

Porque nenhum de nós subiria a calçada da frente. Não meu pai. Não Nick. Nem eu. Nenhum de nós colocaria os pés no lugar onde o sangue da mamãe havia manchado o cimento. Você não podia mais ver a mancha. A chuva, a neve e o sol o haviam desgastado.

Mas ainda estava lá.

Nick e eu tentamos convencer nosso pai a sair daquela casa. Havia muitas lembranças ali, muitos lembretes do que havíamos perdido.

Mas essas memórias tiveram um efeito diferente nele. Ele ficou naquela casa porque era onde morava com a mamãe. Para ele, ela estava nas paredes. No teto. No chão.

Ele morreria naquela casa antes de desapegar das lembranças que tinha dela.

Um arrepio percorreu minha pele e eu o afastei, saindo da garagem e indo para o trabalho. Quando parei no estacionamento da oficina, estava com um humor de merda.

Por que meu pai precisaria de um dia? Por que não queria falar sobre Amina e como ela foi morta? Ele não queria encontrar a pessoa que o incriminou?

Bryce estava certa? *Ele transou com Amina?* Quem era aquela mulher além de uma velha amiga do colégio? Que eu saiba, meu pai não tinha estado com uma mulher desde a morte de mamãe. Talvez para se punir. Talvez porque não quisesse outra mulher em sua vida. Dormir com Amina teria quebrado uma sequência infernal.

Isso me inquietou um pouco, a ideia de meu pai com qualquer outra pessoa. Ele tinha sido fiel à mamãe. Sempre. Ele não tinha feito nada de errado. Então, por que isso estava me incomodando?

Entrei na oficina e encontrei Emmett sob o capô de uma caminhonete Chevy.

— Oi.

Ele olhou além de mim, procurando por meu pai.

— Onde ele está?

— Em casa.

— O quê? — Ele fez uma careta. — Nós precisamos conversar.

— Precisamos. Mas ele quer um dia. Nós vamos dar a ele.

— Quem quer um dia? — Leo perguntou, caminhando até nós com uma garrafa de água recostada aos lábios.

— Meu pai.

Ele afastou a garrafa da boca.

— Porra. Precisamos de respostas. Se são os Warriors armando para ele, então precisamos...

Levantei uma mão, meus olhos seguindo para Isaiah, que estava trabalhando na próxima baía.

— Agora não.

Ele assentiu, fechando a boca.

Todos nós confiávamos em Isaiah como mecânico, mas não íamos conversar sobre negócios antigos de clube com ele por perto – não só por nós, mas por ele.

— Vamos só... ser pacientes.

Emmett zombou.

— Algo em que nós três nos destacamos.

— Sim. — Tirei o celular do bolso e fui até uma bancada, colocando-o com as chaves em cima. Então avaliei o quadro de trabalho. Os caras tinham feito as coisas normais, então eu começaria a trabalhar no Mustang. *Trabalhar era bom.*

Eu poderia aproveitar algum tempo com minhas ferramentas e um motor. Seria bom um pouco de graxa em minhas mãos e tempo para pensar. Porque hoje à noite, eu precisava ter um plano para lidar com Bryce Ryan.

Eu precisava de um plano para trazê-la para o meu lado.

— Saia da minha varanda.

Eu ri, levando a garrafa de cerveja aos lábios.

— Olá, Bryce.

— O que você está fazendo aqui? — Ela ficou na minha frente, com as mãos nos quadris. — Como você sabe onde eu moro?

— Quer mesmo saber? — Duvido que ela fosse querer saber que eu a seguia por aí há dias.

— Não.

Ela tinha vindo da academia porque seu cabelo estava preso em um rabo de cavalo, algumas mechas perto de suas têmporas ainda úmidas de suor. Sua *legging* preta moldava as pernas magras. A blusa era apertada em torno de seus seios e barriga, deixando apenas seus graciosos braços expostos.

Meu pau ganhou vida quando me imaginei tirando aquelas roupas de seu corpo, deixando todas as suas curvas livres. Melhor não pensar nela nua, não quando eu estava tentando minha nova tática.

— Cerveja? — Acenei com a cabeça para o pacote perto da minha bota, que agora só tinha três garrafas.

— Eu passo.

— Mais para mim, então. — Dei de ombros.

— Agora que você sabe que não quero cerveja, pegue-as e vá para casa.

— Não posso.

— Por que não? — Ela bateu o pé na calçada. — Apenas suba na sua moto e siga seu caminho.

— Você não estava aqui. Você me fez esperar por você e eu fiquei com sede. Então tomei três cervejas. Não posso pilotar agora. Alguém terá que vir me buscar.

— Vou chamar um táxi.

— Não vai rolar.

— Por quê? — O pé que batia na calçada acelerou o ritmo. Bom, era divertido zoar com ela.

— Minha moto. Não posso deixar na rua. Tenho que levar para casa.

— Então você vai ficar sentado na minha varanda até ficar sóbrio o suficiente para voltar para casa?

— Se você insiste.

Ela rosnou para mim, então se abaixou para pegar uma cerveja. A tampa saiu com uma torção, mas em vez de colocá-la naquele lábio inferior lindo, ela me surpreendeu mais uma vez.

Ela derramou minha cerveja no gramado.

— O que... — Disparei pelo único degrau de concreto, alcançando a garrafa. Mas ela colocou o ombro no meu caminho, me bloqueando, enquanto a cerveja perfeitamente boa encharcava a grama verde. — Existe algum motivo para você estar desperdiçando minha cerveja?

— Sim. Eu quero você fora da minha varanda. — Colocou a garrafa vazia no chão e pegou outra. Desta vez foi a minha vez de bloquear. — Relaxa. Vou beber as outras duas e talvez, quando elas acabarem, você vai embora.

Apontei meu dedo para seu rosto.

— Despeje outra e da próxima vez eu apareço com uma caixa.

O canto de sua boca se contraiu.

— Beleza.

— Beleza.

Sentei-me primeiro, pegando uma cerveja e abrindo a tampa. Dei outro olhar de advertência antes de entregar para ela.

Ela tomou um pequeno gole.

— Então, voltando à minha primeira pergunta. O que você está fazendo aqui?

— Conhecendo você melhor.

— E por que isto?

— Curiosidade. — Tomei um longo gole. — Você é meio chata. Vai ao jornal cedo todas as manhãs. Seu pai sempre chega lá primeiro. Daí, é a vez de o Papai Noel chegar. E então, você. Todo mundo vem e vai, mas vocês três mantêm um cronograma bastante regular.

Se eu a surpreendi por conhecer sua rotina, ela não deixou transparecer, apenas tomou um gole de cerveja, com os olhos fixos na rua tranquila à nossa frente.

— Essa é a desvantagem de estar no comando.

— Às vezes, você caminha até o café da Central, mas não todos os dias. O almoço é geralmente em sua mesa, a menos que você esteja correndo tentando preencher um de seus blocos de notas. E então você sai às cinco, direto para a academia. Exceto na terça, quando você janta na casa dos seus pais. Supondo que seja uma coisa semanal.

Bryce tomou um longo gole de sua cerveja e a cor subiu em seu rosto. Era o único sinal de que eu estava chegando lá, mas era o suficiente.

— Algo mais?

Inclinei-me um centímetro mais perto, o calor de seu braço nu queimando o meu. Com nossas peles quase se tocando, inclinei meu pescoço para poder falar bem no ouvido dela:

— Você odeia lavar roupa.

Ela se virou, quase acertando meu nariz com o dela e estreitou os olhos.

— Como você sabe disso? Você invadiu minha casa ou algo assim?

— Não. — Passei a mão pelo braço nu, do pulso ao ombro. Sua respiração vacilou e os pelos finos de seu antebraço se eriçaram. Seu peito arfava, mas ela não se afastou.

Pelo menos eu não era o único afetado por esse magnetismo entre nós. Por essa química e esse... anseio. Tocá-la afetou meu controle, então, antes de me descontrolar, puxei o tecido de sua blusa e me afastei.

— Está escrito na sua camisa.

Ela se encolheu, olhando para as palavras em sua camiseta cinza. A cor em suas bochechas se tornou mais intensa quando ela se afastou um centímetro, fingindo que meu toque não tinha acabado de gerar algo.

Bolei um plano enquanto trabalhava no Mustang hoje.

Minhas táticas de intimidação não estavam funcionando com Bryce e nunca funcionariam. Ela não se importava que eu tivesse dinheiro. Ela não se importava que eu tivesse poder. Ela não se importava que eu tivesse influência suficiente nesta cidade para arruinar seu precioso jornal.

Porque ela era diferente. *Ela* não ia responder da mesma forma que um homem. Então, em vez de tratá-la como trataria um homem, precisava tratá-la como a linda mulher que ela era.

Eu não poderia ameaçá-la para ficar quieta, mas talvez pudesse seduzi-la para o meu lado.

O plano parecia brilhante uma hora atrás. Agora que eu a toquei, talvez fosse tão estúpido quanto parecia.

Como eu poderia seduzir uma mulher que tornava impossível pensar em outra coisa senão em tirar aquela *legging*?

Tomei outro longo gole da minha cerveja e pigarreei.

— O jornal sai no domingo. Alguma coisa que você queira jogar na minha cara antes disso?

— Não no momento — ela disse, calmamente, enquanto eu estudava seu perfil.

Seu nariz era reto, exceto por uma pequena elevação na ponta. Seus lábios eram carnudos, o inferior ligeiramente úmido pela cerveja. Ela até tinha um queixo bonito. Não sei se já havia notado o formato do queixo de uma mulher antes, mas o dela era afunilado em uma ponta suave. Eu não conseguia pensar em um queixo mais bonito no mundo.

— Você está me encarando.

Eu pisquei.

— É.

Ela virou o pescoço para encontrar meu olhar.

— Correndo o risco de ser repetitiva, você não respondeu à minha pergunta. Por que está na minha varanda? Porque se for para me intimidar dizendo que está me seguindo ou para me ameaçar...

Eu levei minha boca à dela. *Porra*. Nunca fiz o primeiro movimento em uma mulher. Minha técnica de sedução era uma merda. Mas não resisti àquela boca e tive que prová-la. Deslizei a mão por seu rosto, meu polegar descansando naquele queixo perfeito.

Bryce ficou congelada. Eu já tinha engolido o pequeno suspiro que ela soltou quando meus lábios esmagaram os dela. Ela não se afastou. Esperei por isso, contando mentalmente os segundos antes de sua garrafa de cerveja quebrar em minha têmpora. Eu precisaria de pontos, com certeza.

Exceto que não rolou.

Em vez disso, ela derreteu.

Minha língua saiu e lambeu seu lábio inferior, provando sua doçura com a cerveja amarga. Ela se abriu para mim e inclinou a cabeça, me dando permissão para aprofundar o beijo. E, puta merda, soltei um grunhido, porque ela tinha um gosto bom demais.

Ela deslizou a língua em minha boca, mas antes que pudéssemos intensificar as coisas, ela afastou o rosto, com as bochechas coradas e os olhos cheios daquele familiar fogo raivoso. Bryce se levantou, pegando sua cerveja e marchando até a porta da frente. As chaves chacoalharam em sua mão e a porta se abriu, mas antes que desaparecesse lá dentro, ela me lançou um rosnado por cima do ombro:

— Bêbado ou não, saia da minha varanda.

É. Ótima ideia.

CAPÍTULO OITO

BRYCE

Meus dedos deslizaram do volante para os meus lábios. Desde o beijo de Dash na noite de sexta-feira, eu não conseguia parar de tocá-los. Durante todo o fim de semana, eu me peguei olhando fixamente para o nada com meus dedos nos lábios. Não importava o quanto eu os esfregasse, não importava as muitas camadas de brilho labial que aplicasse, seu toque estava lá como uma tatuagem invisível.

Por que deixei ele me beijar? Por que eu o beijei de volta? *Exercício, é por isso.* Eu estava culpando os exercícios.

Eu malhei pra caramba na academia na sexta-feira, correndo cinco quilômetros na esteira, seguido de vinte minutos na escada e depois dez *burpees*. Eu me esforcei muito, tentando colocar a cabeça no lugar. Tentando tirar Dash da minha mente e queimar alguma frustração sexual.

Meu treino tinha sido tão intenso que me senti como uma poça ao voltar para casa. Normalmente, *poça* era um bom estado de se estar. Poça significava um banho longo e quente e um sono profundo e sem sonhos.

Maldita poça. O exercício não era mais uma atividade sancionada, não até que eu tivesse a cabeça no lugar no que dizia respeito a Dash. Não quando ele apareceu e me pegou desprevenida.

Forçando meus dedos de volta ao volante, entrei no estacionamento do jornal. Eu tinha uma semana agitada pela frente e começar a segunda-feira sem foco não era uma opção. A edição de domingo do *Tribuna* havia sido publicada sem problemas, e era hora de me concentrar nos meus artigos de quarta-feira.

Não tinha tempo de me preocupar com Dash Slater. Não tinha tempo de pensar em como sua língua tinha gosto de canela e cerveja. Ou o quão perto estive de arrastá-lo para dentro da minha casa e para o quarto na sexta-feira.

Minha virilha vibrou. *Merda.*

— Bom dia, Art — cumprimentei, ao entrar no prédio, esperando que meu sorriso não parecesse tão forçado.

— Bom dia. — Ele sorriu. — Como vai?

— Estou bem — menti. — Vai ser um ótimo dia. Eu posso sentir.

Ele riu.

— Você e seus sentimentos.

Sentimentos. Eu gostaria de poder entendê-los no que dizia respeito a um motoqueiro gostoso. *Por que ele me beijou?* Por quê? Eu não tinha tempo para esse tipo de distração.

Deixei Art trabalhando arduamente adicionando o artigo de ontem ao nosso sistema de arquivos eletrônicos e fui para minha mesa. Desabando na cadeira, guardei a bolsa e olhei ao redor da sala vazia, respirando fundo.

O cheiro de jornal não estava me trazendo muito conforto hoje. O cheiro de Dash estava muito fresco em minha mente – brisa e colônia e um toque de óleo.

O idiota estava até roubando cheiros de mim.

Bem, eu não ia deixar que ele tirasse meu foco dessa história. Draven estava sendo acusado de assassinato e eu estaria lá a cada passo do caminho. Assim que ele cumprisse prisão perpétua, eu descobriria por que os Tin Gypsies haviam desmantelado seu clube.

Ontem, escrevi outro artigo sobre o assassinato. O tempo estava do meu lado e a polícia havia divulgado algumas novas informações para a mídia, incluindo alguns detalhes da autópsia de Amina. Imprimi o nome dela junto com a causa da morte.

Eu não tinha incluído a evidência sexual. Fiel à minha palavra ao Mike, eu guardaria isso para mim até que o delegado considerasse digno de nota. Eventualmente, a aventura sexual de Draven e Amina viria à tona. Por enquanto, eu estava contente em ter esse conhecimento para usar enquanto fazia minha própria investigação.

Um barulho na gráfica chamou minha atenção e eu me levantei, empurrando a porta. Papai estava na parte de trás da Mexerico.

Eu tinha escolhido um par de sandálias hoje com meu jeans skinny preto e camiseta, querendo me sentir confortável por fora enquanto minhas entranhas estavam todas torcidas em um nó, então meus passos eram quase totalmente silenciosos quando atravessei a sala.

— Oi, pai.

Ele se sobressaltou e se virou.

— Oi. Você me assustou.

— Desculpe. — Sorri, mas o sorriso desapareceu quando meus olhos pousaram em um par de pernas debaixo da impressora. — Esse é o BK?

Que eu saiba, BK não usava botas pretas de motoqueiro. As coxas de BK não eram firmes e o jeans que ele usava não as moldava perfeitamente. BK não tinha quadris estreitos ou barriga travada.

Meu coração caiu. Eu conhecia aquele cinto preto. Tive fantasias vívidas de soltá-lo durante todo o fim de semana.

Antes que eu pudesse virar as costas e correr para a porta, Dash deslizou por debaixo da máquina. Ele tinha uma chave inglesa em uma mão e uma de fenda na outra. Seus dedos estavam sujos de graxa.

— Pronto — disse ele a papai, mal me olhando.

— Sério? — papai perguntou.

— Sério. — Dash se levantou, ainda se recusando a olhar para mim. — Acho que deve funcionar bem agora. Há uma engrenagem que provavelmente precisa ser substituída em breve. Vou ver se consigo uma peça e troco pra você. Mas consegui fazer o que dava para funcionar por enquanto, para que não pule as rotações.

— Que ótimo. — Papai deu um tapinha no ombro de Dash. — Não posso te dizer o quanto sou grato. Eu teria que contratar um técnico da empresa de impressão, e trazer um aqui pode sair caro.

— Sem problema. — Dash pegou um pano do alto de uma das torres, limpando as mãos. Seu olhar fixo em papai como se eu não existisse.

Eu odiei como meu coração afundou. Recusando-me a deixá-lo vencer, fiz minha melhor cara indiferente e torci um pouco o nariz. Ele não ia me ignorar. Eu iria ignorá-lo.

Olá, ensino médio.

— Quanto te devo? — perguntou papai.

— Nada.

— Não, não posso deixar você fazer tudo isso de graça.

Dash riu, aquele sorriso diabólico indo direto para a parte inferior da minha barriga. *Porra.*

— Vamos fazer assim: pague uma cerveja para mim na próxima vez que nos encontrarmos pela cidade.

— Pode deixar. — Papai estendeu a mão novamente. — Farei isso.

Dash jogou seu trapo de lado e apertou a mão de papai. Então, finalmente, olhou na minha direção.

— Bryce.

— King. — Sustentei seu olhar castanho. — Como você está hoje?

— Tive um bom fim de semana. — Ele sorriu. — Então é uma boa segunda-feira.

Se sua definição de um *bom fim de semana* fosse invadir minha vida privada na sexta-feira — me beijar — apenas para sair e encontrar outra mulher para tornar seu fim de semana *bom*, eu iria acabar com a raça dele.

— Sorte sua — comentei. — Eu gostaria de poder dizer o mesmo. Recebi um convidado indesejado na sexta-feira que estragou todo o meu fim de semana.

— O quê? Por que não me contou sobre isso ontem? — perguntou papai. — Que convidado?

— Estávamos ocupados ontem com o jornal. Mas parece que tenho um problema de pragas na minha varanda. Pode me emprestar sua espingarda?

Dash riu baixinho, o peito largo tremendo enquanto ele sorria para a parede.

— Uma espingarda? — Papai franziu a testa. — Que tipo de praga? Esquilos?

— Não. — Balancei a cabeça. — Uma cobra.

— Você odeia cobras.

— Odeio muito. Por isso a espingarda.

Dash continuou a rir baixinho. O movimento fazia sua mandíbula parecer mais forte. Mais sexy. *Merda.*

— Você não vai usar a espingarda. — Papai franziu a testa. — Eu irei hoje à noite e verei se consigo encontrá-la.

— Obrigada. — Eu diria a ele mais tarde que a cobra havia sumido. — Bem, tenho um dia agitado. Que bom que você fez a impressora funcionar.

— Sim. Foi uma coisa maravilhosa que Dash fez. — Papai riu. — Estava prestes a colocar fogo na maldita coisa.

— Estou feliz que você não fez isso. — Ficando na ponta dos pés, dei um beijo rápido na bochecha de papai, então me virei e marchei para a porta. Atrás de mim, a voz profunda de Dash retumbou até que o som de botas ecoou atrás de mim no chão.

Papai não usava botas. Ele era um cara dos tênis.

Cada célula do meu corpo queria dizer a Dash para ir embora. Ou pedir que me beijasse de novo. Eu não tinha certeza.

Lutar contra a vontade de me virar foi difícil, mas mantive os ombros retos e as pernas avançando. Quando empurrei a porta, só abri uma fresta, esperando que fechasse na cara de Dash.

Isso não aconteceu. No momento em que me sentei na cadeira, Dash estava empoleirado na beirada da minha mesa. Ele cruzou os braços sobre o peito, os bíceps flexionando com o movimento. A definição em torno de seus músculos não era algo que você frequentemente via em meros mortais: toda a pele firme coberta de tatuagens.

Engoli uma onda de saliva.

— O que você quer?

— Uma cobra? — O canto daquela boca sensual se ergueu. Seus olhos estavam brilhando e cheios de malícia.

Dei de ombros.

— Combina.

Ele sorriu, mostrando aqueles dentes brancos. Uma mecha de cabelo caiu em sua testa e segurei as mãos para que não tentassem ajeitá-la. Dash tinha um cabelo lindo. Aposto que era sedoso e grosso, os fios como chocolate amargo. Era longo o suficiente para que eu pudesse segurar se ele estivesse em cima de...

Oh, pelo amor de Deus. Aquele beijo tinha embaralhado meu cérebro e dado a ele uma vantagem. De alguma forma, eu tinha que retomar, o que seria difícil com ele sentado na beirada da minha mesa, cheirando a pecado e pura tentação.

— Precisa de alguma coisa? — perguntei.

— Que tal um *obrigado*?

— Por quê?

Ele acenou com a cabeça para a porta da sala de imprensa.

— Por consertar sua impressora.

Se não fosse pelo estresse que isso tiraria de papai e do orçamento do jornal, eu teria morrido mil vezes antes de proferir uma palavra de gratidão por um trabalho que não pedi a ele. Mas o alívio de papai era palpável.

— Obrigada.

— Foi tão difícil?

— Você se importaria de sair da minha mesa? Tenho trabalho a fazer hoje.

— Não posso.

— Jesus. Aqui vamos nós com o *"não posso"* de novo.

— Li seu jornal ontem.

— E?

— Foi... informativo.

— Bem, esse é o propósito de um jornal. Informar o povo.

— Você está fazendo um ótimo trabalho. — O elogio parecia genuíno; entretanto, não confiei nem por um segundo. — Tenho uma proposta para você.

Arqueei uma sobrancelha, um silencioso *"estou ouvindo"*.

— Vamos fazer uma trégua.

— Uma trégua? — zombei. — Por que eu concordaria com uma trégua? Estou ganhando.

— Talvez.

Mentira.

— Definitivamente.

— Beleza. Você é boa. Mas nós dois queremos a mesma coisa. Nós dois queremos descobrir quem matou aquela mulher.

— Mas eu já sei. Foi...

— *Não* foi meu pai. — Ele ergueu um dedo. — Se foi, você pode provar que estou errado. Mas se eu estiver certo, e estou, não seria melhor publicar a história real? Aquela sobre o verdadeiro assassino, antes de mais ninguém?

— Odeio ter que lhe contar isso, King, mas sou a única na cidade espalhando a notícia. Não preciso da sua ajuda para conseguir a história. Sinceramente, posso esperar e imprimir o que os policiais me fornecerem e ainda manterei meus leitores.

— Mas esse não é o seu estilo.

Bem, não era. Eu queria uma história. E não apenas contra outros meios de comunicação. Eu queria pegar a polícia também.

— O que exatamente você está sugerindo que façamos com uma trégua? Trabalhar juntos?

— Isso mesmo. Parece que podemos nos dar *muito* bem juntos.

O calor inundou meu rosto quando seus olhos se desviaram para meus lábios. Nós só trocamos um único beijo, mas ele estava certo. Dadas as faíscas que estalavam quando estávamos na mesma sala, seríamos incríveis juntos. A química, misturada com nossa antipatia mútua, iria explodir como fogos de artifício. Provavelmente atearíamos fogo nos lençóis.

Insinuações pingavam de suas palavras, mas Dash não estava pedindo sexo, estava? Ele estava pedindo informações. Ligeiramente lisonjeada por esse pedido reconhecer minha liderança, considerei-o.

— Você quer que eu entregue tudo o que eu descobrir sobre o assassinato de Amina Daylee. O que tem pra mim?

— O mesmo. Compartilharei o que encontrar com você.

— Incluindo o que você descobrir com seu pai?

Ele pensou sobre isso, finalmente dizendo:

— Pode ser.

Tentador. A proposta – o homem –, ambos tentadores. Meus olhos se estreitaram enquanto eu estudava o rosto de Dash. Parecia sincero. Se estava mentindo, ele era bom nisso, mas eu não iria entregar todas as minhas informações em um capricho de segunda-feira de manhã.

— Talvez. Vou pensar sobre isso.

— Beleza. — Ele se levantou da mesa e alívio rolou sobre meus ombros. Ele estava sentado muito perto.

— Tchau — eu disse para as costas dele.

Exceto que Dash não caminhou até a porta como eu esperava. Ele atravessou o corredor até a mesa de papai e sentou-se na cadeira.

— O que você está fazendo?

Ele acenou com a mão para a cadeira.

— Estou sentado.

— *Por que* você está sentado?

Ele não respondeu. Em vez disso, Dash examinou a mesa de papai até que seus olhos pousaram em uma foto emoldurada ao lado de um copo de canetas. Ele pegou, um sorriso se espalhando em sua boca.

— Você parece diferente.

Coloquei uma mecha de cabelo atrás da orelha.

— Eu costumava trabalhar na TV.

A foto que ele segurava era uma que mamãe tinha emoldurado para papai. Era de nós três há cerca de um ano. Eles foram a Seattle para uma visita – e para me convencer a entrar para o jornal e, finalmente, me mudar para Clifton Forge depois de hesitar por anos.

No dia da foto, eles foram à estação de TV para ver onde eu trabalhava. Minha maquiagem estava pesada e meu cabelo penteado. Eu estava vestida com um terno azul-marinho, pronta para entrar ao vivo.

— Hmm. — Dash colocou a moldura de volta e me olhou de cima a baixo. — Eu gosto mais disso.

— Eu também. — Voltei-me para a minha mesa, abrindo uma gaveta para pegar meu calendário. Desde sua última visita, fiz questão de colocar tudo em uma gaveta ou armário antes de sair. Mudei para a data de hoje, vendo que precisava marcar uma consulta com o dentista.

Eu faria isso depois de me livrar de Dash.

— Por que você entrou na TV?

Virei uma página na minha agenda.

— Você ainda está aqui?

Dash riu, virando a cadeira e descansando os antebraços sobre os joelhos.

— Até você responder a pergunta.

— Por quê? Por que você se importa?

— Curiosidade. Eu geralmente sei um pouco mais sobre uma mulher antes de beijá-la.

— Acho isso impossível de acreditar.

Ele baixou a cabeça, os ombros tremendo enquanto ria.

— É. Você tem razão. Nem sempre faço perguntas primeiro. Mas hoje, sim.

— E se eu responder você vai me deixar em paz?

— Sim. — Ele assentiu. — Palavra de honra.

Fiz uma careta para esconder o sorriso que ameaçava surgir. Isso era um flerte? Nenhuma surpresa, ele era bom nisso. Bom, ele precisava sair. Eu não queria falar sobre mim, mas se discutir minha história fosse o necessário para um escritório sem Dash, então eu jogaria.

— Fiz faculdade na Montana State, em Bozeman. Eu me formei em inglês, porque eles não tinham um programa de jornalismo. Meu professor preferido sabia que eu queria ser jornalista, então me arranjou um estágio na emissora de TV. Meu chefe na estação disse que eu tinha jeito para isso.

Eu desprezava a palavra hipnotizada, mas, olhando para trás, uma parte minha ficou encantada com o brilho e o glamour da televisão. Como estagiária, vi apenas os eventos emocionantes. Acompanhei os repórteres quando eles entravam em campo, armados com microfones. Fiquei ao lado dos cinegrafistas enquanto eles filmavam uma cena de crime com luzes piscantes azuis e vermelhas da polícia ao fundo. Acompanhei o produtor do noticiário noturno. A âncora da noite era uma mulher bonita, inteligente e espirituosa. Ela usava ternos de grife e tinha uma equipe de maquiagem para deixar seu rosto impecável.

Tudo parecia tão especial. Tão emocionante.

Na faculdade, eu morava com meus pais, ao invés do dormitório, para economizar o dinheiro deles. Portanto, não tive uma experiência típica de faculdade. Nada de dividir o banheiro com outras vinte mulheres. Nada de festas de fraternidade ou noites loucas nos bares. Eu tinha uma carga horária mais pesada do que o normal e me formei um ano antes.

Para uma jovem de vinte e um anos que ansiava por uma nova aventura, a televisão era o ideal.

— Quanto tempo você trabalhou na TV? — Dash perguntou.

— Tempo demais.

Dediquei os melhores anos da minha vida a esse trabalho. Eu estava tão desesperada por emoção e subir na vida. Queria desesperadamente me sentar na cadeira da âncora. Eu tinha desistido de tudo, perdendo a chance de me casar com um bom homem e ter filhos.

— Por que você desistiu? — Dash perguntou.

— Cerca de cinco anos atrás, entrevistei uma mulher que trocou Seattle por Montana. Ela tinha acabado de ganhar o Pulitzer por uma história secreta sobre um mafioso importando armas.

— Sabrina.

— Hmm... sim. — Pisquei. Acho que ele cavou muito mais fundo na minha história do que eu suspeitava. — Sabrina MacKenzie.

— Espera. Eu a conheço.

— Conhece?

Ele assentiu.

— Ela mora em Prescott. É onde meu irmão mora também. Emmeline, minha cunhada, e Sabrina são boas amigas.

— Mundo pequeno.

— Especialmente em Montana.

— Enfim, entrevistei a Sabrina. E eu estava com inveja — admiti. — Fiquei com inveja da história dela. Ela se expôs e não escondeu nada. Papai tinha acabado de comprar o jornal e estava implorando para que eu me mudasse para cá. Mas eu fiquei em Seattle, esperando por uma história como a dela. Nunca apareceu e os anos continuaram passando. Por fim, desisti. Era hora de voltar para casa.

Desperdicei cinco anos depois da minha entrevista com Sabrina me arrebentando em Seattle. Toda vez que eu trazia uma ideia de história para meu produtor, eles acenavam com a cabeça, sorriam e me diziam que era uma boa ideia. Em seguida, eles atribuíam a outra pessoa, normalmente um homem. Porque eu era necessária na tela. Eu era o rostinho bonito que entrava na casa das pessoas para contar as notícias, fossem elas boas ou ruins.

Eu estava cansada de ser o rostinho bonito.

Aqui no *Tribuna de Clifton Forge*, eu não ia ganhar nenhum prêmio. Não salvaria inúmeras vidas tirando as armas ilegais das ruas e das crianças. Mas poderia fazer um trabalho honesto. Poderia dizer a verdade.

E se não fosse ter uma família, eu teria este jornal. Seria meu legado em vez de uma família.

Eu não falharia em outra carreira.

— Mais alguma pergunta? — indaguei, a vulnerabilidade em minha voz. Por que contei tudo isso a ele? Por que não poderia ter deixado em *"trabalhava na TV e agora não"*? Em vez disso, abri um pedaço do meu passado e espalhei por toda a sala para seu escrutínio.

Seu olhar passou pelo meu rosto, vendo demais. A tristeza. O fracasso. O arrependimento. Mesmo meus amigos mais próximos em Seattle — não que eu tivesse muitos com minhas horas de trabalho — não sabiam sobre esses sentimentos.

— Não. Sem mais perguntas. — As rodas da cadeira deslizaram quando ele se levantou. Ele a empurrou para a mesa do meu pai, depois voltou a se sentar na minha mesa.

— Bem. — Inclinei-me e tirei meu laptop da bolsa. — Tenho um dia agitado.

— Bryce.

Encontrei seu olhar.

— Kingston.

— Acho que prefiro King — resmungou ele.

— Então vá embora, King. Eu preciso começar a trabalhar.

Dash se levantou, movendo-se para a porta, mas um impulso me fez gritar e detê-lo:

— Espere.

Eu precisava do meu poder de volta. Eu precisava de controle. Então me levantei da cadeira, caminhando direto para ele sem hesitar. Seus olhos brilharam quando estendi a mão e entrelacei meus dedos naquele cabelo. Era sedoso, como eu esperava. Com um aperto firme naqueles fios grossos, puxei sua boca para baixo na minha.

Ele congelou por uma fração de segundo, mas então se entregou ao beijo. Seus braços envolveram minhas costas, me esmagando contra seu peito enquanto a língua empurrava dentro da minha boca. O gosto de canela explodiu na minha enquanto ele me lambia. Para não ficar atrás, fiz questão de encontrá-lo ritmo a ritmo, derramando tudo o que tinha naquele beijo. Um fim de semana de frustração e saudade, tudo entregue com chupadas, lambidas e agarrando seu cabelo.

Dei o máximo que pude antes de afastar meus lábios, colocando a palma da mão em seu esterno e empurrando-o com força.

Dash cambaleou para trás. Seus lábios estavam inchados e nós dois respirávamos com dificuldade. A confusão estava estampada em todo o seu belo rosto, junto com a luxúria. Ele ansiava por mais.

E agora, eu tinha meu poder de volta.

— Vou concordar com a trégua depois de questionar seu pai — eu disse. — Avise-o. Eu quero falar com ele esta noite.

CAPÍTULO NOVE

DASH

— Pai? — chamei pela casa. Nenhuma resposta.

As luzes estavam apagadas na cozinha e na sala. A moto dele havia sumido da garagem.

— Porra — murmurei, cerrando os punhos.

Ele não fugiria sob fiança, não quando a oficina estava em risco. Eu deveria ter pressionado mais na sexta-feira, quando o peguei no tribunal, mas ele não quis falar no dia. Ele não iria querer falar agora.

Uma hora depois de deixar Bryce no jornal, minha cabeça ainda girava por causa daquele beijo. Eu tinha ido para a oficina para matar o tempo com uma troca de óleo enquanto esperava meu pai chegar. Quando mandei uma mensagem para ele ontem, ele me ignorou. Todo maldito fim de semana. Finalmente, ele respondeu ontem à noite, prometendo estar na oficina às dez. Quando deu onze horas e ele ainda não tinha aparecido, eu vim aqui.

Quando meu pai não queria ser encontrado, não era fácil rastreá-lo.

O que ele estava escondendo? Por que não falaria comigo sobre isso? Assassinato não era incomum em nossa vida passada, mas esta foi a primeira vez que ele foi preso pelo crime.

Filho da puta. Saí pela porta lateral, subindo na minha moto. Não fazia sentido continuar minha busca. Quando ele estivesse pronto para falar sobre Amina Daylee, ele apareceria.

A viagem de volta à oficina foi rápida. Passei o tempo imaginando como convenceria Bryce a manter essa trégua se meu pai não concordasse com os termos dela. Ela ficaria irritada demais, e eu duvidava que outro beijo me daria mais tempo. Para sentir seus lábios nos meus, valeria a pena tentar. Eu estaria mais do que contente com uma repetição desta manhã se isso significasse que eu teria a mão dela entremeada no meu cabelo e seu corpo magro pressionado contra o meu.

Parei no estacionamento, surpreso ao ver a moto do meu pai na vaga e ele lá dentro conversando com Presley.

— Quando você chegou aqui?

Ele olhou para o relógio.

— Cerca de cinco minutos atrás.

— Fui até sua casa.

— Foi o que a Pres disse. Perdão. Fiz um passeio rápido esta manhã para clarear a cabeça.

— Você não saiu da cidade, não é?

— Bem, ele não saiu — Presley respondeu por ele. — Ele jurou que não cruzou a fronteira do condado.

— Nós precisamos conversar.

Meu pai assentiu, sem se mover de sua cadeira em frente à mesa de Presley.

— Sim.

— Vou chamar Emmett e Leo. Pres, importa-se de levar o Isaiah e buscar comida para todos nós? Mandar Emmett e Leo entrarem?

— Claro. — Ela se levantou e pegou sua bolsa. — Sanduíches?

— Pode ser. Aqui. — Peguei a carteira do bolso de trás e tirei uma nota de cinquenta.

Presley pegou a nota e saiu correndo do escritório. Minutos depois, Emmett e Leo entraram no escritório pela porta interna que dava para a garagem. O som estrondoso das portas da garagem se fechando os acompanhou.

Virei a placa na porta do escritório para *FECHADO* enquanto os caras se sentavam. Não era exatamente a longa mesa na sede do clube onde costumávamos ter reuniões, mas um lembrete de como as coisas haviam mudado.

O silêncio se estendeu longo e tenso enquanto esperávamos que ele falasse. O relógio na parede tiquetaqueava em um ritmo incompatível com as batidas do meu coração.

— Draven — Emmett rompeu o silêncio.

— Fizemos o ensino médio juntos. — Os olhos de meu pai estavam fixos nos papéis espalhados na mesa de Presley. — Eu a conhecia há anos.

Todos nós já sabíamos disso, graças às matérias do jornal de Bryce, mas eu duvidava que meu pai tivesse lido desde que foi solto. Nenhum de nós interveio, no entanto. Nós o deixamos tomar seu tempo. O presidente, atual ou ex, merecia esse respeito.

— Ela me ligou do nada. Eu não tinha ouvido falar dela em anos. Me encontrei com ela no motel — ele continuou. — Conversamos por algumas horas, colocando o papo em dia. Passamos a noite.

— Você transou com ela? — perguntei.

Seus olhos se voltaram para os meus, uma pitada de remorso brilhando em seu olhar. Então ele me deu um único aceno.

Então Bryce estava certa sobre isso também.

— Passei a noite, me levantei para ir para casa. Tomei banho. Vim trabalhar. Você já sabe o resto.

— Ela foi esfaqueada — falou Emmett, os dedos entrelaçados sob o queixo. — Alguma ideia se os policiais têm uma arma do crime?

Meu pai suspirou.

— De acordo com Jim, eles encontraram uma das minhas facas de caça no motel.

— Como eles saberiam que é sua? — perguntei.

— Tem meu nome gravado na lateral. Sua mãe me deu há muito tempo.

— Merda. — Leo inclinou a cabeça para trás e a recostou na parede. — Você tá fodido.

A sala ficou em silêncio novamente — Leo não estava errado. Se a polícia tivesse a arma do crime e pudesse incriminar meu pai no local, não faltaria muito mais.

— Algo mais?

Ele balançou a cabeça.

— Não sei. Jim me aconselhou a ficar calado. Eu me encontrei com Marcus duas vezes e ele me fez algumas perguntas sobre o que aconteceu. Como eu a conheci. Não contei muito a ele, exceto que estudamos juntos no ensino médio. Depois disso, eles praticamente me deixaram sozinho em minha cela. Não perguntaram mais nada.

— Sim, porque eles não precisam fazer perguntas — Emmett disse. — Eles têm você no local durante o tempo em que ela foi morta. A sua arma. A menos que possamos provar que foi outra pessoa, eles têm tudo o que precisam para prendê-lo.

— E o motivo? — perguntei. — Por que você a mataria?

Meu pai hesitou, seu olhar baixando para os pés. Mas então ele o ergueu e balançou a cabeça.

— Não faço ideia.

Meu estômago revirou. Eu podia contar em três dedos o número de vezes que ele mentiu para mim. Agora eu estaria adicionando uma quarta. Não era óbvio para Emmett e Leo, mas havia algo que ele não estava dizendo.

Com Emmett e Leo aqui, eu não exporia meu pai. Perguntaria sobre isso mais tarde, quando estivéssemos só nós dois. Por enquanto, tínhamos outras coisas para discutir.

— Então é uma armação. — Tinha que ser uma armação. Certo? Meu pai teria nos contado se tivesse matado a mulher. — Quem iria querer que você levasse a culpa por isso?

Ele bufou.

— Essa é uma longa lista, filho.

— De qualquer forma — Emmett comentou —, temos que começar de algum lugar.

— Eu tenho algumas ideias — afirmou ele. — Preciso fazer algumas ligações, depois nos reagrupamos.

— Tudo bem. Tem mais uma coisa. — Parei, respirando fundo porque duvidava que a reação ao meu anúncio fosse positiva. — Fiz um acordo hoje com Bryce Ryan.

— Quem? — ele perguntou.

— A nova repórter gostosa da cidade — respondeu Leo. — Dash tem seguido ela a semana toda.

— É mesmo? — Os olhos de meu pai se estreitaram.

— Não é bem assim. — Agora era minha vez de mentir. — Te disse ontem que ela é de boa. Passei no jornal hoje para dar uma palavrinha esta manhã. Fizemos um acordo. Ela nos conta o que tem. Nós fazemos o mesmo. Mas primeiro ela quer falar com você.

— Não. — Meu pai se levantou e foi até a porta. Com um movimento abrupto, ele a abriu e saiu furioso.

— Aonde você está indo? — Corri atrás dele. Ele se moveu rápido, sem parar enquanto eu o seguia para fora. — Pai. Que merda? Ainda não terminamos de conversar.

— Não tenho mais nada a dizer agora, Dash. Você queria conversar. Nós conversamos. Agora preciso ir. Me deixe em paz.

— Por quê?

— Por quê? — Ele se virou para mim, arrependimento colorindo seus olhos. — Uma mulher que conheci por mais de quarenta anos está morta. Uma mulher com quem eu me importava. E ela está morta por minha causa. Então, é pedir demais que você me dê um pouco de espaço e me deixe colocar a cabeça no lugar?

Merda. Dei um passo para trás, erguendo as mãos. Isso não era sobre Amina.

Isso era sobre mamãe.

Isso era sobre o assassinato dela e a culpa que meu pai carregava há décadas.

O amor de sua vida estava morto por causa de suas escolhas. Ele custou a mim e a Nick nossa mãe. E agora outra mulher estava morta porque não importava o quão normal fosse sua vida hoje em dia, ele sempre seria um alvo.

— Alguém quer que você passe o resto da vida apodrecendo numa cela, pai. Só estou tentando fazer com que isso não aconteça.

— Eu entendo. — Ele soltou um longo suspiro. — Amina, ela era... temos história. Não consigo pensar direito agora. Estou tentando pensar nisso há mais de uma semana. Antes que eu possa falar sobre isso, preciso resolver tudo na minha cabeça.

— Tudo bem. — Ele podia precisar de tempo, mas eu continuaria me esforçando para descobrir quem realmente matou aquela mulher. Eu não deixaria os policiais prenderem meu pai por um crime que ele não havia cometido.

Ele caminhou até sua moto, parando a um metro de distância para falar por cima do ombro:

— Fique longe de problemas, Kingston.

Minha coluna se endireitou. Ele não me chamava de Kingston há anos. Era como quando mamãe recitava nosso nome composto e sobrenome quando estávamos em apuros.

— Estou falando sério — advertiu. — Não faça besteira para acabar em uma cela também. Na pior das hipóteses, passo os poucos anos que me restam vestindo laranja. Eu lidaria com isso muito melhor se soubesse que você está livre.

Balancei a cabeça.

— Sempre foi sobre isso. Ser livre. — Ele caminhou até sua moto, tocando o guidão. Embora os Tin Gypsies não existissem mais, ele ainda tinha o velho lema gravado no tanque de gasolina.

Viver para pilotar
Andar sem rumo e livre

Meu pai e o pai de Emmett começaram o clube Tin Gypsy nos anos oitenta. Eles recrutaram alguns amigos até que cresceu e prosperou. No começo, era um bando de jovens que queriam andar de moto e dizer *foda-se* a qualquer autoridade ou convenção. Eles queriam a chance de ganhar algum dinheiro extra para suas famílias.

Isso foi quando eles restauravam motos com peças de sucata, o metal mais parecido com estanho barato do que as máquinas de aço nas quais gastamos fortunas agora.

Quando ele falava daquela época, parecia mais simples. Poderia ter continuado assim se mamãe não tivesse morrido.

Meu pai piscou algumas vezes rápido demais e meu coração se apertou. Ele estava chorando? Eu não o via chorar desde o funeral de mamãe. Mesmo assim, não durou mais do que algumas lágrimas de partir o coração. Ele estava com muita raiva para chorar. Muito focado na vingança para deixar sua dor transparecer por muito tempo.

Sem outra palavra, ele passou a perna por cima da moto; tirou os óculos escuros do alto da cabeça, escondendo qualquer emoção, e saiu acelerado do estacionamento como se seu apelido fosse Dash.

Abaixei a cabeça, massageando minha nuca tensa.

— Todos nós sabemos quem armou para Draven. — A voz de Emmett atrás de mim era baixa. Eu me virei para encontrar tanto ele quanto Leo parados a alguns passos de distância.

— Sim. — Todos sabíamos. — Tem que ser meu pai a fazer essa ligação.

— Você poderia — argumentou Leo.

— Poderia, mas não vou. — Foi por isso que não fiz aquela ligação quando meu pai estava na prisão. — Só ele se aproxima dos Warriors. Ninguém mais.

Emmett e Leo assentiram sem outra palavra.

— Vamos voltar ao trabalho.

Talvez outra tarde trabalhando em carros me ajudasse a descobrir o que diabos estava acontecendo. Porque no momento, eu, com certeza, não tinha a menor ideia.

— Chega de trégua. — Bryce se afastou, marchando para fora da oficina. — Eu sabia que isso era um erro.

— Espere. — Eu a segui, agarrando seu cotovelo. — Só espere.

— Por quê? — Ela soltou o braço do meu agarre. — Isso deveria ser justo. Eu te dou algo. Você me dá algo. Se Draven não está aqui para me contar seu lado da história, então eu estar aqui é inútil. Eu vou...

— Meu pai não matou Amina Daylee.

Ela me encarou novamente, colocando as mãos no quadril.

— Como você...

— Eu só sei. — Fixei meus olhos nos dela. — Ele não a matou. Mas alguém matou e se você acredita na verdade e na justiça como eu acredito, você vai querer encontrar o verdadeiro assassino.

— Os policiais...

— Não se importam com quem vão prender. Eles não vão investigar mais do que isso.

Ela bufou.

— Como posso confiar...

— Você...

— Pare de me interromper.

Fechei a boca.

Seu rosto estava vermelho e seu peito arfando.

— Como posso confiar em você?

Confiar?

— Você não pode.

Bryce soltou uma risada seca.

— Então o que estamos fazendo?

Dei um passo para mais perto. A atração por estar tão próximo dela era irresistível. Eu queria que ela acreditasse em mim, pelo menos uma vez.

— Não confie em mim. E eu não vou confiar em você. Talvez possamos simplesmente não ficar no caminho um do outro para que ambos obtenhamos nossas respostas.

— Parece complicado.

Minha mão foi para sua bochecha, envolvendo seu rosto.

— É.

— Dash — advertiu, colocando a mão entre nós, no meu peito e com firmeza, mas ela não me empurrou para longe.

Aproximei-me um pouco mais. A pressão em sua mão cedeu.

— Não consigo parar de pensar em seus lábios.

O olhar de Bryce desceu para minha boca.

Cobri sua mão no meu peito com a minha, prendendo-a sobre o meu coração. Eu esperava que ela tentasse tirar, mas então ela agarrou minha camiseta quando puxou minha boca para a dela.

Minha língua mergulhou em sua boca, aproveitando o tempo para explorar os cantos que perdi em nossos dois últimos beijos. Com meu braço livre, eu a prendi contra mim, envolvendo seus ombros. Inclinei a cabeça para me afundar ainda mais e roubar seu fôlego.

Ela tremeu, os joelhos bambearam, mas se agarrou a mim com a mesma força. O beijo foi quente e molhado. O sangue desceu para o meu pau, fazendo-o inchar contra sua pelve.

— Mais — ela gemeu em minha boca.

Eu rosnei, soltando sua mão para agarrar sua bunda, puxando-a para cima e ao redor do meu corpo. Suas pernas enlaçaram minha cintura e seus braços envolveram meu pescoço. Levando-nos até a superfície mais próxima, nos sentei no capô do Mustang em que trabalhei o dia todo.

O proprietário era um idiota arrogante de Hollywood e eu não queria nada mais do que foder Bryce em cima do capô de seu carro.

Era definitivamente o que íamos fazer. As coxas de Bryce se apertaram ao meu redor enquanto eu a deitava na lataria brilhante. O metal amassou ligeiramente quando coloquei meu peso sobre ela, pressionando meu peito contra seus seios. Nossas bocas se separaram, a dela para respirar enquanto eu chupava e lambia seu pescoço.

— Me diga agora se você quer parar — ofeguei contra sua clavícula.

Ela balançou a cabeça, as mãos afundando em meu cabelo.

— Não pare.

Puxei com força o decote em V de sua camiseta, puxando-o para baixo sobre um seio. Então fiz o mesmo com o bojo de seu sutiã, para poder abocanhar um mamilo doce.

As costas de Bryce se arquearam, empurrando seu seio ainda mais para dentro da minha boca. Suas unhas cravaram no meu couro cabeludo.

Minhas mãos puxaram o outro lado de sua camisa, abrindo as costuras enquanto eu liberava seu outro mamilo.

— Última chance.

Com a língua, lambi seu seio.

Ela sibilou:

— Pare.

A luxúria rugindo em minhas veias se transformou em gelo, e eu congelei. *Merda*. Eu não esperava por isso. Afastei a boca de sua pele, recuando alguns centímetros.

Bryce sentou-se no carro, mais uma vez agarrando minha camisa enquanto me puxava para perto. Nariz com nariz, ela sussurrou:

— Pare de me perguntar. Você não percebeu? Isso só me faz querer ainda mais.

Obrigado.

— Então, segura firme.

Levando minha boca de volta à dela, nos beijamos com um frenesi de dedos desajeitados e roupas voando. Bryce grunhiu quando a tirei do capô do carro e a coloquei de pé. Eu já havia tirado sua camiseta e ela tinha feito o mesmo com a minha. O sutiã era o próximo. Mas quando estendi a mão para o fecho, uma brisa entrou na garagem, trazendo nós dois de volta à realidade

Uma das portas do compartimento ainda estava aberta. Eram apenas oito horas e o brilho do pôr do sol ainda iluminava o estacionamento. Nesta época do ano, não escurecia completamente em Montana até bem depois das nove. Não que isso importasse. As luzes da loja estavam acesas. Qualquer um que passasse de carro nos veria no Mustang.

Com um movimento rápido, peguei Bryce, acomodando um braço sob sua bunda para apoiá-la enquanto meu outro mergulhou naquele cabelo escuro e macio, suas pernas envolvendo-me novamente. Usei meu aperto para inclinar sua cabeça, então a beijei furiosamente enquanto eu nos conduzia para a outra parede.

A pressão no meu pau tornava a caminhada desconfortável, especialmente quando ela contraiu ainda mais as pernas. Finalmente alcancei o painel de controle e apertei o botão vermelho para fechar a porta. A luz externa desapareceu, deixando apenas nós e as lâmpadas fluorescentes brilhando acima.

Bryce estendeu a mão entre nós, sua mão deslizando pela pele nua da minha barriga até alcançar o cós do jeans. Com um movimento de seus dedos, o botão foi aberto, seguido do zíper. Então ela enfiou a mão dentro da minha cueca, agarrando meu pau enquanto eu gemia em sua garganta.

— Porra. — Afastei a boca, procurando um lugar para sentá-la. Meus olhos pousaram em uma bancada de ferramentas. Dois passos largos e eu a coloquei no chão, empurrando para longe as ferramentas que eu não tinha guardado.

Os movimentos frenéticos de Bryce combinavam com os meus quando ela soltou seu sutiã.

— Rápido.

— Camisinha. — Procurei minha carteira no bolso de trás e tirei um preservativo.

Mudando de posição no banco, Bryce teve dificuldade para tirar a calça jeans. Ela era muito apertada, porra. Eu admirei isso quando ela entrou na oficina mais cedo. Mas agora?

— Vamos. — Peguei-a pelas axilas, seus seios saltando quando a coloquei no chão. Então caí de joelhos, puxando o jeans preto e a calcinha de suas pernas tonificadas tão rápido que ela teve que se firmar em meus ombros. As sandálias em seus pés caíram no chão.

Não pude resistir. Sua boceta nua estava bem ali e eu me inclinei, arrastando a língua pela extensão.

— Ai, caramba... — ela ofegou, quase desmaiando em cima de mim.

Sorri e me levantei. Eu colocaria minha boca ali novamente. Em breve. Mas agora, eu queria estar dentro dela.

Minhas botas e jeans sumiram em um piscar de olhos, a camisinha rolou no meu pau pulsante. Então, peguei Bryce em meus braços. Desta vez, girei-nos para a parede, sua coluna colidindo com o concreto frio ao mesmo tempo em que me alinhei com sua virilha e empurrei profundamente.

— Aaaah... — ela gritou, o som de surpresa e prazer ecoando pelas paredes.

Enterrei meu rosto em seu pescoço, respirando fundo para não me envergonhar e gozar depois de apenas um movimento.

— Porra, você é gostosa.

Ela gemeu, a cabeça pendendo para o lado. Apenas a menor inclinação de seu quadril me disse que ela queria mais.

Eu deslizei para fora, lentamente, então estoquei novamente. Ela arfou e seu corpo inteiro estremeceu.

— Bom?

— Uhum. — Ela assentiu. — Mais forte.

— Porra, okay, mais forte.

Obedeci, estabelecendo um ritmo constante. O som de seus pequenos gemidos, a sensação de seu calor úmido, a maneira como ela se movia comigo, movimento após movimento. O ar ao nosso redor era elétrico. A necessidade de muito mais, de ir mais fundo, me deixou em um estado animal cego. *Foder esta mulher era incrível.*

Nós estávamos agitados, mãos indo para todos os lados tentando sentir tudo. Nós nos beijamos, lambidas duras e contundentes que não satisfizeram o desejo. Fomos de superfície em superfície, abandonando a parede quando não era suficiente. Descartamos a bancada de ferramentas quando não foi suficiente. Até que acabamos no Mustang novamente, nossos corpos brilhando com suor e o vapor condensando no metal abaixo de nós.

— Dash. — Ela se contorceu quando entrelacei meus dedos aos dela, segurando-os rente à lataria vermelha. — Eu vou...

— Goze, Bryce.

Ela gozou com tanta força que *eu* vi pontinhos brancos em sua visão. Enquanto ela pulsava e apertava meu pau como um punho de ferro, eu também gozei, me derramando dentro dela e gemendo ao encarar o teto.

Mole e exausto, desabei no carro ao lado de Bryce, meu coração trovejando atrás das costelas.

— Isso foi... caralho.

Não havia palavras. Sexo assim não deveria existir, porque agora eu ia querer todos os dias. Bryce era mais viciante do que qualquer droga no planeta.

Nós nos levantamos, voltando à realidade, até que nossos corpos esfriassem com a tensão silenciosa.

Nós trepamos. Ferozmente. Nós nos expusemos, trazendo um preço que nenhum de nós podia pagar.

— Meu Deus. — Bryce disparou do carro como um raio. Eu me apoiei em um cotovelo, minhas pernas balançando no chão. Eu nunca tinha visto uma mulher se vestir tão rápido.

Porra, se isso não feriu meu ego.

— Obrigado. Eu precisava disso. — Arrependi-me instantaneamente das palavras.

Os braços de Bryce pararam enquanto ela fechava o zíper da calça jeans. O olhar que ela me lançou tinha o poder de matar, mas ela controlou a fúria rapidamente e calçou as sandálias.

Talvez ela devesse me odiar. Talvez eu devesse afastá-la. Provavelmente era melhor assim. Então eu poderia muito bem começar o ataque.

Eu me joguei de volta no carro, colocando um braço sobre a testa para esconder a maior parte do meu rosto.

— A porta lateral leva ao estacionamento. Me faça um favor e vire a fechadura ao sair.

REI DE AÇO

CAPÍTULO DEZ

BRYCE

Eu deveria entrar. Exceto que estava tendo dificuldade para sair do meu carro.

Eu estava parada no estacionamento da *Clifton Forge High School*, inspecionando meu esmalte. Passei duas horas fazendo uma manicure em casa ontem à noite. Foi para me confortar. Quando eu tinha muito em que pensar, pintar as unhas era o meu calmante preferido. E considerando o que aconteceu com Dash na oficina ontem à noite, havia muito em minha mente.

Fui direto para casa depois que ele me dispensou. Bem, não exatamente *dispensou*. Eu já estava saindo. Suas palavras de despedida me chocaram, tanto que obedeci e tranquei a porta lateral atrás de mim.

Mesmo depois de um banho quente, manicure e uma noite sem dormir, eu não conseguia entender como isso tinha acontecido. Em um momento, eu estava ali, deleitando-me com a honestidade de suas palavras quando ele disse que eu não podia confiar nele. Amoleci com a vulnerabilidade em sua voz quando ele pediu que trabalhássemos juntos. Quando sua boca tocou a minha, todo pensamento racional desapareceu.

Droga, o que eu estava pensando? Não havia dúvida de que Dash me seduziu. E sendo a tola que sou, eu o deixei. O sexo, eu teria sido capaz de entender rapidamente. Foi só sexo. Duas pessoas se juntando para coçar uma comichão em comum. A tensão entre nós era inflamável, e era apenas uma questão de tempo antes de nos separarmos. O sexo não era o problema.

O problema era que Dash havia me rejeitado, e eu nunca me senti tão usada.

Vire a fechadura ao sair.

Ai.

Daí a razão de eu ter ido direto para a minha caixa de esmaltes à meia-noite.

Na penumbra do meu quarto, o vermelho que escolhi parecia mais escuro. Agora que estava sentada em plena luz do dia, a cor combinava com o carro em que Dash me fodeu na noite passada.

Vermelho de sexo escaldante.

Eu deveria entrar. Vinte minutos se passaram desde que dirigi para a escola e eu queria entrar antes que a secretaria fechasse. A escola estava fechada no verão e, de acordo com o site deles, o horário de expediente dos funcionários terminava às três. Eu só tinha quinze minutos restantes, mas aqui estava eu, parada e olhando para minhas unhas.

Minhas unhas sensuais.

Era um emaranhado na minha cabeça, mas eu tinha certeza de que havia arranhado Dash uma ou duas vezes durante nossa rapidinha. *Desgraçado*. Eu gostaria de ter tirado sangue.

Isso estava me incomodando tanto que eu me sentia nojenta. Dash era um babaca em todos os sentidos, mas isso me impediu de torcer que ele fosse mais que isso? *Não*. Eu estava com vergonha de mim mesma. Não pelo sexo.

Pela esperança.

Sexo casual não me era estranho. Uma vez, eu me envolvi com um homem do trabalho, um produtor júnior que era tão bonito quanto arrogante. Nós dois começamos a dormir juntos e, semanas depois, enquanto estávamos pelados na cama, ele perguntou se eu poderia falar com o produtor executivo por ele. Ele estava atrás de uma promoção e pensou que dormir com a âncora feminina poderia melhorar suas chances. O idiota realmente pensou que eu tinha alguma influência. Ele não percebeu que eu era apenas uma marionete para a rede de TV, um rostinho bonito para dar más notícias com um sorriso.

Eu me senti usada, mas não era nada comparado ao jeito que me sentia agora.

Talvez hoje tenha sido extremo, porque deixei de lado todas as minhas inibições. Eu tinha entregado meu corpo inteiramente para Dash, deixando-o me levar ao limite e me empurrar. Talvez tenha doído mais hoje, porque eu nunca tinha feito sexo tão intenso antes.

Tinha sido cru, áspero e visceral. De agora até o fim da minha vida, o orgasmo da noite anterior seria o parâmetro para todas as comparações futuras.

Estúpida, Bryce. Tão estúpida.

Para ser justa, Dash me alertou para não confiar nele. A dorzinha entre minhas pernas era um lembrete latejante do meu erro.

Eu nunca deveria ter ido para a oficina. Nunca deveria ter acreditado que Dash queria uma trégua. Draven não estava lá na noite passada – eu deveria ter virado as costas e saído.

Exceto que subestimei Dash e sua habilidade de ser charmoso. Minha ânsia foi minha fraqueza e Dash a explorou com precisão. Ele até me fez duvidar que Draven fosse culpado do assassinato de Amina.

Draven era culpado. Não era? O homem não podia ser inocente, certo? A menos que tudo isso tenha sido uma armação.

As dúvidas estavam rondando os cantos da minha mente o dia todo. Droga, Dash.

Tirei o bloco de notas amarelo da bolsa e puxei uma caneta do porta-copo. Virando para uma página livre, escrevi uma palavra em letras maiúsculas.

MOTIVO.

Qual foi a razão de Draven matar? Podemos colocá-lo na cena do crime. Ele fez sexo com Amina antes dela ser esfaqueada. O delegado Wagner estava sendo extremamente discreto sobre os detalhes do caso, mas ele me disse que encontraram a arma do crime no local — uma faca de caça preta.

Isso foi meio e oportunidade. Mas qual era o motivo de Draven? Por que ele mataria Amina Daylee, uma mulher com quem ele estudou no ensino médio e, pelo que pude perceber, não tinha visto muito desde então?

Foi um crime passional? Talvez Draven tenha usado Amina como Dash me usou. Mas em vez de sair pela porta lateral como eu, Amina ficou com raiva. Talvez ela tivesse inflamado sua raiva e ele a tivesse matado no calor do momento.

Por mais tentador que fosse seguir essa teoria, não dava liga.

Eu não tinha passado muito tempo com Draven, mas tinha conhecimento carnal de seu filho. Dash tinha talento para me irritar. Nós provocamos um ao outro e inflamamos os temperamentos um do outro. Mas ele não era um cabeça quente. Dash era calculista e preciso, características que provavelmente aprendeu com seu pai.

Meus olhos voltaram para a palavra no meu bloco de notas, girando-a, olhando-a de lado, de trás para frente e de cabeça para baixo.

Qual era o motivo de Draven?

Eu pretendia perguntar a ele ontem à noite. Em vez disso, deixei Dash me despir na oficina. *Trégua, o caralho.*

Ele parecia sincero. Não havia como ele fingir esse nível de satisfação com o sexo. Então, por que me dispensar? Certamente ele sabia que isso seria contraproducente para a alegada *trégua*.

Uma coisa era certa — Kingston Slater me confundiu. Usá-lo para descobrir o motivo de Draven não era uma opção agora.

Então eu teria que encontrar outra maneira.

Havia duas pessoas naquele quarto de motel quando Amina foi assassinada: o assassino e a própria Amina. Ela era a chave. Se Draven era inocente, então o passado dela podia me levar à verdade.

Abri um sorriso pela primeira vez no dia, pendurei a bolsa no ombro e me dirigi para a escola. Lá dentro, o saguão estava vazio e silencioso. Meus sapatos ecoaram enquanto eu caminhava para a secretaria, acenando para a secretária sentada na frente – Samantha, de acordo com a placa em sua mesa.

— Olá.

— Olá. Como posso ajudá-la? — ela perguntou.

— Sou Bryce Ryan. — Estendi a mão por sobre o balcão. — Eu trabalho no jornal e gostaria que você pudesse me ajudar.

— Posso tentar. — Seu sorriso alegre acalmou meus nervos.

A secretária da minha escola era mais assustadora do que a diretora, mas com base no número de cartões de agradecimento pregados em um quadro de cortiça na parede ao lado de sua cadeira, eu estava supondo que os alunos daqui adoravam Samantha.

— Estou procurando qualquer informação que eu possa encontrar sobre uma ex-aluna.

A expressão de Samantha mudou.

— Poxa. A diretora não está e é com ela que você teria que falar sobre os registros dos alunos. Ela conhece todas as regras sobre concessão de permissão e tudo mais.

— Droga. — Bati as unhas vermelhas no balcão. — Ela estará aqui amanhã?

— Bem, desculpe. Ela saiu por duas semanas de férias. Tentamos aproveitar durante o verão.

— Creio que todos vocês merecem. — Examinei o corredor além da secretaria. Estava vazio, todas as salas fechadas, com exceção de uma. A porta sob o cartaz da *Biblioteca* estava aberta. Apontei para o local. — Suponho que você não tenha nenhum anuário antigo na biblioteca que eu possa olhar?

Samantha olhou para o relógio.

— Pode ser, mas eu teria que procurar. E eu esperava sair daqui cedo hoje para ir ao salão para um horário com o cabeleireiro. Eu sou a única aqui. Você se importaria de voltar amanhã? Posso desenterrá-los para você.

Merda. Perdi muito tempo no estacionamento olhando para minhas unhas e pensando em Dash.

O irritante, mulherengo e mágico sexual Dash.

— Claro. — Balancei a cabeça, forçando um sorriso mais largo. — Obrigada.

Samantha acenou.

— Vejo você amanhã, então.

— Até amanhã. — Só que eu realmente não queria esperar até amanhã.

Com mais um olhar ansioso para a biblioteca, virei-me e recuei para as portas da frente. À minha esquerda havia uma ampla entrada para os banheiros, meninos de um lado e meninas do outro.

Uma ideia surgiu e meus passos diminuíram.

O banheiro.

Atrás de mim, Samantha estava fora de sua cadeira, puxando uma sacola de um armário no escritório.

Dane-se. Entrei no banheiro feminino e me escondi na segunda cabine.

Eu estava realmente fazendo isso? Não respondi a essa pergunta para mim mesma. Em vez disso, prendi a respiração e não me mexi, apenas piscava. Talvez minha ambição pela história tivesse saído do controle. Talvez eu estivesse delirando por falta de sono. Talvez estivesse desesperada para não voltar para o meu carro, onde sem dúvida pensaria em Dash. Seja qual for o motivo, foi uma ideia estúpida.

Mas fiquei lá, imóvel e respirando superficialmente.

Na pior das hipóteses, Samantha me encontraria e eu mentiria sobre uma bexiga hiperativa. Na melhor das hipóteses, ela sairia pela porta e eu ficaria trancada dentro da escola sozinha. Beleza, isso não era ótimo, mas eu encontraria uma saída eventualmente. Talvez.

Esconder-me nos banheiros funcionou para mim na delegacia. Eu poderia muito bem conseguir de novo.

O som de sandálias ecoou do lado de fora do corredor. Permaneci congelada em minha cabine, com o coração acelerado e as palmas das mãos suando. Quando a luz que se infiltrava no banheiro do saguão se apagou, meus ombros cederam e soltei um suspiro.

Esperei mais cinco minutos antes de fazer um movimento. Então, na ponta dos pés, saí do banheiro.

— Meu carro. — Bati com a palma da mão na testa. Se Samantha notou no estacionamento, ela pode voltar. Mas ela não tinha voltado até agora, então talvez eu estivesse segura. Girei em um círculo lento, localizando pequenas esferas negras nos cantos superiores do saguão. Devo acenar para as câmeras? Dar-lhes um sorriso?

Meu compromisso com o ato era sólido, então caminhei até a porta da frente, fingindo abri-la. Então fingi um suspiro dramático, puxando as mechas do meu cabelo. Eu não estava brincando com ninguém aqui, mas isso me fez sentir melhor. Com uma volta rápida, marchei pelo saguão, olhando para todos os corredores e balbuciando um silencioso *"alô?"*. Parecia tão estranho quanto eu achava que parecia – uma atriz que eu não era.

Fim de fingimento, fui direto para a biblioteca. A sala estava escura, a única luz vinha das janelas ao longo da parede. Estava claro o suficiente para que eu não esbarrasse em uma estante de livros, mas não o suficiente para fazer qualquer exploração séria, então peguei meu telefone da bolsa e acendi a lanterna.

— Anuários — murmurei, examinando as prateleiras enquanto avançava mais para dentro da sala. — Onde estão os anuários?

Passei por prateleira após prateleira de livros de não-ficção, seguidos por algumas fileiras de ficção para jovens adultos. Cinco fileiras ao longo da parede do fundo continham uma antiga *Enciclopédia Britânica*. Meus pais compraram um conjunto desses quando eu era criança, vinte e poucos anos atrás, e eles pareciam ser tão velhos.

Foi um desperdício de espaço de biblioteca perfeitamente bom, na minha opinião. Essas fileiras não seriam mais adequadas para, digamos, *anuários*?

— Droga. — Hora de desistir e tentar sair deste prédio. Samantha estaria me esperando amanhã, então eu esperaria também. Era o que eu provavelmente deveria ter feito em primeiro lugar.

Contornei o último canto da sala, passando pela mesa da bibliotecária. Atrás dela, as prateleiras eram brancas, enquanto as demais da sala eram de madeira escura. Com um rápido movimento de minha lanterna, esperava encontrar dicionários e enciclopédias. Dei uma segunda olhada quando minha luz pousou em livros altos e finos, a maioria com letras impressas em papel alumínio nas lombadas. Todos com um ano e a identificação *Clifton Forge High*.

— Bingo. — Meu sorriso parecia quase insano.

Corri para as prateleiras, minha bolsa sendo jogada no chão quando caí de joelhos. Examinei as fileiras de anuários em busca dos anos em que Amina estaria na escola. Arrastei um período de seis anos das prateleiras e fiquei confortável no tapete.

O ano em que Amina seria caloura não tinha fotos dela, então passei para o segundo ano e a encontrei imediatamente. Minha luz brilhou em sua foto escolar escura, destacando o cabelo loiro na altura dos ombros. Fiel ao estilo da época e afastado de seu rosto.

Toquei na página. Amina era linda. Seu sorriso era natural e brilhante, mesmo em preto e branco. Na página, a dela era a melhor foto da turma. De alguma forma, ela não tinha a estranheza que seus colegas não conseguiam esconder.

Meu coração apertou. Ela se foi agora, sua luz sufocada por um assassino cruel. Não era justo. A menos que ela se mostrasse uma pessoa horrível, eu tinha como missão pessoal homenagear Amina Daylee em meu jornal. Não era muito, mas era algo que eu poderia fazer pela jovem da foto.

E algo que eu poderia fazer por sua filha.

Virei a página, procurando as fotos com cuidado, na esperança de encontrar fotos dela envolvida com clubes ou esportes ou...

— Invasão de propriedade? Não esperava isso de você.

Gritei quando a voz profunda atravessou a sala. Cada músculo do meu corpo se contraiu, mantendo-se rígidos, enquanto Dash emergia do canto escuro onde estava à espreita.

— Idiota. — Coloquei a mão no coração. Batia tão forte e rápido que sentia sua batida nas pontas duplas do meu cabelo. — Você me assustou pra caralho.

— Sinto muito. — Ele ergueu as mãos, embora seu sorriso traísse o pedido de desculpas.

— Não, você não sente — murmurei. — Nossa, como detesto você.

Ele caminhou em minha direção, aquelas longas pernas cobrindo a distância entre nós. Dash se movia como se não estivesse com medo de ser pego, o baque de suas botas alto no espaço silencioso. Ele ocupou um lugar ao meu lado no chão, a coxa quase tocando a minha.

— O que você está fazendo aqui? — Afastei-me. — Como entrou?

— Usei uma janela no vestiário feminino do ginásio. — Ele agitou as sobrancelhas. — Eu costumava me esgueirar muito lá no ensino médio.

— Não diga. — Franzi o cenho, ignorando a pontada de ciúme.

Aquelas garotas do ensino médio provavelmente *amavam* Dash. Sem dúvida ele tinha algumas tatuagens na época e entrou no estacionamento em uma Harley. Ele provavelmente fodeu a líder de torcida no vestiário feminino enquanto o namorado dela, o garoto mais popular do time de futebol, estava do outro lado da parede no masculino.

— Por que você está aqui? — perguntei.

— Segui você.

— Claro que sim. — Revirei os olhos. Dado o seu conhecimento da minha rotina, o cara deve ter me seguido por semanas.

Ele se inclinou para olhar o anuário que eu estava estudando. Eu me afastei mais um centímetro, então juntei os anuários à minha frente e os coloquei do outro lado, usando meu corpo como um bloqueio. Estes eram *meus* anuários, não dele. Mas antes que eu pudesse pegar o último, ele o agarrou.

A única maneira de pegar era colocando a mão em seu colo. Meu cérebro gritou *zona de perigo* e eu me afastei ainda mais.

— O que estamos procurando? — perguntou ele, pegando o anuário e folheando as primeiras páginas.

— Fotos suas — brinquei. — Para emoldurar e colocar na minha mesa de cabeceira.

— Sério?

— Não.

Ele riu, folheando mais páginas.

— Fico feliz em ver que o sexo não entorpeceu seu lado espirituoso.

— Pelo contrário, eu te odeio ainda mais agora.

— Ai. — Ele apertou o coração. — Doeu.

— Não mais do que quando você me mandou embora ontem à noite como se eu fosse uma prostituta de cinco dólares. — Folheei meu próprio livro, as páginas virando rápido demais para realmente ver o que havia nelas. Mas mantive os olhos grudados na página para que ele não visse o quanto havia me machucado.

— Bryce. — Sua mão tocou meu antebraço, impedindo meus movimentos. Olhei para seus longos dedos em meu pulso, mas me recusei a olhar para seu rosto. — Eu sou um idiota. A coisa toda... isso me pegou desprevenido. E então você agiu como se não pudesse fugir de mim rápido o suficiente. Desculpe.

— Está tudo bem. — Eu me livrei de seu aperto. — Foi só sexo.

— Só sexo? Mulher, aquela foi a melhor transa do mundo.

Dei de ombros, não confiando em mim mesma com as palavras. Quero dizer... ele não estava errado. E eu deveria tê-lo odiado depois da noite passada.

Irritava-me infinitamente que eu não o odiasse.

Voltando ao anuário, encontrei a seção de fotos do clube. Estudei os rostinhos na abundância de fotos de grupo, fazendo o possível para ignorar o cheiro inebriante que vinha da camiseta de Dash. Qualquer que fosse o sabão em pó que ele usava, acrescentava um cheiro fresco ao seu aroma naturalmente bom. A combinação era tentadora. Mesmo depois da noite passada, este homem ainda era tentador.

Maldito.

Levantei a lanterna e iluminei a página, olhando para as fotos minúsculas até que vi o rosto de Amina na foto do grupo do segundo ano. Seu cabelo havia crescido desde a foto anterior, mas o sorriso e o ar despreocupado permaneceram.

— É ela?

Sua respiração passou pela minha bochecha e meu rosto virou-se para o seu perfil. Dash estava a uns dois centímetros de distância – à distância de um beijo. Inclinei-me para longe, não confiando em mim mesma em sua proximidade.

— É ela. — Eu me virei para dar de ombro e forçá-lo a se afastar.

Ele voltou para seu próprio anuário, mas não se afastou. O calor de seu braço irradiava contra mim, me distraindo das fotos. *Foco, Bryce.* Entrecerrei os olhos e os fixei no anuário. *Foco.*

Eu estava aqui para encontrar informações sobre Amina. Dash era um incômodo e nada mais. Exceto pelo fato de que ele era o responsável pela dor em minha virilha.

O som de páginas sendo folheadas era o único ruído na sala. Dash virava suas páginas no ritmo das minhas, até parar.

— O quê? — Inclinei-me para olhar a página que ele abrira.

— Nada. — Ele virou a página. — Acabei de ver uma foto do meu antigo vizinho. Ele não envelheceu bem.

— Ah. — Voltei ao meu livro, me afastando ainda mais.

Dash folheou o resto de seu anuário, colocando-o no chão quando terminou. Então estendeu a mão para a prateleira atrás de nós e tirou um livro diferente. Este mais novo e mais grosso.

— O que você está fazendo?

Ele sorriu e folheou as páginas até encontrar o que procurava. Então, com o livro aberto, ele o entregou.

— Sou eu no meu último ano.

Encontrei Dash rapidamente na página colorida. Ele parecia mais jovem e mais arrogante, se isso fosse possível. Eu me odiava por isso, mas o adolescente Kingston Slater era um gato.

Sua mandíbula estava mais definida agora, os ombros mais largos. Os olhos de Dash tinham mais rugas nas laterais quando ele sorria. Perdida em seu rosto jovem, comparando suas diferenças com o homem com quem estive na noite passada, me sobressaltei com o farfalhar de páginas e o barulho de um livro se fechando. Desviei os olhos da foto assim que Dash se levantou do chão rapidamente, o anuário que ele estava olhando deixado no chão.

— Você está indo?

Ele levantou a mão, acenando sem dizer uma palavra enquanto saía da sala.

Que merda? Devo sair também? Olhei em volta, tentando descobrir se havia uma razão para a súbita saída de Dash, mas a biblioteca estava silenciosa. Talvez ele tivesse ido ao banheiro. Talvez ele também não quisesse se sentar tão perto de mim.

Descartei tudo, concentrando-me no que vim fazer aqui. Além disso, dado seu comportamento recente, Dash apareceria novamente em breve.

Passei pelo resto do segundo ano de Amina e depois examinei seu primeiro ano. Eu tinha acabado de abrir a capa dura para começar seu último ano – o livro que Dash estava olhando –, quando o guincho dos pneus me deu um arrepio na coluna.

Deixando o anuário de lado, levantei-me, rastejando em torno de uma das estantes para olhar pela janela. Uma viatura estava estacionada bem na frente.

À distância, avistei Dash em sua Harley. Observando tudo. Esperando.

Ou ele sabia que os policiais estavam a caminho e foi por isso que ele saiu. Ou...

— Ele não faria isso — eu disse a mim mesma.

Ele não teria chamado a polícia, teria?

Enquanto os policiais corriam para as portas da frente, respondi à minha própria pergunta. *Claro que sim.*

Cerrei os dentes.

— Aquele filho da puta.

CAPÍTULO ONZE

DASH

Dobrei novamente a página que rasguei do anuário e enfiei no bolso de trás. Não havia mais necessidade de olhar para ela – eu havia memorizado a imagem.

Enquanto estava sentado ao lado de Bryce e folheando aquele anuário, não foi o rosto de Amina que chamou minha atenção.

Tinha sido o da mamãe.

Amina Daylee e mamãe sorriam lado a lado. O braço de mamãe estava em volta dos ombros de Amina. O de Amina estava na cintura da mamãe. A legenda abaixo da foto dizia *"Inseparáveis"*.

Elas eram amigas. Pelo que parecia, melhores amigas. E, ainda assim, eu nunca tinha ouvido o nome de Amina Daylee antes. Meu pai sabia, mas não mencionou que Amina já foi amiga de mamãe. Ele atribuiu tudo a uma *história vaga*. Por quê?

Por que ele não mencionou que Amina era amiga da minha mãe? Eu tinha doze anos quando mamãe morreu. Também não me lembrava de ela ter mencionado uma amiga chamada Amina. Houve um desentendimento? Ou elas simplesmente se separaram? Até que eu soubesse, eu guardaria essa foto para mim.

Meu pai resumiu tudo com uma única palavra.

História.

Porra de história.

Nossa história iria arruinar a todos nós.

Se não fosse Bryce quem estivesse fazendo perguntas, acabaria sendo outra pessoa. Fomos estúpidos em pensar que poderíamos nos afastar dos Gypsies sem levantar suspeitas. Fomos estúpidos em pensar que os crimes e os corpos que enterramos ficariam escondidos.

Talvez esconder nossa história tenha sido um erro. Talvez a coisa certa a fazer seja contar a história – as partes legais, pelo menos – e seguir em frente. Porém, eu sabia a história certa para contar? A foto no meu bolso traseiro dizia o contrário. Dizia que eu não sabia absolutamente nada sobre história.

— Dash? — A voz de Presley ecoou pela oficina. — Achei que você tinha ido embora.

— Voltei. — Afastei-me da bancada de ferramentas onde estava perdido em pensamentos. — Não estava com vontade de ir para casa.

— Eu estava fechando. — Ela entrou na oficina pela porta do escritório adjacente.

Os caras haviam saído há cerca de vinte minutos, com seus trabalhos do dia concluídos. Mas Presley nunca saía antes das cinco. Mesmo quando lhe dissemos para ir para casa mais cedo, ela sempre se certificava de que o escritório estaria aberto de acordo com o horário informado na porta.

— Você está bem? — perguntou ela.

Suspirei e me encostei no banco.

— Não.

— Quer falar sobre isso? — Ela ocupou o espaço ao meu lado, me empurrando com o ombro. — Eu sou boa ouvinte.

— Caralho, Pres. — Passei um braço ao redor dela, puxando-a para o meu lado.

Ela me abraçou de volta.

Mamãe adorava abraçar. Ela sempre abraçava Nick e a mim. Depois que ela morreu, os abraços pararam. Mas então Presley veio para a oficina e ela não gostava de simples apertos de mão.

Ela abraçava a todos com aqueles braços finos. A cabeça dela só chegava até o meio do meu peito, mas ela sabia dar um abraço apertado como ninguém.

Presley era linda e seu corpo era esbelto e magro, mas o abraço não era sexual. Nenhum de nós a via assim, nunca. Desde o dia em que ela começou aqui, ela se encaixou perfeitamente na família. E esses abraços eram a forma dela de nos confortar. Conforto de uma amiga próxima que tinha um coração de ouro.

— Eu fiz uma coisa. — Soltei um suspiro profundo. — Porra, eu sou um idiota.

— O que você fez?

— Você sabe que tenho seguido Bryce por aí, esperando conseguir fazê-la desistir dessa história. Eu a ameacei. Não funcionou. Eu me ofereci para trabalhar com ela. Também não funcionou.

Deixei de fora a parte sobre meu plano de seduzi-la porque, do meu ponto de vista, foi ela quem me seduziu simplesmente por respirar. E eu não ia falar sobre sexo, e não porque me sentisse envergonhado. Pelo contrário.

REI DE AÇO

Parecia especial. No momento, eu queria manter tudo para mim.

— Beleza — Presley disse, incitando-me a continuar. — E...

— Então eu, hmm... — Soltei um suspiro profundo. — Eu fiz com que ela fosse presa hoje. Ela invadiu a escola para olhar alguns anuários antigos. Eu a segui, deixei ela lá e chamei a polícia. Eles a prenderam por invasão de propriedade.

— Uau. — Presley se encolheu. — Eu particularmente não gosto da mulher, especialmente porque ela parece determinada a provar que Draven é um assassino. Mas, caramba, Dash. Isso é cruel.

Foi cruel. E anos atrás, tinha sido a minha norma. Eu tratava as mulheres como objetos. Inutilizáveis. Descartáveis. Substituíveis. Presley não estava por perto durante os anos em que eu tinha passado por essas mulheres. Ela apareceu mais tarde, quando desacelerei e fiz o meu melhor para me tornar um homem decente. Quando já não era tão cruel.

Presley entrou para a oficina, trouxe seus abraços e ela nos amoleceu.

Nós a deixamos nos amolecer.

— Você gosta dela, não é? — perguntou ela. — E é por isso que você se sente um idiota.

Não era uma pergunta que eu iria responder.

Afastando meu braço, virei-me para a bancada e ocupei as mãos colocando algumas ferramentas de volta nos pinos pendurados na parede.

— Isaiah disse que o senhorio dele está aumentando o preço do aluguel.

— Sim. — Ela concordou com a minha mudança de assunto. — O aluguel dele é mês a mês. Acho que o proprietário percebeu rapidamente que Isaiah era um bom inquilino. Junte isso ao fato de que ele está trabalhando aqui e toda a cidade sabe que pagamos bem. O proprietário está aproveitando.

— Leve-o amanhã para o apartamento em cima do escritório. Deixe-o dar uma olhada. Se ele quiser ficar lá por um tempo, é dele.

— Tudo bem — Presley assentiu. — Está uma bagunça, mas vou perguntar. Quanto custa o aluguel?

— Ele arruma a zona e pode ficar lá de graça.

— Isso é legal da sua parte.

Dei de ombros.

— O cara precisa de uma folga.

Isaiah era um ex-presidiário. Encontrar um apartamento nunca seria fácil, algo que o proprietário provavelmente também sabia. Não era justo e, definitivamente, não era algo que Isaiah merecia. Ele não era um homem mau. Eu sabia como eram os homens maus – eu tinha um espelho. Isaiah tinha ido para a prisão por um crime muito menor do que muitos que eu havia cometido.

— O que você vai fazer esta noite? — perguntei.

— Praticamente nada. Jeremiah tem que trabalhar até tarde, então vou jantar sozinha. Então provavelmente vou assistir TV ou ler até ele chegar em casa.

— Hmm. — Meu rosto azedou e eu abaixei a cabeça para esconder a expressão dela. Não muito bem, porque ela viu minha careta.

— Não — ela retrucou.

— Não disse uma palavra.

— Nem precisou. — Presley fechou a cara. — Em algum momento, todos vocês vão ter que aceitar que vou me casar com ele.

— Talvez quando ele comprar uma aliança pra você.

Ela cerrou as mãos nos quadris.

— Ele está economizando para isso. Ele não quer começar nosso casamento endividado por causa de um diamante.

— Ele tem o dinheiro, Pres.

— Como você sabe? — ela rebateu.

— Um palpite.

Eu não ia contar que investigamos Jeremiah. E bem a fundo. Presley entrou no escritório uma manhã, cerca de um ano atrás, e anunciou que eles iriam se casar. Eles estavam namorando há um mês naquele momento e tinham acabado de se mudar para morar juntos.

Mas a pressa para firmar o compromisso parou no minuto em que Jeremiah ganhou o título de noivo. Ele começou a trabalhar até tarde. E passava cada vez menos tempo com Presley. Todos nós vimos o que ia acontecer. O homem nunca iria se casar com ela. A promessa de uma vida juntos era como ele a mantinha no anzol e como ele vivia com o dinheiro dela.

Nenhum de nós pensou que ele a estava traindo, e estávamos observando.

Estávamos preocupados com ela. Mas sempre que explicávamos e expressávamos nossas preocupações, ela se fechava. Ela ficava irritada. Então tivemos uma reunião – papai, Emmett, Leo e eu. Todos nós concordamos em ficar calados até que marcassem a data do casamento. Então nós agiríamos, porque de jeito nenhum ela ia se casar com o idiota. E depois que ele quebrasse o coração dela, nos revezaríamos arrebentando o nariz dele.

Estalei meus dedos. A antecipação de uma briga há muito esperada trouxe de volta um sentimento familiar que guardei quando encerramos as lutas no clube. Às vezes, eu realmente sentia falta disso. Da agressão. Das vitórias. Entrar no ringue e deixar tudo para trás.

— Levo você para jantar — ofereci.

— Tá tranquilo. Tenho sobras que precisam ser consumidas. Te vejo amanhã.

Com um abraço de despedida, ela atravessou a garagem para a porta do escritório. Mas antes de desaparecer, eu a chamei:

— Pres?

— Sim?

— Sobre Bryce.

Ela me deu um pequeno sorriso.

— Você gosta dela.

— Sim — admiti. *Eu gosto*.

E me senti culpado pelo que fiz. Eu me senti culpado por chutá-la para fora da oficina do jeito que fiz ontem à noite. Eu me convenci de que era a melhor coisa.

Com certeza, não sentia isso.

Pres acenou, me dando um pequeno sorriso.

— Boa noite.

— Boa noite.

Fiquei na oficina por um tempo depois que ouvi o carro de Presley se afastar. Havia muito trabalho a ser feito, mas a dor no estômago continuava roubando meu foco. Por fim, desisti e fui embora.

Eu não tinha certeza de como, mas sabia que não conseguiria dormir esta noite até que me acertasse com Bryce. Ou pelo menos tentasse.

Minha primeira parada foi na casa dela. Todas as luzes estavam apagadas, então abri a fechadura da garagem dela, apenas para ver que estava vazia. Em seguida, tentei o jornal. Aquela mulher era tão motivada que não me surpreenderia se ela tivesse saído da prisão e ido direto ao trabalho para escrever uma história sobre a experiência. Mas as janelas do jornal estavam muito escuras e o estacionamento estava vazio. Eu verifiquei o ginásio. A mercearia. A cafeteria.

Nada.

Fazia algumas horas desde que ela foi presa na escola, dando-me bastante tempo para sair de lá antes que ela percebesse que eu tinha arrancado aquela página do anuário. Os policiais já deveriam tê-la deixado ir. Ela levaria um sermão de Marcus. Nada mais. Isso deveria ter levado uma hora, no máximo. Então, onde ela estava?

Meu estômago revirou quando passei pela escola e avistei o carro dela. Estava no mesmo lugar de antes.

O que significava que Bryce ainda estava na prisão.

— Merda. — Corri para a delegacia.

Eu a imaginei sentada em uma cama em uma cela, fumegando. Ela provavelmente planejou meu assassinato dez vezes.

O estacionamento da delegacia estava sossegado. Algumas viaturas estavam estacionadas ao longo de um lado do prédio enquanto eu encostava na calçada da frente, desligando a moto e esperando.

E esperei.

Uma hora e meia se passou enquanto eu mexia no meu telefone. Eu tinha certeza de que as câmeras de vigilância e o policial que as vigiava estava se perguntando o que eu estava fazendo, mas ninguém apareceu. E ninguém saiu.

Merda. Ela estava aqui? Eu não tinha verificado a casa dos pais dela. Talvez eles tivessem vindo buscá-la e ela estivesse lá. Verifiquei a hora no meu telefone pela centésima vez quando o sol começou a se pôr, anoitecendo. Bufei e praguejei baixinho assim que um conhecido táxi amarelo estacionou atrás de mim.

— Ei, Rick. — Acenei e caminhei até a janela do lado do motorista.

— Dash. O que você está fazendo aqui?

— Esperando para buscar alguém. Você?

— O mesmo.

Rick provavelmente estava começando seu turno. Ele dirigia sua própria empresa de táxis – o Uber ainda não existia aqui – e ganhava uma vida decente levando gente bêbada para casa. Ele me pegou em mais do que algumas ocasiões.

Quais eram as chances de mais de uma pessoa precisar ser apanhada na delegacia de polícia em Clifton Forge, em uma terça-feira, bem antes de a diversão começar nos bares? *Quase nulas.*

— Você está aqui por causa de Bryce Ryan?

— Sim. Acho que foi esse o nome que me mandaram.

— Aqui. — Enfiei a mão no bolso, pegando minha carteira, e tirei duas notas de vinte para entregar. — Toma aqui.

Ele balançou a cabeça e sorriu enquanto pegava o dinheiro.

— Ótimo. Valeu, Dash.

— Vejo você por aí. — Bati no capô antes de sair do caminho. Suas lanternas traseiras mal haviam saído do estacionamento quando a porta da frente da delegacia se abriu e Bryce saiu correndo.

— Ei, espere! — Ela acenou para o táxi, mas Rick já tinha ido embora. — Merda.

Bryce passou a mão pelo cabelo, os ombros caídos. Eles se endireitaram quando seus olhos pousaram em mim esperando na base dos degraus.

— Vou te dar uma carona.

— Não. — Ela começou a descer os degraus, os passos pesados. — Vou andando.

— Vamos. — Eu me postei diante dela quando chegou ao último degrau, os olhos raivosos nivelados com os meus. — Vou te levar para casa.

— Fique longe de mim. Você armou pra que eu fosse presa por invasão de propriedade. Eu fui algemada. Tive que tirar minha foto e impressões digitais. Eu estive na *prisão*.

— Sinto muito.

— Não, você não sente. — Ela tentou passar por mim, mas me movi muito rápido, bloqueando sua fuga.

— Bryce — eu disse, com gentileza. — Me desculpe.

— Tem tanto medo de que eu encontre alguma coisa?

— Sim.

Minha resposta – e a verdade naquela única palavra – a pegou desprevenida. Ela se recuperou rapidamente.

— Não te entendo. Você vem à minha casa e me beija. Aí você arruma a impressora do meu pai e pede uma trégua. Nós fazemos sexo. Você me expulsa. Você me segue até a escola e invade o lugar também. Então você chama a polícia para mim. É oito ou oitenta. Chega.

— Olha, isso também não faz sentido pra mim. — Desde o dia em que ela apareceu na oficina, meu cérebro e minhas emoções estavam todos distorcidos. — Tudo o que sei é que não consigo ficar longe de você, embora saiba que deveria.

Ela cruzou os braços sobre o peito.

— Tente mais.

— Deixe-me levá-la até seu carro.

— Nisso? — Ela apontou para minha motocicleta. — Não.

— Com medo? — cacoei.

Seus olhos se estreitaram.

— Nunca.

— Por favor. Eu fodi tudo antes. Desculpe. Deixe-me pelo menos te levar até seu carro.

— Não. — Ela não ia ceder, então resolvi apelar para sua lógica.

— Não há mais ninguém. Você terá que caminhar quilômetros e está escurecendo. Rick provavelmente já está em sua próxima corrida. Acho que você não ligou para seus pais por algum motivo. Vamos. É apenas uma volta.

Um grunhido saiu de sua garganta. Parecia muito um *"tá bom"*.

Desta vez, quando ela tentou passar por mim, eu permiti. Ela foi até a moto, seus olhos observando o cromado reluzente e a pintura preta brilhante.

Eu a encontrei lá e passei uma perna.

— Suba.

Se ela estava insegura, não deixou transparecer. Ela subiu atrás de mim, movendo-se para frente e para trás até se firmar. Então ela passou os braços em volta da minha cintura, tentando não segurar com muita força.

A sensação de seus braços ao meu redor, a forma como o interior de suas coxas envolvia meus quadris, apertando-se a cada curva, era quase tão bom quanto a sensação de me deitar em cima dela na oficina. O trajeto até a escola não foi longo o suficiente.

Meu pau inchou enquanto eu pilotava. Mais alguns quilômetros e teria sido impossível ignorar, mas entramos no estacionamento da escola e no segundo que parei, ela desceu da moto. O encantamento se rompeu.

Ela foi direto para a porta do carro, tirando as chaves da bolsa e recusando qualquer contato visual.

— Bryce. — Desliguei o motor da moto para que ela pudesse me ouvir, para que pudesse ouvir a sinceridade em minhas palavras. — Me perdoe.

— Você me disse para não confiar em você, e eu deveria ter escutado.

— Aí é que está. Eu quero que você confie em mim.

— Pra você foder comigo? — Ela se virou, seus olhos brilhando. — Ou simplesmente me foder?

— Para descobrirmos a verdade. Para que possamos descobrir quem realmente matou Amina.

— Eu não preciso da sua ajuda.

— Não, você não precisa. — Passei a mão pelo meu cabelo. — Mas talvez... talvez eu precise da sua.

Isso a fez parar. Bryce não era mole. Ela era dura e dinâmica. Extraordinária. Ela enxergava as besteiras como uma profissional, e a verdade era que eu confiava nela. Por quê? Eu não conseguia articular isso. Mas eu confiava.

Nunca, nem uma vez, disse a uma mulher que precisava de ajuda. No entanto, aqui estava eu, oferecendo isso a ela.

Chutei o descanso da minha moto e me sentei no banco para encará-la. Eu não podia pedir informações ao meu pai; ele estava se escondendo demais. Ter o olhar afiado de Bryce poderia ser a única chance de sua liberdade.

Isso significava que era hora de colocar tudo para fora. Para ser sincero com ela. Para tentar ganhar a confiança dela. Então ela saberia no que estaria se metendo comigo.

— Vamos conversar. Sem enrolação. Sem segundas intenções. Apenas conversar.

Ela encostou-se à porta do carro.

— Tudo o que você disser pode acabar no meu jornal.

— Nem tudo.

— Então terminamos aqui. — Ela estendeu a mão para a maçaneta da porta.

— Isso pode arruinar a vida de pessoas que merecem uma segunda chance. Você quer me destruir quando tudo isso acabar? Beleza. Mas para eles, não posso deixar isso acontecer.

Emmett e Leo arriscaram suas vidas para ficar ao nosso lado quando fechamos o clube. Eles estavam construindo boas vidas. Vidas honestas. Eu desistiria da minha, mas não os trairia.

Bryce colocou as mãos no quadril.

— Então, onde isso nos coloca?

— Vou responder às suas perguntas. Algumas coisas podem ser registradas. Outras não.

— E eu só devo acreditar em você?

Balancei a cabeça.

— Sim.

— Como posso saber se você vai ser honesto?

— Porque me sinto um merda — admiti. — Poucas pessoas conseguem me irritar, mas você sim. E eu me sinto culpado. Pelo que eu disse ontem à noite. Por chamar a polícia hoje. Isso sou eu dizendo que fiz merda. Pedindo mais uma chance.

Ela me lançou um olhar cauteloso.

— Você tem que saber que acho isso tudo uma mentira. Apenas mais um de seus truques.

— Entendo. — Suspirei. — Faça suas perguntas de qualquer maneira. Só não imprima coisas que vão ferir outras pessoas. Pode ser?

O clima tenso pairou no ar, até que, finalmente, ela me deu um único aceno de cabeça.

— Tudo bem. Quero saber por que você fechou seu clube.

— Oficialmente, nossos membros decidiram seguir em direções diferentes. Meu pai e eu ficamos em Clifton Forge com Emmett e Leo. A maioria dos outros Gypsies se afastou. — Quando ela franziu a testa, levantei as mãos. — Eu sei que você provavelmente pensa nisso como um grande evento, mas não foi. Aconteceu aos poucos. Um cara ia embora por um motivo ou outro. Não queríamos colocar ninguém novo.

— Deserção. Você está dizendo que fechou seu clube por causa de deserção?

— É verdade.

Jet havia entrado no clube no mesmo ano que eu. Ele se mudou para Las Vegas depois que conheceu sua namorada lá e agora tinha sua própria oficina. Gunner mudou-se para Washington para viver à beira-mar com o dinheiro que guardou ao longo dos anos. Big Louie, que era alguns anos mais novo que meu pai, comprou a pista de boliche aqui na cidade e encontrava meu pai para beber no *The Betsy* toda quinta-feira.

Os outros se espalharam ao vento. Alguns até saíram para ingressar em outros clubes. Isso magoou, mas não culpamos os homens que queriam continuar vivendo a vida do clube.

— O clube mudou — eu disse a Bryce. — Todos nós fizemos essa escolha juntos. Por unanimidade. — Sempre tive orgulho de usar meu colete de couro com o emblema dos Tin Gypsies nas costas. Então, um dia, vesti aquele colete e não havia orgulho. Foi nesse dia que comecei a questionar tudo. — O que éramos, o tipo de homens que nos tornamos, não tinha o mesmo apelo.

— E o quê? Que tipo de homem você era?

— Do tipo que fazia a porra que eu queria. — Se alguém me irritasse, eu arrancaria alguns dentes. Se alguém feria um membro da nossa família, pagava com a vida. — Nós éramos destemidos. Intimidadores. Não ligávamos muito para a lei. E tínhamos dinheiro.

— Como você ganhou seu dinheiro?

— A oficina.

Ela franziu o cenho.

— Não esqueça com quem está falando. Quinze anos atrás, havia rumores de que vocês tinham pelo menos trinta membros. Sua oficina pode ser boa, mas não comporta tanta gente.

Não era surpresa que Bryce tenha feito sua pesquisa. A mulher que me pegou completamente desprevenido, que chamou minha atenção, era mais afiada do que a faca guardada em minha bota.

Na verdade, tínhamos mais de quarenta membros naquela época. Cerca de quinze eram caras da idade de meu pai e quase todos eles estavam mortos agora. A expectativa de vida com o clube não se encaixava exatamente em uma tabela padrão.

Embora fôssemos pequenos em comparação com outros clubes do país, éramos poderosos. Meu pai queria crescer e se expandir por todo o Noroeste. Ele teria feito isso se não tivéssemos decidido nos separar. Mas sua ambição nos tornou alvos.

Fizemos de nossas famílias alvos.

— Extraoficialmente? — Esperei que ela assentisse antes de continuar: — O dinheiro veio da proteção no tráfico. Às vezes, nós mesmos contrabandeávamos as drogas, mas principalmente nos certificávamos de que as mulas chegassem ao seu destino com segurança. Evitando que os caminhões fossem confiscados pela polícia ou por outro traficante.

— Que tipo de drogas?

— Metanfetamina, principalmente. Nós administramos tudo o que os fornecedores cozinhavam no Canadá. Maconha. Um pouco de cocaína e heroína. Não sei o que mais havia, mas isso importa?

— Não. — A decepção em seus olhos fez meu estômago revirar. — Acho que não.

Por ela, eu queria ser melhor. Fazer melhor. Por quê? Era a questão com a qual eu lutava desde o começo. Mas havia algo nela, *nessa mulher*, que me fazia querer deixá-la orgulhosa. E eu daria todo o dinheiro do meu cofre para não ver aquela expressão no rosto dela novamente.

— Era assim que ganhávamos a maior parte do nosso dinheiro — eu disse. — Era mais fácil anos atrás, antes que a patrulha de fronteira começasse a reprimir. Podíamos passar despercebidos porque Montana tem uma grande fronteira e eles não podem vigiar tudo.

— Então vocês trabalhavam para traficantes de drogas?

Balancei a cabeça.

— Entre outras coisas.

— Que outras coisas? Seja específico.

— Proteção. Uma empresa da cidade poderia nos contratar e nós garantíamos que eles não teriam nenhum problema. Garantimos que seus concorrentes tivessem. Tínhamos um circuito de luta clandestina também. Era bem grande. Tínhamos lutadores vindos de todo o Noroeste. Nós organizávamos, alguns de nós lutavam, e o clube tirava uma comissão de todas as apostas. Ganhamos um bom dinheiro também.

Se Emmett e eu tivéssemos vencido nosso pai, ainda estaríamos comandando as lutas. Mas meu pai insistiu que tudo tinha que parar. Ele estava certo. Era melhor assim.

— Não faz sentido. Se você ganhou um bom dinheiro, por que desistir?

— Não se pode gastar dinheiro na prisão, Bryce. E acontece que também ganhamos um bom dinheiro com carros customizados.

Ela estudou meu rosto.

— É isso?

— É isso. Desculpe desapontá-la, mas fechamos o clube por motivos nobres. Não valia mais a pena colocar os membros ou suas famílias em perigo.

— Em perigo de quê?

— Clubes rivais. Velhos inimigos. E meu palpite é que um desses inimigos é o assassino de Amina.

CAPÍTULO DOZE

BRYCE

A vontade de me beliscar era avassaladora. Parte do meu cérebro tinha certeza de que eu tinha adormecido na cama dura como pedra na cela e isso era tudo um sonho. Eu não podia acreditar que estava diante de Dash, no estacionamento vazio de sua escola enquanto o sol desbotava de amarelo para laranja à distância. A brisa fresca da noite de Montana soprou uma mecha de cabelo na testa dele. As copas verdes das árvores que margeavam a escola sussurravam ao longe.

Era quase sereno demais. Era quase bonito demais para ser real. Mas se isso era um sonho, eu não estava pronta para acordar.

Sedenta por mais, fiquei parada, observando enquanto ele se sentava encostado em sua moto e me contava sobre seu antigo clube.

Isso tudo podia ser uma mentira e outra enganação. Enquanto eu ainda estava pau da vida com Dash, pelas últimas vinte e quatro horas, eu queria tanto a história para ouvir e fingir que, enquanto seus olhos brilhavam, era de honestidade.

Bom, eu fui estúpida. Mas fui embora? Não. Verdadeiras ou falsas, assimilei cada uma de suas palavras. Perguntas surgiam em minha cabeça mais rápido do que uma série de fogos de artifício explodiam.

— Então você acha que um dos antigos inimigos do seu clube matou Amina?

Ele assentiu.

— É o mais provável. Alguém quer se vingar do meu pai. Eles esperaram até baixarmos a guarda. Ficarmos confortáveis. E se arriscaram a incriminá-lo por assassinato.

— Quem?

— Provavelmente outro clube.

— Mas os Tin Gypsies não existem mais. A menos que seja mentira.

— Não, o clube fechou.

— Então, sem um clube, vocês não são mais uma ameaça.

Ele deu de ombros.

— Não importa. A vingança não se importa se estamos usando coletes ou não. Se alguém quer muito, eles vão esperar.

Isso era verdade. Quando a vingança consumia as pessoas, era incrível a paciência que elas podiam ter. Se Draven estava sofrendo uma armação, a pessoa responsável era esperta. Eles esperaram, como Dash presumiu, até que os Slater estivessem despreparados para enfrentar uma ameaça.

— Então você desconfia que foi outro clube. Qual deles? — Peguei alguns nomes em minha pesquisa. Havia um número surpreendente de gangues de motociclistas, ou pelo menos membros, que estavam em Montana.

— Nossa maior rivalidade nos últimos anos foi com o Arrowhead Warriors. Eles não eram tão grandes quanto nós, mas seu presidente era e ainda é ambicioso. Sem medo de puxar o gatilho. Por um tempo, ele criou o hábito de perseguir nossos clientes em potencial, prometendo-lhes dinheiro e poder. Ele manipulava os mais fracos. Ele convenceu os caras mais jovens a ingressarem em seu clube em vez do nosso.

— Você provavelmente não os queria de qualquer maneira.

Ele riu.

— Sem medo de perder caras que não eram leais.

— O que mais?

— Os Warriors administravam suas próprias rotas de drogas, mas tínhamos relações com os traficantes mais poderosos. Eles fizeram o que puderam para nos emboscar, esperando que os traficantes nos vissem como fracos e mudassem de parceiros de negócios. Nós retaliamos. Eles também. No final, era difícil saber exatamente quem havia começado tudo.

O cabelo da minha nuca se arrepiou.

— Quero saber o que significa retaliação?

— Não. — O toque de malícia em sua voz me fez estremecer. — Mas a virada foi quando eles foram atrás da minha cunhada.

— O quê? — arfei. — Ela está bem?

— Ela está bem. Eles tentaram sequestrá-la, mas tivemos sorte. A polícia local impediu antes que as coisas piorassem. Mas era uma linha que eles nunca deveriam ter cruzado. Os membros jogavam justo. Eles sabiam dos riscos desde o primeiro dia. Assim como suas esposas e namoradas. Quando a merda batia no ventilador, todos estavam sujeitos. Mas Nick, meu irmão, nunca fez parte do clube. Emmeline nunca deveria ter estado em perigo.

Era interessante como esses homens, esses criminosos, viviam de acordo com um código. Eles tinham limites. Embora eu achasse que desde que Emmeline foi ameaçada, esses limites não eram exatamente sólidos. Essa tentativa de sequestro teria chegado aos noticiários? Fiz uma anotação mental para verificar os arquivos quando fosse trabalhar amanhã.

Os olhos de Dash baixaram para o asfalto.

— Meu pai era o presidente na época. Algo sobre o sequestro de Emmeline virou uma chave nele. Acho que porque ele viu o quanto Nick a amava. Ele não queria custar a esposa ao filho. Não depois que ele já nos custou nossa mãe.

— Sua mãe?

Meu coração parou. Em todos os artigos de notícias que li sobre o clube, Draven e Dash, apenas alguns mencionavam a mãe de Dash. De acordo com as histórias, ela havia morrido em um trágico acidente em casa. Não houve menção ao envolvimento do clube ou aos detalhes sobre sua morte.

— Como?

Dash me deu um sorriso triste.

— Essa é uma história para outro dia.

— Tudo bem. — Eu não forçaria no assunto. Não agora, quando isso claramente lhe traria sofrimento. Ou quando arriscaria o fim da conversa.

— O tempo foi oportuno — comentou Dash. — Meu pai abordou o clube após a ameaça de Emmeline e perguntou a todos nós se consideraríamos sair do negócio das drogas. No ano anterior, todas as pessoas na mesa teriam dito *"claro que não"*. Mas a patrulha da fronteira havia aumentado o contingente. Um punhado de caras foi preso e estava cumprindo pena ou tinha acabado de sair. E ao mesmo tempo que Emmeline foi sequestrada, um de nossos membros mais antigos, o pai de Emmett, foi assassinado.

O clima ficou tenso.

— Assassinado? Por quem?

— Pelos Warriors. Estávamos em guerra há mais de dez anos. Esta não foi a primeira morte, do nosso lado ou do deles. Mas foi a gota d'água. Eles vieram ao *The Betsy*, onde estávamos bebendo uma cerveja, assistindo a algum jogo dos *playoffs*. Stone, esse era o nome dele, levantou-se para mijar. Alguns dos Warriors estavam esperando. Arrastaram-no para fora e antes que qualquer um de nós soubesse o que estava acontecendo, eles o puseram de joelhos e colocaram uma bala entre seus olhos.

Estremeci, a imagem mental impossível de ignorar. E, meu Deus, pobre Emmett. Meu estômago se contorceu em um nó apertado. Eu queria saber mais? Eu sabia que essa violência de que Dash falava não se limitava apenas aos Arrowhead Warriors. Eu tinha certeza de que se estendia aos Gypsies também – e Dash.

Ele também era um assassino? Eu definitivamente não queria a resposta para essa.

— Stone estava com o clube desde o início — Dash falou, encarando o asfalto, mas havia tristeza em seu olhar. — Ele e meu pai se juntaram na mesma época. Ele era como um tio. Stone me ajudou a consertar minha primeira moto. Me deu preservativos quando fiz catorze anos e me disse para ter sempre um no bolso. Neal Stone. Ele odiava seu primeiro nome. Ele era mais careca do que a bunda de um bebê, então deixou crescer uma grande barba branca para compensar, depois trançou a maldita coisa.

Dash estremeceu com uma risada silenciosa.

— Merda, eu sinto falta daquele cara. Emmett ficou muito mal por um tempo. Não foi bom. Mas ele voltou ao clube. Fez as pazes com isso, ou pelo menos tentou.

— Sinto muito.

— Eu também. — Dash piscou algumas vezes antes de olhar para mim novamente. — De qualquer forma, o tempo estava do lado do meu pai. Tantas coisas fodidas estavam acontecendo com nossos membros, nossas famílias, que todos nós paramos. Era hora de mudar.

— Vocês se separaram.

— Não imediatamente, mas fomos nessa direção. A primeira coisa que fizemos foi chegar a um acordo com os Warriors. O presidente deles sabia que eles haviam passado dos limites. Ele sabia que se a família estivesse em jogo, eles correriam o risco de perder alguns de seus entes queridos. Então concordamos com uma trégua.

— Você e suas tréguas — murmurei.

Ele riu, o canto de sua boca se curvando para cima.

— Vendemos a eles nossas rotas de drogas. Garantimos que nossos revendedores ficassem de boa com isso e não retaliassem. Saímos completamente do mundo das drogas.

— Tranquilo desse jeito?

— Sim. Eu sorrio toda vez que gasto esse dinheiro.

E eu estava supondo que havia muito. Provavelmente pilhas de dinheiro que ele tinha escondido debaixo do colchão ou enterrado em seu quintal.

— Depois disso, também desfizemos o restante das atividades ilegais

— relatou. — As lutas. Os pagamentos das empresas da cidade. Tudo isso. Simplesmente não valia o risco de acabarmos na cadeia. Encerramos tudo em cerca de seis anos.

— E então vocês se separaram.

Ele assentiu.

— Então desistimos. Poderíamos ter permanecido como um clube legalizado, mas muita coisa mudou. E os Gypsies sempre teriam uma reputação. Não importa o que fizéssemos, as pessoas teriam medo. Esperavam o pior.

Fazia sentido. Embora eu não pudesse imaginar o quão difícil foi dizer adeus a algo que tinha sido sua vida. O clube estava arraigado em todos os aspectos de seu mundo, sua carreira. A família dele. Deve ter sido como cortar um membro, mas ele fez.

Todos eles fizeram.

Ficamos um de frente para o outro, o único som vindo da brisa e alguns pássaros voando acima. Processei tudo o que ele me disse, esperando que fosse verdade.

Parecia verdade. Era isso? Ele tinha confiado em mim com sua história? Difícil não me emocionar com seu gesto de fé.

Meu instinto estava me dizendo que Dash não tinha mentido. E por enquanto isso era bom o suficiente, especialmente porque quase tudo não seria registrado. Eu podia ver agora, por que ele iria querer manter seus segredos. Se tudo isso vazasse, arruinaria a reputação que eles vinham tentando consertar. Isso podia significar uma investigação mais minuciosa da polícia.

— Espere. — Inclinei um pouco a cabeça para o lado. — Se vocês chegaram a uma trégua, por que os Warriors armariam o assassinato de Amina para Draven?

— Boa pergunta. Pode ser que um de seus membros esteja agindo sem a permissão do presidente. Pode ser um dos nossos antigos membros que se juntou aos Warriors.

Espere, o quê?

— Houve membros que deixaram os Gypsies e se juntaram aos Warriors mesmo depois de terem matado seus... — como eles se chamavam? — irmãos?

Ele escarneceu.

— Sim. A vida de um mecânico honesto e trabalhador não é para todos. Esses caras tinham vinte e poucos anos. Atraídos pela vida do clube. Não foi uma grande surpresa.

— Você acha que um ex-membro está incriminando Draven?

— Neste ponto, tudo é possível. Mas há cinco homens que foram para o Warriors. No momento, eles são meus principais suspeitos.

Se eu estivesse no lugar dele, também desconfiaria deles. Eu queria seus nomes, mas duvidava que Dash os daria para mim. Tive a sensação de que não seria convidada para uma reunião do clube.

O silêncio se instalou de novo, os pássaros encontraram uma árvore ao longe para pousar e cantar. A informação tomou espaço em minha mente, mas eu estava concentrada em outra questão no momento.

— E agora? — perguntei.

— Agora? — Ele se levantou da moto e se aproximou. — Agora você toma uma decisão. Você pega tudo isso e decide o quão fundo quer ir. Você acredita em mim ou não. Você confia em mim ou não. Você fica quieta ou não. Mas agora você sabe com que tipo de homem está lidando. Aqueles que guardam rancor por anos. Aqueles que não têm limites. Aqueles que não têm medo de ir atrás de uma mulher só porque ela está transando com um homem com o sobrenome Slater.

— Transou. Singular. Pretérito.

Dash se aproximou, o calor de seu corpo afastando o frio da brisa. Arrepios surgiram em meus antebraços e eu os envolvi firmemente em volta da minha cintura.

Ele levantou uma sobrancelha.

— Pretérito?

— Você fez com que eu fosse presa. Tenho de ir ao tribunal amanhã. Definitivamente, no pretérito.

— Hmm. — Ele levou a mão ao meu rosto, mas não tocou minha bochecha. Em vez disso, pegou a ponta de uma mecha de cabelo solta e a colocou atrás da minha orelha. Seus dedos roçaram o lóbulo, mas o toque leve foi o suficiente para causar arrepios até os dedos dos pés.

Eu era patética. Passei horas em uma cela de prisão, mas aqui estava eu, ofegando por ele novamente.

— Foi por isso que você me contou tudo isso? — perguntei. — Para eu transar com você de novo?

Dash balançou a cabeça, dando um passo para trás.

— Você quer a verdade?

— Você sabe que sim.

— Então me ajude. Ajude-me a encontrá-la.

Eu realmente ia fazer isso? Eu iria confiar nele? Não havia dúvida de que se trabalhássemos juntos, qualquer história que eu contasse seria melhor. Mais concreta. Mais completa. E, caramba, nós dois sabíamos o quanto eu queria *essa* história.

— Se você esconder alguma coisa de mim, algo que faça diferença ou me coloque em perigo, eu vou publicar — avisei. — Tudo. Se está ou não registrado oficialmente. Quer isso arruíne ou não sua vida e a de seus amigos, contarei ao mundo.

Poderia me custar meu jornal. Eu teria que violar minha ética jornalística e nenhuma fonte provavelmente confiaria em mim novamente. E poderia até me custar a vida se esse ex-motoclube decidisse retaliar. Eu estava colocando a mim mesma, minha integridade e meu trabalho em risco. Mas era a única vantagem que eu tinha sobre Dash.

Nesse ínterim, imprimiria o superficial. Eu imprimiria as coisas que ele me contou de maneira oficial. E manteria sigilo em relação ao resto.

— Estou falando sério. — Apontei um dedo na cara dele. — Nada de esconder coisas. Não vou adiante com isso se não puder confiar em você.

Ele hesitou, enfiando a mão no bolso, mas então assentiu. Com um giro, Dash caminhou até sua moto, passando uma longa perna por cima.

— Temos um acordo? — perguntei, antes que ele ligasse o motor.

Ele me lançou um sorriso sexy.

— Temos.

Folhear artigos de jornais antigos não era emocionante em um dia normal, mas hoje era quase uma tortura. As notícias de Clifton Forge de décadas atrás não eram apenas excepcionalmente chatas, mas também incrivelmente incompletas.

Voltei trinta anos em busca de informações sobre a mãe de Dash. Quando fiz minha pesquisa anterior sobre os Tin Gypsies, me concentrei nas referências do clube e naqueles associados aos membros proeminentes, como Draven e Dash. Eu não tinha ficado de olho no nome de Chrissy Slater.

Quando encontrei o obituário afirmando que ela havia morrido em um trágico acidente, li e segui em frente. Mas a conversa da noite anterior despertou minha curiosidade.

Como ela morreu? Qual foi exatamente o acidente? Dash havia dito que era uma história para outro dia e, dada a expressão de seu rosto, não era uma história feliz.

Então eu tinha ido procurar esta manhã. Talvez eu o poupasse de ter que reviver a morte dela se pudesse ler sobre o assunto. Exceto que tudo o que encontrei durante esse tempo foi o obituário dela, que eu já tinha visto, e uma foto de Draven e seus dois filhos no funeral.

O sofrimento de Draven era nítido na foto – suas mãos apoiadas nos ombros de seus filhos. Draven não parecia nada com o homem confiante que vi ser preso. Seu corpo suportava o peso de mil rochas, seu rosto pálido. A foto era em preto e branco, mas eu podia jurar que seus olhos estavam vermelhos de tanto chorar.

Dash e Nick eram tão parecidos quando crianças. Eu não tinha certeza da idade de Dash, talvez estivesse no ensino fundamental, mas ele parecia perdido. Nick era o oposto. Enquanto seu irmão mais novo e seu pai expressavam sua dor externamente, seu rosto não revelava nada. Nick não estava apenas perdido, ele estava com raiva. E agora fazia sentido porque ele não havia se juntado ao clube.

A punição de Nick para Draven foi virar as costas para o estilo de vida de seu pai, mas como era seu relacionamento com Dash? Afastei esse pensamento, desenhando uma linha firme ali. A dinâmica familiar de Dash não era da minha conta. Isso era muito pessoal. Intimista demais. Isso era problema dele, não meu.

Eu estava curiosa? Absolutamente. Mas se eu me deixasse ultrapassar essa linha, se me importasse demais, quem mais sofreria seria eu.

Eu não ligo. Eu não ligo. Eu não ligo.
Eu não posso me importar.

Minha tarefa era obter informações para escrever a melhor história possível. Eu falharia se permitisse me envolver em sentimentos.

Isso não era sobre Dash. Isso era sobre fatos. Isso era sobre Amina e encontrar seu assassino.

Dash estava tão certo da inocência de seu pai. Eu? Eu não tinha certeza. Ainda não. Mas a convicção de Dash era difícil de ignorar. Ele plantou dúvidas em minha mente que apareciam com constância.

Como Dash reagiria se Draven fosse, na verdade, o assassino? Meu estômago deu um nó só de pensar em seu coração partido.

Merda.

Eu me importava.

Saindo do nosso sistema de arquivo, fiz mais algumas anotações em meu bloco de notas. Enquanto procurava informações sobre Chrissy Slater, encontrei a maioria dos artigos que li antes sobre os Tin Gypsies.

Foi interessante lê-los novamente, desta vez sabendo mais sobre sua história. As histórias eram todas superficiais, o que não chegava a ser um choque. A menos que um dos membros do clube traísse seu sigilo, ninguém de fora jamais saberia a verdade.

Mas eu sabia.

Mesmo artigos de notícias banais se encaixavam com o que Dash havia me contado ontem à noite. Talvez ele realmente tivesse me contado a verdade.

Talvez fosse um teste para ver se eu o trairia. Eu não faria isso. Ele conseguiria manter seus segredos. Eu os levaria todos para o túmulo, porque dei minha palavra a ele.

A não ser que...

A não ser que ele tenha me enganado. Então eu faria exatamente como prometido. Eu contaria ao mundo cada detalhe sórdido e ele poderia apodrecer.

Ontem à noite, quando cheguei em casa, passei horas escrevendo tudo o que ele me disse. Todas as informações estavam seguras no meu computador e com backup em um arquivo criptografado na nuvem.

Se alguma coisa acontecesse comigo, meu pai teria acesso a essa unidade de nuvem no meu testamento.

Meu cérebro estava sobrecarregado com informações e deixei pender a cabeça em minhas mãos, massageando as têmporas. Eu não conseguia parar de pensar em tudo que Dash tinha me contado.

Era estranho que eu acreditasse nele? Que acreditei em cada palavra?

Por quê? Porque nós transamos? Eu deveria ter sido capaz de manter distância. Mas o idiota arrogante se infiltrou em minha mente. Eu não poderia descartá-lo completamente, mesmo depois da façanha que ele fez na escola.

Eu gemi. Sim, eu sou patética.

— O que foi?

Sentei-me ereta, girando ao ouvir a voz de papai quando ele entrou pela porta da gráfica e se sentou em sua mesa.

— Nada.

— Hmm. Achei que você poderia estar chateada porque tem que ir ao tribunal em uma hora.

— Você ouviu? — Estremeci. Eu não tinha planejado contar a meus pais sobre minha prisão, mas deveria saber que eles descobririam. Aqui era Clifton Forge, não Seattle. — Como?

— Você não é a única que conversa com Marcus Wagner regularmente.

Papai balançou a cabeça, o mesmo balanço lento que ele me dava quando eu o desapontava. Essa decepção era dez vezes pior do que qualquer surra que eu já recebi da colher de pau da mamãe.

— O que você estava pensando?

— Não estava — admiti. — Foi estúpido.

— Sim, foi.

— Mamãe sabe?

Ele me lançou um olhar que dizia *"o que você acha"*? Meus pais não acreditavam em esconder coisas um do outro, especialmente quando se tratava de sua única filha.

— Merda.

— Esteja pronta para uma bronca. — Enquanto papai era o único a me dar o olhar desapontado, sua especialidade, ele sempre deixava as broncas para mamãe, porque essas eram dela. — O que está acontecendo na investigação do assassinato? O que posso esperar do jornal no domingo?

— No momento, não vai ser muito. A polícia não divulgou nada de novo.

— E o que você encontrou?

— Nada sólido. Ainda. — Assim que eu tivesse uma história para contar, papai seria o primeiro a saber. — É melhor eu ir ao tribunal. Não quero me atrasar.

Ele riu.

— Diga ao juiz Harvey que mandei um oi.

Não disse "oi" ao juiz. Em vez disso, fiquei na frente dele e recebi um sermão que envergonhou trinta e cinco anos de broncas de mamãe.

Felizmente, o sermão sobre minha responsabilidade como adulta e membro da imprensa foi o pior de tudo. O juiz Harvey me fez jurar que sempre obedeceria ao horário escolar e pediria permissão antes de entrar em uma biblioteca, com o que concordei prontamente. Minha punição por invadir a escola foi o tempo cumprido – mais a bronca oficial, que, sem sombra de dúvidas, foi a pior das duas.

Pronta para uma noite sozinha, não voltei ao trabalho depois de deixar o tribunal. Passei pela mercearia e comprei ingredientes para fazer *enchiladas* caseiras. Então matei a academia e fui para casa.

Eu tinha acabado de me convencer a duplicar o queijo na minha receita — dane-se as calorias, eu precisava de queijo — quando entrei na minha rua. Todos os pensamentos sobre o jantar foram por água abaixo. Uma reluzente Harley preta estava estacionada na frente da minha casa.

Seu dono estava sentado na minha varanda.

Estacionei na garagem e saí do meu carro. Então entulhei os braços com as sacolas de compras e caminhei até a porta da frente.

— O que você está fazendo aqui?

— O que tem nas sacolas?

— Jantar.

— Dá para dois?

Dash se levantou e pegou os sacos plásticos das minhas mãos, flexionando os bíceps. As embalagens não eram pesadas, mas uma veia grossa apareceu em seu antebraço, me dando água na boca.

Patética. Eu sou patética.

Sexo com ele duas noites atrás me transformou em um tornado hormonal. Eu estava sedenta... me contorcendo. Eu não conseguia parar de pensar naqueles dedos longos apertando minhas curvas. Aqueles lábios macios na minha pele nua. E seus olhos, aqueles vibrantes olhos cor de avelã que enxergavam abaixo da superfície. Eu não podia estar perto dele e não pensar no que tinha acontecido na oficina. Se eu não estivesse tão furiosa com ele ontem à noite, aquela carona em sua motocicleta teria quase me causado um orgasmo.

— Você acabou de se convidar para jantar? — Deslizei a chave na fechadura, esperando esconder as bochechas coradas.

— O que você vai fazer?

— *Enchiladas* com queijo extra.

— Então, sim, eu me convidei. — Ele andou atrás de mim até a cozinha, depositando as sacolas no balcão. Enquanto eu guardava as compras, Dash perambulou pela sala de estar. — Casa legal.

— Obrigada. O que você está fazendo aqui? Além de atrapalhando minha refeição...

— Você disse algo que não gostei ontem à noite.

— Sério? — Joguei um pacote de queijo ralado no balcão. — E o que foi?

— Você disse: Transou. Singular. Pretérito.

— Eu disse. — Impressionante ele se lembrar palavra por palavra. — O que tem?

— Não gostei.

— Problema seu. Eu não gosto de você.

— Huh. — Ele olhou pela janela da sala por um longo momento, com as mãos plantadas nos quadris.

Então deu um único aceno, virou-se e veio em minha direção. A temperatura na cozinha subiu vinte graus quando ele se aproximou. Não parou de andar até estar bem próximo, o calor de seu peito atingindo o meu como uma onda. Suas mãos emolduraram meu rosto com aquelas palmas ásperas e calejadas.

— Gramática não é o meu forte.

— E? — Minha respiração engatou quando sua boca pairou sobre a minha. — Eu amo gramática.

A respiração de Dash sussurrou contra meus lábios.

— Você quer que seja assim?

— Assim como? — A proximidade dele fez meu cérebro entrar em curto-circuito.

— Singular. — Deu um beijo suave no canto da minha boca. — Porque éramos como fogo na oficina. Você não está nem um pouco curiosa para saber como seríamos em um quarto?

— Não — menti.

Eu queria dizer que sim, mas meu orgulho estava em jogo aqui. Meu coração. Ele me tratou horrivelmente depois da incrível conexão na oficina. Mas era só sexo, certo? Sexo ocasional. Não precisava significar nada. Porque eu não ligava.

Eu não ligo.

Meu corpo, por outro lado, ligava muito em ter um orgasmo decente e *não* autoinduzido.

Porra. Sim, eu queria saber como seria o sexo na cama. Apoiei a mão na borda do balcão, me preparando para Dash dar um beijo mais profundo. Para permitir isso. Mas uma lufada de ar me fez abrir os olhos na mesma hora, e me deparei com Dash se virando e saindo da cozinha.

Ele estendeu a mão à nuca, arrancando a camiseta preta enquanto se dirigia para o corredor que levava ao meu quarto.

Ele sabia que eu o seguiria.

Babaca.

CAPÍTULO TREZE

DASH

— Dash. — Tucker Talbot apertou minha mão. — Se cuida.

— Tenha um bom dia, Tucker. — Acenei para o presidente dos Arrowhead Warriors e subi na minha moto.

Meu pai deu a Tucker um último aceno de despedida, seguido pelo mesmo para os cinco homens que ele trouxe para esta reunião.

Todos os homens que já fizeram parte do Tin Gypsy MC.

Os seis ficaram ao lado de suas próprias motos, cada um usando seu colete. Na parte de trás dos coletes, o emblema dos Warriors estava costurado no couro preto. O *design* era uma ponta de flecha emoldurada pelo nome do clube e o ano em que foram fundados. Era tudo em branco, simples em comparação com a arte do emblema Tin Gypsy.

Levei quase um ano para parar de procurar meu colete antes de sair pela porta. Aquele colete de couro foi a peça de roupa mais importante que já tive. Foi estranho chegar a uma reunião com outro clube e não estar vestido com ele.

Eu sentia falta de seu poder. Do status.

Em vez disso, eu estava usando uma jaqueta de couro preta que comprei no primeiro mês depois que aposentamos nossos coletes para sempre. Estava quente demais para uma jaqueta, mas eu precisava de algo para cobrir a Glock no coldre na cintura.

Meu pai e eu nos afastamos dos Warriors e pegamos a estrada. A cerca de oitenta quilômetros do bar onde nos encontramos com Tucker e seu grupo, meu pai saiu da estrada em um pequeno desvio próximo a uma campina aberta. Descemos de nossas motos e caminhamos por onde o asfalto encontrava a grama, olhando para as árvores e montanhas ao longe.

— Você acha que Tucker está falando a verdade? — perguntei.

Meu pai disse:

— Não sei.

— Foi esperto da parte dele trazer os caras. — Eu esperava que Tucker aparecesse com seu vice-presidente e sargento de armas. Em vez disso, ele trouxe os homens anteriormente leais aos Gypsies.

Tucker nos deixou perguntar a eles diretamente se tinham algo a ver com o assassinato de Amina. Nós os conhecíamos. Passei um tempo ao lado deles. E quando cada um jurou que não tinha nada a ver com a armação, nós acreditamos neles.

Esses cinco estavam fora da lista.

Tucker ainda tinha um ponto de interrogação atrás de seu nome.

Já que os Warriors estavam no topo da lista de pessoas que queriam vingança contra meu pai por crimes passados, ele arranjou esse encontro com Tucker.

Os Warriors estavam locados em Ashton, uma cidade a cerca de três horas de distância de Clifton Forge. Meu pai não poderia ir lá sem violar a trégua, então todos nós nos encontramos em um bar rural na periferia de nosso condado. Ficava longe o suficiente da cidade para que os Warriors a considerassem um terreno neutro.

Tudo o que meu pai pediu foi uma reunião. Nenhuma explicação. Sem motivo. Não que Tucker precisasse disso. Ele estava mantendo um controle melhor sobre nós do que nós sobre ele.

— Difícil dizer se Tucker estava mentindo — admitiu. — Mas ele fez uma boa observação. Que motivo eles teriam para armar para mim?

Os Warriors estavam ganhando mais dinheiro agora com nossas antigas conexões com drogas do que nunca. Não estávamos mais nos matando. Eles estavam felizes com o sumiço dos Gypsies. O próprio Tucker disse isso hoje.

— Acho que ele não arriscaria nos irritar, nos fazendo recomeçar o clube — falei para ele.

— Também acho.

— Quão firme você acha que ele está contendo seus membros hoje em dia?

Meu pai riu.

— Considerando quanto controle ele tinha naquela época? Não muito.

Se não foi Tucker quem armou para ele, pode ter sido um de seus membros. Não seria a primeira vez que um deles agiria contra as ordens.

Os Warriors que tentaram sequestrar Emmeline estavam agindo por conta própria. Eles esperavam chamar a atenção de seu presidente voltando para o clube como heróis, arrastando Emmeline com eles. Só que eles não conseguiram. E em vez de dar tapinhas nas costas dos caras, Tucker enviou uma mensagem para seus membros.

Ninguém agia contra suas ordens.

Tucker entregou os homens que tentaram sequestrar Emmeline na porta da frente de meu pai. Os Gypsies haviam lidado com eles de forma definitiva. Aqueles dois foram enterrados nas montanhas onde seus corpos nunca seriam encontrados.

Não sabíamos se a mensagem de Tucker havia sido recebida. Talvez outro idiota procurando fazer um nome para si mesmo tenha se tornado desonesto também.

— Se for um Warrior, provavelmente nunca saberemos — afirmou meu pai. — Tucker não vai admitir que um de seus irmãos desobedeceu às suas ordens. De novo não.

— Então o que faremos?

— Não sei. — Ele contemplou a grama do prado se curvando em ondas suaves sob o vento. — O que está acontecendo com a repórter? Ela ainda é um problema?

Sim, ela era um problema. Eu não conseguia tirar a mulher da minha mente.

— Sim e não — respondi. — Acho que a convenci a trabalhar conosco e não contra. Mas isso me custou.

— Quanto? — Meu pai pagou durante anos aos antigos donos do jornal para imprimir apenas o mínimo.

— Não dinheiro. Uma história. Ela queria saber mais sobre o clube. O porquê desistimos. O que fizemos. Um pouco foi registrado. A maior parte não.

Meu pai se afastou e plantou as mãos nos quadris.

— E você confia que ela ficará de boca fechada?

— Ela vai ficar calada. Ela é honesta.

Era a melhor maneira de descrever Bryce. Quando ela disse que algo estava fora do registro, não seria impresso. Fazia parte de seu código como jornalista. Contanto que eu cumprisse minha parte no trato e contasse a verdade a ela, nosso relacionamento continuaria sendo mutuamente benéfico.

Não seria difícil de cumprir. Aqueles olhos castanhos escuros olharam para mim e a verdade foi fácil de enxergar. Além disso, se eu tentasse mentir, ela veria através de mim. Aqueles olhos eram lindos. E astutos.

Depois de transar com ela duas vezes na noite anterior, Bryce adormeceu exausta e excitada, nua sob os lençóis, o cabelo sedoso espalhado sobre os travesseiros brancos. Os cantos de sua boca se curvavam ligeiramente quando ela dormia, e aquele sorrisinho tornava quase impossível ir embora.

Mas eu não passava a noite com mulheres. Acordar com elas lhes dava ideias sobre compromisso. Alianças. Bebês. Nada disso era para mim.

Deixei Bryce sorrindo em seu travesseiro, embora estivesse tentado a ficar. A vontade era de puxá-la em meus braços e abraçá-la até o amanhecer.

Foi uma coisa boa eu ter ido para casa. Foda-se a tentação. Voltei para casa, desabei em minha própria cama e fiquei olhando para o teto por algumas horas, me perguntando quando exatamente eu tinha caído sob seu feitiço. Sempre me lembro da imagem do primeiro dia.

Dela sob o pôr do sol, vindo até mim na oficina.

— Há quanto tempo você está transando com ela? — meu pai perguntou.

— Não muito. — *Sou tão óbvio assim?* — Como você sabia?

— Não sabia. Mas agora, sim. Isso é inteligente?

— Provavelmente não — admiti.

Seria muito mais seguro manter meus encontros com mulheres fáceis que parassem no *The Betsy* em busca de uma distração de uma noite. Bryce não era nada fácil. Ela era durona. Ela me fazia rir com sua sagacidade e atrevimento. Ela me desafiava. E quando não estava me irritando, estava me deixando com tesão.

— Para ser sincero, ela chamou minha atenção e estou tendo dificuldade em tirá-la da cabeça.

— Sua mãe era assim — meu pai disse, baixinho. Um pequeno sorriso apareceu em seu rosto. — Éramos crianças quando nos conhecemos na escola primária. Eu não pensei nada dela. Ela era apenas mais uma garota no parquinho. Mas então ela entrou no ensino médio no primeiro dia do primeiro ano. Estava sorrindo e usando um vestido amarelo... ela adorava amarelo. Usava o tempo todo.

— Eu lembro.

— Um só olhar e nunca mais tirei os olhos dela. — O sorriso desapareceu. — Devia ter deixado ela ir. Deixá-la encontrar alguém digno.

Coloquei a mão em seu ombro.

— Se mamãe estivesse aqui, ela chutaria sua bunda por dizer isso.

Meu pai bufou uma risada.

— Ela tinha tanto fogo. Eu esqueço disso às vezes. Sinto falta disso. Diariamente. Sinto falta de brigar com ela. Sinto falta dela me mandando colocar as meias no cesto. Sinto falta daqueles biscoitos de chocolate que ela fazia todos os domingos. Sinto falta do amarelo.

— Eu também.

REI DE AÇO

O rosto dele ficou sério quando engoliu em seco. Atrás dos óculos escuros, ele piscou diversas vezes para afastar a emoção. Isso era mais do que eu tinha visto em anos. Ele não falava muito sobre mamãe.

Desde Amina Daylee.

— Encontrei uma foto no anuário dela. — Peguei a carteira e tirei a página que havia dobrado e enfiado ao lado de uma pilha de notas de vinte.

Essa foto era algo que eu vinha escondendo de Bryce. Quase contei a ela sobre isso quando conversamos na outra noite, mas guardei no bolso. Em breve, eu contaria a ela e manteria minha promessa de compartilhar. Mas isso era muito particular. Antes de entregar a Bryce, precisava obter algumas respostas de meu pai.

Talvez ele não me deixaria por fora desta vez.

— Aqui. — Entreguei a foto. Se ele ficou surpreso, não demonstrou. — Mamãe e Amina. Elas eram amigas?

— Melhores amigas — ele corrigiu. — Era impossível separar as duas.

— Elas se desentenderam?

— Amina se mudou depois do colégio. — Deu de ombros. — Acho que elas perderam contato.

— Acha? — Mesmo que elas tivessem perdido o contato, imagino que Amina teria pelo menos ido ao enterro da mamãe.

— Sim. — Ele dobrou a página e devolveu, dando o assunto por encerrado.

Sério? Ele era irritante. Meu pai tinha fodido esta mulher. Ele tinha que ter algum tipo de sentimento por ela. Até onde eu sabia, Amina era a única mulher com quem ele estivera desde mamãe. Eu poderia pressioná-lo por mais informações, mas seria inútil.

Ele já estava no próximo tópico.

— Liguei para alguns caras da cidade para ver se ouviram falar de alguém que queira armar para mim. Ninguém tem a menor ideia. O primeiro palpite deles foi os Warriors também.

— E os Travellers? — Dizer o nome daquele clube fez meu estômago revirar. O ódio que eu sentia por eles duraria a vida toda.

— Estão todos mortos.

— Tem certeza?

Ele tirou os óculos escuros e os colocou no topo da cabeça. Seus olhos castanhos encontraram os meus para reforçar a declaração.

— Estão mortos. Todos eles. Eu me certifiquei disso.

— Tudo bem. — Eu acreditava nele. — Quem mais?

— Nenhuma maldita pista. Acho que tudo o que podemos fazer agora é esperar. Esperar que alguém comece a falar.

— Só isso? — Não podia crer que estava ouvindo isso. — Você está desistindo assim tão fácil? É da sua vida que estamos falando, pai. Sua liberdade.

— Talvez seja o melhor. Talvez meus pecados finalmente tenham me alcançado e seja hora de pagar. Ambos sabemos que mereço uma vida inteira atrás das grades. Se isso acontecer, não vou resistir a isso.

Quem era este homem? Este não era o mesmo homem que jurou vingança contra os Travellers depois que eles mataram minha mãe. Este não era o homem que se vingara com uma violência terrível. Este não era o homem que se recusava a desistir.

— Você está falando sério?

— Muito. — Ele estava cansado.

Balancei a cabeça, acenando para ele enquanto caminhava para a minha moto. Ele podia estar desistindo, mas eu não.

A viagem até Clifton Forge foi rápida. Deixei que o ronco do motor, o vento açoitando meu rosto e os pneus socando o asfalto absorvessem um pouco da minha frustração com meu pai. Quando cheguei à Avenida Central, não virei para ir para casa ou para a oficina. Continuei em frente, entrando no bairro tranquilo onde Bryce morava.

Ela tinha um jeito de ver as coisas com um novo olhar – uma perspectiva diferente – e eu queria que ela interpretasse meu encontro com os Warriors.

Quando parei, ela estava na cozinha. Eu a vi através da grande janela sobre a pia. Toquei a campainha, passando a mão pelo cabelo enquanto seus passos vinham em minha direção.

Não havia surpresa em seu rosto quando abriu a porta.

— Você de novo? Isso vai se tornar uma coisa regular?

O cheiro da cozinha pairava lá fora e eu olhei para além dela.

— O que você está fazendo?

— Um assado.

Eu não tinha comido nada desde o café da manhã e meu estômago roncou. Alto.

Ela teve pena de mim, abrindo mais a porta e saindo do caminho.

— Entre. A cerveja está na geladeira.

Tirei as botas e a segui até a cozinha. Peguei uma cerveja, abri a tampa e fui ficar atrás de Bryce no fogão, espiando por cima do ombro dela.

— Purê de batata?

— Espero que goste de molho salgado. — Ela estava mexendo em uma panela. — Eu só faço molho salgado.

— Você não vai me ouvir reclamar. — Dei um beijo em seu ombro, me deliciando com o arrepio que percorreu sua coluna. Ontem à noite, nós nos divertimos aprendendo os pontos sensíveis um do outro. Esse era um dos dela.

Bryce virou-se para o fogão, passando a mão pelo meu peitoral e beliscando de leve meu mamilo. Eu sorri. E esse era um dos meus.

Meu estômago roncou novamente, insistindo em jantar primeiro. Ontem à noite, comemos *enchiladas* perto da meia-noite. Mas hoje, mesmo que a quisesse nua, eu estava com muita fome para fazer qualquer tipo de performance decente.

— Os pratos estão no armário ao lado da geladeira. Os talheres estão naquela gaveta. — Ela apontou para a que estava ao lado da pia. — Vamos comer à mesa.

— Beleza. — Coloquei os pratos na mesa enquanto ela terminava de cozinhar e enchi meu prato. Dando uma primeira mordida, quase gozei na calça. Não era melhor do que suas *enchiladas*, mas era definitivamente tão bom quanto. — Caralho, isso é bom.

— Que bom que você gosta.

— Continue me alimentando com comida assim e nunca mais irei embora.

— Então considere esta sua última refeição. — Ela sorriu. — O que você está fazendo aqui?

— Meu pai e eu nos encontramos com os Warriors hoje.

— É mesmo? — Seu garfo congelou no ar. — O que rolou?

— O presidente deles garantiu que não foram eles. Ele trouxe os cinco caras que trocaram os Gypsies pelos Warriors. Eles deram sua palavra de que não tinham nada a ver com isso. Estou inclinado a acreditar neles. Ainda assim, pode ter sido alguém agindo por conta própria, mas a menos que peguemos o cara, ninguém vai admitir.

— Interessante. — Ela girou o garfo no ar enquanto pensava. — E agora?

Dei de ombros.

— Eu não sei. É por isso que estou aqui. O que você acha?

— Hmm. — Ela deu outra mordida, pensando enquanto mastigava. — Se você não tem uma pista de quem pode estar armando para Draven, então acho que devemos continuar investigando Amina. Pelo menos para descobrir por que ela estava aqui em Clifton Forge. Isso pode nos dar uma pista de quem saberia que ela estava na cidade. E reduzir as possibilidades.

— Só que meu palpite é que o cara que a matou estava seguindo o meu pai. Esperando por uma oportunidade para armar para ele.

— Verdade. Mas você não acha que a maneira como ela foi morta foi meio pessoal? Quero dizer, ela foi esfaqueada *sete* vezes. Como se ele a conhecesse.

— Talvez. Ou talvez fosse para dar essa impressão de algo pessoal, já que deveria parecer que meu pai fez isso depois que transaram. — Ainda não era algo que eu gostava de imaginar.

— Também é verdade. Mas se você não tem nenhuma pista sobre quem poderia estar atrás de seu pai, então não temos outra opção a não ser investigar a vítima.

— Sim. Acho que vale a pena tentar. — Peguei um pedaço do purê e molho, salgado na medida certa.

Se não encontrássemos pistas para provar que ele era inocente, investigar a vida de Amina poderia pelo menos me dar mais informações sobre o relacionamento dela com mamãe.

Porque a resposta superficial do meu pai não era suficiente. Mamãe era o tipo de pessoa que atraía outras pessoas para sua vida. Ela não teria deixado uma melhor amiga se afastar. Alguma coisa tinha que ter acontecido, e o que quer que fosse, meu pai não revelaria.

— Mais alguma coisa? — perguntou Bryce.

Este era provavelmente o momento para eu contar a ela sobre aquela foto do anuário. Eu deveria confessar que a roubei e mandei prendê-la antes que ela reparasse, mas isso significaria uma discussão. Hoje à noite, eu não tinha forças para brigar contra Bryce. Não quando ela ganharia.

Então enfiei outra garfada na boca e torci para que ela não descobrisse antes que eu contasse a ela.

— Não. Isto é muito bom.

— Você já disse isso. — Ela sorriu.

— Vale a pena repetir. Eu não sou muito de cozinhar. Nunca aprendi. Mamãe adorava cozinhar para nós e, depois que ela morreu, meu pai não assumiu o lugar dela na cozinha. Nós comíamos fora direto e Nick enjoou disso, então ele aprendeu sozinho. E se tornou muito bom nisso. Quando ele se formou e se mudou, meu pai e eu voltamos a comer fora.

— Aprendi a cozinhar com minha mãe. Você a conhece? — Quando balancei a cabeça, ela disse: — Não estou surpresa. Vocês não frequentam exatamente os mesmos círculos. Ela é mais de assistir TV nas noites de sexta-feira do que tomar cervejas no *The Betsy*.

Eu ri, acabando de devorar o resto da minha refeição.

— Obrigado pelo jantar. De novo.

— De nada.

Nós dois nos levantamos ao mesmo tempo para pegar nossos pratos, mas eu a parei e peguei o dela de sua mão.

— Eu lavo os pratos.

— Eu não me importo.

— Descanse. Eu faço isso. — Fui até a pia e abri a torneira. — Nick aprendeu a cozinhar. Eu aprendi a lavar.

— Como os Gypsies começaram? — Bryce perguntou, às minhas costas.

Eu sorri para um prato enquanto o enxaguava. Ela sempre tinha uma pergunta. Em toda a vida, duvido que ela fosse capaz de perguntar todas.

— Meu avô fazia parte de um pequeno clube da cidade. Principalmente, eram caras que gostavam de pilotar. Ele era dono da oficina. Construiu do zero e foi o ponto focal do clube. Meu pai sempre soube que ele assumiria o controle, mas tinha planejado ir para a faculdade e sair de Clifton Forge por um tempo primeiro. Mas então vovô morreu uma semana depois que meu pai se formou, e ele ficou para cuidar da oficina. Juntou-se ao clube também.

Meu pai nunca ficou amargo por não ter tido a chance de se mudar. Porque ele tinha minha mãe que estava mais do que feliz em ficar aqui, perto de sua família. Ela sempre quis estar onde meu pai estava.

— Um dos amigos do colégio do pai partiu para a Califórnia. Stone, aquele cara de quem te falei, o pai de Emmett. De qualquer forma, Stone se envolveu com um grande clube lá. Não se filiou, mas deu ideias. Então ele voltou para casa em Montana e conversou com meu pai sobre ingressar no clube aqui. Fazendo algumas mudanças. O Moto Clube de Clifton Forge tornou-se o Tin Gypsies. O resto é história.

— Então seu avô começou os Tin Gypsies?

— Tecnicamente. Embora a maioria dê crédito a meu pai e Stone. E Stone nunca quis ser o líder, então coube ao meu pai.

— Ele era o presidente?

Balancei a cabeça.

— Por todos os anos, menos os cinco em que o cargo me pertenceu. Stone era seu vice-presidente, como Emmett era o meu.

Meu pai me disse uma vez que ele e Stone não queriam que os Gypsies ficassem tão grandes. As coisas tinham espiralado mais fundo do que eles esperavam. Mas a oficina nem sempre rendeu um bom dinheiro. Stone trabalhava como mecânico também, e ambos tinham famílias para alimentar. Seus irmãos no clube também precisavam de dinheiro, então ele tomou decisões, certas e erradas, para o bem de todos os homens.

Que eu saiba, meu pai não se arrependeu de nada até que mamãe foi assassinada.

E então, era tarde demais. Ele se perdeu em raiva e vingança.

— Onde você conseguiu o apelido Dash?

Coloquei um prato na lava-louças.

— Minha mãe. Ela me chamava de Dash desde que me lembro, porque nunca parava de correr. Só era Kingston quando estava em apuros. Quando criança, nada era rápido o suficiente. Quebrei um braço dando uma volta no quarteirão com minha bicicleta quando tinha sete anos. Nick construiu um kart para mim quando eu tinha dez anos e desabilitei os freios. Merdas assim o tempo todo. Tudo o que ela pôde fazer foi me obrigar a usar um capacete.

— Eu não sabia que estava dormindo com um viciado em adrenalina. — Ela riu. — Quer outra cerveja?

— Depende. Vou voltar para casa em breve?

— Antes de responder, tenho mais uma pergunta.

— Claro que sim. — Coloquei o último dos pratos, depois me virei para ela. — Manda brasa.

— O que rola com a gente?

— Sexo. — Eu sorri. — Sexo incrível.

— Você acha que devemos colocar alguns... hmm... limites?

— Limites. — Arqueei uma sobrancelha. — Tipo anal?

— Não. Meu Deus. Homens. — Ela riu, revirando os olhos. — Não limites sexuais, embora eu tenha alguns. Quero dizer limites neste lance que estamos tendo. Presumo que você não esteja procurando nada sério.

— Não.

— Está bem, então. Limites.

— Que tal continuarmos até nos cansarmos um do outro? Então terminamos. — Embora, dependendo desses limites sexuais dela e se o sexo

REI DE AÇO

143

ficasse mais intenso, se isso fosse possível, eu não iria me cansar de Bryce tão cedo. — Concorda?

— Concordo. — Ela deslizou para fora de seu banquinho, vindo lentamente em minha direção. — Você deveria saber, ver você lavando a louça é muito sexy.

Meu pau estremeceu quando ela invadiu meu espaço, passando as mãos pelo meu peito.

— Talvez eu fique por aqui esta noite. Deixo você preparar o café da manhã para mim. E eu te faço favores.

— Eu não faço café da manhã.

Dei um beijo em sua boca e passei a língua ao longo do seu lábio.

— Eu não estava falando sobre lavar mais pratos.

Ela sorriu contra a minha boca.

— Então acho que você pode ficar.

CAPÍTULO CATORZE

BRYCE

— Argh... Onde está? — Vasculhei o cesto de roupa suja na base da secadora, procurando a camisa verde que queria usar. Não estava debaixo de cinco toalhas ou minha impressionante coleção de meias desdobradas que nunca pareciam encontrar o par.

Abandonando aquele cesto pelo próximo à máquina de lavar, procurei, mas voltei de mãos vazias. Não estava em nenhum dos muitos cabides vazios no meu armário. Verifiquei todos os três cestos aqui na lavanderia. O único outro lugar onde poderia estar era na própria secadora. Vestindo apenas sutiã e jeans, ajoelhei-me na frente da máquina e comecei a procurar.

— O que você está fazendo?

— Merda. — Dei um pulo com a voz de Dash, colocando a mão sobre meu coração. — Você me assustou.

— Desculpe.

— Tudo bem. — Continuei procurando, ainda irritada com ele por me manter acordada a noite toda. E não de um jeito bom. — Você ronca.

Seu peito estremeceu com uma risada silenciosa.

— Mais uma vez, me desculpe.

Dash bocejou enquanto se encostava ao batente da porta, vestindo apenas uma cueca boxer preta. Seus olhos estavam sonolentos e seu cabelo uma bagunça. Minha boca encheu d'água com aquela pele deliciosa em exibição.

Era muito difícil ficar com raiva dele quando ele tinha uma aparência dessa pela manhã. Talvez uma noite sem dormir tivesse valido a pena pela vista matinal.

Seu tanquinho merecia aplausos diários junto com aquele corte em V de sua pelve. Suas coxas grossas sob a costura da cueca, esticando o elástico ao redor dos músculos esculpidos. Seus braços eram definidos com a mesma força e veias suaves serpenteavam por seus antebraços. Adicione as tatuagens e eu não estava mais tão irritada com o ronco.

Em um braço havia uma caveira, artisticamente adornada – metade do rosto era detalhada com joias boêmias, enquanto a outra dava a ilusão de metal. Ambos os antebraços tinham diferentes faixas de tinta preta. E no outro braço, um retrato em preto e branco de uma mulher sorrindo.

Não havíamos conversado sobre suas tatuagens, mas eu sabia que o retrato era de sua mãe.

Aquela não era sexy, mas derreteu meu coração. Este homem tinha dormido na minha cama. Quando foi a última vez que literalmente dormi – ou tentei dormir – com outra pessoa? Fazia muito tempo que meu colchão não sentia o peso de duas pessoas.

Dash também dormia como um morto. Menos o ronco. Esta manhã, tirei o braço dele das minhas costas nuas e deslizei para fora da cama – e ele nem se mexeu.

Eu só tive um pequeno surto no chuveiro. Era esperado, já que eu estava basicamente dormindo com o inimigo e Dash não era exatamente um tipo de relacionamento de longo prazo.

Eu me recusei a me deixar apegar.

Sexo. Apenas.

Eu ficava me lembrando repetidamente, porque se não mantivesse esse pensamento circulando em meu cérebro, esqueceria que Dash não era confiável. Pior, eu desenvolveria sentimentos mais perigosos do que os que já estão fermentando.

Eu não podia me dar ao luxo de sentimentos ou conexões profundas. Sim, foi reconfortante acordar com seus longos dedos espalhados em minha pele. Ele me tocou a noite toda. Quando eu mudava de posição ou me movia, sua mão sempre me encontrava. Mas eu não precisava disso de Dash. Se precisasse de algum conforto, iria buscar um abraço da mamãe.

Dash e eu estávamos trabalhando juntos para encontrar informações. Estávamos desfrutando dos corpos um do outro à noite. Foi aí que desenhei a linha. Quando encontrássemos o assassino de Amina – ou se as evidências apontassem para Draven, e Dash aceitasse que seu pai era um assassino –, então esta aventura estaria terminada.

Eu não me acostumaria com Dash roncando na minha cama. Eu não contaria com aquele corpo delicioso e pele bronzeada por muito tempo. Eu não admitiria o quão adorável era ele ter praticamente adormecido enquanto estava parado na entrada da minha lavanderia, me observando procurar uma camisa.

Cavei mais fundo na secadora, meu olho avistando o tom de verde que eu estava procurando.

— Bingo. — Puxei a peça com um sorriso e vesti a blusa. A frente era um decote em V, mais solta e não drapeada. E o bolso bonitinho sobre um dos meus seios deu um detalhe adicional.

Quando ergui o rosto, os olhos de Dash estavam abertos e fixos naquele bolso.

— O que vamos fazer hoje? — perguntou, passando a mão no rosto. A barba por fazer em sua mandíbula era grossa, quase uma barba cerrada. Eu gostava de barba.

— Nós?

Ele assentiu.

— É sexta-feira.

— Sim. Será o dia todo. E daí?

— E daí que é sexta-feira. Eu não tenho que estar na oficina. Vamos fazer algo.

— Algo — pronunciei a palavra. *Ele acabou de me chamar para um encontro?* O que aconteceu com o "apenas sexo" durante a investigação? Uma sexta-feira passada juntos era algo que um casal faria. Não éramos um casal, embora eu não negasse um dia reservado para sexo com Dash.

— Sim. — Deu de ombros. — O que você faria a seguir para investigar Amina?

— Oh. Certo. — *Amina.* Isso não era sobre sexo ou passar um tempo comigo em seu dia de folga. Boba. Hora de voltar aos trilhos. — Quero saber por que ela saiu da cidade depois do colégio. Onde ela esteve. Por que voltou para Clifton Forge e por que ela ligou para o seu pai.

— Beleza.

Eu me levantei e passei por ele quando saí da lavanderia.

— Eu ia voltar para o colégio e terminar de verificar os anuários. Você sabe, aqueles que eu estava olhando quando você chamou a polícia.

— Até quando você vai jogar isso na minha cara? — Ele me seguiu até a cozinha, os pés descalços ecoando pelo piso.

— Para sempre. Lembra? Eu não gosto de você.

— Bom saber. — Dash riu e acenou com a cabeça para minha caneca de café. — Tem mais desse café?

— Claro.

Peguei uma caneca e coloquei debaixo da cafeteira. Com um silêncio se formando, eu o enfrentei. A ilha estava entre nós, me impedindo de alcançar aqueles braços tatuados. Eles eram... *argh*. Tentadores. Ele era tão irritantemente tentador. E ele *realmente* precisava se vestir.

— Quer vir comigo para a escola? — perguntei, entregando-lhe a caneca cheia. Talvez se eu levasse Dash junto, seria mais fácil enfrentar Samantha na secretaria da escola. Estou completamente envergonhada de enfrentá-la novamente depois de ser presa. Com um ajudante, especialmente um tão irritante quanto Dash, poderia tirar um pouco do foco de mim.

— Hmm... talvez. — A ruga entre suas sobrancelhas se aprofundou enquanto ele tomava um gole do café. — Você sabe onde ela estava morando? Bozeman, né? Isso é o que seu artigo disse.

— Sim. — Obtive essa informação do delegado Wagner quando ele me deu o relatório preliminar sobre Amina junto com o nome dela.

— Vamos matar aula. E fazer uma viagem.

Eu estava pensando em uma viagem para Bozeman de qualquer maneira. Eram duas horas só de ida e, dependendo do que encontrássemos, levaria o dia inteiro. Eu já havia entregado meu conteúdo para o jornal deste domingo e estava adiantada no de quarta. Se eu fosse escrever algo sobre Amina na edição da próxima semana, precisaria obter novas informações logo.

—Tudo bem. — Balancei a cabeça. — Mas eu ainda gostaria de passar na escola.

— Por quê? Provavelmente não vamos encontrar muito lá de qualquer maneira.

Talvez encontrássemos mais algumas fotos antigas e, embora pudessem lançar luz sobre a adolescente Amina, era mais importante conhecer a pessoa que ela se tornou na idade adulta.

— Sim, acho que você está certo. Podemos pegar a estrada. Preciso mandar uma mensagem para meu pai e dizer que não vou hoje. Então podemos ir.

— Ótimo. — Ele sorriu. — Se importa se eu usar o chuveiro?

— Pode usar. As toalhas estão no armário alto.

— Quer se juntar a mim? — Ele piscou.

Ignorei a onda de calor entre as pernas.

— Não temos tempo.

— Gata. — Ele colocou a caneca na ilha e caminhou em minha direção, as passadas lentas e firmes aumentando minha frequência cardíaca a cada passo. Agarrei a beirada da ilha e rezei para que meu corpo não derretesse a seus pés. Quando ele falou, sua voz era áspera, como as pontas dos dedos que passou em meu cabelo: — Temos todo o tempo do mundo.

— Temos que ir. — Não havia convicção por trás dessa afirmação.

— Amanhã, não tome banho sem mim.

De repente, desejei que fosse *amanhã*.

Com um puxão brincalhão na minha orelha, Dash afastou a mão do meu cabelo e saiu da cozinha. Desta vez, seus passos foram seguros e rápidos, típicos de um homem pronto para começar a trabalhar.

Fechei os olhos e deixei meu batimento cardíaco voltar ao normal, depois preparei café para a viagem enquanto ele estava no banho.

Dash estava a mais alguns metros de distância, nu e molhado. Eu me ocupei com a máquina de lavar louça para não chegar perto do banheiro. Então peguei minha bolsa para a viagem, tirando os bloquinhos extras de que não precisaria para esta história. Sentei-me à mesa, bebendo meu café até que Dash saiu vestindo as roupas de ontem e seu sorriso arrogante de praxe.

— Aqui. — Estendi uma caneca de viagem.

— Não tem porta-copos na moto.

Eu pisquei.

— Hmm?

— Porta-copos. — Ele foi até a porta da frente para calçar uma bota.

— Minha moto não tem.

— Bem, então ainda bem que eu vou dirigir. Meu carro vem equipado com porta-copos.

Dash se endireitou.

— Vamos de moto.

— Não, eu dirijo...

— Gata, a moto é mais divertida. Confie em mim.

— Você me disse para não confiar em você.

Ele sorriu.

— Abra uma exceção. Pilotar por Montana no verão é inesquecível.

— Tudo bem. — Pressionei a caneca de café em sua barriga e levei a minha aos lábios, bebendo, porque não queria correr o risco de cair no sono na moto.

— Isso foi mais fácil do que pensei que seria. — Ele tomou um longo gole de seu próprio copo.

— Cala a boca. — Eu secretamente queria andar na Harley dele? Sim. Mas eu morreria antes de admitir isso para ele.

Coloquei a caneca na ilha e comecei a tirar o essencial da minha bolsa e carteira. Dinheiro. Cartões de crédito. Carteira de motorista. Brilho labial. Prendedor de cabelo. Chiclete. Telefone. O jeans que eu estava usando era apertado e não caberia tudo nos bolsos, então o prendedor de cabelo foi preso no pulso. O chiclete, o dinheiro e a carteira no meu jeans. Mas os outros itens ainda precisavam de um lugar.

Olhei para Dash e sorri. Então me movi para o seu espaço, agradável e próximo. Meus dedos engancharam no bolso da calça jeans, abrindo-o enquanto sua respiração engatou. Depois de enfiar minhas coisas em seu bolso, dei um tapinha em sua coxa antes de me afastar.

— Tudo pronto.

— Cuidado. — Dash espalmou seu zíper, fazendo um ajuste indiscreto em seu pau. — Eu posso fazer você enfiar a mão de novo para recuperá-los.

Minha barriga tensionou.

— Posso aceitar fazer exatamente isso.

Lá fora, o ar da manhã era fresco e limpo. Caminhamos até a moto de Dash e ele se sentou primeiro no banco úmido.

— Suba.

— Capacetes? — Eu não me importava quando era apenas um passeio lento pela cidade. Mas na rodovia? Eu queria um capacete.

Dash abriu a boca para protestar, mas parou quando viu a expressão em meu rosto. Eu estava supondo que era parte medo, parte excitação.

— Por favor?

Ele disse:

— Vamos passar na oficina e pegá-los.

— Obrigada. — Eu me acomodei na garupa, envolvendo sua cintura com meus braços. Então ele ligou a moto, saindo do meio-fio e descendo a rua.

Para meu alívio, a oficina não estava aberta quando chegamos. Eu não estava pronta para aparecer na moto de Dash e receber olhares questionadores de seus funcionários sobre o porquê eu estava atracada em seu chefe. Baseado na maneira como Dash correu para dentro para pegar um capacete, imaginei que ele também não estava pronto para abordar nosso relacionamento com seus funcionários.

Depois que Dash insistiu para que eu usasse sua jaqueta de couro e afivelou o capacete preto fosco na minha cabeça – ele se recusou a usar um –, nós pilotamos para fora da cidade. A manhã fresca fez mais para me manter acordada do que o café jamais poderia, e era uma emoção estar atrás de Dash enquanto ele pilotava pelas estradas sinuosas.

Senti a mudança em seus músculos enquanto ele nos inclinava para um lado ou para o outro. O poder dele e da máquina entre minhas pernas. Algumas vezes, ele soltou uma mão do guidão para agarrar minha coxa, aqueles dedos longos apertando para se certificar de que eu estava bem. Eu apertava meus braços em torno de suas costas em um *sim* silencioso.

A familiaridade da minha cidade natal me cercou quando chegamos a Bozeman. Estas foram as ruas onde aprendi a dirigir. Passamos pela minha escola e pelo restaurante onde sempre celebrávamos os aniversários de papai. Passamos por lojas e prédios que não existiam durante minha juventude, as mudanças que eu sentia falta de viver na cidade.

Sempre imaginei voltar aqui e ter uma família. Eu esperava um dia voltar para Bozeman e procurar uma casa com meu marido. Eu queria mandar meus filhos para a mesma escola onde estudei.

Estar aqui era agridoce. As memórias giravam juntas com os sonhos agora desaparecidos. Uma pontada de tristeza me atingiu e eu a afastei, não querendo pensar na minha falta de marido e filhos.

Eu não precisava deles para ser feliz.

Mas queria tudo isso do mesmo jeito.

Quando chegamos a um cruzamento, apontei para Dash virar à esquerda. Então indiquei a direção do endereço de Amina na cidade. Um dia, eu pesquisei nos registros públicos e o anotei em meu bloco de notas amarelo em preparação para esta viagem.

Dash diminuiu a velocidade nas ruas residenciais enquanto meus olhos examinavam as frentes das casas em busca de números.

— Ali. — Apontei para uma casa de dois andares cor de pêssego.

Estacionamos e eu desci primeiro da moto, tirando o capacete. Dash simplesmente se levantou e passou a mão pelo cabelo para domar a bagunça causada pelo vento. Duas ajeitadas e parecia perfeitamente desgrenhado. Puxei meu prendedor de cabelo do pulso, envolvendo meu cabelo em um nó.

— Esta era a casa dela? — Dash apontou para a casa.

— É uma gracinha.

A casa se localizava em um miniparque. Cercada por cinco casas quase idênticas, o parque tinha duas mesas de piquenique e um playground para as crianças. O bloco formava uma ferradura ao redor do local. Na frente da residência de Amina, havia uma placa de *vende-se* recém-fixada no gramado verde.

— Eu não esperava que já estivesse listada.

— E agora? — Dash perguntou.

— Agora — estendi a mão —, você me dá meu celular e vamos procurar uma casa nova.

Uma ligação para a imobiliária e ela estava a caminho para nos mostrar a casa.

— Não perderam tempo colocando no mercado — comentou Dash, enquanto nos sentávamos à mesa de piquenique, esperando a corretora de imóveis.

— Não é como se ela fosse voltar. Tenho certeza de que a filha dela ou quem quer que esteja gerindo a propriedade queria vendê-la antes do inverno.

— Sim. Lugar legal.

— É sim. Tudo isso é novo desde quando mudei daqui. Isso tudo costumava ser cheio de terras agrícolas.

Esta vizinhança estava na minha curta lista de desejos como mãe de família. Era exatamente o tipo de lugar em que eu gostaria que meus filhos crescessem, onde conheceríamos os vizinhos e as crianças brincariam juntas nas tardes de sábado.

Minha casa em Clifton Forge era uma casa térrea, como todas as outras da rua. Havia uma área mínima de quintal. A Associação de Moradores cuidava da remoção da neve das calçadas. Eu me mudei e descobri que era a pessoa mais jovem do quarteirão, cercada por casais de idosos e um viúvo aposentado.

Como a nova solteirona da rua, eu me encaixava perfeitamente.

A porta de um carro se fechou com força. A corretora cujo telefone estava na placa sorriu e acenou ao vir em nossa direção.

— Olá.

— Oi. — Sorri. Dash e eu nos levantamos e, quando estávamos de pé, deslizei minha mão na dele. O braço dele enrijeceu.

É bom saber como ele se sente sobre dar as mãos. Não havia tempo para deixar isso me irritar, porque a corretora de imóveis estava andando em nossa direção, com a mão estendida o tempo todo.

Após as apresentações, ela nos conduziu para dentro da casa.

— Seu *timing* é perfeito. Acabamos de colocar esse lugar no mercado ontem à tarde. Este bairro é tão desejável agora. Vai vender rápido.

— É adorável. — Sorri para Dash, fingindo sermos um casal feliz. Quando a corretora se aproximou da porta, apertei seus dedos. — Você não adora esta varanda, querido?

— Uh...

Esse cara. Segurei sua mão e seu cérebro entrou em curto-circuito. Revirei os olhos e falei baixo para ele *"fingir"*.

— Certo. — O braço retesado de Dash relaxou. — É perfeita, amor.

A mulher abriu a porta para nos deixar entrar primeiro. Então acendeu as luzes e nos deixou perambular pelo imóvel.

— São três quartos, dois banheiros e meio. Conceito aberto, como você pode ver. Foi construído há seis anos e teve apenas uma dona. Ela cuidou muito bem do lugar, e o vendedor está interessado em vendê-la toda mobiliada.

— Seria ótimo, não é, querido? — perguntei a Dash.

Ele apoiou um braço em volta dos meus ombros.

— Claro que seria. Estávamos querendo móveis novos. Aquele sofá parece muito mais bonito do que o nosso.

Fingi uma risada, saindo de seu abraço para olhar em volta. Meus olhos procuravam fotos, qualquer pista sobre a vida de Amina. Não foi fácil com a corretora rondando, mas, felizmente, seu telefone tocou.

— Você se importaria se eu saísse na varanda para atender? — ela perguntou, já se movendo naquela direção. — Sinta-se livre para olhar ao redor. Eu já volto.

Dash fechou a porta atrás dela e nós dois observamos conforme ela caminhava em direção ao parque, o telefone pressionado contra o ouvido.

Corri até uma mesinha e abri a gaveta. Vazia. Então corri para a próxima, fazendo o mesmo. Só tinha o controle remoto para a televisão. A cozinha foi minha próxima parada e comecei com as gavetas lá também.

Dash me seguiu, olhando por cima do ombro para a porta da frente.

— O que você está procurando? — ele sussurrou.

— Qualquer coisa que possa nos revelar mais sobre Amina.

— Beleza. — Ele foi até uma gaveta, mas eu o interrompi com um olhar.

— Não. Você fica de guarda. — Acenei para ele se afastar. — Se ela voltar, distraia-a.

Ele fez uma careta.

— Como?

— Eu não sei. Sorria para ela. Isso parece fazer a maioria das mulheres cair aos seus pés.

— Exceto você — ele murmurou.

Fiquei focada na minha busca, sem me preocupar em corrigi-lo. Dash não precisava saber que seu sorriso era letal para mim também.

A cozinha não tinha nada além de coisas típicas de cozinha. Não havia sequer uma lata de lixo com correspondência velha. Talvez a filha já tivesse limpado as coisas? Talvez Amina fosse obcecada por limpeza?

Subi as escadas correndo, olhando para a esquerda e para a direita para me orientar. Então fui direto para o quarto principal. No andar de baixo, não havia fotos. Nada emoldurado nas mesas ou acima da lareira. E era o mesmo aqui.

Não havia um indício da vida vivida dentro dessas paredes. Não fiquei completamente surpresa, mas esperava pelo menos uma foto aqui e ali.

Verifiquei as gavetas do quarto principal e do banheiro, mas todas estavam vazias, como eu imaginava. Eu estava terminando meu *tour* pelo quarto de hóspedes quando ouvi a voz de Dash subindo as escadas.

— Não. Sem filhos. Graças a Deus.

Sério? Essa última parte era necessária? Era uma coisa boa que eu só o estava usando para sexo. Até fingir ser um casal era cansativo. Primeiro o lance das mãos dadas. Agora a aversão a crianças. Sim, era uma coisa muito boa que fosse apenas sexo.

Abri um sorriso e afastei uma mecha de cabelo do meu rosto quando entrei no corredor. Fui direto para o lado de Dash, envolvendo meus braços em torno dele.

— É uma casa tão bonita. Eu posso nos ver morando aqui. Tendo bebês aqui. Muitos e muitos bebês.

Uma careta visível cruzou seu semblante.

— Se vocês dois quiserem um tempo para conversar sobre uma oferta, ficarei feliz em encontrá-los em meu escritório. — A corretora sorriu com cifrões nos olhos. — Vocês não têm um corretor, certo?

— Isso mesmo — eu disse. — Mas acho que vamos precisar de um pouco mais de tempo para discutir. Talvez durante o almoço. Podemos ligar para você mais tarde?

— Com certeza. — O cartão pessoal dela saiu voando de sua mão, mais rápido do que um jogador de pôquer com um ás na manga.

Nós a seguimos para fora de casa, parando na calçada enquanto ela entrava no carro. Ela estava ao telefone novamente antes mesmo de deslizar para o banco do motorista. No momento em que o carro dela se foi, dei um passo saudável para longe de Dash.

— Isso foi improdutivo. — Fiz uma careta. — Não esperava que fosse listada tão cedo. E que todos os toques pessoais fossem apagados. A família de Amina deve ter limpado tudo rápido. Eu não vi nenhuma foto nem nada.

— Nem eu.

— Droga — murmurei, andando pela calçada bem quando uma mulher empurrava um carrinho de bebê na esquina. Não pensei muito nela até que ela caminhou até a casa ao lado da de Amina. — Com licença, senhorita? — Acenei ao me aproximar. — Por acaso você conhecia sua vizinha?

— Amina? Claro. — Seus ombros cederam. — Fiquei tão triste ao saber o que aconteceu com ela.

— Eu também. — Estendi a mão. — Meu nome é Bryce. Sou jornalista e estou escrevendo um artigo sobre ela. Uma espécie de memorial. — Não inteiramente uma mentira.

— Ah. — Ela apertou minha mão. — Legal.

— Viemos apenas para ver onde ela morava e dar uma olhada. Parece que este lugar se encaixa com ela. É charmoso e bonito.

— Ela era as duas coisas — respondeu a jovem. — Adorávamos tê-la como nossa vizinha.

— Era só a Amina? Ela morava sozinha, certo?

Ela assentiu.

— A filha dela a visitava de vez em quando. Ela veio na semana passada para recolher as coisas de sua mãe. Pobrezinha. Ela parecia inconsolável fazendo tudo sozinha.

— Ah, isso é horrível. Não havia outra família?

— Não. — Negou com um aceno de cabeça. — Amina não recebia muitas visitas. Apenas sua filha algumas vezes por ano e o namorado que a visitava ocasionalmente nos fins de semana. Mas normalmente era isso. Ela me preparou refeições suficientes para duas semanas quando o meu bebê nasceu.

— Que lindo — eu disse, embora minha mente ainda estivesse presa em uma palavra. — Não sabia que Amina tinha namorado.

— Ah, sim. Só que talvez namorado não seja o termo certo. Não sei o quão sério eles eram. Mas ele vinha aqui de vez em quando.

— Por acaso você sabe o nome dele?

— Desculpe. Amina não falava muito dele. E quando ele vinha, eles meio que se reservavam, se é que você me entende. Ele chegava aqui tarde em uma noite de sexta-feira. Saía no domingo de manhã antes da igreja.

— Entendo. — Parecia que Amina tinha um ficante, não um namorado. Era Draven? Eles estavam dormindo juntos por um tempo? — Bem, obrigada. E sinto muito por sua perda.

— Obrigada. Boa sorte com seu memorial. Amina era a melhor.

Acenei, afastando-me, mas fiz uma pausa.

— Posso fazer mais uma pergunta?

— Claro.

— Você sabe como ele era? O namorado?

— Ele provavelmente tinha a idade dela. Um pouco mais velho. Mais ou menos da mesma altura que ele. — Apontou o dedo para Dash, que ainda estava parado na frente da casa de Amina. — Só o vi duas ou três vezes e sempre quando ele ia embora. Como eu disse, Amina não falava muito sobre ele e eu não queria me intrometer. Tinha a sensação de que ele era do passado dela e trouxe algumas lembranças.

— Por que diz isso?

Ela deu de ombros.

— Não sei. Talvez porque ela nunca falava sobre ele. Até perguntei uma vez se ela tinha passado um bom final de semana na companhia dele e ela apenas sorriu sem me responder. Era quase como se eles estivessem escondendo alguma coisa. Sempre me perguntei se talvez ele fosse casado.

— Talvez.

Os olhos da vizinha se arregalaram quando percebeu o que acabara de dizer.

— Oh, Deus. Não. Não é isso que quero dizer. Por favor, não coloque isso em sua história. Amina era tão gentil, meiga e generosa. Não quero que pense que ela é algum tipo de destruidora de lares ou amante. Eu só estava falando em voz alta. Tenho certeza de que ele não era casado. Ela não era assim.

— Não se preocupe. — Sorri. — Não vou escrever nada que não seja verdade. A especulação é apenas especulação.

Seu rosto empalideceu.

— Sim. Tenho certeza de que ele não era casado. E ela era maravilhosa. De verdade.

— Tenho certeza de que você está certa. Obrigada novamente.

Ela foi até a porta, desaparecendo rapidamente lá dentro com o carrinho. Provavelmente com medo de que falasse algo sem pensar de novo.

Dash e eu não ficamos mais tempo. Nós dois caminhamos em silêncio até a moto, sem falar nada até que meu capacete estivesse colocado.

— Bem, isso foi interessante — eu disse, baixinho. — Acontece que Amina tinha uma visita regular nos fins de semana.

— Eu ouvi isso.

— Você sabe onde seu pai tem estado na maioria dos fins de semana?

A mandíbula de Dash flexionou.

— Ele não a matou.

— Não estou dizendo isso. — Franzi o cenho. — Mas acho melhor descobrirmos exatamente há quanto tempo seu pai estava transando com Amina Daylee. E se não era ele, então ela tinha namorado. Eu me pergunto como ele reagiria ao saber que ela foi para Clifton Forge e ficou com seu pai.

— Parece que precisamos encontrar um namorado.

— Precisamos.

Dash montou na moto.

— Ainda bem que a vizinha apareceu. Caso contrário, esta teria sido uma viagem perdida.

— Tivemos sorte. — Acomodei-me atrás dele. — E tivemos sorte de a casa também estar à venda para que pudéssemos entrar.

— O que você faria se não estivesse? — ele perguntou, por cima do ombro.

Dei de ombros.

— Arrombaria a fechadura da porta da frente ou entraria pela janela.

Os olhos de Dash se enrugaram nas laterais enquanto um sorriso lento se espalhava em seus lábios. Então ele começou a rir, o som ecoando pelo quarteirão conforme seus ombros tremiam.

— Deus, você é incrível pra caralho. Pena que não gosta de mim.

— Isso mesmo. Não gosto de você. — *Nem um pouco.*

CAPÍTULO QUINZE

DASH

Bryce e eu paramos em uma lanchonete para almoçar antes de voltarmos para Clifton Forge. A viagem de volta foi tranquila, não tão íntima e emocionante quanto o trajeto a Bozeman. Seus braços não me agarraram tão ferozmente. Suas pernas não envolveram o lado de fora das minhas coxas.

Talvez ela tivesse se acostumado com a moto e como equilibrar seu peso. Mas aquele toque leve como uma pluma parecia mais com ela se afastando.

Eu não esperava todo o ato de *casal casado*. Fazia sentido o motivo para que Bryce tivesse feito isso, mas, idiota como eu era, demorei muito a entender.

Eu só… não era aquele cara. Não era do tipo que queria esposa e filhos. Ser um homem de família era a prioridade de Nick, não minha. Minha sobrinha e meu sobrinho eram crianças incríveis. Eu gostava de ter uma cunhada que amava meu irmão tão eternamente quanto minha mãe amou meu pai.

Mas nunca tinha imaginado isso na minha vida e, mesmo que pudesse imaginar, não queria.

Porra, não, obrigado.

Testemunhei em primeira mão a destruição que trouxe para a vida de meu pai quando mamãe morreu. Eu vi o medo de Nick quando soube que Emmeline quase foi sequestrada.

Eu tive vários olhos roxos, uma ulna e clavícula fraturadas, quebrei o nariz duas vezes e algumas concussões graças ao ringue de boxe e algumas lutas. Com dor física eu poderia lidar. Um coração partido?

Sem chance. Não adiantava nem me colocar nessa posição.

O fato de Bryce estar pau da vida comigo não me faria mudar de ideia. Ela não chegou a julgar a maneira como vivi minha vida – passado, presente ou futuro. Ela não era minha esposa ou namorada, então ela não tinha que ficar com raiva por eu não segurar a mão dela ou me encolher com a ideia de ter *bebês*.

Quando entramos em Clifton Forge, foi a minha vez de surtar. Bryce e eu éramos casuais. Estávamos fazendo sexo, só por um tempo. Acho que não deveria ter passado a noite.

Quando parei na casa dela, ela desceu da moto em um piscar de olhos, tirando o capacete.

— Precisamos falar com seu pai e ver se era ele visitando Amina.

— Sim.

— Eu quero estar lá.

— Tudo bem. — Estreitei os olhos e estudei seu rosto. Não parecia zangada. Ela não parecia magoada. Ela apenas parecia cansada.

Talvez eu tenha presumido muito sobre sua reação na casa de Amina. Talvez ela estivesse apenas preocupada com o que tínhamos ficado sabendo com a vizinha. Eu tinha me preocupado por nada?

Eu, com certeza, esperava que sim. Seria muito mais fácil se eu não tivesse que me preocupar com Bryce me pressionando para um compromisso.

— Me encontre amanhã às dez na oficina — falei, devolvendo as coisas dela que estavam no meu bolso.

— Estarei lá. — Sem outra palavra, ela se virou e caminhou pela calçada até a porta da frente.

Esperei apenas o tempo suficiente para ver se ela havia entrado, então pilotei para longe. Eu não queria ficar mais uma noite de qualquer maneira. Sua cama era desconfortável, seus travesseiros muito firmes. E ela acordou tão cedo que nem consegui dormir até tarde no meu dia de folga.

A volta para casa levou dez minutos. Minha casa ficava na periferia da cidade, cercada por uma propriedade aberta que era minha, garantindo que sempre teria espaço. Quando entrei, fui direto para o chuveiro, querendo tirar o cheiro do doce sabonete de coco de Bryce. Eu não precisava da lembrança dela na minha pele a noite toda.

A água escorria das pontas do meu cabelo enquanto eu me enxugava. Caminhei nu para o meu quarto e, embora ainda fosse tarde, desabei na minha cama king-size. Esparramado, peguei um travesseiro e o soquei sob minha cabeça.

Muito melhor.

Exceto que me revirei durante o meu sono. E a noite toda, minha mão continuou procurando por algo que não estava lá.

— Bom dia. — Emmett entrou pela porta aberta da garagem no dia seguinte.

— Oi — murmurei, de onde estava deitado ao lado do Mustang. O para-choque que instalei esta manhã estava acoplado e eu estava verificando se tudo estava certo.

Ele se aproximou quando me levantei do chão, me entregando o copo extra de café que havia trazido.

Levei a tampa branca aos lábios, surpreso ao sentir o gosto de creme e chocolate.

— O que é isso?

— Um *mocca* duplo alguma coisa. Não sei. Fiquei com a loira que trabalhava na cafeteria ontem à noite e ela me deu de graça quando a deixei esta manhã.

Eu ri.

— Legal.

— E aí?

— Eu vou te contar quando todo mundo chegar aqui.

Liguei para Emmett e Leo esta manhã, acordando-os às seis da manhã de um sábado. Ambos estavam irritados por eu os ter acordado em seu dia de folga. Tiveram sorte de eu não ter ligado às quatro – foi quando liguei para o meu pai.

Ele tinha acordado cedo também.

Pedi a todos que me encontrassem na oficina às dez.

O relógio na parede marcava nove e quarenta e cinco. E um Audi branco estava entrando no estacionamento.

Emmett olhou para o carro, depois para mim.

— Você sabia que ela estava vindo?

— Eu a convidei. Ela faz parte disso agora.

— Parte de quê? — Sua testa franziu.

— Da busca pela verdade. Melhor tê-la do nosso lado do que contra nós.

Emmett estudou meu rosto.

— Tem alguma coisa rolando com ela?

— Algo assim. — Não adiantava negar. Quando ela estava por perto, ela tinha minha total atenção. Emmett não perderia esse detalhe quando ela entrasse na oficina.

— Isso é inteligente?

Soltei um longo suspiro.

— Não, mas agora é tarde demais.
— Você tá caidinho.

E caindo mais e mais, todos os dias.

Caminhando para fora, observei Bryce enquanto ela saía do carro. Linda, como sempre. Seu cabelo era liso e caía pelas costas. Imediatamente me arrependi de não ter ficado na casa dela na noite passada.

Ela usava óculos escuros, protegendo seus olhos. Mas a maneira como mantinha os ombros eretos e inclinava o queixo para cima indicava que ela estava pronta para uma briga.

Ela provavelmente sairia vitoriosa.

Bryce caminhou em minha direção, vestindo um par de jeans soltos. Eles deixavam suas curvas para a imaginação, mas eu sabia como ela era por baixo. Sua camiseta preta se ajustava bem em seus seios e barriga. Com suas sandálias de salto alto, era impossível desviar o olhar. Mesmo que ela estivesse usando um saco de batatas, ainda teria toda a minha atenção.

Ela era elegante e linda, não importava o que vestisse. Isso vinha da maneira como ela se comportava, com obstinação e força. Poucas pessoas, muito menos mulheres, me desafiavam. Mas essa mulher era uma lutadora. Ela não seria pressionada e não aceitaria as coisas sem questionar.

E era por isso que ela tinha que estar aqui hoje.

Bryce poderia ver algo que eu poderia deixar passar batido.

O rugido de um motor familiar ecoou pelas paredes de aço da oficina enquanto Leo acelerava pelo estacionamento. Ele dirigiu ao lado de Bryce, diminuindo a velocidade para acompanhar seus passos. Quando estacionou e tirou o capacete, ele deu a ela o sorriso que muitas vezes o levava ao banheiro do *The Betsy*, transando com quem quer que tivesse caído em seu charme.

Minhas mãos se fecharam em punhos. Eu informaria a Leo que Bryce estava fora dos limites. Bem fora. Mesmo se não estivéssemos juntos, ela não deveria chegar em qualquer lugar perto de sua cama. Nem na de Emmett.

— A oficina está fechada, linda — disse ele, ainda montado na moto. — Mas posso dar uma olhada no seu carro na segunda. Dar o serviço especial. Eu ficaria até tarde, só para você.

— Uau. — Bryce parou ao lado de Leo, colocando a mão sobre o coração. — Sério?

— Isso vai ser interessante — Emmett murmurou. Eu não tinha notado ele parado ao meu lado.

— Sério. — Leo piscou e passou a mão pelo cabelo. — Talvez quando terminarmos com o seu carro, eu possa te levar para dar uma volta. Ensiná-la a se divertir de verdade.

— Eu gosto de me divertir. — Bryce usou a mesma voz que usou comigo no primeiro dia em que ela veio aqui, pura doçura e sensualidade. Ela estava atraindo Leo para sua armadilha, a mesma merda que fez comigo. Bom, eu era um idiota do caralho. Ela me enganou. E ao vê-la fazer isso com Leo, pude ver por que caí nessa.

— Porra, ela é boa. — A maneira como ela usava seu corpo era confiante e equilibrada. Ela não exibia sua aparência como algumas mulheres faziam para mantê-lo cativo. Ela não pressionou o peito contra ele ou deu a ele um sorriso tímido. Não havia nada de tímido em seu sorriso, por isso que era tão devastador.

Meu pau latejou dentro da calça. Ela ficou lá como a deusa que era e deixou Leo olhar para ela de cima a baixo, ciente de que ele gostou do que viu. E sabendo que ela estava no controle completo.

Eu estraguei tudo por não ficar na casa dela ontem à noite. Éramos algo de curto prazo e eu queria saborear enquanto durasse. Eu não cometeria o mesmo erro esta noite.

— O que você me diz? — Leo lambeu os lábios.

Bryce deu um passo mais perto.

— Eu comeria você vivo, bonitão. Guarde o serviço especial para alguém que receba bem os seus avanços.

Leo ficou boquiaberto.

Bryce girou nos calcanhares e marchou em minha direção.

— Vocês todos falam a mesma coisa para levar as mulheres para a cama? Oferecendo-lhes uma *carona*? Isso realmente funciona?

Eu sorri.

— Toda hora.

— Nem sempre. — Ela sorriu.

— Verdade. — Agi da mesma forma que Leo naquele primeiro dia em que ela veio para a oficina. E ela resistiu à minha investida. — Só usamos essa cantada no verão. Não podemos pilotar no inverno, então criamos algo novo.

— Dada a sua reputação, deve ser melhor.

Dei de ombros.

— Nem sempre. Às vezes, basta um *olá*.

— Vamos parar de falar sobre isso. — Uma pitada de aborrecimento

— *e ciúme?* — atou sua voz. O que quer que ela estivesse sentindo, ela afastou para longe e estendeu a mão para Emmett. — Sou Bryce Ryan.

— Emmett Stone. — Ele sustentou o olhar dela, como se estivesse avaliando um inimigo em potencial.

— Quem é? — Leo olhou para Bryce quando veio para ficar ao lado de Emmett.

— Bryce Ryan — ela falou, ao mesmo tempo que eu disse:

— Ela é a nova repórter da cidade.

— Aaah. O espinho na nossa carne.

— Ou a mulher que pode realmente ajudar a limpar a reputação do seu chefe — rebateu ela.

— Calma. Ela está no nosso time, Leo. — Lancei a ele um olhar de advertência. — Estamos trabalhando juntos.

Sua carranca se aprofundou quando o ronco de outro motor sinalizou sua aproximação.

Meu pai entrou na garagem, estacionando ao lado de Leo, e não perdeu tempo indo até Bryce e estendendo a mão.

— Bryce. Eu sou Draven. Não pude conhecê-la da última vez que estivemos aqui.

— Sim. — Ela apertou a mão dele. — Você estava um pouco ocupado naquele dia.

Ela tinha que lembrá-lo da prisão? Percebi que era sua forma de exercer algum controle sobre a situação, enviando uma mensagem de que meu pai também não a intimidaria. Mas ela arriscou irritá-lo. Ele ficou de boca fechada sobre isso.

Cacete. Eu ia acabar bancando o mediador entre os caras e Bryce.

— Vamos conversar lá dentro. — Acenei para todos entrarem.

Todos nós tomamos lugares na garagem. Leo e Emmett pularam em uma bancada de ferramentas. Fiquei contra uma parede. Meu pai ficou no centro, com as pernas bem abertas e os braços cruzados sobre o peito.

E Bryce, para me torturar, foi e se recostou ao Mustang.

— Quanto ela sabe? — perguntou o pai, olhando diretamente para Bryce.

— O suficiente para enterrá-lo se você me trair — ela respondeu.

— O suficiente para ela saber dos riscos envolvidos — corrigi. — Temos um acordo. É entre mim e ela. E não é o objetivo desta reunião.

— Ela é uma forasteira. E não faz parte de...

Levantei a mão, silenciando o protesto de Leo.

— Está feito.

A oficina ficou em silêncio. Bryce olhou ao redor da sala, esperando para ver se alguém se oporia. Mas o de Leo seria o último pronunciamento. Pelo menos, a última objeção enquanto ela estava na sala. Emmett iria me encurralar mais tarde e expressar suas preocupações. Meu pai não faria objeções; ele sabia que era tarde demais. A crítica dele só viria se eu tivesse cometido um erro e estivéssemos lidando com as consequências de Bryce escrever uma história que condenaria a todos nós.

— Emmett e Leo — olhei para eles —, alguma notícia na cidade sobre quem poderia estar atrás do pai?

Ambos balançaram a cabeça quando Emmett falou:

— Não há nada. Nem uma pista. Eu até me encontrei com alguns membros antigos que foram para o Warriors. Eles podem estar mentindo, mas não acho que sejam eles.

— Isso bate com a história que eles nos contaram quando nos encontramos com eles e Tucker.

— Está quieto porque todo mundo acha que Draven fez isso — Leo disse.

Meu olhar encontrou o de Bryce, reforçando silenciosamente minha mensagem. *Ele não a matou.*

— Escutem. Ontem, Bryce e eu fomos até...

— Por quanto tempo você transou com Amina? — Bryce disparou a pergunta para meu pai.

— Jesus Cristo — murmurei. Nem consegui dar a meu pai um pouco de contexto sobre nossa viagem ontem antes disso pesar sobre ele.

— Passei a noite com ela — respondeu o pai, a tensão na oficina aumentando. — Embora você já soubesse disso.

— Não na noite antes de ela ser morta. — Bryce balançou a cabeça. — Antes. Quantas vezes você foi visitá-la?

Suas sobrancelhas se juntaram.

— Visitá-la?

— Ontem fomos à casa dela em Bozeman — expliquei. — Demos uma olhada. A vizinha disse que ela recebia visitas de um cara da minha altura e da sua idade, todos os fins de semana. Era você?

— Não. A primeira vez que vi Amina em mais de vinte anos foi no dia em que ela veio para cá.

— Por que ela veio? — perguntou Bryce. — Ela te contou?

— Disse que queria visitar. Ver como as coisas mudaram. Me ligou aqui na oficina e perguntou se eu a encontraria para um drinque. Eu disse a ela que iria buscá-la em seu quarto. Cheguei lá. Começamos a conversar. Nunca tomamos aquela bebida.

Olhei para Bryce.

— Isso significa que tem um namorado por aí. Talvez alguém que ficaria com ciúmes e a mataria depois que ele partisse.

— Crime passional faz sentido — Emmett comentou. — Dado o número de vezes que ela foi esfaqueada. Mas como ele conseguiu sua faca, Draven?

— Eu não sei. Não caço há anos. Nem me lembro de onde a guardei. Em algum lugar em casa, provavelmente.

— Um namorado não saberia disso. — Passei a mão pelo cabelo. — Nenhum namorado agindo por ciúmes se daria ao trabalho de armar para você.

— A menos que... — Bryce começou a balançar, mudando o peso de um pé para o outro enquanto uma ruga se formava entre suas sobrancelhas. — E se Amina estivesse namorando alguém de Clifton Forge? Talvez ela tivesse voltado aqui. Talvez tenha mentido sobre não ter vindo aqui por décadas. Se o namorado dela fosse da cidade, seria plausível que ele pudesse ter armado para você. Especialmente se ele conhecesse você, Draven.

— Ela não mentiu — afirmou meu pai. — Amina não tinha motivos para me enganar.

— Mas e se ela fizesse parte da armação? — Bryce contra-atacou, falando com as mãos em movimento. — Talvez ela e esse namorado tenham vindo para a cidade. Ela te chamou no motel enquanto ele foi até sua casa para roubar sua faca. Exceto que algo dá errado. Talvez eles tivessem planejado plantar a faca em outro crime. Mas ele volta para o motel e fica furioso porque vocês dois fizeram sexo. Então ele a mata... e te incrimina.

Era possível. Pouco provável, mas possível.

— Amina não queria me pegar — insistiu meu pai. — Ela... ela não era assim.

— Você disse que havia história, pai. Tem certeza de que ela não gostaria de vê-lo na prisão?

— Tenho certeza.

— Como...

— Kingston. — Uma palavra e não havia espaço para discussão. — Desculpe. Alguém armou para que eu assumisse a responsabilidade pelo assassinato de uma mulher inocente. Ela só queria visitar uma cidade que não visitava há anos. E para me ver, um velho amigo do colégio. É isso.

Bryce abriu a boca, mas deu uma olhada para mim e fechou-a novamente. Não haveria como debater isso com meu pai. Ela não o conhecia bem o suficiente para ouvir a convicção em sua voz.

— Então em que pé estamos? — Emmett perguntou, prendendo seu próprio cabelo.

— Estamos no mesmo lugar que estávamos. — Meu pai suspirou. — Quem fez isso me pegou de jeito. Os policiais sabem que eu estava lá. Eles têm minhas impressões digitais na minha arma. Não há nada que possamos fazer a não ser esperar e torcer para que alguém dê mole e comece a falar.

— Isso não vai acontecer. — Cerrei as mãos. — Ninguém vai dar com a língua nos dentes. Quem fez isso é paciente. Paciente pra caralho. Eles não fizeram nenhum movimento contra o resto de nós.

— E provavelmente não vão — Emmett disse. — Pelo menos ainda não. Eles estão esperando para ver o que acontece com Draven.

— Exatamente — Leo murmurou. — Enquanto isso, estamos de mãos atadas. E todos nós temos que continuar olhando por cima dos ombros até que possamos fazer algum progresso.

— Ou — Bryce disse, baixinho —, usamos a única pista que temos. Nos certificamos que esse namorado não começou a namorar Amina só para chegar a Draven. Se o assassino soubesse que havia uma conexão entre Draven e Amina, ele poderia estar usando-a desde o início.

— Concordo — eu disse. — Precisamos rastrear esse cara.

— Como? — Leo perguntou.

— Poderíamos perguntar à filha dela — sugeriu Bryce.

— Não. — A voz de meu pai ecoou pelas paredes.

— Por que não? — Eu me afastei da parede. Meu pai estava realmente determinado a viver na prisão? — Ela pode saber com quem a mãe estava saindo.

— Não. — Ele apontou para o meu rosto. — A filha está fora dos limites. Ela acabou de perder a mãe. Ela não precisa ser incomodada por uma repórter e pelo filho do homem suspeito de matar sua mãe. Deixa-a em paz. Isso é uma ordem.

Fazia muito tempo que ele não dava uma ordem. Não desde os dias em que usava o emblema do presidente para os Gypsies, antes de mim.

— Estou entendido? — Meu pai perguntou a Emmett e Leo.

— Entendido — responderam em uníssono.

Ele olhou para mim, seu olhar severo e inabalável.

— Dash?

Merda. Bryce estava furiosa, mas eu não tinha o que fazer. Eu não iria contra o meu pai. Não quando ele tinha ido tão longe para fazer seu ponto.

— Entendido.

— Estamos com você, *Prez* — Emmett disse, enquanto a cabeça de Leo balançava em concordância.

— Ótimo — respondeu meu pai. — E isso vale para ela também. Se ela incomodar a filha, vou cuidar para que nunca mais escreva outra história. É difícil escrever quando faltam as mãos.

Inferno. Ele tinha que continuar piorando as coisas? Isso foi demais. Se sua intenção era assustar Bryce, ele falhou. Ela estava fumegando. Eu podia sentir o calor de sua raiva do outro lado da sala. Ela provavelmente derreteria a tinta do Mustang.

Mas eu não disse uma palavra quando meu pai saiu pela porta.

— Acho que essa reunião acabou. — Leo pulou do banco, conforme meu pai pilotava para longe da oficina. Ele ergueu o queixo para Bryce enquanto caminhava para trás em direção a sua moto. — Se mudar de ideia sobre esse passeio...

— Vou chamar Dash.

Leo olhou entre nós, sacando tudo, então riu.

— Ah. Boa sorte, irmão.

Emmett o seguiu para fora, acenando ao caminhar para sua moto.

— Vou ficar atento para qualquer novidade.

— Faça isso — eu disse. — Tenha um bom fim de semana.

— Pode deixar. — Ele sorriu. — Acho que preciso de outro café.

Quando o barulho das motos desapareceu e a oficina ficou silenciosa, virei-me para Bryce.

— Ele me ameaçou.

— Sim.

Ela ergueu o queixo.

— Você vai ficar do lado dele?

Minha resposta imediata era *sim*. Eu sempre apoiaria meu pai e ele deixara claro o ponto dele. Mas se chegasse a isso, a machucá-la, eu sabia que a resposta era não.

— Não. Mas não importa, porque você não vai incomodar a filha. Você é mais compassiva do que isso.

— Temos que falar com a filha — afirmou ela, imediatamente. — Talvez o namorado não seja nada, mas é a única informação nova que temos.

— Meu pai tem razão. Ela acabou de perder a mãe. Se ela está morando em Denver, as chances de que ela saiba dos encontros de fim de semana de sua mãe são pequenas de qualquer maneira. Não vale a pena encarar um monte de mágoa.

— Mesmo que isso signifique que seu pai passe o resto da vida na prisão? Você ainda acha que ele é inocente depois de ameaçar cortar minhas mãos?

Passei a mão pelo meu cabelo.

— Ele não faria isso. — Talvez anos atrás, mas não agora. — Ele só está tentando assustar você. E, sim, ele é inocente. Se ele quer passar a vida na prisão por um assassinato que não cometeu, então acho que essa é a realidade da situação.

— Não precisa ser.

Bem, não precisava mesmo. *Por que meu pai não luta? O que ele está escondendo?*

Os segredos de Draven Slater iriam colocá-lo na penitenciária estadual pelo resto de sua vida. *Filho da puta.* Cerrei os dentes, resistindo à vontade de pegar uma chave inglesa e jogá-la contra os carros. Por que ele estava recuando? Isso não era típico dele.

E por que eu deveria lutar por sua liberdade quando ele não estava lutando por si mesmo?

— Não sei o que fazer aqui, linda — confessei, balançando a cabeça. — Estou chateado, com muita raiva. Mas meu pai está certo. Sinceramente, acho que a filha não vai nos dar nenhuma informação. E estou em um beco sem saída até que ele decida o quanto quer forçar a barra. Tudo o que posso fazer é respeitar a vontade do meu pai enquanto o defendo, porque sei que *ele* é inocente. O que você faria se fosse seu pai?

— Não sei. — A raiva de Bryce desapareceu. Sua voz suavizou. Ela atravessou a sala e colocou a mão delicada em meu braço. — Nós dois queremos a verdade, mas eu tenho uma história. Posso imprimir exatamente o que acontece com o julgamento dele. Com sua condenação. Nós dois sabemos que tudo se resume a isso. E posso aceitar que ele é o assassino. Que a justiça está sendo feita. Posso aceitar isso como verdade. Você pode?

— Ele é meu pai — sussurrei. — A escolha é dele.

— Beleza. Então acho que terminamos aqui.

— É, acho que sim.

Ela baixou a mão e se afastou.

— Vejo você por aí, King.

— Se cuida, Bryce.

Meu coração se apertou. Eu estava perdendo dos dois lados. Emmett tinha acertado em uma coisa: eu estava caidinho. E caindo ainda mais. Mais profundamente do que queria admitir para mim mesmo.

O som de seus saltos ressou no chão enquanto ela saía. Mas antes de desaparecer, ela fez uma pausa e olhou por cima do ombro.

— Que tal jantar, uma última vez?

Uma última vez.

— Vou levar a cerveja.

CAPÍTULO DEZESSEIS

BRYCE

Sentada sozinha na cozinha, comia meu sanduíche de salada de frango.

Duas semanas se passaram desde o encontro na oficina e minha última noite com Dash. Desde então, os jantares eram comidos neste local para que eu pudesse observar pela janela da frente da cozinha, esperando ouvir o ronco de sua moto antes que ela parasse no meu meio-fio.

Senti falta de receber um convidado indesejado para jantar. Mais e mais a cada dia, eu sentia falta de Dash, e não apenas pelo sexo. Eu sentia falta de falar com ele e ouvir sua voz. Sentia falta da maneira fácil como ele se movia pela minha casa. Até senti falta do ronco.

Mas eu não tinha ouvido uma palavra dele. Nossa despedida final foi, bem... definitiva.

Meu coração tolo esperava que eu tivesse deixado uma impressão duradoura. Uma que o faria ansiar por me ver de novo – do jeito que eu ansiava. Claramente, o sexo que eu achava inesquecível era na verdade o oposto.

Ele provavelmente encontrou uma nova substituta no *The Betsy* para lhe fazer companhia. Uma tarefa fácil para Dash Slater – encontrar uma mulher disposta a levá-lo para sua cama. *Às vezes, basta um olá*. O pensamento dele dizendo essas palavras para outra mulher fez meu estômago revirar.

Larguei meu sanduíche, a maior parte não comido. Eu não tinha tido muito apetite na última semana. A sensação torturante de que eu estava desistindo da história de Amina Daylee havia me deixado com os nervos em frangalhos.

Como Draven poderia não querer encontrar o assassino de Amina? Como Dash poderia estar bem deixando de seguir uma pista? Especialmente considerando o quão fortemente ele acreditava que seu pai era inocente.

Não fazia sentido. Parecia uma desistência.

Eu não tinha escrito nada sobre o assassinato dela ou sobre os Tin Gypsies nas últimas duas semanas. Minhas histórias se concentravam nas atividades de verão na cidade, particularmente no próximo desfile do Dia da Independência e nas várias comemorações do feriado.

Porque eu não tinha certeza do que escrever ainda. Sem novas informações sobre o caso de assassinato de Amina ou sem saber quando Draven seria levado a julgamento, não havia nada para imprimir. E eu não estava pronta para escrever uma história sobre o antigo Tin Gypsy MC.

A informação que Dash me contou oficialmente seria suficiente para uma matéria fácil de domingo. Uma popular também. Mas para mim, essa história era chata. Sem vida. As coisas boas foram todas as coisas que ele me disse *in off*. Já que ele cumpriu sua parte no trato de não esconder as coisas de mim, eu também cumpriria a minha.

Ou ele não cumpriu?

A reunião na oficina passou repetidamente em minha mente. A insistência de Draven para que não falássemos com a filha estava me incomodando. Eu não conhecia o homem, mas ele foi tão firme.

Ele sempre foi assim? Ele estava apenas tentando me intimidar? Eu acreditei em sua ameaça, mais do que em qualquer coisa que Dash tinha me dado. Se eu fosse até a filha de Amina, ele retaliaria. Ele poderia até me causar danos físicos.

E foi por isso que eu tive que ir.

A insistência de Draven representava mais do que poupar os sentimentos de uma filha em luto. Ele estava escondendo algo. Eu fui a única que percebeu?

Ou Dash não se importava, cego por sua lealdade ao pai, ou ele sabia o segredo de Draven e estava mentindo para mim – o que significava que minha história incluiria cada palavra que ele disse sobre os Gypsies.

Eu estava esperando para ver se algo aconteceria – não aconteceu. Assassinos com um pingo de bom senso não saíam por aí falando sobre tal assassinato. Eles certamente não se gabavam de incriminar um fora da lei notório. E o assassino de Amina era mais esperto do que um inimigo comum.

Dane-se a ameaça de Draven. E dane-se Dash por me fazer sentir falta dele. Além disso, Draven nunca saberia que eu pretendia ir. Não, a menos que ele também estivesse me seguindo.

Pegando meu celular, abri o aplicativo da *United Airlines* e fiz o *check-in* do meu voo que partiria amanhã de manhã para Denver.

Então abri o bloco de notas amarelo ao meu lado, lendo o endereço de Genevieve Daylee pela centésima vez.

— Obrigada — agradeci ao motorista do Uber quando saí do carro.

O ar do final da manhã estava fresco e quente no Colorado. O sol batia forte. Acordei muito antes do amanhecer para dirigir até Bozeman e pegar meu voo, observando o sol nascer da minha pequena janela no avião. Então pedi uma corrida até a casa de Genevieve.

Os apartamentos dessa rua eram todos iguais, uma fileira de fachadas marrons com janelas gradeadas brancas. Genevieve tinha um vaso cheio de petúnias roxas e rosa ao lado da porta, trazendo vivacidade à sua varanda.

Respirei fundo, aprumei os ombros e caminhei pela calçada. Depois de uma batida certeira, esperei.

Talvez eu devesse ter ligado primeiro, mas se querer levantar nenhuma dúvida ou que Draven ficasse sabendo que eu havia contatado a garota, arrisquei uma visita surpresa. Era uma aposta de que ela ainda estaria em casa, mas era um sábado e esperava ter sorte. Caso contrário, meu voo de volta seria adiado até que eu encontrasse algum tempo para vê-la.

Passos leves, um movimento rápido da fechadura e a porta se abriu.

— Olá. — Ela sorriu.

— O-oi. — Dei uma olhada dupla. Ela se parecia tanto com Amina. Familiar, mas havia algo mais lá também. Algo que eu não conseguia identificar.

Seu cabelo era escuro e comprido, encaracolado em grossos cachos. Seu rosto era em forma de coração com uma pele impecável. Seus olhos eram de um castanho profundo que eu tinha certeza de já ter visto em algum lugar antes. E ela tinha o queixo e a boca da mãe.

— Posso ajudar?

Saí do meu estupor, sorrindo e estendendo a mão.

— Oi. Eu sou Bryce Ryan. Você é Genevieve Daylee?

— Sim. — Ela aceitou meu cumprimento, hesitante. — Eu te conheço?

— Não. Nós nunca nos conhecemos. Sou repórter do *Tribuna de Clifton Forge*.

— Oh. — Ela se afastou, levantando a mão para a porta.

— Eu esperava que você pudesse me ajudar — falei, antes que ela pudesse me calar. — Estou escrevendo um artigo especial sobre sua mãe. Uma história para mostrar quem ela era e como era sua vida antes.

Seus olhos se estreitaram.

— Por quê?

— Porque a morte dela foi horrível e trágica. Porque as pessoas que perdem a vida dessa forma são muitas vezes lembradas pela forma como morreram, não pela forma como viveram.

Genevieve deixou minhas palavras assentarem. Eu tinha certeza que ela iria bater a porta na minha cara, mas então a hesitação em seu rosto desapareceu e ela abriu mais, me dando passagem.

— Entre.

— Obrigada. — Entrei, soltando a respiração que estava segurando. Quando inspirei fundo, o cheiro de chocolate e açúcar mascavo encheu meu nariz. Meu estômago roncou, pois estava morrendo de fome por só ter comido o saquinho de pretzels no avião. — Está com um cheiro incrível aqui.

— Fiz biscoitos de chocolate. Receita da mamãe. Eu estava com saudades hoje.

— Sinto muito pela sua perda.

Ela me deu um sorriso triste, levando-me através da sala de estar limpa e aconchegante até a copa da cozinha.

— Alguns dias não parece real. Parece que vou ligar para ela e ela vai atender o telefone.

— Eram próximas? — perguntei, enquanto ela me indicava uma cadeira.

— Éramos. Desde sempre, éramos apenas nós duas. Ela era minha melhor amiga. Tivemos nossas brigas quando eu era adolescente, brigas normais de mãe e filha. Mas ela sempre esteve lá por mim. Ela sempre me colocou em primeiro lugar.

— Parece uma ótima mãe.

Seus olhos se encheram de lágrimas.

— Por que ele faria isso com ela?

Ele quer dizer Draven. Genevieve pensava que Draven havia matado a mãe. Dash plantou tantas dúvidas em minha mente que eu estava operando sob a possibilidade de que ele fosse inocente.

Mas no que dizia respeito ao mundo, pelo que Genevieve sabia, Draven Slater era o assassino de Amina.

— Não sei. Eu gostaria que as coisas fossem diferentes.

— Eu também. — Ela se afastou da mesa em um movimento, indo para a cozinha e pegando dois copos de um armário. Então serviu dois deles com leite da geladeira e os trouxe para a mesa. Em seguida, veio um prato cheio de biscoitos recém-assados.

— Estou enfrentando o luto comendo. Se você sair daqui e este prato ainda tiver biscoitos, ficarei desapontada conosco.

Eu ri, pegando um biscoito.

— Não podemos permitir isso.

O primeiro biscoito foi engolido, seguido rapidamente por um segundo. Após o terceiro, depois de nós duas termos tomado um pouco de leite, nos entreolhamos e sorrimos.

Talvez ela parecesse familiar porque era receptiva. Tão amigável. Ela me trouxe para sua casa, compartilhou um pouco sobre sua mãe e confiou em mim. Ingênua? Sim, ligeiramente. Ou ela não estava cansada do mundo. Ela não esperava que as pessoas mentissem, trapaceassem e roubassem.

Eu a invejei.

— Nossa, são muito bons. — Peguei um quarto biscoito.

— Não é? Não sei de onde ela tirou essa receita, mas é a única que vou usar.

— Talvez eu tenha que roubá-la de você.

— Se eu te der, você vai colocar na sua história? Acho que mamãe teria gostado de compartilhar isso com o mundo.

Coloquei minha mão sobre o meu coração.

— Seria um prazer.

Os olhos de Genevieve passaram por meu ombro, olhando fixamente para a sala atrás de nós.

— Mamãe e eu não nos víamos muito. Não depois que ela aceitou aquele emprego em Bozeman e se mudou para Montana.

— Você cresceu em Denver?

— Sim. Morávamos a cerca de oito quilômetros daqui. Eu fui para a escola pela qual você provavelmente passou ao chegar.

Um grande prédio de tijolos vermelhos cinco vezes o tamanho da minha escola.

— Foi por isso que ela se mudou para Bozeman? Pelo trabalho?

— Sim. Mamãe trabalhava para uma empresa de encanamento. Eles estavam expandindo e abriram um escritório em Bozeman. Ela se ofereceu para ir. Mas você provavelmente já sabia de tudo isso.

— Só o nome. — A internet poderia me contar tudo sobre a empresa, suas filiais e seus produtos. Mas não me contou sobre Amina. A internet não poderia me dizer sobre a pessoa que ela tinha sido. — Ela era boa em seu trabalho?

— Ela era — confirmou Genevieve, com orgulho. — Ela trabalhou para aquela empresa desde o início e eles realmente a amavam. Eram como uma família. Eu conhecia todos os colegas de trabalho dela na minha infância. Alguns deles me contratavam no verão para cortar a grama. Todos eles vieram para a minha formatura da faculdade. — Sua voz falhou. — O chefe dela me ajudou a organizar o funeral.

Meu coração apertou. Eu não poderia imaginar ter que planejar o funeral da minha mãe.

— Parece que ela era o tipo de pessoa que fazia amizades íntimas e duradouras.

— Ela amava. As pessoas eram atraídas por ela por isso. Era difícil ser mãe solteira. Meus avós faleceram antes de eu nascer, então ela fez tudo sozinha. Ela nunca reclamou. Nunca me tratou como um fardo. Ela construiu esta vida para nós. Uma feliz.

Genevieve baixou o queixo, fungando. Fiquei quieta, a emoção obstruindo minha garganta, enquanto ela enxugava os olhos. Quando ela olhou para cima, deu um sorriso forçado.

— Eu deveria ter ligado — falei. — Desculpe. Vim aqui e te peguei de surpresa. Eu deveria ter ligado primeiro. — *Droga*. Draven estava certo sobre isso, não estava?

Deixei as semanas de silêncio de Dash me irritarem. E agora estava aqui incomodando uma jovem que havia perdido a pessoa mais importante de sua vida.

— Bem, que bom que você está aqui. — Genevieve pegou outro biscoito. — Faz duas semanas que não falo sobre a mamãe. Foi uma enxurrada depois de ela... você sabe. Todo mundo ficou tão chocado e eu estava tão ocupada organizando seu funeral. As pessoas falavam sobre ela. Mas depois que acabou, ficou quieto. As pessoas voltaram para suas vidas.

— E você está aqui.

— Estou aqui. Com o coração partido. — Ela deu uma mordida e mastigou com o queixo trêmulo. — Mas é bom falar como ela era maravilhosa. E não sobre como ela morreu. A única pessoa que falou comigo sobre ela esta semana foi o promotor de Clifton Forge, e isso só porque quero ficar de olho no julgamento.

— Ainda não está agendado.

— Pois é. Eu quero ele preso. Eu o quero fora das ruas e longe do mundo. Talvez então eu possa esquecer. Eu fico com tanta raiva e... — Enquanto ela parava de falar, sua mão livre estava fechada em um punho sobre a mesa, os nós dos dedos brancos. — Quero ver o túmulo dela. Você sabia que enterramos mamãe em Montana?

— Hmm, bem. Eu não sabia. — Eu não tinha acompanhado os preparativos para o funeral de Amina. O obituário que incluí no jornal foi vago sobre o assunto, afirmando que a família estava optando por serviços privados em Denver. Presumi que esses serviços incluíam o enterro.

— Ela queria ser enterrada em Clifton Forge. Deixe-me te dizer, foi um choque saber disso no testamento dela. Mas acho que ela queria estar com os pais novamente.

— Então você esteve em Clifton Forge?

— Não. — Ela balançou a cabeça. — Eu não pude ir. Eu não estava pronta para isso ainda. Fui a Montana para empacotar seus itens pessoais e colocar a casa à venda. Mas foi o mais perto que pude chegar. Eu não estava pronta para estar naquela cidade onde ela foi... você sabe. Mas vou para lá na semana que vem.

— Você está indo para Clifton Forge? — Meus olhos se arregalaram.

Ela assentiu.

— Quero ver por mim mesma. A funerária me enviou uma foto de seu túmulo e a maquete de sua lápide, mas não é a mesma coisa. Então, vou fazer uma viagem rápida no próximo domingo, de bate e pronto. Não quero correr o risco de esbarrar com *ele*.

Sim, ver Draven seria ruim.

— Se precisar de companhia, ficarei feliz em ir com você.

— Obrigada, Bryce. — Ela olhou para mim com seus olhos castanhos gentis e aquela pontada de familiaridade me atingiu novamente. — Vou aceitar.

— Por favor. — Em nosso curto período de tempo juntas, eu me tornei estranhamente leal a Genevieve. Se eu pudesse ajudar ficando ao lado dela enquanto ela visitava o túmulo de sua mãe, eu o faria.

Não pela minha história. Por esta mulher que já parecia ser uma amiga.

Eu quis dizer o que disse a Genevieve. Eu escreveria algo especial para Amina. Incluiria a receita do biscoito. Talvez isso aplacasse um pouco da culpa por aparecer inesperadamente em sua porta.

Genevieve levou o copo vazio para a pia para lavá-lo. Levantei-me e levei o meu também, entregando a ela.

— Posso fazer outra pergunta?

— Claro. — Ela riu. — Para uma repórter, você não perguntou muito.

— Estava apenas me aquecendo. — Pisquei. — Sua mãe tinha mais alguém de quem era próxima? Um melhor amigo? Ou um namorado? Outros que gostariam de falar sobre ela para a história.

Ela soltou um longo suspiro.

— Mamãe estava namorando um cara. Lee.

Congelei, pronta para absorver cada palavra sobre o namorado.

— Lee.

— Lee — ela pronunciou o nome dele com os lábios franzidos. — Em toda a minha vida mamãe não namorou. Nem uma única vez. Mas ela estava diferente ultimamente. Mais quieta. E não posso deixar de pensar que foi por causa dele.

— Eles estavam tendo um relacionamento sério?

Ela deu de ombros.

— Não sei. Essa é a parte louca. Ela agia de forma diferente, mas nunca falava sobre ele. A única razão pela qual eu sabia sobre ele foi porque voei para Bozeman para surpreendê-la em um fim de semana e ela teve que ligar para Lee e cancelar os planos. Sempre que eu perguntava sobre ele, ela ignorava. Dizia que era casual. Mas se você conhecesse a mamãe, saberia que nada sobre ela era casual. Ela era muito ligada às pessoas. Suas amizades duraram décadas.

— Então você não o conhecia?

Negou com um aceno.

— Bem, nós nunca nos conhecemos. Eu nem sabia o sobrenome dele.

E lá se foi minha pista.

— Talvez ela estivesse preocupada que você não gostasse dele.

— Sim. Isso é o que penso também. Foi estranho para mim, ela ter outra pessoa em sua vida. Mamãe era boa em notar quando eu estava desconfortável. Eu simplesmente não conseguia imaginá-la com um namorado. — Ela olhou por cima do ombro. A luz da janela batia em seus olhos, fazendo-os brilhar.

Ah! O que havia com os olhos dela?

— O que mais você pode me dizer sobre ela? — perguntei. — Algo legal que você gostaria que outras pessoas soubessem.

— O sorriso dela estava sempre aberto. Todos os dentes largos e brancos. Era como se ela não soubesse dar um meio-sorriso. — A angústia no sorriso de Genevieve voltou junto com um brilho de lágrimas. — Ela era bonita.

REI DE AÇO

— Ficaria honrada em escrever isso sobre ela. Você tem alguma foto? Eu adoraria incluir algumas de suas favoritas.

— Gostaria disso.

Durante a hora seguinte, sentei-me ao lado de Genevieve em seu sofá enquanto ela examinava potes de plástico com fotos antigas e lembranças de sua infância. Estava tudo na casa de Amina e, embora ela tenha empacotado e trazido para o Colorado, ela confessou não ter tido coragem de examiná-las ainda.

— Obrigada por estar comigo. — Encaixou a tampa na última caixa. — Tenho certeza de que isso foi mais louco do que você esperava quando veio para cá. Desculpe.

— Não fique. — Coloquei a mão sobre a dela. — Estou feliz por poder estar aqui.

A verdade era que quanto mais eu conversava com Genevieve, mais gostava dela. Ela contou história após história sobre sua mãe enquanto olhávamos fotos antigas. Algumas das viagens que as duas fizeram. Fotos de alguns acampamentos especiais nas montanhas do Colorado.

Genevieve havia me contado como Amina sempre dava alguns dólares para um sem-teto que mendigava em uma esquina, embora, como mãe solteira, ela não tivesse muito dinheiro sobrando. Ela ensinou Genevieve a ser forte, nunca desistir e viver uma vida honesta.

Depois de ouvir tudo, eu sabia que minhas acusações na oficina, de que Amina poderia estar tramando contra Draven, estavam erradas. Amina não tinha sido uma enganadora.

E ela criou uma filha adorável.

Em todas as fotos, o rosto brilhante e sorridente de Amina estava presente. Quando estava ao lado da filha, as duas sempre se tocavam – mãos dadas, um braço sobre o ombro, uma encostada na outra. O vínculo delas era especial e ver isso através das fotos me deixou mais determinada a contar a história de Amina.

Pela mãe.

E pela filha.

Amina merecia ser lembrada por mais do que sua morte.

— Isso foi realmente perfeito — eu disse a Genevieve. — Sinto que conheço sua mãe agora. Espero que minha história faça justiça à memória dela. Posso fazer mais uma pergunta, *in off*?

— Claro. — Ela girou no sofá, dando-me sua atenção.

— Em todas essas fotos, eram apenas vocês duas. — Mesmo quando bebê, as fotos eram apenas de Amina e Genevieve. Havia um amigo ou vizinho ocasional incluído, mas a maioria das fotos era de mãe e filha. — E quanto ao seu pai?

— Mamãe nunca falava dele. Nunca. — Seus ombros cederam. — Eu perguntava. Ela dizia que ele era um bom homem, mas não fazia parte da minha vida. Sempre dizia que ele foi um erro, mas que lhe deu o melhor presente do mundo. E você sabe, eu não pressionei. Eu estava bem com essa resposta porque eu a tinha. Ela era o suficiente.

— Eu posso ver.

— Só que agora que ela se foi, eu gostaria de saber quem ele era. Se ele ainda estiver vivo. Seria bom saber se eu tivesse outro pai por aí.

Minhas entranhas gritavam que o segredo de Amina sobre a linhagem de sua filha e o namorado secreto não eram uma coincidência. Esse namorado misterioso poderia ser o pai de Genevieve?

— Ela chegou a te dizer o nome dele? — perguntei.

Ela balançou a cabeça.

— Não.

Se o pai de Genevieve fosse o namorado, isso explicaria tudo. Por que Amina não queria que Genevieve conhecesse *Lee*. Por que ela o escondeu de todos. Porque não estava pronta para apresentar pai e filha.

Minha mente estava agitada, imaginando como esse homem se encaixava na imagem. Ele era o assassino? Ele tentaria entrar em contato com Genevieve agora? Será que ele sabia que tinha uma filha?

Mais perguntas passaram pela minha cabeça quando Genevieve destruiu minhas teorias com uma única frase.

— Mamãe nunca me disse o nome dele, só que as pessoas o chamavam de *Prez*.

Prez. Onde eu tinha ouvido esse nome antes? Bem, não um nome. Um apelido.

Presidente.

Minha mente acelerada parou.

Estamos com você, Prez.

Em nosso encontro na oficina, Emmett disse isso a Draven. Ele chamou Draven de *Prez*.

Olhei para Genevieve, focando em seus olhos. Eu conhecia aqueles olhos. Assim como Draven tinha dado seu cabelo castanho para seu filho.

Ele tinha dado aqueles olhos castanhos para sua filha.

CAPÍTULO DEZESSETE

DASH

— Outra, Dash?

Girei o último gole de cerveja no fundo do meu copo de cerveja.

— Sim. Obrigado, Paul.

Quando ele foi pegar minha Guinness – escura, como meu humor –, olhei ao redor do bar lotado. Era uma noite movimentada no *The Betsy* com os moradores aproveitando um verão quente no sábado à noite. As pessoas esbarravam umas nas outras enquanto circulavam pelo local e conversavam aos gritos por sobre a música alta. Emmett e Leo estavam na mesa de bilhar. Cada um deles tinha uma mulher pendurada em seu cotovelo.

Emmett chamou minha atenção e acenou para que eu jogasse. Havia uma terceira mulher vagando pela mesa de bilhar que estava me fodendo com os olhos a noite toda.

Balancei a cabeça e olhei para a frente, encarando a parede de garrafas de bebida à frente enquanto Paul colocava minha cerveja fresca na mesa. Um gole e já foi a metade, porque queria ficar bêbado. A única maneira de aproveitar esta noite era se eu ficasse chapado.

Droga, Bryce. Isso era culpa dela. Ela arruinou os sábados para mim.

Ela esteve em minha mente muitas vezes nas últimas semanas. Na oficina, eu trabalhava na troca de óleo e me perguntava o que ela estava fazendo. Eu adormecia à noite, sentindo falta do toque de sua pele. Eu vinha para a cidade cedo aos domingos e quartas-feiras para pegar um jornal na mercearia assim que eles abriam.

Os artigos dela eram os únicos que eu lia. A cada vez, eu esperava ler algo sobre mim, meu pai ou os Gypsies na primeira página, mas acho que não éramos mais uma grande notícia. Ainda assim, eu lia cada palavra que ela escrevia, precisando dessa conexão.

Ontem à noite, eu estava com tanta fome depois do trabalho que quase fui à casa dela. Fiquei tentado a esperar na varanda até que ela chegasse em casa. Dar um sorriso para ela e implorar para ela fazer o jantar para mim. Só que tínhamos terminado as coisas, então fui para casa comer um sanduíche de manteiga de amendoim e geleia.

Eu a esqueceria em breve, né? Era melhor seguirmos caminhos separados.

Ou deveria ter sido melhor.

Até que ela arruinou os sábados. Até que ela arruinou o *The Betsy*.

O único banco confortável no bar era este banco, o mesmo que ela estava no dia em que eu a encontrei aqui. O *The Betsy* normalmente era um lugar onde eu ia para sair com outras pessoas. Para socializar. Só que todo mundo aqui me irritava. Eles não eram tão divertidos de conversar quanto eu lembrava, não quando comparado a conversar com Bryce. E não havia uma mulher no lugar que exercesse algum fascínio.

Dei um gole no resto da cerveja e acenei para Paul, pedindo mais uma. Um aceno rápido e trinta segundos depois, eu tinha uma nova Guinness. Seu serviço rápido quase compensou o fato de que eu o peguei olhando para os peitos de Bryce antes.

— O que você tá fazendo aqui? — Leo deu um tapa no meu ombro, colocando-se entre mim e o cara sentado à minha direita. Ele se virou para trás, com um sorriso no rosto enquanto examinava o bar. Em seguida, piscou para uma mulher que passava. Deu uma balançada de queixo para uma mesa no canto.

Isso costumava ser eu. O rei deste bar. Este era o meu lugar feliz.

Então Bryce estragou tudo com seu sorriso sexy e cabelo sedoso. Ela tinha me arruinado.

Entornei a cerveja inteira em três grandes goles e soltei um arroto.

— Paul. — Bati com a mão no balcão. — Uísque desta vez.

— Você está de péssimo humor — Leo murmurou. — Venha jogar uma partida. Vou deixar você me vencer.

— Passo.

— Irmão. — Leo angulou seu ombro com o meu, para falar baixo: — Se anima. Leve para casa a loira do canto. Ela vai fazer você se sentir melhor. Ou pelo menos deixe ela te chupar no banheiro.

— Não estou interessado. — A única mulher cujos lábios deveriam estar ao redor do meu pau eram de uma bela repórter.

— Desisto. — Leo franziu a testa e acenou para Paul. — Não o interrompa. Vou garantir que ele chegue em casa.

A cerveja estava subindo direto à minha cabeça – coisa boa –, e acenei para Leo.

— Obrigado.

— Ei, Dash. — Uma mão delicada deslizou pela minha coxa e eu me afastei de Leo para ver a loira que estava no canto. — Como tá indo? Não vejo você por aqui há algumas semanas.

— Estou bem. — Pousei minha mão sobre a dela antes que pudesse alcançar meu zíper. — E você?

A loira não teve chance de responder.

Uma mão agarrou a parte de trás da minha camiseta, puxando a gola com força. Antes que eu pudesse me virar e ver quem era, aquela mão deu um forte puxão e eu voei para trás do banquinho. Se não fosse pelos reflexos rápidos de Leo, eu estaria esparramado de bunda no chão sujo do bar.

Encontrei meu equilíbrio, endireitando-me, e fiquei de frente para a pessoa que estava prestes a levar um chute no traseiro. Mas o rosto que encontrei não era um que eu daria um soco.

— Bryce, o que...

— Seu maldito. — Ela espalmou as mãos contra o meu peito, me empurrando contra o banquinho.

Leo continuou segurando meu braço para que eu não desabasse. Ou talvez ele tenha pensado que eu partiria para cima dela.

Eu não era fã de ser empurrado, mas, caramba, estava feliz em vê-la. O rosto de Bryce estava furioso, as bochechas vermelhas e os olhos em chamas. Ela estava pau da vida.

Avançando, ignorei a raiva que emanava dela em ondas e a envolvi em meus braços, esmagando-a contra meu peito.

— Tire as suas mãos de cima de mim. — Ela empurrou e se contorceu, tentando se libertar.

Mas eu a segurei com mais força, enterrando meu nariz em seu cabelo. Cheirava a açúcar, superando a cerveja velha no chão e a fumaça que se infiltrava por todo o lugar.

— Dash — ela disparou, o som abafado no meu peito. — Me solta, seu imbecil.

— Sentiu minha falta? — Eu ri. O sorriso no meu rosto chegou a doer, por não o usar ultimamente. — Eu tenho que dizer, linda, eu realmente gosto que você esteja com ciúmes.

— Com ciúmes? — Ela congelou em meus braços. — Você acha que eu me importo com a loira? Podem ir trepar no banheiro, porque eu não me importo.

— Hã? — Eu a soltei. — Trepar com ela no banheiro?

Dei a ela espaço suficiente para ela se afastar e me dar um tapa no rosto. *Smack*.

Que porra estava acontecendo agora?

— Você é um babaca mentiroso! — fervilhou. — Você pode ter me enganado duas vezes, mas isso *nunca* mais vai acontecer. Não estou mais jogando seu jogo. Não importa o que for preciso, vou fazer tudo ao meu alcance para colocar todos vocês de joelhos. — Com isso, ela girou e saiu do bar.

Pisquei duas vezes, atordoado enquanto os olhos ao redor do bar pousaram em mim. Levantando a mão, esfreguei a bochecha que provavelmente ficou vermelha. Então olhei por cima do ombro para Leo.

— Isso acabou de acontecer?

— Droga. — Ele estava olhando para a porta, um enorme sorriso se espalhando em seu rosto. — Ela é fogo puro, essa daí. Se não se casar com ela, eu irei.

— Vá para o inferno. — Mostrei o dedo do meio para ele e corri para a porta. — Bryce!

O estacionamento estava lotado. Havia carros e motos por toda parte. E nenhum sinal de Bryce, até que o brilho dos faróis chamou minha atenção à distância.

Eu disparei, correndo para a única saída do estacionamento. Não foi fácil depois de toda a cerveja, mas corri o mais rápido que pude, minhas botas batendo o asfalto rachado. Cheguei bem a tempo de parar no meio da estrada quando o Audi de Bryce parou a centímetros dos meus joelhos.

Ela baixou a janela.

— Saia da frente.

— Não. — Coloquei as duas mãos no capô. — O que foi aquilo?

— Sério? Não se faça de bobo.

— Me ajuda aqui, linda. Estou bêbado. Você chegou e eu fiquei feliz em vê-la. Então você me atirou um monte de merda que fez minha cabeça girar. Acabei de dar uma corridinha mortal e tenho certeza de que meu coração pode explodir. Se eu desmaiar, não me atropele.

— Isso não é brincadeira! — ela gritou. Sua frustração ecoando pelo ar noturno. Quando ela enxugou uma lágrima, meu coração apertou. — Você mentiu para mim. De novo. E eu caí nessa.

Meu estômago deu um nó. Algo ruim havia acontecido. Alguma coisa séria. E eu não tinha ideia do que poderia ser além da foto do anuário. Mas isso não era impactante o suficiente para essa reação, era?

— Saia do carro e fale comigo. — Ergui as mãos, desencostando do veículo. — Por favor.

Ela manteve as mãos no volante, os olhos vagando para o espelho retrovisor. Dez segundos se passaram e eu tinha certeza de que ela estava pensando em me atropelar. Mas, por fim, ela abaixou o queixo e estacionou ao lado.

Ela desceu, vestindo um jeans apertado e saltos altos. Sua blusa cinza estava amarrotada, como se ela tivesse dormido com ela ou a usasse desde o amanhecer.

Cheguei para trás enquanto ela se apoiava no capô, cruzando os braços.

— Por que você mentiu?

— Eu não menti pra você. — A menos que... *Merda*. A foto do anuário. Bryce descobriu que mamãe e Amina eram melhores amigas?

— Tem outra de vocês. — Ela revirou os olhos. — Pare de fingir.

— Mulher, que droga você tá usando?

— Ela se parece com você. Levei um minuto para descobrir, mas vocês têm o mesmo cabelo e o mesmo nariz.

— Quem? — Quantos drinques Paul me deu? Porque ela não estava fazendo nenhum sentido. Ela estava falando sobre a mamãe? Eu não tinha o cabelo da mamãe. Eu tinha o do meu pai. — De quem você está falando?

— Sua irmã.

Minha irmã?

— Eu não tenho irmã.

— Isso é perda de tempo. — Ela se afastou, agarrando a maçaneta. — Tudo o que vou conseguir são mais mentiras.

Com uma explosão de velocidade, corri para o lado dela, prendendo-a contra a lataria antes que ela pudesse abrir a porta. Eu não estava mais bêbado. A verdade em sua voz me deixou sóbrio.

O que ela tinha descoberto?

— Eu não tenho irmã — repeti.

Ela girou e eu deixei espaço suficiente para ela se virar. Sua expressão era severa, por um segundo. Então a raiva desapareceu. Ela suavizou quando seus olhos se arregalaram e a mão cobriu a boca.

— Ai, meu Deus — sussurrou. — Você não sabia.

— Sabia o quê? — exigi. — O que você fez?

Ela engoliu em seco.

— Fui ver a filha de Amina em Denver. Eu voei esta manhã e acabei de voltar. Conversei com ela por horas. Sobre sua mãe e sua infância. E...

— Continue — rosnei, quando ela parou.

— Eu perguntei sobre o pai dela, mas ela não sabia nada sobre ele. Tudo o que Amina disse foi que ele se chamava *Prez*. Eu pensei... Tenho quase certeza de que Draven é o pai dela. Ela é sua irmã.

Não. Cambaleei para longe, balançando a cabeça.

— Não. Não é possível.

— Talvez tenha sido por isso que Amina veio aqui para se encontrar com Draven. Para discutir sobre sua filha. Faz sentido.

— Sem chance. Se eu tivesse uma irmã, eu saberia. — Cerrei os punhos, andando na frente dela. Eu poderia ter uma irmã? Meu pai tinha sido um homem diferente depois que mamãe morreu. Talvez ele tivesse engravidado Amina algum tempo depois do funeral. — Qual a idade dela?

— Vinte e seis.

Perdi o fôlego, sem conseguir respirar. Com as mãos apoiadas nos joelhos, lutei para ficar de pé. Mamãe morreu quando eu tinha doze anos. Eu era só um garoto do ensino fundamental voltando para casa no carro do meu irmão mais velho para encontrar minha mãe morta. Para encontrar o sangue dela encharcando a calçada da frente ao lado de uma bandeja de plástico com flores amarelas.

Se essa irmã tinha vinte e seis anos, ela era nove anos mais nova que eu. E tinha três anos de idade quando minha mãe foi tirada de nós. *Três*.

— Não. Impossível. — Mamãe e meu pai eram perdidamente apaixonados. Sempre. Eu não conseguia me lembrar de uma vez que eles brigaram. Eu não conseguia me lembrar de uma noite em que meu pai dormiu no sofá porque a irritou.

— Dash, ela poderia...

— Não! — rugi. — Meu pai não traiu minha mãe. Isso é impossível!

Bryce manteve a boca fechada, mas havia julgamento em seus olhos. Ela tinha certeza de que meu pai era um adúltero assassino. E eu o defenderia até o fim.

— Entre no carro. — Dei a volta na frente do carro dela, abrindo a porta do passageiro. Quando Bryce não se mexeu, berrei do outro lado: — Entre no carro!

Seu corpo entrou em ação. Ela se virou, entrando e afivelando o cinto de segurança. Entrei também, sem me preocupar com o cinto.

— Dirija.

Ela assentiu, colocando o carro em movimento. Mas antes de soltar o freio, ela olhou para mim.

— Desculpe. Pensei que você soubesse.

— Não há nada para saber. — Olhei pela janela, minhas mãos cerradas sobre as coxas. Estava usando toda a minha força de vontade para não arrebentar o vidro.

A mão de Bryce se estendeu sobre o console.

— Dash...

— Não. Me. Toque.

Sua mão voou de volta ao volante.

Eu não queria ser confortado. Não queria o calor suave de sua pele na minha. Não queria acreditar em uma palavra que tinha saído de sua boca.

Ela estava errada. Ela estava absolutamente errada. E eu provaria isso a ela. Essa noite.

— Dirija — ordenei novamente.

— Para onde?

— Direita.

Bryce seguiu silenciosamente minhas instruções monossilábicas pela cidade até entrarmos na rua tranquila da minha infância. Apontei para o meio-fio em frente à casa do meu pai e ela encostou. Sem dizer uma palavra, saímos do carro e ela se arrastou atrás de mim até a porta lateral.

Cinco batidas severas e uma luz acendeu lá dentro.

Meu pai foi até a porta para destrancá-la.

— Dash?

Eu o empurrei para dentro, marchando para a cozinha.

A cozinha da mamãe.

Aquela em que ela cozinhava para nós todos os dias. Onde ela embalava nossos almoços em caixas de alumínio com desenhos na frente e enchia nossas garrafas térmicas com leite achocolatado. Onde ela beijava papai todas as noites e perguntava sobre seu dia.

Impossível. Meu pai amava minha mãe com todo o seu ser. Ele nunca a trairia. Bryce estava errada e eu queria que ela fosse testemunha, para ouvir a verdade em sua voz quando ele negasse ter uma filha.

Meu pai entrou na cozinha, seus olhos semicerrados se ajustando à luz.

Ele estava sem camisa, vestindo apenas uma calça de pijama xadrez.

Bryce deslizou atrás dele, escolhendo ficar contra a geladeira. Se ela estava com medo, não demonstrou. Se estava duvidando de si mesma, também não demonstrou.

Que se foda. Ela não sabia. Ela não sabia que cresci com duas pessoas que se amavam mais do que a vida. Que meu pai quase morreu de coração partido quando mamãe foi assassinada.

— O que está acontecendo? — perguntou ele.

— Eu quero a verdade — arfei, lutando para manter a voz firme. — E você vai me dar.

Ele ficou imóvel.

— A verdade sobre o quê, filho?

— Bryce foi ver a filha de Amina.

Os olhos de meu pai se fecharam e ele abaixou a cabeça.

Não.

Ele sempre fazia isso quando desapontava seus filhos.

— É verdade, então? Ela é sua filha? — Um leve aceno de cabeça e eu voei pela cozinha, meu punho colidindo contra seu queixo. Um som seco encheu a cozinha e Bryce soltou um pequeno grito. — Você está morto para mim.

Sem outra palavra, marchei para fora da cozinha. As paredes estavam se fechando sobre mim. Voei pela casa e saí correndo, ofegante no ar da noite.

Uma mão, gentil e leve, pousou na minha coluna.

— Sinto muito.

— Ela o amava. E ele... — Minha garganta se fechou com as palavras. Eu não poderia dizer isso. Não podia acreditar que meu pai havia traído mamãe.

Minha mãe tinha aguentado tanta merda dele. E isso lhe custara a vida. Enquanto isso, o homem que eu amava, o homem a quem eu admirava, engravidou sua melhor amiga do colégio.

A separação de mamãe e Amina fazia sentido agora. Elas não tinham simplesmente se afastado. Mamãe sabia? Ou meu pai manteve Amina e sua filha longe de todos nós?

— Porra. — Levantei-me e caminhei até o carro de Bryce, seus passos ecoando atrás.

Dentro do carro, ela não disse uma palavra enquanto dirigia para longe. Abaixei a cabeça, enfiando as mãos no meu cabelo.

— Tenho que contar ao Nick.

Depois de anos, meu irmão e meu pai finalmente tinham um relacionamento decente. Um telefonema e eu destruiria tudo de novo.

— Desculpe. Eu sinto muito — Bryce murmurou. Seus olhos estavam grudados na estrada à frente. — Pensei que você soubesse. Achei que você estava mentindo para mim e encobrindo seu pai. Eu teria lidado com isso de forma diferente. Eu deveria ter lidado com isso de forma diferente.

— Não foi você que traiu a esposa e acabou de perder o respeito do filho. Os ombros dela cederam.

— Ainda assim, sinto muito.

— Não é sua culpa. — Minha mão pousou em seu ombro e ela ficou tensa. *Merda*. Ela estava com medo de mim? Eu estava com raiva, mas não dela. — Desculpe. Por mais cedo.

— Não se preocupe com isso. — Bryce relaxou. — Sempre achei que você era temperamental. E sou uma mulher adulta. Posso lidar com um homem gritando comigo. Só não faça disso um hábito.

— Não vou. — Não queria que Bryce tivesse medo de mim. Observei a estrada enquanto ela dirigia em direção ao *The Betsy*, mas quando passamos por lá, ela não diminuiu a velocidade. — Aonde estamos indo?

Bryce me deu um pequeno sorriso quando entrou no estacionamento do *Stockyard's*, um bar a dois quarteirões do *The Betsy* conhecido por sua comida gordurosa.

— Está com fome? Estou morrendo de fome. Tudo o que comi no almoço foram biscoitos.

CAPÍTULO DEZOITO

BRYCE

— Eu gosto daqui. — Dash olhou ao redor do bar escuro, segurando um enorme cheeseburger nas mãos. — Faz anos que não venho aqui. É muito mais silencioso do que o *The Betsy*. A comida também é muito boa.

— Muito boa. — Dei outra mordida enorme no meu hambúrguer e gemi.

Meus pais adoravam o *Stockyard's*. Era mais a vibe deles do que um bar decadente e tumultuado como o *The Betsy*. Atendia à multidão mais tranquila em Clifton Forge com sua música sutil e uma abundância de mesas para as pessoas se sentarem e conversarem. Não era surpresa que, quase à meia-noite, o lugar estivesse praticamente vazio.

Achei que a única razão pela qual eles ficavam abertos até tarde era porque era o único lugar na cidade que servia comida tão tarde. Eles provavelmente teriam movimento vindo do *The Betsy* em breve, bêbados procurando por uma refeição pesada para combater o álcool. E então, é claro, eles estavam abertos para servir aos jogadores de pôquer na mesa ao fundo. Sete homens estavam sentados curvados sobre suas fichas enquanto uma jovem ruiva com um lindo sorriso dava suas cartas.

Dash estava de costas para eles, mas a cada dez minutos, ele olhava por cima do ombro, lançando um olhar ao longe da sala.

— Não é fã de pôquer? — perguntei, depois de mais uma de suas carrancas.

— O de moletom cinza é o noivo de Presley, Jeremiah. — Ele franziu a testa. — Ela provavelmente está sentada em casa sozinha enquanto ele está aqui perdendo dinheiro e se drogando. O cara é um mala, mas ela aguenta a merda dele.

— E estou supondo que ela não gosta quando você expressa essa opinião.

— Não muito. — Ele balançou a cabeça. — Todos nós já tentamos falar com ela, mas sempre acaba em briga. Então agora ficamos calados. Pelo menos, vamos ficar até que eles realmente decidam se casar. Então vamos todos intervir.

— Uma intervenção? — Eu ri. — Boa sorte com isso. Você vai ter que me contar como foi.

Do meu breve encontro com Presley na oficina, imaginei que ela era do tipo que tomaria sua própria decisão. Dizer *não* para ela, provavelmente, funcionaria tão bem quanto comigo.

Dash e eu não conversamos enquanto terminávamos nossas refeições. Desde que entramos e pedimos, nenhum de nós falou sobre o que aconteceu na casa de Draven. Mas com cada mordida engolida, o momento estava chegando. O que tinha acontecido não poderia ser ignorado para sempre.

Com guardanapos amassados e manchados de gordura jogados sobre as poucas batatas fritas restantes em nossos pratos, o olhar de Dash encontrou o meu.

— Então...

— Então. Gostaria de falar sobre aquilo?

Ele passou a mão sobre a barba por fazer de sua mandíbula.

— Não acredito que ele fez isso com a mamãe. Ela era incrível. Era uma mulher despreocupada e amorosa. Ela não merecia um marido traidor. Bom, espero que ela nunca tenha descoberto. Que ela morreu pensando que ele era fiel.

— Posso perguntar como ela morreu?

— Ela foi morta fora de casa. — Ele apoiou os cotovelos na mesa, falando em voz baixa e angustiada: — Nós a encontramos, eu e Nick.

Pousei a mão sobre o meu peito. Era inimaginável. Comovente. Eu queria abraçar Dash, mas, por enquanto, me contentei com um sussurro:

— Sinto muito.

— Nick tinha dezesseis anos e tinha um carro. Implorei a ele que me desse uma carona da escola naquele dia para que eu não tivesse que pegar o ônibus. Ele estava chateado porque havia uma garota que ele estava interessado e ela queria que ele a levasse. Mas ele me levou para casa em vez disso. Ele sempre me colocou em primeiro lugar, nossa família em primeiro lugar. Mesmo na adolescência. Chegamos em casa e vimos mamãe caída de lado na calçada. Ela estava cuidando do jardim, usando as luvas que comprei para o Dia das Mães.

Coloquei minha mão sobre a dele, segurando firme.

Ele virou a palma para cima, entrelaçando os dedos com os meus.

— Havia outro clube em Montana que vinha causando problemas aos Gypsies. Eles eram chamados de Travellers. Meu pai e o clube tiveram muitas brigas mesquinhas com eles ao longo dos anos, mas não foi nada muito sério. Nada perigoso. Então ele e o clube ficaram agressivos por causa de uma expansão. Eles pegaram mais rotas de drogas para aumentar a receita, até mesmo roubaram algumas de outros clubes. Os Travellers não gostaram de perder e fizeram algumas ameaças. Meu pai os dispensou, sem levá-los a sério. Até que eles foram mais longe.

— Eles vieram atrás da sua mãe.

Ele assentiu.

— Foram até nossa casa. Atiraram na nuca dela enquanto ela plantava flores amarelas. Você não conseguia nem reconhecer o rosto dela. A bala atravessou direto pelo rosto.

Minha mão apertou a dele e fechei os olhos. O cheeseburger não caiu bem, não quando me imaginei no lugar de Dash. Encontrar o cadáver de sua mãe era um horror que nenhuma criança deveria ver.

— Dash, eu... eu sinto muito.

— Eu também. — Ele ficou calado por alguns minutos, com os olhos na mesa. Mesmo quando o barman veio pegar nossos pratos e nos servir com mais água, ele não se mexeu. Ele apenas segurou minha mão até que estivéssemos sozinhos. — Meu pai e os Gypsies mataram todos os seus membros. Cada um deles.

Abri a boca para responder, mas não tinha palavras. Era difícil entender aquele tipo de assassinato e violência. Difícil ver Dash naquela vida. E ao mesmo tempo, eu estava feliz por ele, Nick e até mesmo Draven por terem se vingado. Não era preto e branco, este mundo em que ele me puxou. Não havia uma linha clara entre certo e errado, não como eu acreditava antes.

Ele olhou para cima da mesa e ajustou seu aperto na minha mão, envolvendo-a completamente.

— Nós não somos bons homens, Bryce.

— Talvez. Mas você é um bom homem para mim.

— Tem certeza disso? Eu joguei você na prisão. Nem sempre te tratei bem. Gritei com você esta noite.

Olhei no fundo dos olhos dele.

— Tenho certeza.

Dash amava as pessoas em sua vida. Ele era leal e gentil. Ele gostava de me irritar, mas nunca tinha pressionado demais. Quando cruzou a linha, todos foram atos perdoáveis. E um pedido de desculpas não tardou.

Até a coisa toda da prisão.

Como nossos papéis estavam invertidos, eu provavelmente teria feito o mesmo com ele. Eu não admitiria tão cedo, mas o perdoaria por tudo.

Depois de pagar a conta, Dash e eu saímos para a noite escura.

— Para onde? — perguntei, caminhando para o meu carro.

— Se importa se eu ficar na sua casa?

Peguei as chaves na minha bolsa.

— Vou te dar um soco nas costelas se você roncar.

Ele riu.

— Eu não ronco.

Meu despertador me acordou às quatro da manhã. Eu me apressei para desligá-lo e não acordar Dash.

O homem estava esparramado de bruços, com o rosto virado para o outro lado. No entanto, sua mão estava alojada na parte inferior das minhas costas. Seu polegar se moveu, esfregando um pequeno círculo.

— Tá cedo.

— Tenho que ir ao jornal e garantir que saia tudo para a entrega — informei, deslizando para fora da cama.

Papai provavelmente já estava no jornal, com os olhos brilhantes e sorrindo. Eu estava ansiosa para me juntar a ele. As manhãs de domingo e quarta-feira eram os dois dias em que eu não queria ficar na cama.

Embora hoje, com Dash aqui, eu tenha ficado tentada.

Tomei um banho eficiente e passei o mínimo de maquiagem para esconder as olheiras. Ficar acordada depois da meia-noite em um sábado não era algo que eu normalmente faria. Mas a noite passada tinha sido uma exceção. Em relação a muitas coisas.

Vestindo jeans, tênis e uma camiseta, caminhei em direção à porta do quarto, pronta para o café, mas hesitei quando vi Dash. Devia dizer adeus? Ou apenas sair?

Ele provavelmente estava dormindo. Não roncava agora que estava saindo.

— Bryce.

— Sim? — sussurrei.

— Venha aqui.

Andei na ponta dos pés ao redor da cama, me curvando.

— O quê?

— Beijo — ordenou ele, de olhos fechados. Aqueles cílios escuros estavam perfeitamente cerrados.

Sorri, colocando a mão em sua testa para afastar seu cabelo despenteado antes de encostar meus lábios em sua têmpora.

— Tchau.

Era impossível tirar o sorriso do rosto enquanto dirigia para o jornal. Mesmo com apenas algumas horas de sono, eu estava descansada e revigorada.

Dash e eu caímos na cama ontem à noite, emocionalmente exaustos e bêbados. Ele não tinha feito nenhum avanço sexual. Nenhum de nós tinha. Ele se deitou em sua cueca boxer. Eu coloquei um top e short. Então, com a mão dele deslizando por baixo da bainha do meu top, nós pegamos no sono.

A palma da mão aqueceu minha pele a noite toda.

Ele provavelmente teria ido embora quando eu voltasse para casa. Dash foi atingido por um rolo compressor emocional na noite passada e precisava de tempo para assimilar tudo. Eu só esperava que ele soubesse que poderia recorrer a mim se precisasse de um ombro amigo.

Ontem à noite, as coisas tinham ido muito além da minha história. Isso não era mais sobre mim. Ou Amina Daylee. Ou Genevieve. Ou mesmo Draven. Isso era sobre Dash.

Meus sentimentos por ele não podiam mais ser ignorados. Quando papai me pedia uma história sobre os Tin Gypies, eu contava uma mentira. Não havia nenhuma que valesse a pena imprimir.

Não valia a pena quebrar o coração de Dash por uma história. Ele teve o suficiente disso em sua vida. E não teria isso de mim.

Passando pela entrada dos fundos da gráfica, encontrei papai parado ao lado da Mexerico.

— Oi, pai.

— Como está a minha garota? — ele perguntou, quando dei um beijo em sua bochecha.

— Bem. E você?

Ele estendeu o jornal de amostra em suas mãos.

— Estamos quase terminando. Eu tenho uma última corrida aqui. BK está trabalhando nos pacotes.

Examinando a primeira página, sorri ao ler o último artigo de Willy sobre os andarilhos da ferrovia. As pessoas adoravam seu segmento, inclusive eu.

— Não poderia ter saído melhor — falei para meu pai. — Vou ajudar BK.

Depois de uma hora juntando jornais e organizando-os em pilhas, cumprimentamos os motoristas de entrega na doca de carregamento. Cinco pais com seus cinco filhos pararam no estacionamento mais ou menos ao mesmo tempo. Eles estariam destribuindo jornais pela cidade e arredores esta manhã.

A maioria de nossos assinantes receberia notícias antes das sete.

— O que você vai fazer o resto do dia? — papai perguntou, enquanto apagava uma fileira de luzes na sala de impressão. BK já havia saído, fazendo algumas de suas próprias entregas antes de ir para casa.

— Não muito. Preciso lavar roupa — resmunguei. — E você?

— Um cochilo. Então sua mãe quer ir almoçar no *Stockyard's*. Você é bem-vinda para vir junto.

— Obrigada. Veremos. — O que ambos sabíamos que significava *não*.

Era o cheeseburger. O pensamento de outro fez meu estômago revirar. O café que bebi enquanto juntava os jornais também não estava caindo bem, provavelmente por causa da comida pesada logo antes de dormir.

Quando chegasse em casa, ia fazer uma torrada e esperar que absorvesse um pouco da gordura residual.

— Tenho algumas novas ideias para histórias que quero contar pra você. Você vai vir amanhã?

— Claro. Às oito, no mais tardar. Podemos conversar sobre elas então. — Ele me abraçou e eu acenei enquanto caminhava para a porta. — Bryce.

— Sim? — Virei-me.

— Você tem estado quieta sobre os Tin Gypsies. Você realmente desistiu disso?

— Acontece que não há muito o que contar. — Foi um alívio. Papai não me pressionaria a escrever a história, mas ao dizer que eu estava desistindo, ele me deu permissão para fazer exatamente isso.

— Tudo bem. E a investigação do assassinato? Marcus soltou alguma novidade?

— Não. Duvido que haja muita informação até o julgamento. Eu gostaria de fazer um memorial sobre Amina Daylee, mas acho que é muito cedo depois do assassinato. — Muito estava no ar. — Eu gostaria de dar um tempo.

— Tudo bem. Então acho que vamos imprimir boas notícias por um tempo. Não é algo ruim.

Eu sorri.

— Não, não é.

— Vejo você amanhã.

— Tchau, pai. — Acenei de novo, depois saí, aproveitando o calor do sol da manhã no rosto. Era um momento estranho para uma soneca, mas enquanto dirigia para casa, uma onda de exaustão me atingiu com força e eu sabia que no segundo em que chegasse em casa, voltaria para a cama.

A torrada teria que esperar até que eu estivesse totalmente acordada.

Com o carro estacionado na garagem, entrei em casa meio adormecida.

— Ah! — gritei. A mão sobre o coração, esperando que ele parasse de pular. — O que você está fazendo?

Dash deixou cair a toalha que havia dobrado em cima da pilha de outras.

— Dobrando as roupas.

— Achei que você tinha ido embora.

— Tomei banho, mas não encontrei uma toalha no banheiro. Então fui procurar e peguei uma em um cesto de roupa suja. Decidi lavar aquele cesto. Então encontrei outro. E outro.

— O que posso dizer? Detesto lavar e dobrar roupa.

Ele sorriu.

— Descobri isso dois cestos atrás, linda.

Entrei na sala, me jogando no braço do sofá enquanto Dash dobrava outra toalha.

— O que você está realmente fazendo aqui? Porque não está simplesmente dobrando minha roupa.

— Escondido.

— Escondido — repeti.

— Sim. — Ele pegou o cesto, agora cheio de roupas dobradas, e colocou de lado. — Posso me esconder aqui?

A vulnerabilidade em sua voz torceu meu coração.

— Claro.

— Obrigado. — Dash veio para ficar na minha frente, com os pés descalços no tapete, e ergueu as mãos para emoldurar meu rosto. — Beijo.

— Você está exigente hoje.
Ele encaixou seus lábios nos meus.
— Você gosta disso.

Enquanto sua língua percorria meus lábios, a onda de calor em minha virilha provou seu argumento. Abri a boca, deixando-o entrar. Seu gosto consumiu minha boca e minhas mãos alcançaram seu quadril, puxando-o para mais perto.

Ele deu um passo entre minhas pernas, usando as suas próprias para abri-las. Então se inclinou e me forçou a voltar contra a parede, mantendo seu aperto firme em meu rosto.

Nossas bocas se contorceram e viraram, lutando uma contra a outra por mais. A temperatura na sala aumentou e eu ansiava por sentir minha pele nua contra a dele. As semanas desde que o tive dentro de mim foram muito longas, e a necessidade de senti-lo era esmagadora. Ofegante e procurando por mais para atiçar o fogo, agarrei sua camiseta e puxei-o para cima de mim.

Ele afastou os lábios, agarrando meus qaudris e invertendo nossas posições, de forma que agora ele estava sentado no sofá, comigo montando seu colo. A ereção de Dash, grossa e dura sob seu zíper, esfregou contra a minha virilha.

— Tira. — Puxei sua camisa, arrastando-a para cima de seu corpo enquanto ele abria o botão e o zíper da minha calça jeans.

— Você está molhada para mim? — Enfiou a mão na minha calcinha, encontrando minhas dobras escorregadias com o dedo médio. Um sorriso se espalhou em seu rosto enquanto eu sentia aquele dedo se curvando para dentro.

— Sim — gemi, fechando os olhos e inclinando a cabeça de lado. — Senti a sua falta.

Eu senti falta de mais do que apenas seu corpo, mas guardei esse pensamento para mim.

Os lábios de Dash sugavam meu pescoço, beijando e lambendo enquanto a mão livre puxava a gola da minha camiseta.

— Senti sua falta também.

Ele estava definitivamente falando sobre sexo. Mas no fundo do meu coração, fingi que era algo mais.

Sua mão entre minhas pernas brincava, provocava, até que eu estava quase sem fôlego. Mas eu não queria gozar com seus dedos. Procurando forças em meus joelhos trêmulos para me levantar, desci de seu colo, empurrando meu jeans e calcinha ao chão.

Tirei a camiseta e quando olhei de volta para Dash, ele puxou seu próprio jeans para baixo de seu quadril; já sem camisa. Aquele tanquinho definido estava contraído e sua mão estava fechada em torno de seu pênis pulsante, um preservativo já o revestindo.

Montei em sua cintura, tomando seu rosto em minhas mãos.

— Porra, você é sexy.

— Eu sei. — Ele sorriu quando beijei o canto de sua boca.

Essa arrogância deveria ser um incômodo, mas o homem tinha um espelho. E ele sabia o que fazia comigo.

Dash se posicionou abaixo da minha entrada, e enquanto eu lentamente abaixava, eu o envolvi. Aquele preenchimento incrível enviou um arrepio pela minha coluna e quase tive um orgasmo naquele momento.

— Porra... — Dash gemeu, Os músculos de seu pescoço esticando enquanto eu me levantei para sentar novamente. — Você me estragou.

A roupa que ele dobrou caiu do sofá enquanto nos perdíamos no frenesi. Eu o montei com força até meus músculos enfraquecerem e meu ritmo diminuir. Dash assumiu, esmagando nossos peitos conforme nos reposicionava, eu de costas com minhas pernas abertas. Ele entre mim, poderoso e no controle.

A pura masculinidade de seus braços e pernas me surpreendeu quando ele se preparou, empurrando seu quadril mais e mais até que eu gozei. Meu orgasmo tomou conta de mim em ondas longas, me deixando lânguida.

Dash gozou não muito tempo depois, liberando-se enquanto os músculos de seu peito e abdômen flexionavam. Eu definitivamente tinha passado muito tempo sem aquela visão. Era meu. Tudo meu. Por apenas um pouco mais.

— Só melhora essa porra — ele ofegou em meu cabelo, desabando em cima de mim. Então ele deu um beijo rápido no meu pescoço e se levantou, deslizando para fora. — Volto logo.

Enquanto ele se livrava da camisinha, eu me esforçava para recuperar o fôlego. Havia uma sensação carregada sob minha pele. Uma eletricidade. Eu estava tão cansada quando cheguei em casa, mas agora queria mais.

Dash voltou para a sala, estendendo a mão para me ajudar a levantar do sofá. No momento em que fiquei de pé, estendi a mão entre nós para agarrar seu pau. Talvez ele estivesse pronto para a segunda rodada.

— Ainda não. — Sorriu, afastando minha mão. — Estou sem preservativos.

— Ah. — Meu ânimo se desfez. — Não tenho nenhum.

— Vou sair correndo e pegar um pouco para mais tarde. Gostaria de ter os meus de qualquer maneira.

Ele gostava de ter o seu próprio? Pisquei, insegura de ter ouvido corretamente.

— O que exatamente isso significa? Porque pareceu que você precisa de preservativos para usar com alguém que não seja eu.

E isso absolutamente não iria funcionar.

— O quê? Não, linda. — Ele segurou meu rosto entre as mãos e beijou minha testa. — É pra você. Mas vi um dos meus irmãos no clube engravidar uma garota porque ela furou a camisinha. Sempre tive o hábito de comprá-las eu mesmo.

— Eu não sou uma mentirosa, manipuladora...

— Pare. — Ele me beijou de novo. — Sei que você não é. Mas eu ainda compro as camisinhas.

— Tudo bem. — Bufei, saindo de seu alcance e caminhando pelo corredor até o meu quarto. Doía que ele não confiasse em mim o suficiente para fornecer proteção, que eu não era diferente de qualquer outra mulher com quem ele dormiu.

— Não fique brava. — Dash me agarrou no corredor, envolvendo-me em seus braços. — Não estou dizendo nada disso para te machucar. Eu só não quero filhos. Não me vejo como pai. Nunca me vi.

Por que me senti atraída por um homem tão emocionalmente distante? Esta não foi a primeira vez que estive com um homem que tinha pavor de compromisso. Por que eu parecia encontrar homens que pensavam que a ideia de uma família era uma sentença de morte?

— Está tudo bem — murmurei, incapaz de esconder a irritação em minha voz. Não era culpa dele. Ele estava apenas sendo sincero. O problema não era Dash. Era eu. — Eu só estou cansada.

Emocional e fisicamente.

Ele me soltou.

— Vamos dormir um pouco.

E esquecer que essa conversa aconteceu. O que importava se ele não queria filhos? Não estávamos nesse caminho, então era melhor esquecer tudo isso. Talvez isso fosse mais do que apenas sexo. Mas isso não significava que éramos um casal. Eu poderia ser seu esconderijo temporário – isso não significava que tínhamos um futuro.

Dash me seguiu até o quarto, e eu me enfiei sob os lençóis, de costas para ele. Mas ao invés de me dar espaço, ele me segurou em seus braços, me posicionou em seu peito e acariciou meu cabelo até que, com o coração machucado e tudo, nós dois adormecemos.

Acordamos horas depois com o sol se infiltrando no quarto, embora nenhum de nós tenha feito um movimento para se levantar. Eu fiquei envolta em seu peito enquanto seus dedos desenhavam carícias nas minhas costas.

— Não sei como vou contar ao Nick — Dash disse, contra o meu cabelo.

— Sobre... — *Genevieve*. Deixei o nome dela em suspense, suspeitando que só iria chateá-lo. Dash não estava pronto para saber sobre sua meia-irmã, por mais maravilhosa que ela fosse.

— Sim. Sobre... ela. — Ele suspirou. — Nick e meu pai tiveram uma briga depois que mamãe morreu. Demorou anos para eles resolverem isso. A merda que aconteceu, com Emmeline quase sendo sequestrada, os uniu de volta. Isso irá destruí-los novamente. Meu pai vai perder o filho e, os netos desta vez. Nick não vai perdoá-lo.

Eu me levantei para ver seus olhos. Eles eram dourados na penumbra. Cativantes. Tristes.

— Talvez antes de ligar para Nick, você deva saber toda a história.

— Não. — Ele franziu a testa. — Não consigo falar com o meu pai.

— Você terá que fazer isso em algum momento. — A menos que Draven vá para a prisão por matar Amina. Então Dash poderia ser capaz de evitar seu pai. Mas no final, ele se arrependeria. — Não faça isso por ele. Faça isso para obter respostas. E então você pode decidir o que fazer com Nick.

Ele soltou um longo suspiro. Eu esperava que ele levasse algum tempo para pensar sobre minha sugestão, mas em um momento eu estava afundando em sua expiração, e no próximo eu estava sendo jogada para o lado quando ele voou para fora da cama.

— Vamos.
— Agora?
— Agora. E você vem comigo.
— Eu? Por quê? Acho que seria melhor se fosse só você e seu pai. — Eu já havia me intrometido na cena da cozinha da noite passada.
— Você precisa estar lá para me impedir se eu tentar matá-lo.
Eu lhe lancei um olhar.
— Não tem graça, Dash.
— Então... você vai comigo? — Ele estendeu a mão. — Por favor?

CAPÍTULO DEZENOVE

DASH

— Esta é a casa onde você cresceu? — Bryce estacionou na garagem do meu pai.

Não era realmente a pergunta que ela estava fazendo. Ela queria saber se foi aqui que mamãe morreu.

Olhei para a calçada.

— Sim.

— Ah. — Ela estacionou o carro. — Achei que talvez você tivesse se mudado. Depois de…

— Não. Meu pai pensou que isso demonstraria fraqueza.

Sua boca se abriu.

— O quê?

— Pelo menos foi o que ele nos disse. Mas, sinceramente, acho que ele ficou porque não conseguia imaginar a ideia de morar em outro lugar. Ele comprou esta casa para mamãe alguns anos depois que se casaram.

Esta era a casa onde eles haviam se amado. Onde trouxeram a mim e Nick do hospital para casa. Onde formaram nossa família.

A casa foi pintada de um verde suave. A varanda era marrom e combinava com a porta da frente. Meu pai mandou repintá-la há alguns anos, porque a tinta estava começando a lascar. Ele disse aos pintores para escolher exatamente as mesmas cores, pois essas eram as cores que mamãe havia escolhido quatro décadas antes.

— Ela está nas paredes — eu disse a Bryce. — Nos andares, quartos e corredores. É por isso que ele não podia sair. Não é a casa *dela*. A casa *é* ela.

— Ele a ama.

Balancei a cabeça.

— Acima de tudo, ela era preciosa para ele. Pelo menos, eu pensava assim. Agora... não tenho certeza.

Talvez eu não conhecesse bem o meu pai. O pai que eu admirava não teria traído a esposa.

Por quê? Não fazia sentido. Se meu pai amava tanto a mamãe, por que ele pegaria outra mulher? Como ele pôde fazer isso com ela?

Ficamos sentados por alguns momentos; eu não conseguia me forçar a alcançar a maçaneta da porta. Eu estava com tanta raiva por causa da minha mãe, de quem eu sentia falta todos os dias.

Como ele pôde?

— Dash. — Bryce colocou a mão no meu joelho. — Posso ouvir as perguntas surgindo em sua mente. Pergunte a ele. Obtenha suas respostas.

Ela olhou para a casa e eu segui seu olhar. Meu pai estava parado na janela da frente, observando enquanto eu debatia comigo mesmo se deveria ou não sair do carro. Mesmo à distância e através do vidro, pude ver um corte em sua bochecha. Eu o acertei com mais força do que pensei. Fazia sentido, porque meus dedos estavam doendo pra caralho hoje.

Eu nunca tinha batido no meu pai antes. Nunca tinha sonhado com isso.

Ou eu tinha.

Soltei um suspiro profundo. Bryce estava certa. Eu tinha que obter algumas respostas.

— Vamos.

Saímos do carro juntos e segurei a mão dela, conduzindo-nos para a porta lateral. Eu não bati. Encontramos meu pai esperando no sofá de couro da sala.

Sem dizer uma palavra, me sentei em uma cadeira em frente a ele. Bryce sentou na outra. O par costumava combinar com o sofá, mas mamãe mandou reestofá-las alguns meses antes de morrer com um verde-escuro. Elas eram feias demais, mas no segundo que meu pai estivesse pronto para substituí-las, eu levaria essas duas cadeiras para casa.

Os olhos dele estavam vermelhos e sua pele pálida. O corte era muito pior de perto e provavelmente precisaria de alguns pontos. Seu cabelo grisalho estava uma bagunça, oleoso e precisando de um bom xampu.

Enquanto eu, de alguma forma, consegui adormecer na cama de Bryce na noite passada, meu pai parecia que não tinha pregado o olho.

— Quero saber por quê. — Rompi o silêncio, querendo falar primeiro. Esta visita não era para meu pai; ele não merecia conduzi-la. — Eu quero saber por que você fez isso com ela.

— Foi um erro. — A voz dele falhou. — Sua mãe e Amina eram amigas. Melhores amigas.

Bryce enrijeceu, seu rosto virando na minha direção.

— Você sabia disso?

Sim. Eu fiquei quieto. Se eu contasse a ela sobre aquela foto estúpida do anuário, ela ficaria furiosa e iria embora. Eu *precisava* de Bryce para isso hoje. Tendo ela aqui, fornecendo seu apoio. Eu manteria meu temperamento sob controle com ela na sala. Não podia arriscar que ela descobrisse e me deixasse sozinho com meu pai.

O olhar dele sustentou o meu. Ele sabia que eu estava mentindo por omissão, mas não havia como ele falar, não quando sabia que minha mentirinha não era nada comparada aos pecados que cometeu.

— Continue — ordenei.

— Passamos muito tempo juntos, nós três. Sua mãe nunca deixou Amina de fora. Ela amava Amina.

Esse amor era, aparentemente, unilateral se sua melhor amiga dormiu com o marido dela.

— Eu não sabia. — Ele abaixou a cabeça. — Não percebi. Acho que talvez sua mãe tenha percebido e foi por isso que ela começou a se distanciar de Amina no último ano. Mas eu não percebi.

— Percebeu o quê? — perguntei.

— Amina estava apaixonada por você — Bryce adivinhou.

Meu pai assentiu.

— Ela era minha amiga. Isso é tudo que sempre foi para mim. Nunca amei outra mulher além de Chrissy.

— Então como você pôde foder a amiga dela e engravidá-la? — Meus punhos batiam nos joelhos.

A mão de Bryce se estendeu pelo espaço entre nossas poltronas, cobrindo um dos meus punhos. Graças a Deus, ela veio comigo hoje. Eu já queria ir embora. Mas sua mão segurou firme, mantendo-me no meu lugar.

— Amina deixou Clifton Forge depois do ensino médio. Não pensei muito nisso quando ela e sua mãe pararam de se falar por alguns anos. Achei que tinham se distanciado. Mas então Amina ligou para ela em uma tarde aleatória. Veio visitar e passou o fim de semana na cidade. Ela veio para uma festa na sede do clube uma noite.

— E foi quando...

— Não. — Meu pai balançou a cabeça. — Não nessa noite. Amina voltou para Denver. Mas depois daquela primeira viagem, ela voltou todos os anos. Sempre no verão. Sempre para um fim de semana. Ela vinha festejar na sede do clube, ficava bêbada, dava uns amassos em alguns caras. Vocês eram pequenos e o clube não era mais o lugar da sua mãe. Também não era meu, sinceramente. Mas Amina era solteira, então não pensamos muito nisso.

A história estava progredindo e minha pele estava arrepiada. Mas mantive a mandíbula cerrada.

— Chrissy e eu passamos por uma fase difícil. Você e Nick eram pequenos na época. Meu Deus, nós brigávamos o tempo todo. Diariamente.

— Quando? Não me lembro de vocês brigando.

— Ela disfarçava. — Ele passou a mão pelo cabelo. — Ela sorria quando os dois estavam em casa porque não queria que vocês soubessem. Tolerávamos um ao outro e brigávamos quando você e Nick dormiam. Ela não gostou de como as coisas estavam indo com o clube, estávamos correndo riscos e eu andava escondendo coisas dela. Ficou tão ruim que ela me expulsou.

— Mas você sempre morou aqui. — Eu teria me lembrado se ele tivesse se mudado da casa.

— Você tinha apenas oito anos. Nick tinha doze anos. Nós dissemos a vocês dois que eu estava viajando. Uma longa viagem. E passei três semanas morando na sede do clube.

Aquela viagem, eu me lembrei. Meu pai nunca tinha ido embora por tanto tempo antes e mamãe estava triste. Porque ela sentia falta dele. Acho que era mais do que isso.

— Você perdeu minha corrida de kart. Fiquei com raiva de você por ter ido embora porque eu ganhei e você não me viu ganhar — escarneci.

— Mas você estava na cidade o tempo todo.

— Eu vi você ganhar aquela corrida por trás de um par de binóculos a cerca de cem metros de distância.

— Você mentiu para nós.

Ele assentiu.

— Porque sua mãe me pediu.

— Você não pode culpar ela por *nada* — retruquei. — Jamais.

Ele levantou a mão.

— Não estou culpando. Isso é minha culpa. Tudo isso.

— Então, enquanto você morava no clube, Amina foi fazer uma visita — completou Bryce.

— Sim. Fizemos uma festa. Nós dois ficamos bêbados e chapados. As coisas são meio nebulosas, mas eu a levei para a cama. Na manhã seguinte, acordei e sabia que tinha cometido um erro terrível. Disse para ela o mesmo. Ela começou a chorar e confessou ser apaixonada por mim. Amina se odiava por isso. Ela também amava Chrissy.

Quem se importava com Amina? Ela não podia amar o meu pai. Ele não era dela para amar. E ela com certeza não amava mamãe, não se ela transou com o marido de sua amiga. Pela primeira vez, não consegui encontrar forças para sentir pena de Amina ter sido esfaqueada até a morte.

E eu nunca perdoaria meu pai por ter feito isso com mamãe.

— Eu te odeio por isso.

Ele soltou uma risada seca.

— Filho, eu me odiei por vinte e seis anos.

— E mamãe? Ela também te odeia? Porque você voltou para casa. Vocês pareciam felizes. Ou foi tudo mentira?

— Eu voltei. E implorei à sua mãe que me deixasse voltar para casa.

— Ela te perdoou? — Meus olhos se arregalaram. — Sem chance.

O rosto dele empalideceu e seus olhos se encheram de lágrimas.

— Você nunca contou a ela — sussurrou Bryce. — Ela nunca soube.

— Ela nunca soube. — Sua voz estava rouca. — Amina e eu prometemos manter segredo. Ela sabia que iria abalar Chrissy, então ela foi para casa, em Denver, e não voltou. Isso me consumiu. Eu finalmente decidi confessar. Ficar com a consciência limpa. Mas então...

— Ela foi assassinada. — Minha voz soou monótona e sem vida, como o corpo de minha mãe em seu túmulo.

— Eu decepcionei sua mãe de todas as maneiras possíveis. — Uma lágrima escorreu pelo rosto dele. — Há anos desejei ter coragem de contar a ela sobre Amina, porque então ela teria me deixado. Ela deveria ter me deixado, daí não estaria plantando flores naquele dia. Mas eu era um covarde, com medo de perdê-la.

— Você a perdeu de qualquer maneira.

Outra lágrima caiu, escorrendo por sua bochecha e na barba que ele havia deixado crescer desde a prisão.

— Meu silêncio foi o maior erro da minha vida.

Minha garganta ardia e meu coração se quebrou. O que teria acontecido se ele tivesse contado a verdade? Mamãe ainda estaria viva?

— E sua filha? — perguntou Bryce. — Ela não sabe sobre você.

— Porque eu não sabia dela. Não até Amina me ligar no mês passado e me pedir para encontrá-la no Evergreen Motel.

Fechei os olhos, não querendo ouvir mais nada. Mas eu não conseguia encontrar forças para me levantar. Então fiquei sentado lá, pensando na minha linda mãe e como isso era injusto. Tudo o que ela fez foi amar um homem egoísta e covarde. E ele a destruiu. Ele teve uma filha com outra mulher.

— Conversamos sobre Genevieve naquela noite — afirmou meu pai. — Levei algumas horas para assimilar que eu tinha uma filha. E fiquei furioso por ela ter escondido isso de mim.

— Mas você fodeu ela? — *De novo*. Ele tinha fodido aquela vadia de novo. Ele baixou o olhar enquanto eu fumegava. Era como se ele tivesse cuspido no túmulo da mamãe.

A mão de Bryce apertou a minha com força.

— Você fez aquilo, Draven? Você a matou?

Abri meus olhos, travando meu olhar com o dele. Seria muito mais fácil se ele dissesse sim. Então ele apodreceria em uma cela de prisão e eu nunca mais pensaria em meu pai.

— Não. Eu não a matei. — Era a verdade. — Eu me acalmei e conversamos por horas. Amina lamentava ter afastado Genevieve, mas estava com medo. Ela sabia que Chrissy havia sido morta. Ela sabia que estar na minha vida poderia colocar sua filha em risco. Então ela ficou longe.

— Por que ela voltou agora? — perguntou Bryce.

— Ela disse que era hora de a filha conhecer o pai. Acho que ela soube que os Gypsies haviam debandado e esperou para ter certeza de que era seguro.

Seguro. Levantei-me da cadeira e caminhei até a janela.

— Alguma vez foi seguro?

Ambas as mulheres que amaram meu pai morreram de formas violentas. Ele não esfaqueou Amina, mas a matou do mesmo jeito. Como se ele tivesse matado mamãe.

— Você merece passar o resto da vida na prisão — eu disse, virado para o vidro.

— Sem dúvida — respondeu meu pai, de imediato. — Eu mereço.

Não importava o quão bravo estivesse com ele, eu não deixaria isso acontecer. Não pelo pai, mas pelo resto de nós. Se alguém estava atrás de Draven Slater, havia uma possibilidade muito real de que o resto de nós fosse o próximo.

Além disso, meu pai deveria viver nesta casa pelo resto de sua vida. Era a prisão de sua própria autoria. Ele poderia viver seus anos sozinho aqui, cercado pelo fantasma de sua esposa morta. E nenhum juiz ou júri jamais o puniria do jeito que ele vinha punindo a si mesmo.

— Mais alguma coisa? — perguntei.

— Não.

— Tudo bem. — Eu me virei e me afastei da janela, seguindo direto para fora da sala.

Bryce hesitou, mas quando não parei, ela correu para me alcançar.

Eu estava quase no carro dela quando meu pai chamou meu nome. Não foi por trás da porta lateral. Ele atravessou a porta da frente para ficar na varanda.

Ele não disse mais nenhuma palavra. Em vez disso, cerrou os punhos e desceu os degraus da varanda, um de cada vez.

Quanto tempo fazia desde que ele pisou naqueles degraus? No último, o pé pairou sobre o cimento da calçada, relutando em baixá-lo. Quando desceu, sua pisada era pesada e lenta.

Lenta e dolorosamente, ele desceu o caminho em direção ao lugar onde mamãe estivera. A última vez que o vi naquela calçada foi o pior dia da minha vida.

Nick correu para dentro para ligar para ele. Os gritos do meu irmão foram tão altos e frenéticos que chegaram até a rua. Eu me ajoelhei ao lado do corpo da mamãe, um menino assustado chorando e implorando para que fosse só um pesadelo.

Meu pai tinha corrido da oficina para casa. Quando pulou da moto, ele veio direto para mamãe, me empurrando para o lado. Então ele a pegou em seus braços e lamentou, com o coração partido.

Nossas vidas destruídas.

A memória me invadiu. A dor no peito era insuportável, deixando minhas pernas fracas e minha cabeça zonza. Meu braço procurou algo para agarrar.

Encontrei Bryce. Ela se postou ao meu lado, ficando ereta. Ela foi minha rocha quando meu pai deu um último passo e baixou a cabeça.

— Sinto muito — ele sussurrou para o chão, então olhou para mim. — Me perdoe.

— Você nunca deveria ter começado o clube. — Palavras que nunca pensei que diria.

Eu não culpei o clube pela morte da mamãe. Nick fez isso. Mas eu não. Eu culpei o homem que puxou o gatilho, aquele que o pai me jurou que teve uma morte lenta e cruel.

REI DE AÇO

Agora? Agora eu gostaria de nunca ter sido um Tin Gypsy.

— Você está certo — assentiu. — Eu nunca deveria ter começado o clube.

Pelo menos já acabou.

Soltei Bryce, virando as costas para meu pai para entrar no carro.

Ela não me fez esperar; correu para o lado do motorista e entrou, saindo da garagem e acelerando pela rua. Meu pai ficou parado no mesmo lugar na calçada, encarando os pés como se ainda pudesse ver o corpo de mamãe ali.

Inclinei-me para a frente, segurando a cabeça entre as mãos enquanto fechava os olhos com força. Meu estômago revirou. A pressão na minha cabeça era avassaladora. Manchas brancas surgiram na minha visão. A pontada aguda era como uma adaga cega sendo enfiada lentamente nas têmporas.

Isso era um ataque de pânico? Ansiedade? Eu nunca tive nenhum dos dois, mas estava a três segundos de vomitar no carro de Bryce.

— Quer que eu encoste? — ela perguntou.

— Não. Dirija. — Engoli em seco. — Continue dirigindo.

— Tudo bem. — Sua mão pousou na minha coluna, esfregando para cima e para baixo antes de retornar ao volante.

Concentrei-me no zumbido das rodas sobre o asfalto, respirando fundo para lutar contra as emoções. Quilômetros depois, quando não estava com medo de vomitar, chorar ou gritar, abri a boca.

— Sinto falta da minha mãe. Ela era tão feliz, e, caralho, ela nos amava. Todos nós. Até ele.

Merda. Uma lágrima escorregou e eu a limpei, recusando-me a deixar cair mais.

— Eu gostaria que ele tivesse contado a ela.

— Sim — engasguei.

— Mas como não o fez, fico feliz que ela nunca tenha sabido sobre Amina — comentou Bryce, gentilmente.

Uma parte minha gostaria de vê-la chutar a bunda do meu pai por isso. Deixá-lo e puni-lo por ser infiel. Mas isso teria partido seu coração.

— Eu também.

Bryce dirigiu pela cidade, indo a lugar nenhum enquanto virava em uma estrada, depois na seguinte. Finalmente, quando me recompus, perguntei:

— Você me levaria até minha moto?

— Claro. Você está se sentindo bem para pilotar?

— Sim. Não tenho certeza do que era. Sentimento estranho.

Ela me deu um sorriso triste.

— Dor, se eu tivesse que adivinhar.

— Nunca vai embora.

Bryce dirigiu alguns quarteirões até chegarmos à Avenida Central e nos dirigirmos para o *The Betsy*.

— Genevieve não sabia o sobrenome do namorado de Amina. Teremos que continuar cavando para descobrir quem ele é. Se você quiser.

— Você está presumindo que não quero que meu pai vá para a prisão.

— Eu sei que você não quer — falou ela. — Você quer a verdade tanto quanto eu. Alguém matou Amina, e essa pessoa merece ser levada à justiça.

— Concordo. — Eu não deixaria essa pessoa ameaçar minha família. Nick e Emmeline. Seus filhos. Emmett e Leo. Presley. Eles eram a única família que importava agora. — Como você sugere encontrar o namorado?

— Genevieve não tinha nenhuma foto, porque duvido que Amina tenha tirado. Aparentemente, ela não falava muito sobre ele. Tudo o que Genevieve sabia era o nome dele, Lee.

— Genevieve. — O nome dela tinha um gosto amargo.

Eu já a odiava.

Não era lógico, mas as emoções estavam me dominando hoje. Genevieve não era minha irmã. Ela era alguém que eu faria o meu melhor para esquecer que estava respirando.

— Sim, esse é o nome dela. — Bryce franziu a testa. — Antes de condená-la pelos atos dos pais, lembre-se de que ela também acabou de perder a mãe. Ela é uma pessoa meiga. Gentil e genuína.

— Ela não significa nada.

— *Ela* é sua meia-irmã, goste ou não. Antes que isso acabe, ela vai descobrir sobre Draven. Sobre você. Agora, ela acha que ele é responsável por matar a mãe dela. Como você acha que ela vai se sentir quando o homem que ela acha que assassinou sua mãe é na verdade seu pai? Pega leve com Genevieve. Ela não merece sua raiva. Ela não fez nada de errado.

— Jesus — resmunguei. — Você sempre tem que ser tão sensata?

— Sim.

Lutei contra um sorriso.

— E agora? A filha...

— Genevieve — corrigiu ela.

— *Genevieve* é um beco sem saída. Qual é a próxima pista?

— Não sei. — Ela suspirou. — Sinceramente, com tudo que aconteceu nos últimos dias, preciso de um tempo para pensar. Até entender.

Esse tempo seria bom para mim também.

O estacionamento do *The Betsy* estava quase vazio quando chegamos. Minha moto estava estacionada ao lado do prédio onde eu a havia deixado ontem à noite. Ninguém que fosse ao *The Betsy* ousaria tocá-la.

Bryce permaneceu em seu assento enquanto esperava que eu saísse do carro.

— Tchau.

— Te ligo mais tarde.

— Você não tem meu número.

Levantei uma sobrancelha.

— Tem certeza disso?

Eu tinha o número de telefone dela memorizado desde o dia em que ela foi à oficina para uma troca de óleo falsa. Willy tinha me dado quando liguei para ele. Eu duvidava que Bryce soubesse que seu funcionário já havia sido um espectador assíduo de nossas lutas clandestinas. Ele sempre apostou em mim e eu ganhei muito dinheiro para ele, então não havia muito que ele guardasse para si mesmo sempre que eu pagasse.

— Beleza. Me ligue mais tarde.

Ela me deixou na minha moto e eu a observei ir embora.

Esperei cinco minutos inteiros antes de tirar o celular do bolso.

— Sério? — respondeu ela, com um sorriso na voz. — Preciso me preocupar se você está se tornando muito grudento?

Sim. Não havia como manter meus limites com ela. Ela ficou ao meu lado nas últimas vinte e quatro horas e as coisas eram diferentes. Desde o início, tudo nela tinha sido diferente.

— Tenho um acordo para você — eu disse, montando na minha moto. — Dobro o resto da sua roupa se você fizer o jantar para mim.

— Estou preparando um lanche para o jantar. Estou com vontade de biscoitos com molho.

Fiquei com água na boca.

— Eu topo.

— Vou fazer os biscoitos do zero. É um pé no saco e faz uma bagunça. Lave a louça e dobre as roupas e pode vir às seis.

Como essa mulher podia me fazer sorrir depois da tarde que tivemos?

Feitiçaria.

— Estarei lá.

CAPÍTULO VINTE

BRYCE

— Bom dia — cumprimentei, ao entrar na oficina de Clifton Forge. Um dos homens que vi no primeiro dia em que vim para cá estava trabalhando em uma moto na primeira baia.

— Olá. — Ele olhou por cima do ombro de sua posição agachada no chão. Este não era Emmett. Emmett era o cara grandão com cabelo comprido.

— Você é Isaiah, certo?

— Sim. — Ele terminou de apertar alguma coisa – *um parafuso?* – com alguma ferramenta – *uma chave inglesa?* Eu teria que decorar esse tipo de coisa se quisesse ficar por aqui. Ele largou a ferramenta e se levantou.

— Você é Bryce.

— A própria. Prazer em vê-lo de novo. — Aproximei-me, com a mão estendida.

— Desculpe, estou todo sujo. — Ele ergueu as mãos, fazendo-me abaixar a minha. — O que posso fazer por você?

— Eu estava procurando por Dash.

— Ainda não o vi esta manhã. Ainda é um pouco cedo para ele chegar aqui.

Eram apenas sete e meia, mas acordei Dash às seis. Saí cedo para o jornal para passar um tempo com papai. Dash tinha ido para casa tomar banho e se trocar, então deduzi que ele estaria a caminho do trabalho. A oficina abria às oito e não estava com vontade de sair só para voltar.

— Você se importaria se eu esperasse? — perguntei a Isaiah.

— De jeito nenhum. Você se importaria se eu continuasse trabalhando?

— Vá em frente. — Havia um banquinho preto sobre rodas a alguns metros de distância. Eu o peguei, deixando Isaiah voltar para a moto enquanto me acomodava.

Para uma oficina, era claro e limpo. O cheiro de óleo e metal pairava no ar, misturando-se com o ar fresco da manhã que entrava pela porta aberta. Placas de carros estavam penduradas em algumas das paredes, ferramentas em outras. Estava quase intacto.

Aquele Mustang ainda se encontrava em sua baia. Desde que Dash e eu tínhamos feito sexo como animais selvagens em cima daquele carro, mantive as unhas pintadas de vermelho sexy. Eu sorri para mim mesma, pensando que era meu segredinho sujo que o dono daquele carro nunca saberia.

— Dash me disse que algumas celebridades reformam suas motos e carros aqui. É a moto de uma pessoa famosa que você está consertando?

— Nenhuma celebridade. — Isaiah riu. — Essa é minha.

— Ah. Você era do clube?

— Não. — Ele balançou a cabeça. — Acabei de me mudar para cá. Mas esta era barata, então pensei em comprá-la. E consertar.

Isso explicava por que parecia mais uma miscelânea de sucata do que a reluzente Harley de Dash. A moto de Isaiah tinha muito a melhorar para se encaixar aqui.

— De onde você se mudou? — perguntei, mas antes que ele pudesse responder, acenei com a mão como se estivesse apagando a pergunta. — Desculpe. Essa é a repórter em mim. Você está tentando trabalhar e eu estou distraindo você. Esqueça que estou aqui.

— Tá tudo bem. — Deu de ombros, ainda sem responder minha pergunta enquanto voltava ao trabalho.

Qual era a história dele? Ele era bonito. Isaiah tinha cabelo escuro cortado rente ao couro cabeludo. Uma mandíbula forte. Se ele sorrisse, aposto que seria devastador. Exceto que Isaiah nunca sorria. E não havia muita luz em seus olhos. Sempre foi assim? Havia tantas perguntas a fazer, mas segurei a língua. Eu duvidava que ele fosse respondê-las de qualquer maneira. Isaiah tinha um jeito gentil de excluir as pessoas. Não era rude ou combativo. Mas todo o seu comportamento dizia que ele era um livro fechado.

O ronco de um motor que se aproximava se tornou mais alto. Levantei-me da cadeira, presumindo que fosse Dash.

— Tenha um bom dia, Isaiah.

— Obrigado, Bryce. — Ele acenou. — Você também.

Aqueles olhos me fizeram querer envolver meus braços em torno dele e nunca mais soltá-lo. Eles eram tão solitários. Tão comoventes. Meu coração se contorceu. Todo mundo sabia sobre o passado de Isaiah? Dash?

No estacionamento, avistei uma moto preta, mas não era a de Dash. Então fui até o escritório, encontrando o Slater errado.

Caramba. Eu deveria ter olhado mais de perto para a moto ao longo da cerca antes de entrar aqui – em minha defesa, exceto a moto de Isaiah, todas pareciam iguais por trás.

Draven estava parado na porta do que deduzi ser seu escritório. Ele tinha uma expressão vazia no rosto.

— Hmm... desculpe. — Dei um passo para trás. — Eu ia...

— Dash não está aqui.

— Certo. — Minhas opções eram esperar aqui ou correr de volta para Isaiah. *Escolha fácil.* Eu estava a meio caminho da porta quando Draven me parou.

— Entre.

Com um sorriso educado, entrei em seu escritório, me sentando na cadeira à sua frente atrás da mesa. Da próxima vez que viesse aqui pela manhã, esperaria até as nove.

— Então... — Draven clicou uma caneta quatro vezes. — Você a conheceu.

— Quem?

— Genevieve.

— Oh. Sim.

Draven manteve os olhos na caneta.

— Como ela é? Ela está bem? Saudável e tudo mais?

Puta merda. Ele tornava difícil não gostar dele. Especialmente com a culpa que envolvia sua voz. Ele não estava dando nenhuma desculpa, não mais. E havia uma pitada de desespero ali. Meu coração amoleceu. Não havia dúvida de que Draven tinha sido um marido infiel. Mas ele amava seus filhos.

E queria conhecer a filha.

— Passei apenas algumas horas com ela, mas ela parece saudável. Ela está arrasada pela mãe. Mas é uma jovem meiga. Muito gentil. Ela se parece um pouco com você. Tem seus olhos e cabelo.

— Amina me mostrou as fotos. — Ele engoliu em seco. — Ela... ela é linda.

— Pelo que posso dizer, essa beleza é por dentro e por fora.

— Quero conhecê-la, mas não sei se é uma boa ideia — afirmou ele, baixinho. — Eu falhei com todos os meus filhos, mesmo com aquela que eu não conhecia.

— Sim, você provavelmente não deveria tentar conhecê-la. Ela, hmm, acha que você matou Amina.

Ele se encolheu, os nós dos dedos ficando brancos enquanto quase esmagava a caneta.

— Oh. Certo.

— Se você quer um relacionamento com ela, nós temos que provar que você é inocente.

— Nós?

— Sim, nós. Eu quero a verdade. — Perguntei a ele ontem, à queima-roupa, se ele matou Amina. Eu acreditava agora que ele não tinha feito isso. Ele se importava com ela. — Quero encontrar o assassino de Amina.

— Pela sua história.

Isso era pela história? Foi assim que tudo começou, com minha vontade de me provar como jornalista. Para mostrar aos executivos em Seattle que não sou um fracasso.

Exceto que eu não era um fracasso. Quando olhava para a carreira de papai, ele havia escrito inúmeras histórias e não havia uma que se destacasse das outras. Não havia uma joia da coroa que ele elogiasse. No entanto, ele era meu herói. Ele escrevia porque gostava de escrever e espalhar notícias.

Então eu fazia o mesmo.

Não precisava expor uma antiga gangue de motoqueiros para provar meu valor. Eu precisava da verdade.

Isso era por mim. E...

— Por Dash.

Tratava-se de salvar seu pai de uma vida na prisão. Tratava-se de identificar um assassino. Era sobre encontrar a pessoa que poderia vir atrás de Dash um dia também.

Em algum momento entre o tempo em que ele consertou a impressora do meu pai e dobrou minhas toalhas, Dash entrou no meu coração.

Eu poderia superar seu passado criminoso? Eu poderia esquecer que ele tinha feito coisas violentas e perversas que eu mal conseguia entender? *Sim.*

Porque ele não era mais aquele homem. Não para mim.

Ontem à noite, enquanto eu o observava esfregar minha panela de ferro fundido e limpar a sujeira dos biscoitos nas bancadas, percebi como nos encaixávamos bem. Ele segurou meu coração em suas mãos cobertas de espuma de sabão.

Se ao menos ele quisesse filhos...

Isso tinha que ser tão importante? Talvez não tivéssemos que enfrentar esse fim iminente.

Eu já tinha desistido de ter filhos, então por que exigir isso de Dash? Além disso, eu não tinha certeza se poderia ter filhos neste momento.

Talvez fôssemos como os Casey, meus vizinhos de 76 anos que moravam do outro lado da rua. O Sr. e a Sra. Casey não tiveram filhos, e toda vez que eu os via, eles pareciam tremendamente felizes.

Tremendamente feliz parecia um sonho.

Um novo sonho.

A porta do escritório se abriu e Dash entrou, seguido de perto por Emmett.

— Oi. — Dash entrou no escritório de Draven, lançando um breve olhar para seu pai antes de fingir que não estava lá. Dash tinha se barbeado e tomado banho depois que saiu da minha casa. Seu cabelo ainda estava úmido nas pontas onde se enrolava em seu pescoço. Era uma boa aparência. Muito boa mesmo.

— O que você está fazendo aqui? Tudo certo?

Balancei a cabeça.

— Estou bem.

Emmett entrou no escritório, sem olhar para Draven também. Claramente, quando Dash saiu da minha casa, ele atualizou Emmett sobre o adultério de Draven.

Pelo canto do olho, vi os ombros de Draven cederem. O que ele esperava? Que depois de um dia, tudo estaria perdoado?

Dash foi destroçado. A memória de sua mãe era sagrada. Chrissy não estava aqui para punir Draven, então Dash estava fazendo isso por ela.

O único problema era que, se íamos encontrar um assassino, precisávamos deixar os sentimentos de lado.

— A razão pela qual vim aqui esta manhã foi porque estive pensando em algo e queria falar com você — eu disse a Dash.

— Diga. — Ele encostou-se na parede, Emmett ao lado dele.

— A polícia encontrou a arma do crime no local e a identificou como sendo de Draven. Temos operado sob a suposição de que a faca era de Draven. Mas também achamos que foi uma configuração premeditada. A faca poderia ser falsa? Você disse que tinha seu nome gravado na lateral. E se alguém copiou para armar para você?

Draven balançou a cabeça.

— Ela têm minhas digitais nela.

— As impressões digitais não podem ser falsificadas? — Eu tinha visto em um filme de mistério e assassinato, então a pergunta não era totalmente burra. Talvez eles tenham roubado digitais do guidão da moto de Draven.

Emmett assentiu.

— É possível. Mas não seria fácil.

Dash esfregou a mão no queixo.

— Que faca era mesmo?

— Apenas uma faca de caça — disse Draven.

— Com cabo marrom — Emmett acrescentou. — Peguei emprestada uma vez há alguns anos, quando fui caçar.

Marrom? Isso não estava certo. Abri a bolsa para pegar meu bloco de notas amarelo, folheando até a página onde fiz uma anotação sobre a descrição da faca. Era a única coisa que o delegado Wagner havia me dito semanas atrás que não estava nas páginas da imprensa.

— Não é marrom. É preta. A faca encontrada no local tinha o cabo preto.

— Sua faca era marrom. — Emmett balançou a cabeça. — Eu apostaria minha vida nisso.

Meu coração estava acelerado. Talvez se houvesse outra faca, encontraríamos uma pista que levasse à pessoa que a falsificou. Quantas pessoas gravaram suas facas em Montana? Estávamos nos agarrando a migalhas, mas era alguma coisa.

A testa de Dash franziu.

— Bem, espere. Você tinha uma faca preta, pai.

Antes que Draven pudesse responder, a porta do escritório se abriu novamente.

— Bom dia. — O que supus ser a voz alegre de Presley a precedeu quando ela entrou no escritório de Draven. O sorriso em seu rosto sumiu assim que me viu na cadeira.

— Ei, Pres? Lembra daquela faca que você gravou para o meu pai? — Dash perguntou. — Aquela que você deu para ele no Natal há alguns anos?

— Sim. Ele disse que a outra estava ficando velha e a gravação estava se desgastando. Por quê?

Dash empurrou a parede.

— Que cor era?

— Preta, claro. Vocês todos amam preto.

Todos os olhos se voltaram para Draven.

— Onde está essa faca, pai? — Dash perguntou.

— Eu, hmm... Acho que deixei no escritório do clube depois que Presley me deu. Pode ainda estar na caixa também.

— Sério? — Presley colocou as mãos nos quadris. — Isso foi há quatro anos. Você nunca usou?

— Desculpe, Pres, mas eu gostava da antiga. Cabe na minha mão.

Sem dizer uma palavra, Dash saiu do escritório, com Emmett em seu encalço. Eu pulei da cadeira, seguindo também. As botas de Draven ressoaram atrás de mim.

Enquanto caminhávamos para fora, semicerrei os olhos para a luz do sol da manhã. Dash acelerou o passo, avançando para a sede do clube. Seus passos largos exigiam que eu apressasse alguns dos meus para acompanhá-lo.

Eu não tinha dado mais do que algumas olhadas curiosas para a sede do clube em minhas idas até a oficina. O prédio sempre se sobressaiu em uma aura de perigo, sombreado pelas árvores ao redor. Mas quando nos aproximamos, os detalhes saltaram à vista.

O revestimento de madeira estava manchado de um marrom tão escuro que era quase preto. Tinha acinzentado em alguns lugares onde o sol havia desbotado as tábuas. O telhado de estanho de carvão tinha algumas gotas de orvalho que ainda não tinham secado. Uma teia de aranha crescia em um canto sob o beiral, felizmente longe da porta.

Não havia muitas janelas, apenas duas na fachada do prédio. Elas sempre foram escuras quando vim aqui e agora eu entendia o porquê. Atrás do vidro sujo, havia placas de compensado. O selo verde do depósito de madeira aparecendo em alguns lugares.

Dash subiu os dois degraus largos até a plataforma de concreto que percorria toda a extensão do edifício. Era sombreado por uma pequena saliência do telhado. Ele pegou as chaves do bolso da calça jeans e todos nos amontoamos atrás às suas costas enquanto ele destrancava o cadeado da porta.

O cheiro de umidade e ar embolorado flutuava do lado de fora, seguido pelo cheiro persistente de bebida, fumaça e suor. Eu me engasguei. Desesperada por informações, ignorei a repulsa e segui Dash.

Entramos em uma sala grande e aberta. Draven passou por nós, acendendo uma fileira de luzes fluorescentes antes de desaparecer por um corredor à esquerda.

À minha direita havia um longo bar. As prateleiras empoeiradas estavam vazias. O espelho atrás das prateleiras estava rachado em alguns lugares. Havia alguns letreiros de lata de cerveja e uma velha luz neon. Apenas um banquinho estava enfiado sob o balcão. À minha esquerda havia uma mesa de sinuca, os tacos pendurados em um suporte de parede. Duas bandeiras foram fixadas atrás da mesa: uma bandeira americana e a bandeira do estado de Montana.

— Que lugar é esse? — perguntei.

— Área comum — Dash respondeu ao mesmo tempo que Emmett disse:

— Salão de festas.

Eu escolheria o *The Betsy* ao salão de festas do Tin Gypsy.

— A faca sumiu. — A voz de Draven ecoou na sala enquanto ele vinha correndo pelo corredor. — Dadas as manchas recentes na poeira da minha mesa, foi tirada recentemente.

— Câmeras. — Emmett estalou os dedos, já se movendo para uma porta atrás do bar. —Deixe-me ver se elas pegaram alguma coisa.

Draven seguiu Emmett, deixando Dash e eu sozinhos.

Estive tão ocupada inspecionando o lugar que não o notei. Ele ficou congelado, olhando fixamente para um par de portas duplas diretamente na nossa frente.

— Ei. — Eu me postei ao seu lado, segurando sua mão de leve. — Você está bem?

— Faz um ano que não venho aqui. É estranho. — Ele apertou meus dedos com força. — Era mais fácil ficar longe. Para esquecer.

— Quer esperar lá fora?

— Teria que enfrentar isso algum dia. — Ele me puxou para um corredor à direita do salão de festas, diferente daquele que Draven havia tomado quando saiu em busca de sua faca. —Vamos.

O corredor era escuro, com portas fechadas dos dois lados. Do lado de fora, o prédio não parecia tão grande, mas era enganoso. Embora não fosse tão alto, tinha que ter pelo menos o dobro do tamanho da oficina.

Dash segurava minha mão, mas apontou com o queixo para uma das portas.

— Aqui era onde alguns caras ficavam se não tivessem casa. Ou se só precisassem de um lugar para dormir.

Estes eram os quartos.

— Você tinha um?

Ele parou na última porta do corredor, usando uma chave diferente de sua corrente para destrancar a fechadura. Então empurrou a porta para o lado.

O cheiro aqui era diferente, ainda empoeirado, mas havia um toque do cheiro natural de Dash no ar. Havia uma janela fechada com tábuas como as outras. E uma cama coberta com uma colcha cáqui simples ficava no meio do quarto.

Sem travesseiros. Sem mesa. Nenhuma lâmpada. Apenas a cama e uma velha cômoda de madeira no canto.

— Este era o seu quarto? — Aproximei-me mais, soltando a mão dele para acender a luz. Então fui até a cômoda, passando o dedo pela camada de poeira em cima.

— Este era o meu quarto. — Dash se apoiou no batente da porta. — Achei que talvez fosse diferente. Pareceria diferente. Pensei que sentiria falta.

— Você não sente?

Ele balançou a cabeça.

— Talvez sentisse dois dias atrás. Mas agora não.

Oh, Dash. Eu odiava ficar parada, vendo seu coração se partir. Eu odiava que algo que ele amava, algo que uma vez amou – o clube – tenha sido maculado.

— O que é isso? — Cheguei mais perto da cama, pegando o quadrado de couro cuidadosamente dobrado em cima da colcha.

— Meu colete.

— Era importante pra você, certo?

Ele assentiu, ficando atrás de mim.

— Quando você ingressa em um clube, ganha um. Tem o emblema nas costas e um de novato na frente.

— Quanto tempo você ficou como novato?

— Seis meses. Mas Emmett e eu éramos exceções. Normalmente é cerca de um ano. Por tempo suficiente, sabíamos que o cara estava falando sério. Que ele se encaixaria.

— Então o que acontecia? — Desdobrei o colete, colocando-o cuidadosamente sobre a cama. Meus dedos percorreram a mancha branca abaixo do ombro esquerdo, a palavra *Presidente* costurada em linha preta.

— Então você está no clube. Você é da família.

Virei o colete, olhando para o *patch* nas costas enquanto Dash observava.

— Isso é lindo.

As poucas fotos que eu tinha visto do emblema dos Tin Gypsies eram em preto e branco de jornais velhos. Mas em cores, o *design* era impressionante. Artístico e ameaçador ao mesmo tempo.

O nome do clube foi escrito no topo em letras góticas. Abaixo havia um crânio detalhado e cuidadosamente costurado.

Uma caveira, exatamente igual à tatuagem no braço de Dash.

Uma metade do rosto era inteiramente feita de fio de prata, dando-lhe um toque metálico. Atrás dele havia uma profusão de chamas alaranjadas, amarelas e com pontas vermelhas. A outra metade do crânio era branca. Simples. Exceto pelo envoltório colorido da cabeça sobre a caveira e pelas costuras delicadas, quase femininas, ao redor dos olhos, boca e nariz. Era como uma caveira com um toque áspero e violento.

Viver para pilotar
Andar sem rumo e livre

Abaixo do crânio, as palavras foram costuradas em fios acinzentados por anos de uso.

Por quanto tempo Dash usou esse colete? Quantos dias ele o vestiu? Quão difícil foi dobrá-lo e deixá-lo aqui, juntando poeira em um quarto abandonado?

Dash colocou a mão no meu ombro, virando-me de frente ao seu peito. Suas mãos vieram ao meu rosto. Sua boca caiu na minha. E ele me beijou suave e docemente, como um agradecimento.

Quando interrompeu o beijou, recostou a testa à minha.

— Aposto que você já beijou muitas mulheres neste quarto — sussurrei.

— Algumas — admitiu. — Mas nenhuma era você.

Meus olhos se fecharam. Este não era o lugar ou o momento certo para esta conversa, mas perguntas pairavam entre nós, implorando para serem feitas.

— O que está acontecendo, Dash? Com a gente?

— Não sei. É mais do que pensei que seria. — Ele colocou uma mecha de cabelo atrás da minha orelha. — Você meio que tomou parte de mim.

Eu sorri.

— Você também.

O próximo beijo não foi suave ou doce. Dash esmagou seus lábios nos meus, as mãos deixando meu rosto para envolver minhas costas, me puxando para seu corpo firme. Ele precisava disso, assim como precisava de mim ontem à noite. Ele se perdeu em meu corpo, buscando conforto.

Enlacei seu pescoço, angulando meu rosto para que pudesse saborear sua boca mais profundamente. Eu tinha me perdido nele também. Ele fazia de tudo uma aventura. Até vê-lo dobrar minha roupa ou lavar a louça era emocionante. Como eu iria deixá-lo ir? Eu soube ali mesmo, naquele momento, que não seria capaz de me afastar de Dash.

Ele tinha me arruinado. Ele mudou o jogo.

Estávamos a segundos de arrancar as roupas um do outro quando um pigarro à porta nos separou. Com os lábios inchados, nós dois nos viramos para ver Emmett.

— Dash. — Ele acenou com a cabeça para o corredor. — É melhor vir ver isso.

CAPÍTULO VINTE E UM

DASH

Bryce e eu seguimos Emmett pelo salão de festas do clube até o porão. Este não era um lugar que eu queria Bryce, mas não havia como mantê-la longe.

Enquanto descíamos os degraus, dei uma olhada ao redor. Estava mais limpo do que no andar de cima. Isso, ou a poeira era menos perceptível nos pisos e paredes de concreto.

Meu pai construiu este clube junto com os membros originais. Eles transformaram o porão em uma espécie de *bunker*. Era um labirinto de cômodos de concreto, todos de tamanhos variados, mas cada um com um ralo no centro. Rios de sangue foram levados por aqueles ralos. O cheiro de alvejante ainda pairava no ar, embora já tivesse passado mais de um ano desde que limpamos a sala principal de nossa última luta clandestina.

As salas menores tinham sido palco muito pior do que o do boxe.

Era estranho estar na sede do clube, especialmente quando estava tão quieto. Nas noites em que fiquei aqui aos vinte anos, aprendi a dormir com uma festa barulhenta do outro lado da minha porta — se eu não estivesse no meio da festa.

Tive boas lembranças aqui. Quando criança, vínhamos aqui para churrascos de família com os irmãos do meu pai, que eram como tios até se tornarem meus irmãos também. Nick e eu acendíamos fogos de artifício no estacionamento no Dia da Independência. Cada um de nós tomou nossa primeira cerveja neste clube e muitas mais depois.

Sempre quis ser um Gypsy. Outros garotos na escola falavam sobre a faculdade. Trabalhos extravagantes. Eu só queria estar no clube do meu pai. Nick queria o mesmo até a morte de mamãe. Mas mesmo depois que ele evitou os Gypsies e se mudou após o colegial, meus sentimentos não mudaram.

Eu era um Gypsy muito antes de ganhar meu colete.

Ontem, eu disse ao meu pai que desejava que ele não tivesse fundado o clube. Eu estava com raiva. Amargurado. Uma parte minha queria rejeitar este lugar. Seria fácil colocar a culpa da morte da minha mãe no clube e ir embora para sempre. Queimá-lo e, com ele, a destruição que causou em minha vida.

Só que então eu teria que esquecer as boas lembranças também.

E havia boas lembranças.

Uma coisa era certa: fiquei feliz por Bryce ter se mudado para Clifton Forge *depois* que nos separamos. Eu não teria chance com ela se estivesse liderando o clube. Ela era boa demais para se envolver com um criminoso. Porra, foi difícil para mim conquistá-la mesmo agora.

Mas eu não podia olhar para o futuro e não ver o rosto dela.

Ela me desafiou, me puxou para fora da minha bolha. Ela compartilhou seu coração, sua lealdade, sua honestidade — todas as coisas que tive com o clube, com meus irmãos. Ela preencheu aquele buraco e mais alguns.

— Aqui. — Emmett entrou em uma das salas menores onde montou uma estação de vigilância alguns anos atrás. Segurança e *hacking* se tornaram a especialidade de Emmett. Ele chamava isso de hobby. Eu chamava de dom.

Meu pai estava inclinado sobre um monitor, olhando para uma imagem congelada na tela.

— O que você encontrou? — perguntei, tomando o lugar do pai.

Emmett se sentou na cadeira, clicando para rebobinar o vídeo.

— Acho que deveríamos ter mantido os sensores ligados depois daquele incidente com o guaxinim. Veja isso.

Ele apertou o play no vídeo e saiu do caminho para dar espaço para Bryce. Ela parou ao meu lado, minha mão imediatamente encontrando a dela. Juntos, assistimos às imagens de uma das câmeras escondidas acima de cada janela da sede do clube enquanto um homem se aproximava do prédio.

A cor na tela era uma mistura de verde, branco e preto da configuração de visão noturna. O rosto do homem estava coberto por uma máscara de esqui preta, sua camisa e calça combinando.

Ele caminhou até o prédio, tirando uma ferramenta do bolso. Então abriu a janela de vidro.

— Porra. Devíamos ter selado com tábuas as janelas do porão.

Elas eram tão pequenas, nem mesmo 40 centímetros de largura, que nem nos demos ao trabalho. Além disso, a queda da janela era de pelo menos três metros. Nosso *bunker* de concreto não era pequeno. E até este inverno, tínhamos sensores em todas as janelas.

O homem provavelmente era quase do meu tamanho, mas conseguiu abrir caminho até o porão. Ele virou de bruços, as pernas entrando primeiro, e foi aí que vimos.

Um remendo nas costas.

— Filhos da puta mentirosos. — Minha voz estrondosa ecoou pelas paredes.

Larguei a mão de Bryce, andando pela sala enquanto esfregava meu queixo. Agora eu entendia por que meu pai estava encostado na parede, furioso em silêncio.

— O que estou perdendo? — Bryce perguntou.

— Isso é um emblema dos Arrowhead Warriors — Emmett respondeu, tocando na tela. Ele o congelou antes que o homem pulasse da janela.

— Ah. — Seus olhos se arregalaram. — Quando foi gravado?

— Na noite anterior ao assassinato de Amina — meu pai respondeu. — Ele deve ter vindo aqui, arrombado enquanto eu estava com ela no motel, roubado minha faca, e então esperou até que eu saísse do motel para matá-la.

— Alguma ideia de quem ele é? Como ele saberia que você estaria com Amina? — perguntei, recebendo um aceno de cabeça em troca. — Emmett, podemos imprimir isso?

Ele assentiu, puxando uma folha da impressora abaixo de sua mesa.

— Já imprimi.

— Quando sairmos hoje, ligue todos os sensores novamente — ordenei a Emmett. — E peça a Leo para vir e fechar com tábuas as janelas do porão.

— Pode deixar.

— Você precisa ligar para o Tucker — eu disse ao meu pai.

— Sim. Vamos conversar na capela. Bryce parece que precisa se sentar.

Minha atenção mudou na mesma hora. Seu rosto estava completamente pálido, então corri para o lado dela.

— O que tem de errado?

— Nada. — Ela me dispensou, com uma careta. — Tem um cheiro estranho aqui embaixo.

— Vamos. — Segurei seu cotovelo, levando-a escada acima. Também não cheirava bem no salão de festas, mas assim que chegamos à capela, o cheiro de cerveja podre havia sumido.

A capela era o coração do clube, localizada bem no centro. Você entrava por portas duplas do salão de festas. Era uma sala longa e aberta com uma mesa em todo o seu comprimento. A mesa fora construída para acomodar cerca de vinte membros, mas havia anos em que só havia espaço para ficar em pé. Os oficiais e membros veteranos se sentavam. Passei muitos anos contra a parede, ouvindo as decisões serem tomadas.

As cadeiras pretas de espaldar alto foram todas empurradas para perto da mesa. A sala havia sido deixada em perfeitas condições, exceto pela poeira. As paredes estavam repletas de fotos, a maioria de membros de pé juntos na frente de uma fileira de motos. O *patch* Gypsy havia sido transformado em uma bandeira pendurada na parede atrás da cadeira principal da mesa.

A cadeira do presidente.

Meu pai havia desistido de seu lugar, passando-o para mim. Ele caminhou até lá, mas depois percebeu seu erro. Se não fosse por Bryce lá, eu teria sentado na cadeira para colocá-lo em seu lugar. Ele não merecia aquela cadeira.

Mas, em vez disso, puxei uma das cadeiras do meio para Bryce, me sentando ao lado dela.

— Qual é o incidente do guaxinim? — Bryce se inclinou para perguntar.

— Neste inverno, Emmett e eu recebemos um alerta dos sensores de movimento. Eles ressoaram às três da manhã na noite mais fria que tivemos em meses. Descemos correndo, quase congelamos nossos paus e encontramos três guaxinins na cozinha. Eles rastejaram por este velho exaustor.

— Eles estavam fazendo uma bagunça danada, cagando em todos os lugares — Emmett resmungou. — Estava um frio do caralho, então demoramos uma eternidade para tirá-los de lá. Em primeiro lugar, não sei por que eles deixaram sua toca. Talvez para encontrar um lugar mais quente.

— Depois disso, fechamos o exaustor e decidimos deixar os sensores desligados — comentei. — O lugar estava vazio. Não havia nada aqui para roubar.

— Ou assim vocês pensaram — murmurou ela.

— Sim. — Balancei a cabeça.

Meu pai puxou a cadeira ao lado de Emmett. Ele não estava no assento do presidente, mas uma mudança ocorreu na sala quando ele se sentou. Como uma reunião chegando ao fim. Quando ele se sentou, ninguém mais ousou falar até que ele desse permissão.

Embora eu tenha sentado na cadeira principal por anos, nunca tive esse tipo de presença dominante. Eu me preocupei com isso por um tempo, me perguntei se seria reverenciado como ele. Talvez acontecesse, com o tempo. Mas já tínhamos começado a encerrar as coisas quando fui eleito presidente. Meu trabalho não era liderar os Gypsies para o futuro. Eu era o presidente que se certificou de que cobriríamos todas as nossas tretas para que pudéssemos viver uma vida normal.

— O que vamos fazer com os Warriors? — perguntei, apoiando os cotovelos na mesa. — Tucker mentiu para nós.

— Ou ele não sabia — meu pai rebateu. — Sim, há uma chance de que ele tenha encomendado isso. Ou ele é tão ignorante quanto nós e é a vingança pessoal de alguém. Alguém que tem me seguido por aí, que me viu com uma mulher pela primeira vez em décadas e usou isso como uma abertura para atacar.

— Para quê? — perguntou Bryce.

Meu pai bufou.

— Porra. Um milhão de coisas.

— Um milhão e meio — murmurei.

Nós tínhamos incendiado a sede do clube deles uma vez. Provavelmente custou-lhes uma fortuna para reconstruir. Os dois Warriors que tentaram sequestrar Emmeline foram convidados de meu pai no porão, seus últimos suspiros dentro daquelas paredes de concreto.

— O que fazemos? — Emmett suspirou. — Vamos atrás deles? Começar outra guerra?

— Vamos perder — declarei. — Não há chance de ganhar.

— Eu não quero uma guerra. Não desta vez. — Meu pai balançou a cabeça. — Primeiro, vou até o Tucker, mostrar a foto e ver o que ele faz. Talvez ele nos dê um nome e isso pode acabar. Mas se for preciso, se ele encobrir seus homens, o que suspeito que ele fará, então assumirei a responsabilidade por Amina.

— Eles vão te prender para o resto da vida. — Ontem, eu estava bem com isso; quando estava furioso e com raiva. Hoje, agora que me acalmei, a ideia dele na prisão não caiu bem.

— Eu irei, se for preciso para manter você e Nick livres disso.

— Só que eles podem estar atrás de qualquer um de nós — afirmou Emmett. — Isso pode ter começado com você, mas aposto que vai mais fundo. Não vou olhar por cima do ombro pelo resto da minha vida. Eu sei que estamos enfrentando dificuldades, mas temos que lutar.

— Por que não legalmente? — sugeriu Bryce. — Vamos buscar as evidências para provar que há dúvida razoável. Podemos usar o jornal para imprimir, criar um circo pela cidade. Espalhar rumores de que Draven é inocente. O delegado não terá escolha a não ser investigar mais a fundo.

— Você está falando sobre seguir as regras. — Meu pai soltou uma gargalhada. — Não somos bons em trabalhar com a polícia.

— Você também não é bom em manter vivas as pessoas em sua vida *quebrando* as regras, então talvez seja hora de tentar uma abordagem diferente.

Porra, mulher. Ela estava sendo bem direta. Estremeci com suas palavras. Emmett também. Porque ninguém falava assim com meu pai, principalmente nesta sala.

Mas ela era destemida. O fogo em seus olhos, aquela chama, fez meu peito inchar. Foi com orgulho? Ou amor? Ou ambos?

Acho que me apaixonei por ela na noite em que ela me expulsou de sua varanda. Ou talvez tenha sido no dia em que ela apareceu na oficina, toda marrenta e determinada.

— Ela tem razão — eu disse ao meu pai. — Não só porque é legal, mas porque os Warriors nunca vão esperar. Vamos usar a polícia a nosso favor pela primeira vez.

Emmett assentiu.

— Se Tucker sabia sobre isso, então ele está esperando e de olho em nossa retaliação. Os policiais aparecendo em sua porta pode ser uma surpresa.

— Precisamos encontrar evidências, evidências sólidas, e rápido — argumentei. — O procurador do estado marcará a data do julgamento em breve e, uma vez que isso comece, será ainda mais difícil fazer com que as pessoas considerem outro suspeito. Precisamos que eles atrasem.

— O que fazemos? — meu pai perguntou.

Olhei para Bryce.

— Você precisa escrever uma história. Marcus é um bom policial, mas não vai acreditar em mim se eu entrar lá com novas provas. Não quando ele está decidido que meu pai é culpado. Precisamos plantar a semente de que a faca dele foi roubada. Mostre a foto de alguém invadindo a sede do clube. Marcus não será capaz de ignorar se você publicar.

— Vou começar hoje. Podemos apresentá-lo no domingo. Mas... — Ela encarou meu pai do outro lado da mesa. — Significaria mais se eu pudesse imprimir o motivo de você e Amina estarem no motel. Você se torna mais humano se as pessoas souberem que você estava lá para falar sobre sua filha.

Meu pai soltou um suspiro profundo, mas negou com um aceno de cabeça.

— Não até eu conhecê-la. Eu devo isso a ela. Ela não deveria saber que sou seu pai pelo jornal. Como você disse: ela acha que eu matei a mãe dela.

— Talvez eu possa ajudar com isso. — Bryce levantou a mão, como se estivesse se oferecendo para ir para a batalha. — Vamos ter sorte no *timing*. Quando fui visitar Genevieve no fim de semana passado, ela disse que viria no domingo para ver o túmulo de Amina. Vou ligar para ela e confirmar se ela está vindo. E... contar a verdade quando ela chegar aqui. Espero que ela não pegue um jornal naquela manhã. Não sei. Mas talvez eu possa suavizar isso.

— Faça isso — eu disse. — Precisamos que a história lance mais luz sobre o relacionamento entre meu pai e Amina. Para contextualizar e mostrar que ele não a mataria. Acho que *minha irmã* seria uma boa maneira de fazer isso.

— Eu sinto que estou prestes a chocá-la, Dash. — Os olhos preocupados de Bryce encontraram os meus. — Já me sinto péssima.

— Seja gentil — meu pai murmurou. — Por favor.

— Eu vou — ela prometeu.

— E continuaremos procurando por mais. — Emmett bateu com os nós dos dedos na mesa. — Draven, você liga para Tucker.

Ele assentiu.

— Vou me encontrar com ele. Sozinho.

— Mantenha-nos informados. — Eu me afastei da cadeira, ajudando a puxar a de Bryce para que ela pudesse se levantar. Então todos nós saímos do clube, com o plano engatilhado. Acompanhei Bryce até o carro dela. Sua ânsia de chegar ao jornal era palpável, mas antes de ela sair, eu queria ter certeza de que ela estava bem. — Se sentindo melhor?

— Na verdade, não, mas vou ficar bem. É apenas uma dor de estômago. Aquele cheiro na sede do clube era... — ela engoliu em seco — intenso. Eu vou começar a trabalhar. Me ligue mais tarde?

Balancei a cabeça.

— Preciso me atualizar em alguns trabalhos aqui. Temos confiado fortemente em Isaiah e Presley para administrar a oficina enquanto temos essa merda extra acontecendo. Hora de sujar as mãos e terminar alguns carros.

— Certifique-se de lavar as mãos antes do jantar. — Ela piscou, ficando na ponta dos pés para um beijo. Foi um breve adeus. Nada fora do comum para a maioria dos casais. Mas não éramos um casal.

Nós não tínhamos definido um compromisso. Não tínhamos feito promessas. Exceto quando me levantei e a observei partir, percebi que nenhuma outra mulher me beijaria novamente.

Bryce era isso para mim. Única.

A sombra de meu pai cruzou a minha.

— Você a ama.

Eu não respondi. Bryce seria a primeira a ouvir as palavras. Dei um passo em direção à oficina.

— Preciso começar a trabalhar.

— Dash. — A mão dele disparou, me impedindo de seguir adiante. — Eu sinto muito.

— Não quero que você vá para a prisão, porque você não matou Amina. Mas você e eu? Acabou.

Seus ombros cederam.

— Eu entendo.

— Preciso de um tempo sem você aqui na oficina. Algum espaço para pensar. Você não é o homem que pensei que fosse.

— Eu nunca fui um herói, filho.

Encontrei seus olhos castanhos.

— Mas você era para mim.

O golpe o atingiu com força. Seu semblante se contraiu como se tivesse levado um soco e estivesse lutando para respirar.

Deixando-o sozinho no asfalto, caminhei em direção à oficina, então parei e olhei para trás enquanto ele ainda estava ao alcance da voz:

— Nick merece saber. Ou você conta para ele, ou eu farei isso.

Ele simplesmente assentiu.

E duas horas depois, enquanto estava deitado de costas embaixo do Mustang, o motor da moto do meu pai acelerou quando ele saiu da oficina. Meu celular tocou trinta segundos depois.

Saindo de baixo do carro, peguei meu telefone do bolso, deparando com o nome de Nick na tela.

— Oi.

— Acho que você esperava esta ligação.

— Estava esperando por isso. Imagino que o pai ligou para você?

— Sim. Parece que temos uma irmã. — O tom calmo na voz de Nick me surpreendeu. Achei que, devido ao antigo relacionamento conturbado com nosso pai, ele ficaria furioso.

— Você não parece chateado.

— Estou surpreso. Não foi fácil ouvir e talvez eu não tenha entendido tudo. Mas, principalmente, estou desapontado. Triste pela mamãe. Ainda bem que ela nunca soube. Mas não, não estou com raiva. Nosso pai, no que me diz respeito, foi derrubado de seu pedestal há muito tempo. Ele é um homem imperfeito, Dash. Sempre foi.

— Eu não sei o que fazer sobre isso.

— Não há nada a fazer. Só seguir em frente.

— Sim, acho que sim. — Caminhei até a porta aberta da oficina, olhando para fora. Havia um carro diante de cada baia. Emmett, Isaiah e Leo estavam todos trabalhando rápido para fazê-los passar pela fila.

Era um bom negócio, essa oficina. Nos fornecia uma vida decente. Assim como a oficina que Nick dirigia em Prescott.

Seguir em frente. Isso não parecia tão ruim agora que eu tinha Bryce. Cada um de nós tinha empregos dignos, boas casas, e havia muitas pessoas que nem isso tinham.

— Eu conheci alguém.

Havia tanto sobre o que falar – coisas a dizer sobre meu pai e o assassinato. Mas nada disso importava. Agora, eu só queria contar ao meu irmão sobre Bryce. Para compartilhar ela com minha família.

— É sério? — ele perguntou.

— Ela é minha Emmy. — Era a melhor maneira de descrever meus sentimentos por Bryce. Nick amava Emmeline com cada molécula de seu corpo. — Mas não faz muito tempo.

Ele riu.

— Eu me apaixonei por Emmy na primeira noite em que a conheci. O tempo não importa.

Nick e Emmeline se casaram na primeira noite em que se conheceram. As coisas eram complicadas para eles, mas eles encontraram o caminho de volta juntos.

— Estou feliz por você. Quer um conselho gratuito de seu irmão mais velho, mais sábio e mais bonito?

Eu sorri.

— Claro.

— Agora que você a encontrou, não a perca.

CAPÍTULO VINTE E DOIS

BRYCE

Cliquei para salvar minha história e carreguei a versão final no drive onde papai a colocaria no layout do jornal de amanhã. Ele já havia montado as fotos e formatado a manchete. Agora tudo o que ele teria que fazer era inserir o texto.

Esperei para finalizar os detalhes até o último minuto, esperando que Dash ou Emmett encontrassem algo mais para incluir. Mas nos últimos cinco dias, nada de novo veio à tona sobre o homem que invadiu o clube Tin Gypsy e roubou a faca de Draven. O homem que provavelmente foi o responsável pela morte de Amina Daylee.

Draven havia encontrado sua faca original – aquela com cabo marrom. Estava em sua casa, como ele esperava, guardada em segurança em uma bolsa de equipamento de caça.

A foto que Emmett imprimiu das câmeras de vigilância estaria na primeira página de domingo, junto com especulações sobre o roubo da arma do crime. Nosso jornal era focado em reportar os fatos, então minha conjectura pessoal foi jogada no esquecimento. Mas havia indícios entre esses fatos – o suficiente para plantar sementes de dúvida. Acrescente a isso minha entrevista *exclusiva* com Draven Slater e sua confissão sobre uma filha secreta, esse plano pode funcionar.

Agora tudo que eu tinha que fazer era rezar para que, quando Genevieve chegasse a Clifton Forge amanhã, ela não lesse meu artigo antes que eu pudesse contar a ela sobre Draven. Eu poderia ligar para ela e pedir que não pegasse um jornal local – de qualquer maneira, duvidava que ela fosse fazer isso. Mas se ela fosse como eu, o telefonema só a deixaria curiosa. Eu estava apostando que ela não se importava com o último *Tribuna de Clifton Forge*.

— É todo seu. — Girei na cadeira para encarar meu pai, que estava sentado em sua mesa.

— Obrigado. — Ele sorriu. — Vou colocar depois do almoço. Você avisou Marcus?

— Não. Ele pode lê-lo com todos os outros.

— Ah. — Suas sobrancelhas se juntaram. — Uh, tudo bem.

— O quê? Você acha que é um erro?

— Acho que muita coisa mudou no último mês. Você estava no time do delegado Wagner há pouco tempo, querendo cair nas boas graças dele. E agora... — ele apontou para o computador — a história que você rascunhou não é a que eu esperava.

— Não, não é. — Também não era o que eu esperava escrever. — Mas esta é a história certa para contar. Draven não matou Amina Daylee. O verdadeiro assassino está por aí, e se isso significa acender uma fogueira embaixo do traseiro do delegado para fazê-lo cavar mais fundo, então é isso que preciso fazer.

— Ainda assim pode valer a pena dar-lhe um aviso. Em consideração. Você não quer arruinar esse relacionamento, Bryce.

Eu suspirei.

— Acho que ele não vai gostar muito de mim depois disso.

Nenhuma quantidade de alcaçuz faria com que ele confiasse em mim depois que essa história fosse divulgada.

— Um telefonema vai resolver as coisas — sugeriu papai. — Apenas faça com que ele sinta que você não trocou de lado completamente.

— Por que você não liga para ele? Pode ser melhor vindo de você. — Porque a verdade é que eu havia trocado de lado. Minha lealdade não era mais com Marcus Wagner. Junho veio e se foi. O clima de julho envolveu Clifton Forge em sol e calor. E com o passar do calendário, minhas prioridades mudaram.

Eu me apaixonei pelo homem que uma vez esperei expor como um criminoso.

Tecnicamente, ele *era* um criminoso – ou um ex-criminoso. Principalmente, ele era meu. Falho e meu.

— Precisa de mais alguma coisa de mim? — Bocejei. — Se não, vou para casa.

— Ainda cansada?

— Sim. — Dei ao papai um sorriso fraco. — Foi uma longa semana. Estou sem energia.

— Você precisa de uma soneca. Descanse um pouco. Você gostaria de vir jantar hoje à noite? Tenho certeza de que sua mãe adoraria cozinhar para você.

Fazia semanas que eu não ia à casa de mamãe e papai. Mamãe estava me implorando constantemente por uma visita e, pelo jeito, pediu a ajuda de papai nesse intento.

— Sem planos. Eu adoraria. Vou ligar para mamãe e perguntar o que posso levar.

A porta do corredor se abriu.

— Ei, vocês dois.

— Falando no diabo. — Papai se levantou de sua cadeira, encontrando mamãe no meio da sala para um beijo.

— Oi, mãe. — Acenei, mas não me levantei da cadeira. — Você está bonita hoje.

— Obrigada.

Seu cabelo era do mesmo castanho claro que o meu, mas possuía algumas mechas grisalhas. Mamãe se recusava a pintá-las porque, em uma de suas viagens a Seattle, um garçom nos acusou de sermos irmãs. Onde a maioria das mulheres ficaria lisonjeada, dobrando a gorjeta do jovem, ela se ofendeu. Ela o corrigiu gentilmente, informando-o sobre nosso relacionamento. Ela disse a ele que ser minha mãe era a maior fonte de orgulho em sua vida.

Como papai sempre dizia, era fácil amar Tessa Ryan.

Mamãe se aproximou e se abaixou para me dar um abraço enquanto eu permanecia na minha cadeira, então se sentou na beirada da minha mesa.

— Quer vir jantar hoje à noite?

Eu ri.

— Papai acabou de me fazer a mesma pergunta. E, sim. Eu adoraria. O que você gostaria que eu levasse?

— Oh, nada. Eu cuidarei disso. Na verdade, tenho mais se você quiser levar o namorado junto.

O *namorado*. Dash era meu namorado? Ele provavelmente se incomodaria com o termo. Muito juvenil para alguém como ele. Não era legal o suficiente. Qual era a terminologia do MC? Ele era meu *homem*? Ou *old man*? Se – e isso era um grande se, considerando sua fobia de compromisso – nós nos casássemos um dia, isso me tornaria sua *old lady*?

Eu me encolhi. Se ele me chamasse disso, eu negaria sexo a ele por um mês.

REI DE AÇO　　　　　　　　　　　　　　　　　　　　　　　233

— Eu estava sentindo falta de vocês — falei. — Apenas os Ryan esta noite. Vou convidar Dash da próxima vez.

— Tudo bem. — Mamãe fez beicinho. — Mas espero conhecê-lo mais cedo ou mais tarde.

— Você vai. — Supondo que estivéssemos no ponto em que nos apresentamos às nossas famílias. Estávamos, né?

Dash e eu precisávamos continuar a conversa que começamos na sede do clube. Nosso relacionamento precisava de alguma definição, mas nenhum de nós tocou no assunto nos últimos cinco dias. Eu estava muito nervosa para perguntar. E suspeitava que Dash estava em águas desconhecidas.

Cobrindo outro bocejo, peguei minhas coisas da mesa e as enfiei na bolsa.

— Então, às seis esta noite?

Mamãe assentiu.

— Você está se sentindo bem?

— Só cansada.

Ela se inclinou para frente, segurando minhas bochechas entre as mãos, então pressionou a palma na minha testa. Ela aferia minha temperatura dessa forma desde que eu era um bebê. Fechei os olhos e sorri. Não importava a minha idade, ela sempre seria minha mãe para confortar e cuidar.

— Você não está com febre.

— Não estou doente — garanti. — Foi uma daquelas semanas. Estou esgotada.

— Aah... Eu costumava ficar cansada quando era essa semana do mês também. Não sinto falta dos absorventes, mas... — ela abanou o rosto — essas ondas de calor a cada dez malditos minutos são um pé no saco.

Eu ri.

— Eu não estou menstru...

Meu coração disparou. Quando foi a última vez que menstruei?

Mamãe disse outra coisa, mas minha mente estava girando, contando as semanas de junho e calculando quando eu havia comprado absorventes pela última vez no supermercado. A última vez que me lembro foi em algum momento de maio. Lembrei-me disso, porque nevou pesado na primavera. Eu tinha ficado toda chorosa e hormonal porque um monte de árvores na cidade começou a florescer, mas o peso da neve quebrou seus galhos.

Ai. Merda. Pulei da cadeira, pegando minha bolsa.

— O que há de errado? — perguntou mamãe.

— Nada — menti, sem fazer contato visual com ela ou papai. — Acabei de perceber que preciso fazer uma compra rápida e quero ter certeza de chegar lá antes que eles fechem. Vejo vocês no jantar.

Sem dizer mais nada, deixei o jornal, dirigindo imediatamente para a mercearia.

Comprei coisas de que não precisava – palitos, limões, Cheez Whiz –, enchendo a cesta enquanto passava repetidas vezes pela entrada do corredor de produtos femininos. A cada vez, eu olhava para as prateleiras apenas para me acovardar e ir embora. Por fim, depois de pegar um galão de suco de laranja, minha cesta estava ficando pesada e meu propósito para esta viagem não poderia mais ser evitado.

Respirei fundo e marchei pelo corredor. Quando cheguei aos testes de gravidez, procurei rapidamente pelas marcas que reconhecia e enfiei três tipos diferentes na cesta. Então praticamente corri para o caixa, esperando que ninguém me visse.

A caixa não fez nenhum comentário enquanto examinava meus itens, *graças a Deus*, e quando todas as minhas coisas estavam escondidas com segurança em sacolas de papel, eu as coloquei no meu carro e voltei para casa.

A sensação de aperto no estômago era insuportável. A ansiedade, esmagadora. Eu estava grávida? Estava com tanta pressa para comprar os testes que realmente não tinha pensado no que aconteceria depois que os fizesse. Mas, à medida que minha casa e banheiro se aproximavam, um calafrio de pânico se instalou em meus ossos.

Um mês atrás, a ideia de estar grávida teria me deixado em uma histeria de alegria. Mas agora? Se eu tivesse um bebê, eu perderia Dash? Eu era o suficiente para criar um filho sozinha? Eu ficaria com o coração partido se os testes fossem negativos?

Três testes de gravidez positivos depois, não precisei me preocupar com essa última pergunta.

— Oi, linda. — Dash entrou pela minha porta da frente sem bater.

Eu estava na cozinha, sentada na ilha, olhando fixamente para as estrias e grânulos no meu balcão de granito cinza. Cancelei o jantar com meus pais e mandei uma mensagem para Dash vir.

— Oi.

—Tenho novidades. — Ele se sentou ao meu lado, inclinando-se para beijar minha têmpora. — Meu pai se encontrou com Tucker hoje.

— É? — Fingi um pouco de entusiasmo sobre a reunião com o presidente dos Warriors. — O que ele disse?

— Meu pai disse que Tucker jura que não foram os Warriors. Ele deu uma olhada na foto e mostrou isso. — Dash se inclinou para o lado para pegar sua carteira. Então tirou uma cópia da foto que Emmett imprimiu do vídeo de vigilância, achatando-a no balcão.

Inclinei-me para perto.

— O que devo ver?

— Vê isso aqui? — Ele apontou para o logotipo bordado dos Warriors no colete do homem. — Vê na parte inferior da ponta da flecha, onde ela brilha?

— Sim.

— Tucker disse que eles mudaram o remendo há alguns anos, limparam algumas das bordas e se livraram daquele sinalizador. Todos no clube receberam novos coletes.

— Eles confiscaram os antigos?

— Não. O que significa que quem tem um colete antigo já é Warrior há algum tempo. E isso confirma que não foi um dos ex-Gypsies que se juntou a eles no ano passado.

Então, um Warrior estava tentando recomeçar uma velha guerra.

— Podemos obter uma lista de nomes?

— Não de Tucker. Ele nunca entregará seus homens. Mas meu pai vai começar a colocar nomes no papel. Ele está com Emmett e Leo na oficina, fazendo isso agora. Disse a eles que acabaria logo. Achei que você poderia querer vir junto.

— Não, obrigada. — Eu não estava com vontade de ir até a oficina. E tive a sensação de que, depois de contar a Dash que estava grávida, ele também não iria me querer por perto.

— Tem certeza?

— Tenho certeza.

— E, hmm... Genevieve? — Ele se esforçou para dizer o nome dela. Dash não tinha aceitado bem a existência de sua irmã.

— O voo dela chega tarde esta noite. Ela vai ficar em Bozeman e vem de carro amanhã. Ela acha que estará na cidade no meio da manhã. Ela prometeu ligar e eu irei encontrá-la no cemitério.

— Me ligue quando ela vier. Diga-me como foi sua reação.

— Pode deixar.

Eu não tinha ideia de como diria a Genevieve que ela era filha de Draven. E como se isso não fosse difícil o suficiente, eu também tentaria convencê-la de que ele não havia matado sua mãe. Aquela amizade incipiente que havíamos forjado com biscoitos de chocolate estava para desmoronar.

Dash se levantou e foi até os armários pegar um copo, enchendo-o com água da geladeira. Ele estava ansioso para chegar na oficina.

— Então, antes de ir... — Deus, como eu diria isso? Ocupei as mãos dobrando a foto e pegando sua carteira para guardá-la. Abri o material de couro, pronta para enfiá-la lá dentro, mas outra página dobrada chamou minha atenção.

Eu a retirei de lá, reconhecendo uma foto em preto e branco. A estante de troféus atrás das crianças era familiar. Tinha sido o pano de fundo de inúmeras fotos nos anuários da *Clifton Forge High*.

— O que é isso?

Dash baixou o copo de água que levava aos lábios e fechou os olhos.

— Eu, hmm... merda.

Desdobrando a página, examinei as fotos, vendo apenas fotos da escola sem ninguém reconhecível. Mas então virei e vi o rosto jovem de Amina. Ela estava sorrindo com outra garota.

Era a versão mais jovem de um rosto que eu tinha visto em um obituário. Chrissy Slater.

— Dash. O que é isso?

Ele teve a decência de parecer culpado.

— Uma página que encontrei no colégio quando estávamos olhando os anuários.

— Você achou isso e nunca me mostrou? — Lutei contra a vontade de amassar a foto em uma bola e jogá-la na cara dele.

— Eu estava prestes a contar. Juro. Mas então não pareceu tão importante depois que você descobriu que mamãe e Amina eram amigas.

— Não pareceu importante? — Eu o encarei, boquiaberta, deslizando do banquinho. — Você prometeu que me contaria tudo. Você fingiu não saber que sua mãe e Amina eram amigas. Eu te perguntei, na lata, se você sabia e você mentiu para mim. Sobre o que mais você mentiu?

— Nada.

— Eu confiei em você. Como você pôde fazer isto comigo? Depois de tudo? Eu *confiei em* você. — Contra meu melhor julgamento, acreditei em Dash. Eu acreditava nele.

— Bryce, qual é... — Dash deu um passo em minha direção. — Não é grande coisa.

— Não. É grande, sim. — Recuei. — Foi por isso que você chamou a polícia naquele dia? Para que eu não descobrisse que você rasgou a página do anuário?

— Sim. E eu sinto muito. Mas estávamos em uma posição diferente na época. Nós não estávamos juntos.

— Bem, nós só estávamos transando, né? Eu era apenas mais uma mulher para usar até você se satisfazer. Você ainda se sente assim?

Sua mandíbula tensionou.

— Você sabe que não.

Fechei os olhos, lutando contra a vontade de chorar. Como eu poderia confiar nele? Depois de tanto tempo juntos, ele poderia ter me contado, mas manteve o segredo.

Era um segredo de nada também. Nada. Algo tão pequeno que, ao esconder de mim, ele na verdade piorou. Tornou maior do que tinha que ser.

Ou talvez eu estivesse exagerando. Talvez essa gravidez estivesse me fazendo pensar demais em tudo. Como poderíamos ficar juntos se ele não confiasse em mim? Como iríamos ter um filho?

Ele acabou com a distância entre nós.

— Linda, você está exagerando.

— Talvez esteja — sussurrei. — Mas algo sobre isso parece... estranho. Como se tivéssemos um problema fundamental aqui.

— Um problema fundamental? É uma maldita foto. Sim, eu deveria ter contado a você, mas deixou de ser importante.

— Você me prometeu que não haveria segredos. Você não esconderia nada de mim. Caso contrário, eu escreveria tudo.

— Espere. — Seus olhos se estreitaram. — É disso que se trata? A sua história?

Minha história? O que ele estava falando?

— Hein?

— É, não é? Merda. Eu sou tão estúpido. Na verdade, pensei que tínhamos algo aqui. Mas você está brincando comigo desde o começo.

Esperando até que eu fizesse algo que justificasse para escrever o que você tá morrendo de vontade de escrever.

— Isso não é verdade.

— Você já escreveu, não é? — Ele apontou para o meu laptop ainda na bolsa em cima do balcão. — Está tudo pronto, não está?

— Sim, eu escrevi — admiti. — Caso você me traísse. Mas foi apenas para backup. Não vou publicar.

— Como posso acreditar?

Eu levantei as mãos.

— Porque estou te dizendo que isso não é sobre a matéria. E não tenho o hábito de mentir para você.

— Sempre foi sobre isso. Desde o começo. E eu fui burro o suficiente para pensar que você não queria mais publicar porque você me queria.

— Eu quero... espera. Como agora sou a vilã? Você é o único que escondeu algo. Foi você quem mentiu sobre aquela foto estúpida. — Por que me sentia culpada?

— Essa foto não significa nada. Nós dois sabemos disso. Você tem uma história escrita que pode arruinar a vida das pessoas que amo. Não é a mesma coisa, linda.

Abri a boca para argumentar, mas a fechei. Meus ombros cederam, oprimidos por uma desesperança que poderia me derrubar no chão.

— Não é sobre a foto ou a história — sussurrei. — Não confiamos um no outro. Como isso pode funcionar se não confiamos um no outro?

A raiva de Dash evaporou e ele balançou a cabeça.

— Não sei. Quando descobrir, me faça um favor e me diga. Porque agora, parece que acabou antes mesmo de começar. Estou saindo.

Ele pegou sua carteira, enfiando-a em seu jeans. E, então, sem outra palavra, saiu da cozinha.

— Espere. — Enquanto estávamos lidando com as tretas mais pesadas, eu tinha que acrescentar mais uma coisa. Ele merecia saber antes de sair pela porta. — Tenho que te contar uma coisa.

Dash se virou, com as mãos nos quadris.

— Pode esperar?

— Não. — Engoli a queimação na garganta. *Diga a ele.* — Estou grávida.

Um silêncio aterrorizante encheu a sala. Os segundos passavam como horas. Um minuto parecia um dia. Dash ficou tão imóvel que parecia que ele nem estava respirando.

Foi assim que eu soube que ele tinha me ouvido.

Meu coração batia forte, dolorosamente, enquanto eu esperava e esperava e esperava. Até que, por fim, ele piscou, balançando a cabeça devagar.

— Não é possível. Eu sempre uso camisinha.

Suas preciosas camisinhas.

— Uma delas não funcionou.

Era difícil dizer quando, mas o momento sugeria que foi logo depois que nos pegamos. Talvez no Mustang. Mas adivinhar era inútil. Além do nosso hiato de duas semanas depois que Draven me ameaçou, Dash e eu estávamos fazendo sexo constantemente.

O silêncio retornou. Lágrimas brotaram em meus olhos e nenhuma piscadela poderia impedir minha visão de ficar turva.

Eu tinha uma amiga na estação de TV em Seattle que fez um grande alarido ao contar ao marido que estava grávida, preparando papinhas em casa ao lado de um macacão com papai estampado na *frente*. Na manhã seguinte ao seu anúncio, ela veio trabalhar e relatou que ele estava muito feliz.

E eu estava com inveja. Eu queria o riso. A animação. O beijo depois que meu marido soubesse que estávamos formando uma família.

— Diga alguma coisa — sussurrei. O silêncio estava partindo meu coração. Nesse ponto, eu aceitaria gritos se isso significasse que ele falasse algo.

Seu olhar se ergueu do chão, e foi então que vi o verdadeiro medo.

Dash girou no lugar. Ele escancarou a porta, sem se preocupar em fechá-la atrás de si enquanto corria para sua moto. O som do motor não ressoou por muito tempo, porque ele se foi em um piscar de olhos.

— Merda. — Caminhei até a porta, piscando para afastar as lágrimas enquanto a fechava e trancava a fechadura. Se ele voltasse, teria que tocar a campainha.

Em algum momento, ele teria que voltar. Não? Ele não me deixaria para sempre. Né? A ideia de fazer isso sozinha, de não ter Dash para me apoiar, fazia todo o meu corpo doer. Nós passaríamos por isso? Juntos?

Nós tínhamos que passar. Nós éramos melhores juntos. Ele não via isso? Claro, eu poderia fazer isso sozinha. Mas eu não queria. Eu queria Dash.

Ele não poderia me evitar para sempre. Evitar o *"nós"* para sempre. Morávamos na mesma cidade. Nós teríamos esse bebê, quer ele estivesse pronto para isso ou não. Porque talvez ele se considerasse o tio divertido, mas até parece que eu deixaria meu filho crescer sem conhecer o pai.

Eu não deixaria Dash se transformar em Draven, perdendo a vida de seu filho até que fosse tarde demais.

Caminhando até o balcão, bati com o punho no granito.

— Merda.

Nós conversaríamos. Em breve. Antes desse bebê nascer, Dash vai virar homem.

Eu me certificaria disso.

Determinada a não me sentar aqui e chafurdar, peguei meu celular e enviei uma mensagem para mamãe, dizendo a ela que eu iria jantar com eles; eu estava me sentindo melhor. Ela respondeu com uma série de emojis de rosto feliz e confetes.

Apaguei as luzes da minha casa, levando minha bolsa e uma garrafa de vinho para mamãe – não precisaria disso por um ano inteiro. Depois fui para a casa dos meus pais, curtindo um tempo a sós com eles e fazendo o possível para não pensar em Dash e no bebê.

Quando cheguei em casa, estava exausta e prestes a desmaiar. Estava tão cansada que mal abri os olhos enquanto me arrastava para dentro.

A casa estava escura, mas eu não precisava das luzes acesas para encontrar o caminho para o quarto. Eu gostava do escuro porque escondia o cesto de roupa suja no sofá. Ele escondia o copo que Dash havia deixado na pia.

Também escondia a figura, envolta em preto, que estava esperando que eu chegasse em casa.

CAPÍTULO VINTE E TRÊS

DASH

— Bom dia. — Isaiah entrou na oficina, passando a mão pelo cabelo curto. — Você está nisso há um tempo. Ficou a noite toda?

— Sim. — Fechei a porta do Mustang com força, com um pano de limpeza na mão.

Depois de deixar a casa de Bryce ontem à noite, fiz uma longa viagem. Quilômetros e quilômetros voaram enquanto eu tentava entender a bomba que ela havia jogado. Ela mudou meu mundo com uma palavra. Virou a maldita coisa toda de cabeça para baixo.

Grávida.

Eu não conseguia entender. Tínhamos sido cuidadosos. Os preservativos eram obrigatórios quando eu estava com uma mulher, sem exceções. E embora eu adorasse gozar com Bryce, havia uma razão para nos mantermos seguros.

Alguns homens foram projetados para ser bons pais. Nick era um. Mas eu fiz muitas coisas, coisas violentas e vis, para ser um pai decente. Não importava o que Bryce dissesse, o quanto eu quisesse acreditar nela, eu não era bom.

Eu foderia as coisas com um filho meu.

Todas as minhas precauções, minhas regras estritas para preservativos, eram inúteis agora.

Dentro de meses, eu seria pai.

E isso me assustava pra caralho. Eu não sabia ser pai. Era só ver o exemplo que tive que seguir. Um homem que levou assassinos à porta de sua esposa e sequestradores ao quarto de sua nora.

Eu não queria me tornar meu pai. O que era foda, já que passei trinta e cinco anos seguindo seus passos.

Eu me juntei ao seu clube. Eu me sentei em sua cadeira. Assumi sua oficina quando ele se aposentou. Em trinta e cinco anos, meu próprio filho olharia para mim e desejaria ter trilhado seu próprio caminho também?

Após a longa viagem, voltei para a oficina. Estava escuro, mas meu pai e Emmett ainda estavam aqui, conversando sobre nomes de mebros dos Warriors. Eu entrei, sem dizer uma palavra, e comecei a trabalhar no Mustang.

Eventualmente, eles perceberam que eu não estava aqui para conversar e me deixaram em paz.

As horas voaram enquanto eu terminava as tarefas finais no carro. Então detalhei o interior. Em seguida, faria o mesmo com o exterior e ligaria para o cliente para combinar a coleta.

Eu precisava deste carro fora da minha oficina. Tive a sensação de que na noite em que transei com Bryce neste Mustang, também a engravidei.

— Terminou? — perguntou Isaiah, passando a mão pelo capô.

— Quase. Desculpe se mantive você acordado ontem à noite. — Eu realmente não tinha pensado muito em Isaiah em seu apartamento acima da oficina enquanto trabalhava. O cara provavelmente me ouviu martelando a lataria a noite toda.

— Sem problemas. Eu não durmo muito mesmo.

— Insônia?

Ele balançou a cabeça.

— Prisão.

Isaiah não me contou muito sobre o motivo de sua prisão, apenas que foi condenado por homicídio culposo e passou três anos preso. Eu não tinha pedido detalhes. Aqui era assim porque era do mesmo jeito no clube. Perguntamos o suficiente para saber com que tipo de homem estávamos lidando. Então julgamos com base no caráter, não nos erros do passado.

Esta oficina era seu próprio tipo de irmandade – embora irmão não fosse a palavra certa, considerando que Presley fazia parte desta família tanto quanto Emmett, Leo ou Isaiah.

— Então, você está, hmm... você está bem? — perguntou Isaiah.

Pigareei, pronto para ignorá-lo, mas a verdade saiu em seu lugar:

— Bryce está grávida.

Seus olhos se arregalaram.

— Como você se sente sobre isso?

Soltei uma risada seca.

— Não faço ideia.

— E Bryce?

— Não fiquei por muito tempo lá para perguntar — admiti. Eu fodi tudo como namorado na noite passada. E como esperado, eu já estava estragando o show da paternidade também. Jogando meu pano no chão, encostei-me no carro. — Não sei o que fazer. Como lidar com uma criança ou uma mulher grávida.

— Só conheci uma grávida. — Isaiah fez uma pausa. — Ela era... especial.

Era. Talvez fosse alguém que ele conheceu uma vez. Mas tive a sensação de que era alguém que ele havia perdido.

— Isso a aterrorizou — comentou ele. — A ideia de ser responsável por outra vida. Ela também estava animada, mas assustada. E foi corajosa o suficiente para admitir isso.

— Apavorado parece ser a palavra certa.

— Aposto que para Bryce também.

— Sim. — Baixei a cabeça. Tinha certeza de que Bryce também estava com medo. Especialmente por estar em casa, lidando com isso sozinha.

O que eu estava fazendo aqui? Havia uma pessoa que tinha o poder de aliviar meus medos. E eu não iria encontrá-la na oficina.

— Tenho que ir. — Empurrei a bancada de ferramentas, acenando para Isaiah enquanto saía pela porta. Quando meu celular vibrou no meu bolso, eu o peguei. Um número desconhecido havia enviado um texto, então desacelerei meus passos, abrindo-o para ver a foto em anexo.

Foi quando meu coração parou.

Bryce estava de joelhos. Lâminas de grama estavam espalhadas na terra sob seu jeans, grossos troncos de árvores amontoados atrás dela. A foto era escura, mas havia luz suficiente para ver o terror em seu rosto. Sua boca estava amordaçada com um trapo imundo amarrado na cabeça. Seus olhos estavam vermelhos e as bochechas manchadas de lágrimas.

Havia uma arma pressionada contra sua têmpora.

— Meu Deus. — Tropecei, perdendo o equilíbrio e caindo no cimento. *Não.*

Respirei fundo, tentando me concentrar. Então me virei novamente para a foto, meus olhos se estreitando para a pessoa que segurava a arma. *Era uma mulher.* Ela estava de perfil, o braço erguido e contraído.

Quem era ela? Por que ela estava com Bryce?

Voltei a mensagem, procurando algum tipo de texto, mas não havia nada. Apenas a imagem.

— Dash? — Meu pai veio correndo na minha direção. Eu não o tinha ouvido chegar. — O que foi?

Pisquei, saindo do estupor enquanto ele me ajudava a ficar de pé. Então enfiei o telefone na cara dele.

— Quem diabos é essa mulher?

— Que mulher?

— Ela. — Apontei para a foto. — Com a arma apontada para a cabeça de Bryce.

O medo se transformou em raiva. Minhas mãos se fecharam e a frequência cardíaca diminuiu. A sensação assassina que eu não desfrutava há anos veio rugindo para mim com uma vingança, estabelecendo-se em meus ossos. A fúria ferveu meu sangue.

Aquela mulher estava morta, quem quer que fosse. E a pessoa que está segurando a câmera. Morto.

— Essa é... — Meu pai tirou os óculos escuros, enccarando o celular com os olhos entreerrados. Então, ficou boquiaberto. — Porra.

— O quê?

— Não pode ser. — Ele balançou a cabeça.

— O quê? — rosnei, diretamente em seu ouvido, fazendo-o estremecer. — Quem diabos é essa mulher?

— Genevieve. — Ele engoliu em seco. — Amina me mostrou fotos; acho que é Genevieve.

— Sua filha? — gritei. — A porra da sua filha pegou minha mulher e apontou uma arma para a cabeça dela?

— Bem, não pode ser. Não faz sentido. — Ele passou a mão no rosto.

Com sentido ou não, ela estava morta.

— O que está acontecendo? — Isaiah correu para o meu lado.

— Isto. — Mostrei-lhe a fotografia. Ele não fazia parte do clube, mas não era hora para segredos. Não quando eu precisava chegar a Bryce. Isaiah soltou uma série de xingamentos enquanto eu puxava o celular de volta, ligando para Emmett. Ele atendeu no segundo toque.

— Venha pra cá.

— Dez minutos.

Desliguei, fazendo a mesma ligação para Leo, depois me virei para meu pai.

— Por que ela levaria Bryce?

— Eu não sei — ele respondeu.

— Ela deve saber sobre você. Ela acha que você matou a mãe dela. Ela poderia ter levado Bryce por vingança?

— Não — ele insistiu. — Ela não sabe que sou o pai dela. Amina jurou que nunca contou.

— Ela mentiu. Esta mulher trepou com o marido de sua melhor amiga e ficou de boca fechada sobre sua filha por vinte e poucos anos. Não estou acreditando na palavra dela.

— A menos que Bryce já tenha contado a ela.

— Duvido — eu disse a ele. — Elas não deveriam se encontrar até o meio da manhã. E está escuro nesta foto.

Arrisquei outra olhada na foto, ignorando meu estômago embrulhado. Agarrei-me ao fato de que Bryce estava viva. Ou ela estava. A próxima mensagem seria o corpo sem vida de Bryce?

Não. Fechei os olhos com força, afastando a imagem mental até que tudo o que restasse fosse preto. Bryce tinha que viver. Tínhamos coisas para resolver. Coisas para falar. Uma gravidez para sobreviver.

Uma criança para criar.

Juntos.

O rugido de um motor ressoou até a oficina, Leo entrou e derrapou até parar. Os dez minutos de Emmett foram menos de cinco quando ele parou momentos depois.

Não demorou muito para informá-los.

— Ela deve ter vindo de Denver mais cedo — falou Leo. — Esperado que Bryce ficasse sozinha.

Sozinha, porque eu não estava lá para protegê-la. Estive muito ocupado aqui, pensando sobre merdas que eram tanto minhas quanto dela.

Se ela sobrevivesse a isso, eu imploraria por perdão.

Mas talvez fosse bem melhor se ela não me perdoasse.

— Porra! — rugi. Ao meu lado, Isaiah se encolheu.

Isso não estava acontecendo. Agora não. Não com Bryce. Ela era tudo para mim. Ela era a mulher que eu não sabia que precisava. Minha parceira. Minha confidente. Meu coração. Quem fez isso com ela pagaria. Eu teria minha vingança e seria sangrenta.

Se ela não saísse dessa... não, eu não poderia pensar assim. Ela tinha que sair disso ilesa. E para cada arranhão, cada contusão, eu daria o mesmo castigo dez vezes pior.

— Não faz sentido. — Meu pai vinha repetindo isso várias vezes.

— O que não faz sentido? — retruquei. Seu murmúrio estava irritando meus nervos.

— Por que ela faria isso? Como ela sabe sobre nós? Se ela queria se vingar de mim por Amina, por que ir atrás de Bryce?

— Estamos deixando passar algo importante — Emmett disse. — Ela está metida nisso de alguma forma. Provavelmente tem estado desde o início.

— E ela o quê, matou a própria mãe? — Meu pai bufou. — Não parece certo.

— E se ela estivesse com raiva da mãe? Talvez Amina e ela tenham se desentendido. Alguém está segurando a câmera. — Sacudi o celular. — Pode não ter sido ela a segurar a faca, mas todos nós vimos um Warrior invadir a sede do clube. Meu palpite é que o mesmo Warrior está por trás desta foto. E minha *irmã* está dando as ordens.

— O que fazemos? — Emmett perguntou. — Não podemos ficar aqui sentados esperando. Bryce pode ser...

— Não. — Levantei a mão. — Não diga isso.

Os pensamentos na minha cabeça já eram ruins o suficiente. Eu não precisava dele adicionando horrores aos meus ouvidos.

— Precisamos encontrá-la. Ela está viva. — Ela tinha que estar viva. Eu não viveria o resto da minha vida miserável e sozinho.

Eu iria encontrar Bryce, levá-la para minha casa e nunca mais sair do lado dela.

— Pai, ligue para o Tucker. Vamos torcer para que ele tenha mais informações do que estava deixando transparecer.

Ele assentiu, o telefone já fora do bolso.

— Emmett, descubra o que puder sobre Genevieve. Quando ela chegou a Montana. Onde ela está se escondendo.

Com um aceno curto, ele correu para a sede do clube.

— Tem algo... aah. — Leo passou a mão pelo cabelo. — Não consigo identificar.

— O quê?

— Algo é familiar naquele lugar.

— Que lugar?

— Deixe-me ver a foto de novo. — Ele se aproximou e pegou o telefone da minha mão. Então entrecerrou os olhos, os dedos dando zoom na borda mais distante. — Lá. Vê?

— O que estou olhando?

— Aquela cabana ao longe. Tá vendo?

Eu estava tão concentrado em Bryce e na arma que não havia observado outras partes da foto. Mas lá estava. À distância, uma velha construção de madeira que era quase invisível entre as árvores.

— Você conhece esse lugar? — perguntei a Leo.

— É familiar. — Ele fechou os olhos, pensando por alguns segundos dolorosos. Então seus olhos se abriram e ele estalou os dedos. — Fica em Castle Creek Road, a cerca de uma hora daqui. Subindo as montanhas em uma velha trilha íngreme. Não vou lá há dez anos, mas aquele prédio parece o antigo esconderijo dos Warriors que alguns caras e eu vigiamos antigamente.

— Tem certeza? — Não podíamos nos dar ao luxo de dirigir uma hora nas montanhas por causa de um palpite. Bryce podia não ter tempo extra e, se chegasse uma ligação pedindo o dinheiro do resgate, eu queria que o celular estivesse em cobertura de telefonia.

— Sim, irmão. Tenho certeza.

Meu pai se aproximou, com o maxilar cerrado.

— Tucker jura que não são os Warriors.

— Ele sabia alguma coisa sobre Genevieve?

— Nada.

— Ele está mentindo — Leo soltou, arrancando o telefone da minha mão para mostrar a cabana ao meu pai. — Lembra daquela cabana que você ordenou que eu, Jet e Gunner vigiássemos? É essa.

— Tucker desgraçado — ele amaldiçoou.

— Estou indo. — Apontei para Leo. — Lidere o caminho.

— Espere. — Meu pai agarrou meu braço, me parando. — Pode ser uma armadilha. Tucker sabe que achamos que um Warrior está por trás disso. Ele poderia ter levado Bryce. Genevieve. Armado tudo.

— Ou Genevieve é uma maldita psicopata. Talvez ela nem seja sua filha. Talvez tudo isso tenha sido uma armação para te confundir, porque você não conseguiu manter seu pau atrás do zíper. Quem sabe? O que sei é que Bryce está em perigo e farei o que for preciso para mantê-la viva. Se ela estiver naquela cabana, então é pra lá que eu vou.

Ele soltou um longo suspiro.

— Vou também.

— Todos nós apenas acreditamos na história de Amina, mas pode não ser verdade. Temos sido desleixados. Estamos por toda parte e perdendo algo importante. — Olhei entre meu pai e Leo. — Estamos na defensiva desde o início, e é hora de lembrar quem somos. Ninguém fode com a gente, quer o clube tenha acabado ou não. Alguém vai pagar por isso. Atirar primeiro. Enterrar mais tarde.

O rosto de Leo endureceu.

— Assim que se fala, porra. Foda-se essa vadia.

Meu pai não foi tão rápido em condenar Genevieve.

— Eu gostaria de falar com ela.

— Se ela machucar Bryce, você terá que viver com a decepção.

Esta era sua chance de escolher um lado e, com certeza, era melhor que fosse o meu.

— Tudo bem, filho. — Ele deslizou os óculos escuros no rosto. — Leo, mostre o caminho.

Nossas botas golpeavam o asfalto enquanto íamos para nossas motos. Enquanto caminhava, liguei para Emmett, dizendo-lhe para sair do clube e acompanhar. Quando enfiei meu telefone no bolso, um movimento ao meu lado chamou minha atenção.

— Eu também vou. — Isaiah estava correndo em direção à sua motocicleta.

Merda. Isso poderia ficar feio e, provavelmente, não era o lugar para ele.

— Não, você fica.

— Por favor. Deixe-me ajudar.

Eu não tinha tempo para discutir.

— Sua moto está pronta?

— Ela vai dar pro gasto.

— Bom. Porque vamos com tudo. — Montei e destranquei o alforje sob o assento. Peguei minha Glock, enfiando-a no cós do jeans. Então peguei outra pistola, entregando-a a Isaiah. — Você sabe como usar isso?

— Sim.

— Se tiver linha de tiro, você atira.

Eu não me importava quanto sangue fosse derramado hoje.

Desde que não pertencesse a Bryce.

CAPÍTULO VINTE E QUATRO

BRYCE

— Dash virá atrás de mim. — Cerrei os punhos, puxando a fita adesiva que os prendia às minhas costas.

— Estou contando com isso. — O homem parado diante de mim, vestido de preto, cruzou os braços sobre o peito. — Agora cale a boca.

Cerrei os dentes, meus molares rangendo com tanta força que poderiam ter pulverizado diamantes. Eu não iria obedecer a sua ordem. Eu estava com muito frio e queria evitar que meus dentes batessem. Meus dedos dos pés e das mãos ficaram dormentes horas atrás. Pelo menos, acho que foram horas. Eu não tinha ideia de que horas eram. O sol estava alto, mas não o suficiente para afugentar o frio que se agarrava ao ar enevoado da floresta.

Ao meu lado, Genevieve fungou. Seu braço estava pressionado contra o meu, tremendo. Ela estava tremendo da cabeça aos pés, o tipo de tremor que era de puro medo.

Horas atrás, eu também estava com medo. Quando fui raptada de casa e enfiada no porta-malas de um carro, fiquei apavorada. Chorei até não haver mais lágrimas.

Então, deitada no escuro, com mãos e tornozelos amarrados, o medo desapareceu. Eu não podia me dar ao luxo de ter medo. Eu tinha outra vida contando comigo para me recompor.

Meu arrependimento estava me mantendo viva. Evitou que meu sangue se transformasse em gelo, alimentando o fogo em meu coração. Porque eu tinha que aguentar. Tinha que lutar. Eu estava finalmente conseguindo um vislumbre do futuro que eu esperava, uma criança que eu amaria incondicionalmente. Esse idiota não ia tirar isso de mim.

Foda-se esse cara. Ele era o mesmo homem que invadiu o clube Tin Gypsy. Presumi isso com base em suas roupas. Ele usava calça jeans preta e um casaco preto de mangas compridas. Sua máscara de esqui cobria se cabelo e rosto. As mãos estavam cobertas por luvas de couro preto. E ele usava um colete com o logotipo ultrapassado dos Warriors nas costas.

Seus olhos estavam ocultos por óculos escuros, mesmo na penumbra, as lentes e armações pretas. Ele não mostrava pele, exceto pelos lábios finos aparecendo pela máscara.

Ele era de estatura mediana, o que significa que mesmo que conseguíssemos sair dessa situação – improvável –, não haveria como fornecer à polícia nenhuma informação de identificação. Sua dedicação em se manter escondido realmente me deu esperança. Se ele ia apenas nos matar, por que se esconder?

Talvez eu estivesse buscando esperança.

Ao nosso redor, a floresta era sombreada e misteriosa. O cheiro de pinheiros e terra era pesado. Este lugar para o qual ele nos trouxe era tão cheio de coníferas que eu duvidava que alguma vez ficasse claro.

Era assustador, mas a claridade fraca poderia funcionar a nosso favor se pudéssemos bolar uma fuga. Talvez conseguíssemos nos esconder debaixo de alguns arbustos ou algo assim. Fiz uma careta ao pensar em me enrolar com folhas e pinhos em decomposição.

Atrás de nós, havia uma velha cabana oculta por entre as árvores. Eu a vi quando ele nos puxou para fora do porta-malas. Era ameaçadora e as janelas estavam às escuras, como se alguém tivesse fechado com tábuas uma década atrás e esquecido que existia. Parecia saída de um filme de terror, o tipo de lugar onde corpos humanos eram massacrados no porão. Se eu conseguisse me libertar, iria na direção oposta daquela cabana.

Um telefone tocou no bolso do homem. Ele se afastou de Genevieve e de mim, desaparecendo entre as árvores onde não podíamos mais vê-lo.

Mas ele estava lá. Esperando. Observando.

— O que ele vai fazer com a gente? — perguntou Genevieve, batendo os dentes.

— Não sei — sussurrei. — Mas apenas aguente firme.

Dash nos encontraria. Esse cara tinha armado dessa forma. Ele queria que Dash me encontrasse. Mas por quê? E por que Genevieve? Como ele sabia sobre ela? Por que ela estava aqui?

Depois que o homem me tirou da minha casa, ele me colocou no porta-malas, e eu fui empurrada de um lado ao outro enquanto ele fazia curva após curva, provavelmente percorrendo a cidade. Então o rodopio dos pneus contra o asfalto tornou-se agudo enquanto ele acelerava por um trecho liso da estrada.

Exausta e emocionalmente abalada, adormeci. Talvez por dez minutos, talvez uma hora, eu não tinha certeza. Acordei sobressaltada quando paramos. Eu esperei, mal respirando quando a porta do carro se fechou com força, mas ele não veio atrás de mim.

Esperei, com o coração martelando no peito, até que finalmente o porta-malas se abriu. Fechei os olhos com força por conta da luz do estacionamento, ajustando a visão bem a tempo de ver o homem colocar outro corpo lutando no porta-malas.

Genevieve, amordaçada e amarrada, deu uma olhada no meu rosto e parou. Só tivemos tempo de nos reconhecer antes que ele fechasse o porta-malas e a luz se apagasse. Estávamos espremidas e sem espaço para nos movermos, embora o bagageiro fosse maior do que o de qualquer carro que eu já tive.

Com as mordaças, nenhuma de nós podia falar. Em vez disso, nós duas choramos em silêncio por horas até que o carro diminuiu a velocidade e fomos jogadas de um lado ao outro em uma estrada tão esburacada que não poderia ser pavimentada.

Ainda estava escuro quando ele nos arrastou para fora do carro, ameaçando cortar nossas gargantas se tentássemos fugir. Com a enorme faca embainhada no cinto, acreditei nele.

Então ele nos fez subir a colina por um quilômetro e meio, trazendo-nos até este ponto e me fazendo ajoelhar no chão. Ele desamarrou Genevieve e colocou uma arma em sua mão, declarando que estava carregada para que ela não tentasse nada. Então ele a empurrou e posicionou para que a arma tocasse minha têmpora em seu aperto trêmulo.

A mordaça dela foi retirada. A fita foi removida de seus pulsos e tornozelos. E ele disse a ela para ficar quieta. *Para de chorar, caralho.*

Afinal, Genevieve deveria se parecer com a minha assassina.

Ele tirou algumas fotos, depois a amarrou novamente, colocando nós duas perto desta árvore. Felizmente, ele tirou minha mordaça também. Não era como se precisássemos delas. Aqui fora, ninguém nos ouviria se gritássemos.

Ele desapareceu por um tempo, mas eu sabia que não tinha ido longe. Se tentássemos fugir, ele veria. Se tentássemos liberar nossas mãos, ele veria.

Então ficamos sentadas, ambas em estado de choque, até que ele voltou e ficou de pé sobre nós, observando em silêncio.

Mantive a cabeça baixa, não querendo provocá-lo. A cada minuto, ficávamos com mais frio. Eu estava de chinelos por conta do jantar na casa dos meus pais. Genevieve estava descalça e com uma calça de pijama de seda preta. Ele deve tê-la sequestrado do hotel onde estava hospedada em Bozeman. Seu top branco era fino, mas pelo menos tinha mangas compridas. A parte de trás estava aberta, mostrando seu sutiã esportivo verde. Quando ela se inclinou para frente, havia arranhões vermelhos da casca da árvore em sua pele.

Seus pés estavam praticamente esfolados por conta da longa caminhada pela floresta.

Ela fungou.

— Por que isso está acontecendo?

Inclinei-me para ela, recostando a têmpora no topo de sua cabeça. Era o melhor abraço que eu poderia dar a ela no momento.

— Eu preciso te contar uma coisa.

— O quê? — Seu corpo tensionou mesmo enquanto ela tremia.

— Quando fui para Denver, você me contou uma coisa. Você disse que sua mãe sempre chamou seu pai de *Prez*. Bem, esse apelido era familiar e eu... eu meio que descobri quem é seu pai.

Ela afastou a cabeça da minha. Seus olhos ficaram impossivelmente arregalados.

— Você descobriu? Quem?

— Antes que eu diga, por favor, mantenha a mente aberta. Sei que você não tem nenhum motivo para confiar em mim, mas estou implorando para que confie.

Ela me deu um leve aceno de cabeça.

— Diga.

Respirei fundo e soltei:

— Draven Slater não matou sua mãe. Estou certa disso. Não tenho provas, mas do fundo da minha alma, acho que ele realmente se importava com sua mãe e não a teria machucado.

Os olhos dela se estreitaram.

— A polícia tem provas. Ele a matou. Ele a atraiu para aquele motel e a esfaqueou até a morte.

— Ela pediu que ele fosse ao motel porque tinha uma coisa para contar. Ele é seu pa...

— Não. — Ela fechou os olhos, balançando a cabeça.

— Desculpe. É verdade. Ele é seu pai. Sua mãe pediu que ele fosse ao motel para lhe contar sobre você.

— *Não* — sibilou ela, a palavra uma combinação de raiva e desespero.

— Draven era o presidente de um moto clube. Eles o chamavam de *Prez*.

— Esse apelido pode servir para qualquer coisa.

— Genevieve. — Dei a ela um sorriso triste. — Você tem os olhos e o cabelo dele. Você até se parece um pouco com Dash.

— Quem é Dash?

— Meu namorado. E seu meio-irmão.

Ela se afastou de mim, virando-se para olhar na outra direção. Ou fiz a coisa certa ao contar a verdade a ela, ou a pressionei demais. Eu só esperava que ela tivesse herdado um pouco da força de Draven, porque quando eu fugisse dali, ela iria comigo.

— Acho que esse cara, aquele que nos sequestrou, é quem matou sua mãe.

Ela balançou a cabeça, os olhos ainda fechados. Quando os abriu, uma nova onda de lágrimas escorreu.

— Por quê?

— Acho que tem algo a ver com o moto clube de Draven. Algumas rixas antigas que nunca foram resolvidas. De alguma forma, viemos parar bem no meio disso.

Ela engoliu em seco, reprimindo as lágrimas.

— Eu só queria ver o túmulo da mamãe.

— Você vai ver. — Deslizei para o lado dela. — Vamos sair daqui. Dash virá atrás de nós.

Eu só esperava que não fosse tarde demais.

Ficamos sentadas em silêncio, a cabeça de Genevieve provavelmente girando e a minha frenética, buscando alguma maneira de escapar. Eu poderia correr com as mãos amarradas, mas não com os tornozelos.

— Você acha que ele pode nos ver? — sussurrei.

— Talvez. Mas não consigo vê-lo.

— Temos que soltar nossas pernas. Ele usou fita adesiva. Provavelmente podemos desenrolá-la ou cortar. Mas se ele pode nos ver, não quero tentar.

— Vamos fazer xixi.

— Aqui? — *Nojento*.

— Vamos dizer a ele que temos que fazer xixi. Talvez ele desamarre nossas pernas.

— Ah. — Relaxei. — Boa ideia.

Minha perna estava dormente e formigando, mas mudar de posição parecia fazer o frio penetrar mais profundamente em meus ossos. Esperamos até que o homem emergisse de trás de uma árvore a cerca de quinze metros de distância. Eu não o tinha visto se abaixar atrás dela. Ele caminhou em nossa direção com passos firmes, um homem confiante de que seu plano infalível estava dando certo.

As chances eram de que provavelmente estava mesmo. Provavelmente morreríamos hoje, mas não sem lutar.

— Preciso fazer xixi — eu disse, quando ele se aproximou.

— Então faça xixi.

— Aqui? — Fiquei boquiaberta. — E ficar sentada em cima?

Ele deu de ombros. Tirando algumas palavras aqui e ali, ele ficou mudo.

— Não, obrigada. — Cerrei os dentes de novo, a raiva rugindo. Eu não era uma pessoa violenta, mas, caramba, eu queria roubar a faca desse cara e esfaqueá-lo no olho. Eu me contorci. — Por favor? Chame isso de último pedido. Não me faça morrer coberta de mijo.

— Tudo bem. — Ele tirou aquela enorme faca de sua manga de couro e a aproximou. O metal parecia encontrar a única centelha de luz do sol, brilhando enquanto vinha em direção às minhas pernas. Um golpe rápido e meus tornozelos estariam livres.

— Posso ir também? — Genevieve olhou para ele com aqueles olhos grandes, chorosos e aparentemente patéticos. Foi uma bela atuação.

Ele cortou a fita das pernas dela também, então fez sinal para que nos levantássemos.

Minhas pernas estavam bambas e rígidas, os braços formigando de dormência. Caminhar teria sido difícil em uma superfície plana, quanto mais no terreno irregular da floresta. Correr seria desastroso. *Merda*. Mesmo que conseguíssemos fazer uma pausa e escapar, não demoraria muito para ele nos capturar novamente.

Isso era desesperador? Iríamos morrer em breve?

O homem tirou a arma do coldre e apontou para o meu nariz enquanto eu recuperava o equilíbrio.

— Vai.

Balancei a cabeça, me afastando dois passos.

— E as minhas mãos? Não consigo desabotoar meu jeans.

Ele franziu a testa e se aproximou, mas em vez de soltar minhas mãos, ele abriu o botão e o zíper da minha calça jeans e a puxou até meus joelhos. Então fez o mesmo por Genevieve.

REI DE AÇO

Era humilhante ter esse homem me vendo agachada, minha bunda nua congelando no ar frio. Genevieve deu seus passos na direção oposta. Seus olhos se fecharam enquanto ela se agachava.

Fiz o mesmo, fingindo que estava usando um banheiro no *The Betsy*, não uma pinha. Quando terminamos e ele puxou nossas calças no lugar, ele nos empurrou de volta para a árvore.

Por favor, não nos prenda novamente.

Ele pegou a mochila que havia trazido, provavelmente para pegar a fita.

— Você mandou aquela foto para o Dash, não foi? — Eu esperava que a pergunta o distraísse. Talvez se eu pudesse mantê-lo falando, ele esqueceria a fita.

— Mandei. Deixando pistas suficientes para encontrarem seus corpos.

Meu coração pulou na garganta.

— Você vai nos matar e nos deixar aqui?

— Só você. — Ele apontou para Genevieve com a arma. — Dash vai matá-la por matar você.

Eu não precisava perguntar o porquê. Esse idiota era claramente bom em incriminar outros por assassinato, e ele estava apostando no fato de que Dash iria se vingar, que não importava o quanto Genevieve implorasse por sua vida, ele a mataria.

— Mas por que ela? Ela não fez nada.

Ele a encarou e os músculos de seu rosto por trás da máscara tensionaram.

— Tenho meus motivos.

Isso tinha que ser sobre Amina, certo? Seu assassinato tinha começado tudo isso. Eu pensei o tempo todo que ela era a chave, mas estava faltando a peça de conexão.

Como esse homem sabia quando Genevieve estaria em Montana? Ele sabia que ela era filha de Draven? O jornal ainda não tinha saído. Se ele sabia, significava que alguém na oficina tinha dado com a língua nos dentes.

Mas eu não podia acreditar que Emmett ou Leo deixariam isso escapar. Draven contou a alguém? Talvez ele tivesse confidenciado a um velho amigo que era pai de uma filha desconhecida.

O rosto de papai surgiu em minha mente. Ele se perguntou por que eu não tinha aparecido no jornal para preparar a entrega esta manhã? Ele estava preocupado? O que quer que acontecesse, eu esperava que mamãe e papai soubessem que eu os amava. Se eu morresse hoje, ficaria feliz por termos jantado ontem à noite. Algumas horas, só nós três.

Afastei a ideia de nunca mais vê-los e me concentrei em manter esse cara falando. Ele ainda não havia pegado a fita.

— Você está fazendo tudo isso para começar uma velha guerra entre clubes?

— Não começar. Ganhar.

Então o que ele estava esperando? Por que não nos matar agora e desaparecer? Eu não tinha certeza de quanto tempo se passou desde que ele enviou a foto para Dash, mas deve ter sido pelo menos uma hora.

Ele enfiou a arma no cós da calça jeans e pegou o telefone.

— Acho que já esperamos o suficiente.

— Para quê? — perguntei.

Ele acenou com a cabeça para Genevieve.

— Para que a encontrem e a matem. Ela não pode ir muito longe.

Genevieve se encolheu, inclinando-se para mais perto do meu lado.

— Levante-se. — Ele estendeu a mão para Genevieve, fazendo-a se levantar.

Então fez o mesmo comigo, me colocando de pé tão rápido que fiquei tonta. Meu coração disparou. Precisávamos de mais tempo.

Lágrimas quentes deslizaram pelo meu rosto. Elas escorriam pelo rosto de Genevieve também.

— Fique de joelhos — ordenou, sacando a pistola.

Eu estava com muito medo de desafiá-lo. Caí de joelhos, mas mantive os olhos em Genevieve. Ela enfrentaria o pior, não é? Ele a faria puxar o gatilho. Ele a faria ver o sangue e me ver morrer.

Dei a ela um sorriso triste.

— Tudo bem.

Um soluço escapou de seus lábios e seus ombros tremeram violentamente quando ele cortou a fita para liberar suas mãos.

O homem passou os braços em volta dela, fazendo-a gritar. Ela lutou contra ele, torcendo e girando, mas ele era muito forte. Com um aperto forte, ele a segurou contra seu corpo até que ela desistisse de lutar. Um a um, ele colocou os dedos frágeis dela na arma. Ela balançou a cabeça, o cabelo caindo em seu rosto.

Eu fiquei feliz por isso. Eu não queria que ela visse.

Fechei os olhos, desviando meus pensamentos para a parte inferior da barriga. *Me desculpe, pequenina. Eu sinto muito.*

Em minha mente, imaginei uma garotinha. Ela tinha olhos castanhos e cabelo rebelde. E tinha um sorriso largo e bochechas macias. Ela gritava quando Dash a jogava no ar e ria conforme caía.

Soltei uma respiração profunda, mantendo o queixo erguido. Eu estava aqui porque queria uma história. A história da minha vida. Todo mundo tinha me alertado sobre os Tin Gypsies, e eu não dei ouvidos. Eu poderia estar segura e em casa, agora. Poderia estar no jornal, trabalhando ao lado do papai.

Mas eu não me arrependeria das minhas escolhas. Eu faria tudo de novo pela chance de me apaixonar por Dash Slater.

Outro soluço escapou da boca de Genevieve e eu o bloqueei. Fiquei no meu lugar feliz, imaginando o rosto dele. Como era adormecer em seus braços. Eu estava lá, encolhida contra ele na minha cama, quando o gatilho foi apertado e uma bala atravessou o cano da arma.

O *boom* fez todo o meu corpo estremecer. Eu não esperava nada. Morte.

Mas quando uma nova onda de frio subiu pela minha pele, abri os olhos para encontrar o mundo se movendo em câmera lenta.

Genevieve desabou no agarro do homem, afastando as mãos da arma. Os joelhos dela aterrissaram com força na terra.

O homem segurou a arma, praguejando enquanto apontava para as árvores. Ele atirou, a explosão me fazendo estremecer.

— Bryce! — Genevieve estendeu a mão para mim, agarrando meu braço enquanto eu lutava para me levantar.

— Vá. — Eu a cutuquei com o ombro. — Corra!

Outra arma disparou. O tiro passou zunindo por nós e a bala acertou a árvore atrás de mim. A casca voou, grudando no meu cabelo.

— Vá, Genevieve — eu disse, enquanto nós duas corríamos para as árvores.

Ela manteve o agarre no meu braço, me ajudando a manter o equilíbrio. Em um segundo, sua mão estava lá, no outro ela estava voando para trás. O homem a agarrou pelo cabelo, puxando-a para frente do corpo como um escudo humano.

— Não! — Girei para voltar para lá, porém mais balas ricochetearam. Duas da arma do homem, outra à distância. Um tiro acertou seu ombro, fazendo-a cambalear.

— Dash! — gritei, sabendo que ele estava lá em algum lugar.

— Saia daí, Bryce. — Sua voz veio do fundo das árvores.

Genevieve se separou do homem e correu para outro lado, em direção à velha cabana.

Eu não poderia segui-la, não se quisesse me libertar.

Outra bala saiu voando e não perdi mais tempo. Disparei, tropeçando nos galhos e fazendo o possível para ficar de pé com as mãos amarradas às costas. Meu cabelo ficou preso na boca enquanto eu olhava para frente e para trás em busca do homem.

Ele estava se movendo em minha direção, a arma estendida enquanto se agachava atrás de uma árvore.

Eu fiz o mesmo, esperando que ele me perdesse de vista. Quando olhei para trás novamente, ele tinha sumido. *Onde ele estava?* Verifiquei à esquerda, depois à direita. Olhei por cima do ombro novamente, mas havia apenas árvores.

Mas ele estava lá.

Ocupada demais procurando meu sequestrador, não prestei atenção para onde estava correndo. Meu chinelo ficou preso em uma pedra e a floresta se tornou um borrão. *Tudo muito rápido.* Eu me preparei para o impacto, mas não caí.

Dash me pegou.

Um soluço saiu do meu peito quando seus braços me envolveram, me puxando para ficar de pé.

— Você está machucada? — Suas mãos me tocaram da cabeça aos pés. O toque era quase muito quente contra a minha pele congelada.

— Não — resmunguei, desmoronando em seu calor. — Estou bem.

Ele me puxou para mais perto, as mãos subindo e descendo pelas minhas costas para criar alguma fricção.

— Você está congelando.

Balancei a cabeça, me encolhendo contra o seu corpo e permitindo que meus joelhos cedessem.

Ele me segurou forte, falando sobre minha cabeça.

— Encontre-os e mate-os.

Eles? Tinha havido dois sequestradores? Eu só tinha visto um homem. Alguém o ajudou a levar a mim e a Gen...

— Não. Pare. — Meus dentes batiam tão alto que ressoavam em meus ouvidos. Encontrei forças para ficar de pé, afastando-me de Dash. Isaiah e Leo estavam a apenas alguns metros de distância. — Ela não.

— Ela tentou te matar — Dash disparou.

— Não. — Balancei a cabeça. — Não tentou. Ele a sequestrou. Ele armou tudo. É ele. Encontre-o.

— Você tem certeza?

— Tenho. Não a machuque. Por favor, *ajude* ela.

Draven e Emmett vieram correndo das árvores do nosso outro lado.

— Encontre-o — Dash ordenou, quando chegaram ao nosso grupo. — Faça o que for preciso.

Draven pôs uma mão em meu ombro. A outra segurava uma arma. Todos eles estavam armados.

— Genevieve correu em direção à cabana. — Eu a avistei ao longe. — Não deixem ele pegá-la de novo.

— Vou achá-la — respondeu Isaiah.

Dash assentiu.

— Preciso tirar Bryce daqui.

— Vão. — Draven apontou com o queixo para Leo e Emmett e os três começaram a se esgueirar por entre as árvores, suas armas estendidas e engatilhadas.

Perdi-os de vista em segundos.

Dash se abaixou atrás de mim, mordendo a fita para cortá-la. Ele arrancou tudo, provavelmente levando um pouco dos pelos junto, mas eu estava com tanto frio que não senti a dor. Então ele me pegou em seus braços e me carregou.

Eu me aninhei em seu peito quente.

— C-como você nos encontrou?

Eu sabia que o homem havia deixado pistas suficientes para chegar até nós, mas ele deve ter vindo mais rápido do que o esperado. Caso contrário, eu estaria morta e eles estariam caçando Genevieve.

— Te conto depois.

— Tudo bem — sussurrei, fechando os olhos enquanto ele caminhava.

Ele parou apenas uma vez para mudar meu peso em seus braços na longa caminhada até onde estacionou a moto. Não era de admirar que não tivéssemos ouvido seus motores. E agora fazia sentido, porque Dash estava tão quente e sua camiseta levemente úmida. Eles devem ter corrido pela floresta.

— Aqui. — Ele me sentou ao lado de sua moto, passando as mãos para cima e para baixo em meus braços nus. Então abriu um compartimento na moto, tirando um moletom e me ajudou a vesti-lo.

— Obrigada. — Meus músculos estavam sofrendo espasmos por causa do frio, a adrenalina deixando meu sistema.

— Tire seus chinelos.

— Hã? — perguntei, quando ele começou a tirar as botas. — O-o que você está fazendo?

Dash não respondeu. Ele tirou as meias e me guiou até o assento da moto. Então calçou meus pés com suas meias, guardando meus chinelos.

— Só uma hora. Espere uma hora, linda, e estaremos em casa. Você pode fazer isso?

— Sim.

Ele beijou minha testa.

— Porra, você é durona. A mulher mais forte que já conheci.

Eu tinha muito pelo que viver.

Acomodei-me atrás dele na garupa, me aconhegando às suas costas largas e pressionando minha bochecha em seu ombro. O cheiro de sua camisa – o amaciante, o vento, o cheiro de seu suor – encheu meu nariz e afugentou o fedor da floresta.

— Você me encontrou — sussurrei, com uma voz que não achei que ele tivesse ouvido por causa do motor.

Dash se contorceu, segurando meu rosto entre as mãos e encostando a testa à minha.

— E nunca mais vou perder você.

CAPÍTULO VINTE E CINCO

DASH

— Quase, linda. — Prendi a mão de Bryce no meu peito, pilotando sempre que podia com uma mão. — Estamos quase lá.

Bryce assentiu contra meu ombro. Seu corpo inteiro estava tremendo. Tinha sido assim nos últimos cinquenta quilômetros até Clifton Forge e eu estava preocupado que ela pudesse estar à beira de uma hipotermia. Ou pior, que o estresse que aquele bastardo a colocou tivesse machucado o bebê.

Puta que pariu. A moto era um hábito e era mais rápida, mas eu deveria ter levado a caminhonete.

Estávamos perto da minha casa, tão perto que eu queria só acelerar e chegar lá. Mas eu estava nervoso que ela caísse. Exceto pelas poucas vezes em que tive que usar as duas mãos para contornar uma curva apertada ou um trecho difícil na montanha, eu a segurei perto de mim durante a maior parte do percurso. Algumas vezes, seu corpo ficou tão pesado nas minhas costas que olhei por cima do ombro para ver que ela estava quase dormindo, então a acordei.

Ela estava exausta.

Quando minha casa apareceu à vista, exalei. *Finalmente.* Subi na entrada da garagem e no gramado, estacionando ao lado da varanda da frente. Desliguei a moto e lentamente desenrolei os braços de Bryce ao meu redor, então me levantei, certificando-me de manter um aperto em sua mão.

— Onde estamos? — Seu olhar era lento e pesado enquanto observava a casa.

— Minha casa. — Eu a peguei no colo e caminhei até a porta. Sua testa parecia gelo quando ela a enterrou em meu pescoço.

Caminhando direto para o banheiro principal, não a coloquei no chão enquanto ligava o chuveiro quente. Aumentei lentamente a temperatura até que o vapor penetrasse em seus ossos e afugentasse o frio.

Eu deveria tê-la levado ao hospital?

Com cuidado, coloquei-a em cima da bancada entre as pias duplas. Enquanto ela olhava ao redor, com os lábios quase azuis, comecei a tirar sua roupa.

O bater de dentes havia desaparecido. Ou ela havia esquentado um pouco ou as coisas estavam muito piores.

— É bonita — ela sussurrou. — Não é o que eu esperava.

Eu estava muito focado em tirar suas roupas para responder.

Ela provavelmente esperava um banheiro de solteiro com toalhas jogadas no chão e respingos de pasta de dente nas pias e espelhos. Mas gastei muito tempo e dinheiro projetando este lugar. Eu tinha um piso de mármore aquecido e bancadas planejadas. O boxe de chuveiro de azulejos podia acomodar cinco pessoas com espaço de sobra. Havia torneiras duplas e uma ducha enorme no centro.

As meias que eu tinha colocado nela estavam no chão, o moletom tinha sumido. Quando tirei sua blusa e sutiã, ela apertou os braços. Sua pele não era a cor cremosa e uniforme normal. Estava pontilhada de roxo e coberta de arranhões.

— Você consegue ficar de pé? — Quando ela assentiu, eu a peguei e a coloquei delicadamente de pé. Então foquei em sua calça jeans, abrindo-a e puxando-a pelas pernas, tirando a calcinha junto.

Ela ficou ali nua e tremendo enquanto eu recuava e arrancava minhas próprias roupas.

Bryce pressionou a mão no meu peito nu enquanto eu desabotoava a calça jeans.

— Você também está com frio.

Eu estava? Não senti frio. Desde o momento em que a foto chegou ao meu celular, o medo me deixou entorpecido.

— Devagar. — Peguei a mão dela, ajudando-a a entrar no chuveiro e sob o jato. Ela estremeceu quando a água atingiu sua pele. Parecia a temperatura ambiente para mim, nem mesmo quente o suficiente para criar vapor. — Muito quente?

— Vai ficar tudo bem. — Ela fechou os olhos e a aflição em seu rosto quase me quebrou.

— Sinto muito. — Envolvi-a em meus braços, puxando-a para meu corpo enquanto a água escorria por seus ombros. — Eu sinto muito.

— Não é sua culpa — disse ela, em meu peito, colocando todo o peso do corpo sobre o meu.

Ficamos ali, abraçados até ela começar a relaxar. Então abri mais a água quente, fazendo ajustes a cada poucos minutos até que estivéssemos envoltos em uma caixa de vapor, tornando difícil até mesmo ver seu rosto.

Só quando meus dedos das mãos e dos pés começaram a enrugar é que percebi o quão frio eu também estava. O ar da manhã estava fresco na corrida para a montanha, mas a adrenalina, meu temperamento e os piores cenários me impediram de congelar. Então eu corri. Literalmente. Os caras e eu estacionamos a quase um quilômetro de distância da cabana, esperando que pudéssemos abafar o som de nossas motos. Então corremos.

Eu nunca tinha corrido dois quilômetros mais rápido na minha vida. E cada vez que eu verificava, Emmett, Leo e Isaiah estavam na minha cola, mantendo o ritmo enquanto desviávamos de árvores e galhos caídos. Até meu pai acompanhou, mostrando que seu treino diário não era à toa.

Cristo, tivemos sorte. Nós basicamente caímos sobre o cara, embora enquanto eu corria pela floresta, com minha arma em punho, eu estava caçando Genevieve, não um homem vestido de preto.

O que diabos aconteceu? Quando Bryce estivesse aquecida, conversaríamos. Mas, por enquanto, eu estava simplesmente feliz por meu coração não estar mais querendo saltar pela garganta.

Quando o ar quente encheu meus pulmões, eles se soltaram. Os músculos dos meus braços relaxaram. E quando a cor voltou ao rosto de Bryce, alguns dos meus medos foram pelo ralo.

Eu a mantive no chuveiro até que quase esgotamos a água quente.

— Melhor?

Ela assentiu.

— Muito.

— Ótimo. — Coloquei a cabeça dela sob o chuveiro, depois peguei um pouco de xampu, massageando-o no cabelo e enxaguando.

Ela ficaria com o meu cheiro hoje, mas logo pegaríamos as coisas dela. Ela poderia ter todo o espaço que quisesse aqui.

Bryce estava em casa.

Ela era *minha* casa.

Quando estava limpa, eu rapidamente esfreguei meu cabelo, lavando o cheiro de pânico e vento da corrida. Então saí primeiro, pegando uma toalha para me secar.

— Me dê sua mão. — Estendi a minha, ajudando-a a pisar no tapete enquanto ela fechava a torneira.

— Eu posso fazer isso — ela disse, quando me ajoelhei para secar suas pernas.

— Me permita. — Olhei para ela de joelhos. — Por favor.

Ela passou a mão pelo meu cabelo úmido.

— Tudo bem.

Fechei os olhos, aproveitando aquele leve toque. Algumas horas atrás, eu tinha certeza de que não sentiria isso nunca mais. Minha garganta queimou; uma pontada atingiu meu peito. Foi demais. Emoção. Medo. *Amor*. Como diabos processava tudo isso?

Pigarreando, forçando a me controlar, concentrei-me na tarefa, me certificando de que cada gota de água havia saído de sua pele. Espremi a água de seu cabelo até que estivesse o mais seco possível com apenas uma toalha.

— Você tem um pente ou esco... Dash — ela arfou quando a peguei em meus braços. — Eu posso andar.

— Eu preciso disso, linda.

— Tudo bem. — Ela se aninhou a mim como antes, desta vez não pelo calor, mas pelo toque.

Eu a levei para minha cama, puxando para trás o edredom branco que eu tinha forrado ontem de manhã. Na manhã anterior que eu soube que Bryce estava grávida. Antes de eu ter passado a noite trabalhando na oficina. Antes de ela ser levada.

Isso era minha culpa. Para sempre, essa coisa toda era minha culpa. E eu gastaria uma eternidade compensando Bryce por isso.

Colocando-a debaixo do meu lençol, eu nos aconcheguei, virando-a para que pudesse pressionar meu peito contra suas costas.

— Você sabe se eles encontraram Genevieve? — Sua voz era assustada e calma.

— Ainda não sei, linda. Emmett vai me avisar, mas neste caso, nenhuma notícia é uma coisa boa. Tudo bem?

Bryce agarrou meus braços enquanto eu a envolvia. Ela entrelaçou as pernas nas minhas. E aí, quando pude beijar a pele de seu ombro, deixei uma das mãos deslizar para baixo e espalhei meus dedos sobre sua barriga.

— Você acha que está tudo bem? Com o bebê?

REI DE AÇO

Sua respiração vacilou.

— Espero que sim.

— Eu também.

— Você? — ela sussurrou. — Você disse...

— Eu sei. Eu disse que não queria ser pai. Quando você me contou ontem à noite, eu não sabia o que dizer. Como reagir. A verdade é que... estou com muito medo, linda.

— Eu também estou.

Eu a abracei mais forte.

— Você está?

— Sim. Isso não foi algo que planejei. Eu pensava... esperava, talvez um dia, quando fosse o momento certo. Quando eu fosse casada. Isso foi inesperado, mas... não posso dizer que não quero ser mãe.

Bryce seria uma mãe maravilhosa. Ela lutaria por seu filho – nosso filho – como uma guerreira. Ela seria firme. Ela daria seu amor incondicionalmente. E eu queria que ela tivesse essa chance.

Eu queria estar junto.

— E se com o estresse de tudo isso... — Ela suspirou. — E se tiver acontecido Alguma coisa?

Isso estava em nossas mentes e nenhum de nós parava de se preocupar. Poderíamos estar deitados aqui, aquecidos e quietos, mas nossas mentes estavam girando. Gritando *"e se"*.

Foda-se. Arranquei as cobertas, pulando para fora da cama.

— O que você está fazendo? — Bryce perguntou, me vendo abrir uma gaveta na cômoda de nogueira do quarto.

— Vamos ao médico.

— Agora?

— Agora. — Peguei uma calça jeans. — Precisamos saber.

Ela estava fora da cama em um piscar de olhos.

— Não sei se o hospital daqui vai ter o equipamento certo. É muito cedo.

— Então iremos até Bozeman. — Atravessei o quarto e puxei-a para meus braços. — Antes que o dia acabe, saberemos.

Em vez de fazê-la vestir as roupas que estava usando, encontrei uma calça de moletom. O cós foi enrolado para ficar firme em torno de sua cintura, as barras dobradas para que não arrastasse no chão. E então coloquei uma camiseta e meu moletom preto da Harley-Davidson favorito por sobre a cabeça dela.

— Você é linda. — Vestida com minhas roupas, o cabelo úmido e escorrido, os olhos vermelhos e cansados, ela nunca esteve tão bonita.

— Estou um desastre.

Beijei sua testa.

— Maravilhosa. Preparada?

— Não — confessou. — Não quero más notícias.

— Nem eu. — De mãos dadas, eu a levei para a minha caminhonete. Ela deu uma olhada e seus ombros relaxaram.

— Graças a Deus. Preciso de uma folga da sua moto.

Eu ri e a coloquei no banco do passageiro. Ela revirou os olhos enquanto eu afivelava seu cinto de segurança, mas me deixou ajudá-la mesmo assim. Com o aquecedor ligado, dirigi pela cidade até o hospital. Marchamos direto para a sala de emergência e, duas horas depois, Bryce e eu estávamos de volta à caminhonete.

Segurei a mão dela, puxando-a pelo console para beijar seus dedos. Então me estiquei para acariciar sua bochecha, usando meu polegar para secar uma lágrima que caía de seus lindos olhos.

— Você está bem?

— Sim. — Ela fungou, as lágrimas ainda deslizando. Então ela sorriu, o alívio e a alegria me atingindo bem no meio do peito. *Doce alívio.* — Quero dizer, muita coisa ainda pode dar errado, mas...

— Não vai.

Eles chamaram o obstetra/ginecologista para nós, o médico que fazia o parto de todos os bebês em Clifton Forge. Primeiro, ele pediu um exame de sangue. Então deu uma volta em um carrinho, cobriu uma varinha com uma camisinha e fez um ultrassom. Pelo que o médico pôde constatar, não havia riscos para a gravidez no momento. Ficamos por ali, esperando o exame de sangue. Quando ele confirmou que os níveis hormonais estavam como deveriam estar e os batimentos cardíacos do bebê foram captados pela máquina, nos mandaram de volta para casa.

E, sim, merdas ainda podiam acontecer. Mas eu não ia pensar assim.

— Preciso ligar para os meus pais. Tenho certeza de que meu pai está preocupado porque não apareci para a entrega de domingo.

— Quer ir para a casa deles?

— Assim não. Estou uma bagunça e eles vão se preocupar. Pode me emprestar seu celular?

— Claro, linda. — Entreguei o aparelho e deixei ela ligar enquanto estávamos sentados no estacionamento. Ela assegurou-lhes que estava bem e que explicaria tudo mais tarde. Quando encerrou a chamada, eu me afastei do hospital, dirigindo para minha casa novamente.

— Devemos ir para a oficina? — ela perguntou. — Quero ter certeza de que Genevieve está bem.

— Meu pai virá para minha casa. Vamos começar por lá.

— Tudo bem. — Ela estava tão cansada que seus olhos se fecharam enquanto dirigíamos. Mas quando chegamos em casa e havia três motos na garagem, ela se sentou ereta.

Estacionei na garagem e a ajudei a entrar onde meu pai, Leo e Emmett já estavam esperando na minha sala. Levando Bryce para um sofá, eu me sentei e a coloquei bem ao meu lado.

— Você o pegou? — Bryce perguntou, antes que alguém pudesse falar.

A mandíbula do meu pai flexionou quando negou com um aceno de cabeça.

— Filho da puta — Leo sibilou da cadeira de couro à nossa frente. — Estávamos perto. Seguindo seu rastro passando pela cabana, mas então ele simplesmente desapareceu. Ele devia conhecer aquela área.

— Porra — rosnei ao notar Bryce tensa. A última coisa de que precisávamos era desse cara ainda respirando. Se ele viesse atrás dela novamente, não a encontraria sozinha.

— Nós nos separamos e vasculhamos a área — afirmou Emmett. — Em seguida, voltamos para a estrada, caso ele nos contornasse, mas tivemos que sair.

— Por quê?

— Fogo. — Meu pai balançou a cabeça. — O filho da puta deve ter incendiado a cabana para cobrir seus rastros. Vimos fumaça subindo das árvores, sabíamos que tínhamos que denunciá-lo. Ligamos para o serviço florestal e saímos de lá antes que as autoridades aparecessem.

— E Genevieve? — perguntou Bryce. — Onde ela está?

— Não sabemos. — Meu pai balançou a cabeça. — Quando voltamos para as nossas motos, a do Isaiah já tinha sumido. Achei que o encontraríamos na oficina, mas não tem ninguém lá. Tentei ligar para ele, mas ele não atende.

— E se o cara a pegou? — Bryce agarrou minha mão. — Temos que encontrá-la.

— Isaiah não sairia da montanha se não a tivesse com ele. Ele correu logo atrás dela.

Só que eles já deveriam estar aqui. Com o tempo que levei para levar Bryce para casa e tomar banho, depois para irmos ao médico, Isaiah já deveria ter trazido Genevieve de volta à cidade.

Lancei um olhar para meu pai, silenciosamente transmitindo minha preocupação. Com um aceno de cabeça, eu sabia que ele sentia o mesmo. Mas eu não queria preocupar Bryce ainda mais.

— Ele provavelmente a levou a algum lugar para se aquecer — assegurei a ela. — Daremos trinta minutos para eles ligarem de volta. Então vamos procurar.

—Tudo bem. — Ela assentiu.

— Beleza. Já que temos trinta minutos — meu pai encarou Bryce —, o que aconteceu?

— Fui jantar na casa dos meus pais ontem à noite. Já estava quase escuro quando cheguei em casa. Eu estava cansada e não me preocupei em acender as luzes porque... estava cansada. Eu só queria ir para a cama. — Ela respirou fundo. — Então ele estava lá. Tentei lutar contra ele, mas ele era muito forte. Ele amarrou minhas mãos e tornozelos, me amordaçou com tanta força que eu mal conseguia engolir. Então me arrastou pela porta dos fundos até o beco. Ninguém teria nos visto lá fora, não no meu bairro. Todo mundo dorme depois das sete. Ele me enfiou no porta-malas de um carro.

Meu estômago revirou. Ela estava em um porta-malas? Esse filho da puta estava morto. Ele colocou minha mulher nessa situação. Se eu tivesse estado lá, se não tivesse ido embora depois que ela contou que estava grávida, nada disso teria acontecido.

— Não é sua culpa — ela sussurrou, entrelaçando os dedos aos meus enquanto lia meus pensamentos.

— Eu deveria estar lá.

— Ele teria encontrado outro jeito. Isso foi planejado. Ele queria que você pensasse que Genevieve tinha me levado para que você fosse atrás dela.

— Por quê? — Emmett perguntou. — Ele disse por quê?

Bryce balançou a cabeça.

— Só que ele queria vencer uma velha guerra.

— Os Warriors — Leo soltou. — Tucker mentiu pra gente.

— Você está certo — eu disse. — Devem ser os Warriors, mas Tucker não é o tipo de homem que esconderia suas intenções. Se ele tivesse uma rixa conosco, ele deixaria claro. Porra, ele se gabaria de nos foder. Então, por que se esconder atrás de um ardil? Por que tentar incriminar Genevieve? Como ele sabia sobre ela?

— Meu instinto diz que não são os Warriors. — Meu pai se levantou, movendo-se para ficar em frente à lareira. — Tucker está dizendo a verdade desde o começo. Isso é coisa de outra pessoa. Alguém sabe que fui me encontrar com Amina naquela noite. Ele sabe que ela, nós, tivemos uma filha e foi atrás de Genevieve também. Resumindo, isso é tudo sobre mim. Para me fazer pagar.

— Quem? — Emmett perguntou. — Estamos tentando chegar a um alvo há um maldito mês e não estamos mais perto agora do que estávamos no dia em que você foi preso.

— O que mais aconteceu? — perguntei a Bryce. — Depois que ele colocou você no porta-malas, o que mais aconteceu?

— Nós dirigimos — respondeu ela. — Por muito tempo. Então ele estacionou e saiu. Algum tempo depois, ele voltou com Genevieve.

— Bozeman. Aposto que ele te levou a Bozeman para pegar Genevieve depois que o voo dela chegou. Provavelmente a pegou no hotel. O que significava que ele tinha que saber que ela estava vindo. Você sabe a quem mais ela contou sobre vir para cá?

Bryce balançou a cabeça.

— Pelo que sei, só para mim. Mas se ele estivesse de olho... não sei, você pode hackear as transações de cartão de crédito de alguém?

— Sim — Emmett disse. — Não é preciso muito.

— Isso me faz sentir segura — ela murmurou.

Eu esperaria outra oportunidade para dizer a ela que Emmett havia invadido suas contas um dia depois que ela apareceu na oficina.

— Vamos descobrir em que hotel Genevieve estava. Talvez eles tenham um vídeo do sequestro. — Embora eu não tenha esperanças. Esse cara era esperto. Ele havia tomado precauções. Mesmo nas montanhas, ele estava coberto da cabeça aos pés. — Ele mostrou o rosto?

— Não. — Os ombros de Bryce cederam. — Nem uma vez.

— Aí ele te levou para as montanhas, né? — perguntou meu pai.

— Sim. Ele nos fez posar para a foto. Ele disse que queria que vocês me encontrassem morta, porque então matariam Genevieve. Ele me colocou de joelhos. A arma... — Ela engoliu em seco. — A arma estava apontada para a minha cabeça. Eu realmente pensei que era meu fim. Graças a Deus, não foi. Acho que você chegou lá mais rápido do que ele imaginava.

— Ele... — Engoli em seco. — Ele te machucou?

— Não. — Ela deu um sorriso triste. — Ele só obrigou a mim e Genevieve a caminhar pela floresta, mas nada mais.

Além de tentar matá-la.

Ele morreria por isso. Exceto que havíamos perdido nossa chance.

— Porra, eu não devia ter errado.

Quando foi a última vez que errei um alvo? *Anos atrás*. Mas eu também não disparava uma arma há um ano. Eu precisava arranjar um tempo para treinar no campo de tiro. Estive tão perto de acertar o alvo, mas depois de correr montanha acima, meu coração disparou. E então, ao ver o cara segurando Genevieve, tomei uma decisão de fração de segundos para atirar nele em vez de mirar nela.

— Estou feliz por você não ter atirado em Genevieve — falou Bryce. — Onde eles estão? Você pode ligar para eles de novo?

Meu pai pegou o telefone e fez a ligação. Ele não saiu da sala enquanto mantinha o celular ao ouvido. Os toques eram altos o suficiente para nós ouvirmos até que cessaram e ele largou o aparelho.

— Sem resposta.

Merda. Algo deu errado. Talvez esse cara tenha alcançado Isaiah? Eu não queria levar Bryce junto para encontrá-los, mas poderia chegar a isso. Eu não a deixaria sozinha ou aos cuidados de outra pessoa.

— Depois que ele pegou Genevieve, vocês foram a algum outro lugar? — Emmett perguntou aqui.

— Não, nós dirigimos direto para a montanha. Ele nos fez caminhar até o local onde vocês nos encontraram.

— Algum sinal de marcas de pneus lá em cima? — perguntei a Leo.

— Nenhum. Onde quer que ele tenha estacionado, era longe. Provavelmente uma trilha que não conhecemos.

— Deu uma olhada no carro? Talvez uma placa?

Bryce balançou a cabeça.

— Ele nos tirou do bagageiro, nos fez seguir em frente, e eu nem pensei em olhar as placas. O carro não era nada de especial. Era um típico sedã preto. Desculpe.

— Está tudo bem, linda. — Coloquei meu braço em volta dos ombros dela. — Você fez bem.

Ela estava viva. Isso era tudo o que importava. Ela lutou. E quando chegou a hora, ela correu.

REI DE AÇO

— Ele parecia tão determinado. Nervoso. Isso é pessoal. Tem que ser alguém que vocês conhecem — comentou. — Pude sentir, quando estávamos lá em cima. Ele te odeia.

Os olhos do meu pai encontraram os meus. *Quem?*

Estávamos fazendo essa pergunta há um mês.

— Se ainda não descobrimos, não vamos descobrir hoje. — Eu me levantei do sofá, puxando Bryce para se levantar. — Precisamos encontrar Isaiah. Vamos verificar a oficina primeiro.

— Espere. — Ela puxou minha mão. — Você não acha que devemos ir até a polícia e contar a eles sobre o sequestro?

Olhei para Emmett e Leo, ambos balançando a cabeça. Suspirei, virando-me para Bryce.

— Linda, eu sei que você confia no Marcus. Mas acho que seria melhor manter isso entre nós.

— Por quê? Estamos tentando provar que Draven é inocente. Para mostrar dúvida substancial de que alguém está tentando incriminá-lo. Se o fato de eu ter sido sequestrada os fizer investigar, então não deveríamos tentar?

— Eles não vão encontrar nada. Se não conseguimos, eles não vão conseguir. — E se os policiais estivessem envolvidos, eu não conseguiria a vingança que queria contra o homem que a tinha sequestrado.

Ela estreitou o olhar.

— Você não sabe disso.

— Sim — eu disse, gentilmente. — Não estou dizendo que eles não são bons no que fazem, mas por mais que tentassem, nunca chegaram aos pés dos Gypsies. Tínhamos... vantagem sobre eles. Não temos que seguir as mesmas regras.

— E se não descobrirmos quem me levou? Ele não pode se safar disso, Dash.

— Ele não vai — prometi. — Mas teremos mais facilidade em encontrá-lo se não estivermos preocupados com Marcus no meio de tudo. Se chamarmos a polícia, ficaremos constantemente preocupados que eles tropecem em algo que não deveriam. Alguns segredos precisam permanecer ocultos. Se eles estiverem pairando sobre nós, isso nos prejudicará. Confie em mim. Por favor?

Seu rosto suavizou.

— Beleza.

— Vamos. — Passei o braço pelos ombros dela. — Vamos até a oficina procurar Isaiah.

Exceto que, quando chegamos lá, estava deserto. Aberta e vazia, do jeito que a deixamos esta manhã. Parecia anos, não horas, desde que eu estava trabalhando no Mustang.

— Onde eles estão? — Bryce perguntou enquanto estávamos juntos no escritório. Emmett tinha ido para a sede do clube para se certificar de que nada aconteceu lá enquanto estávamos fora. Leo e meu pai tinham acabado de subir as escadas para verificar o apartamento de Isaiah.

— Não sei. — Abracei-a contra o peito. — Nós os encontraremos.

Peguei meu telefone, liguei para o número de Isaiah, sem esperar que ele atendesse – como não atendeu. O som de botas descendo as escadas de metal ao lado do prédio ecoou, precedendo meu pai e Leo quando ambos entraram no escritório.

— Nada — disse ele. — Leo e eu vamos voltar para a montanha. Vocês esperem aqui. Em segurança.

— Ligue assim que puder. — Havia muita luz nesta época do ano. Eles tinham até quase nove antes que a escuridão se aproximasse e impossibilitasse a busca.

— Pode deixar. Tranquem tudo. Liguem para Presley e certifiquem-se de que ela está em casa. Diga a ela para ficar lá e trancar as portas.

— Você acha que ele iria atrás dela?

O olhar de meu pai se desviou para a mesa de Presley.

— Não sei mais o que pensar.

Quando a porta se fechou atrás deles, segurei o rosto de Bryce em minhas mãos. Ela encostou a bochecha contra minha palma.

— Você está exausta. Vamos para casa. Descansar um pouco.

— Quero estar aqui caso eles apareçam. Podemos esperar no escritório?

Eu não diria *não* a ela. Hoje não.

— Vou pedir comida. O que você quer?

— Qualquer coisa. Não estou com tanta fome.

— Não, você tem que comer. — Fazia vinte e quatro horas que ela não comia.

Eu a levei para o meu escritório, onde havia um sofá. Então me certifiquei de que ela estava confortável e pedi pizza. Ela fez o possível para comer duas fatias enquanto eu comia o resto. Então nos sentamos em silêncio. Esperando.

Além de Emmett parar para nos dizer que havia encontrado o hotel e estava tentando obter imagens de câmeras de segurança, não ficamos sabendo de mais nada. Em algum momento, Bryce adormeceu no meu colo. Eu mantive uma mão em seu quadril; a outra pronta para pegar minha arma do coldre.

A claridade do dia atrás das persianas do meu escritório foi diminuindo lentamente. Ficou escuro, o suficiente para as luzes de sensor do lado de fora acenderem. E foi então que o zumbido de uma moto chamou minha atenção. O som não pertencia à moto do meu pai.

— Linda. — Balancei Bryce gentilmente. — Alguém está vindo.

Ela acordou do sono, esfregando os olhos.

— Você acha que são eles?

— Não sei. Vamos. — Segurei a mão dela, mantendo-a escondida atrás de mim enquanto ia até a porta do escritório. Abri uns três centímetros, empunhando minha arma. Quando a moto apareceu, guardei-a no coldre de volta. — É Isaiah.

— Finalmente. — Ela abriu mais a porta, passando por mim enquanto ele entrava no estacionamento.

Seu rosto estava abatido quando ele desligou sua moto. Seus ombros baixos. Quando ele nos viu do lado de fora do escritório, na base da escada que levava ao seu apartamento, sua postura cedeu ainda mais.

— Onde está Genevieve? — Bryce perguntou depois que ele desceu da moto e caminhou em nossa direção. — Ela está bem?

— Ela queria ir embora. Eu a levei até Bozeman.

— E você a deixou lá? — Bryce estava boquiaberta. — Não sabemos quem nos levou. E se ele a pegasse de novo? Ele a tirou daquele hotel uma vez, ele poderia...

Isaiah ergueu a mão.

— Eu a levei para o hotel, entrei e peguei as coisas dela. Então eu a levei ao aeroporto, esperei até que seu avião decolasse. Ela está a caminho do Colorado, se já não estiver lá.

— Tudo bem. — Bryce relaxou. — Mas ela está bem?

— Ela está bem.

— O que aconteceu? Por que você não atendeu? — perguntei. — Estávamos ligando.

Isaiah baixou os olhos para o chão, o maxilar cerrado. Ele parecia horrível. Mais assombrado do que no primeiro dia em que apareceu aqui, desesperado por um emprego e para seguir com sua vida.

Coloquei a mão em seu ombro.

— O que aconteceu?

Ele não respondeu. Ao invés disso, passou por nós em direção às escadas, subindo cada um dos degraus com passos pesados.

— Isaiah — chamei o nome dele.

Ele fez uma pausa e olhou por cima do ombro.

— Tirei ela de lá. Assim como eu disse que faria.

Algo mais aconteceu, mas antes que eu pudesse perguntar qualquer coisa, ele subiu as escadas e sumiu de vista.

Bryce e eu compartilhamos um olhar apreensivo.

Não conseguiríamos mais respostas esta noite.

CAPÍTULO VINTE E SEIS

BRYCE

Depois que Isaiah deixou a mim e Dash boquiabertos, voltamos para a casa dele para passar a noite. Eu queria meu próprio pijama, uma escova e uma calcinha limpa, mas não tinha certeza de quando estaria pronta para ir para casa, especialmente no escuro.

Enquanto dirigíamos, Dash ligou para o pai para dizer que Isaiah havia retornado. E era improvável que Genevieve voltasse a colocar os pés em Montana.

— Meu pai disse que eles já estão voltando — informou, depois de desligar. — Eles não conseguiram chegar perto da cabana de qualquer maneira.

— Por causa do incêndio?

Dash assentiu.

— O serviço florestal tinha uma equipe inteira lá, certificando-se de que não se espalhasse para as árvores.

— Por que você acha que ele a incendiou?

— Não sei. Mas, como meu pai disse, provavelmente foi para cobrir seus rastros.

Algo naquela cabana poderia ter identificado meu sequestrador, mas nunca o encontraríamos agora.

— Eu gostaria de ter meu celular para enviar uma mensagem para Genevieve. Só para ter certeza de que ela está bem.

Genevieve e eu passamos por tanta coisa em um curto período de tempo. Mas dado o que aconteceu, o que eu disse a ela sobre Draven e o assassinato de sua mãe, eu não a culpava por fugir.

Eu provavelmente teria feito o mesmo.

— Amanhã. — Dash tirou minha mão do meu colo, entrelaçando nossos dedos. — Amanhã pego seu celular e o que mais quiser na sua casa.

— Isso seria ótimo. — Eu teria que voltar em algum momento, mas por enquanto, estava contente em passar algum tempo na casa dele. Tive a sensação de que poucas mulheres poderiam afirmar que passaram algum tempo na casa de Dash Slater. Estava muita cansada esta noite, mas amanhã eu queria explorar. Aproveitar sua casa.

Depois de me certificar de que Genevieve estava em segurança.

— Você acha que Genevieve estará segura em Denver?

— Talvez seja o lugar mais seguro para ela. Ou ela será um alvo fácil lá.

— Ela tem que estar bem, Dash. Nada disso foi culpa dela. Não posso deixar de pensar que se eu tivesse ficado aqui, ficado longe, ela...

— Isso não é sua culpa, linda. — Ele apertou minha mão com mais força. — Se não fosse por você, não saberíamos a verdade. Meu pai teria morrido mantendo isso em segredo. E precisávamos da verdade. É o melhor.

Só que isso lhe custou o relacionamento com o pai. Eu não tinha certeza do que era melhor agora.

— O que fazemos agora?

— Dormir. — Dash suspirou. — Reagrupar pela manhã.

Se minha mente continuasse acelerada, o sono não viria facilmente.

Dash me levou direto para seu quarto quando chegamos em sua casa. O quarto dava para um grande quintal. Aquilo era uma banheira de hidromassagem? Antes que eu pudesse dar uma olhada no pátio, Dash fechou as persianas das janelas.

— Dormir. Você pode explorar livremente o lugar amanhã.

— Tudo bem. — Eu fiz beicinho, tirando minhas roupas.

Nós nos encontramos no meio da enorme cama de Dash, nossos corpos nus se moldando um ao outro enquanto nos deitávamos cara a cara.

— Não sei se consigo dormir — sussurrei.

Minha mente passou por tudo o que Isaiah não disse. Por que ele ficaria de boca fechada? O que aconteceu naquela montanha? Foi realmente tão simples quanto levar Genevieve para Bozeman e depois voltar? Mas por que demorou tanto? Por que ele parecia mais devastado do que nunca?

— Isaiah parecia...

— Durma, linda.

— Mas...

— Bryce. Você precisa dormir. Amanhã, okay?

Eu bufei.

— Tudo bem.

Fechando os olhos com força, inspirei e expirei em um ritmo constante. Era estranho lembrar que ontem à noite eu estava em casa, imaginando se criaria o bebê sozinha. Se Dash e eu havíamos terminado.

— Você me salvou — sussurrei, levantando a mão para tirar uma mecha de seu cabelo da testa.

Seus cílios se ergueram e, mesmo no escuro, seus olhos brilhavam.

— Temos muito o que conversar. Você e eu. O bebê. E nós vamos.

— Vamos ficar bem?

Ele me puxou mais apertado em seus braços, me segurando firme.

— Juro pela minha vida.

O *amanhã* chegou e passou sem as respostas que esperávamos.

Porque quando fomos procurar Isaiah na oficina na manhã seguinte, ele havia sumido.

CAPÍTULO VINTE E SETE

BRYCE

— Preciso ir trabalhar. — Vesti uma camiseta.

— Você pode esperar algumas horas? Por favor? Preciso passar na oficina primeiro e garantir que tenhamos tudo sob controle para o dia, caso Isaiah não apareça novamente. Então posso levá-la ao jornal.

— Eu posso ir sozinha. Outras pessoas estarão lá.

— Não é uma opção. — Dash vestiu um par de jeans. — Até descobrirmos o que está acontecendo e quem te sequestrou, você não vai a lugar nenhum sem mim.

Esta não era uma discussão que eu iria ganhar.

— Tá bom.

Fazia dois dias desde que ele me resgatou daquela montanha e ele só saiu do meu lado uma vez. E foi para ir à minha casa ontem pegar umas coisas para eu poder ficar uns dias em sua casa. Mesmo assim, ele ligou para Emmett para ficar comigo enquanto estava fora.

— Como você está se sentindo? — Dash, já de jeans e com uma camiseta cinza, aproximou-se e passou as mãos para cima e para baixo nos meus braços.

— Meh. — Eu estava enjoada esta manhã. Ontem de manhã também fiquei. Eu esperava que passasse porque, se estivéssemos indo para a oficina, eu ficaria nervosa em chegar perto do banheiro da loja. — Você vai me trazer alguns biscoitos?

— Claro. — Ele beijou minha testa, saindo enquanto eu terminava de me vestir. Quando o encontrei na cozinha, ele tinha uma caixa de biscoitos salgados no balcão e uma caneca de viagem de descafeinado pronta para mim. Não seria até o meio-dia que eu seria capaz de engolir qualquer outra coisa.

Peguei meu laptop na mesa da sala de jantar, coloquei-o na bolsa e segui Dash até a oficina. Ele olhou ansiosamente para sua moto, estacionada ao lado de sua caminhonete, mas sabia que eu ainda não estava pronta para subir nela.

Em breve. Mas ainda não.

Quando chegamos à oficina, três motos já estavam alinhadas contra a cerca do estacionamento.

— Desde quando todo mundo vem aqui de manhã? — perguntei a Dash. O relógio no painel marcava sete e meia.

— Desde nunca. — Ele franziu os lábios. Se Draven, Emmett e Leo já estavam aqui, isso significava problemas.

Todos os três homens estavam esperando dentro do escritório de Draven quando entramos, Emmett e Leo em frente à mesa, Draven atrás dela. No momento em que ele me viu, Draven se levantou de um pulo e me ofereceu seu assento.

— Obrigada.

Ele assentiu, encostado na parede ao lado de Dash. Ele não recebeu um *bom dia* ou *olá* de seu filho.

— O que houve? — Dash perguntou.

— Recebi algumas notícias do promotor — anunciou Draven.

— E? — Meu artigo foi impresso no domingo, mostrando um homem invadindo a sede do clube e expondo Genevieve e a razão pela qual Draven e Amina estiveram no Evergreen Motel em primeiro lugar. Funcionou? Será que havíamos plantado uma semente de dúvida que poderia atrasar o promotor?

— Não é o suficiente. — Draven me deu um sorriso triste. — A foto do cara. A especulação de que a faca foi roubada. Não é o suficiente. Eles vão prosseguir com o julgamento. Começa dentro de sessenta dias.

— Não. — Meu coração disparou. Se ao menos eu pudesse ter contado a eles sobre o sequestro. Confiei em Dash e em seus motivos. A última coisa que eu queria era que Marcus encontrasse algo que pudesse colocar Dash na prisão ao lado de Draven. Mas não pude deixar de sentir que, se tivéssemos relatado o sequestro, seria mais fácil para Draven ser absolvido.

— Temos tempo — Emmett disse. — Dois meses para provar que você é inocente.

— Mais do que isso — acrescentou Dash. — O julgamento vai demorar um pouco.

Só que estávamos em outro beco sem saída. A menos que pudéssemos encontrar meu sequestrador, não tínhamos nada para perseguir.

— Também tenho novidades — afirmou Leo. — A polícia vai liberar hoje. Minha fonte diz que encontraram um corpo carbonizado na cabana.

— Não. — Arfei. — Quem?

— Será que é o nosso cara? — Dash perguntou.

Leo deu de ombros.

— Não faço ideia. O corpo foi queimado até ficar crocante. Eles vão ter que procurar registros dentários para identificá-lo, mas acho que era o nosso cara. Talvez ele tenha corrido até lá, circulou de volta e se enfiou lá dentro. Começou o fogo, quem sabe. Mas se ele era o nosso cara, as chances de provar que ele assassinou Amina sem uma confissão são mínimas.

O corpo de Draven desabou contra a parede.

— Merda.

A sala ficou em silêncio.

— Pode não ser ele. O cara que me levou. Talvez ele tivesse outro amigo lá em cima. Talvez alguém que ele já havia matado. Quem sabe? Acho que ele provavelmente já estava morto, mas não temos certeza.

— Bryce está certa. — Dash desencostou da parede. — Todo mundo se protege. Algo sobre isso não parece certo. É muito limpo. Ele foi inteligente o suficiente para levar Bryce e Genevieve, mas depois se matou em um incêndio? Não se encaixa.

— Concordo. — Emmett se levantou de sua cadeira. — Vamos continuar procurando. Continuar pensando. Algo virá à tona.

Leo também se levantou.

— Porra, espero que sim.

— Até lá, vamos voltar ao trabalho — ordenou Dash. — Mostrar a quem quer que seja esse filho da puta que estamos seguindo em frente.

Ele acenou com a cabeça para que eu o seguisse até seu escritório. A mesa estava bagunçada e ele juntou a papelada, fazendo uma grande pilha no canto.

— É toda sua, linda. A menos que você queira ficar na oficina comigo. Posso colocá-la em uma bancada de ferramentas.

Eu sorri.

— Já fizemos isso antes, lembra? Tenho certeza de que foi assim que você me engravidou.

Ele riu, sentando-se na ponta da mesa. Então me puxou para os seus braços, para o único lugar onde eu me sentia segura no momento.

— Eventualmente, tudo isso vai acabar, certo? A vida voltará ao normal? — Ou um novo normal. Eu não queria voltar aos dias em que ele não estava na minha vida.

— De uma forma ou de outra. Ou descobrimos quem matou Amina ou... Ou Draven perderá sua liberdade.

Uma semana depois, Dash e eu já estávamos encontrando um novo normal.

Estávamos na oficina, trabalhando. Era assim que funcionávamos agora. Em turnos. Nós vínhamos para a oficina quando ele tinha que trabalhar. Eu me sentava em sua mesa, escrevendo em meu laptop. E sempre que eu precisava trabalhar no jornal ou ir a algum lugar da cidade para uma entrevista, ele era meu ajudante silencioso.

Dash não me perdia de vista e, estranhamente, eu não me sentia sufocada. Eu me sentia protegida. Amada.

Amada.

Se meu novo horário incomodava papai, ele não comentava. Ele e mamãe estavam tão felizes por terem um neto que ele não se importava com o que eu fazia o dia todo, desde que eu criasse *seu futuro repórter*.

Depois de uma longa conversa, Dash e eu decidimos não contar a meus pais sobre o sequestro, principalmente porque isso os aterrorizaria. Eles temeriam que isso pudesse acontecer de novo e não precisávamos de nenhuma atenção extra. O que incluía deletar minha história sobre os Tin Gypsies.

Meu arquivo de backup – aquele que escrevi para o caso de Dash me trair – foi para o lixo para sempre. Os fantasmas do antigo Moto Clube Tin Gypsy descansariam em paz.

E eu ia publicar histórias divertidas por um tempo. Deixaria Willy lidar com as matérias policiais semanais da polícia por alguns meses. No momento, eu estava trabalhando em uma história sobre um dos formandos do ensino médio de Clifton Forge que iria para Harvard no outono. Notícia emocionante para a nossa pequena cidade. O rosto do menino na primeira página estava cheio de esperança e admiração.

Cliquei em salvar no rascunho final, enviando-o para a unidade compartilhada, enquanto meu celular tocava. Quando o nome de Genevieve apareceu na tela, pisquei duas vezes, sem acreditar que era realmente ela.

— Oi — respondi, levantando-me da mesa porque não conseguia ficar parada. — Você está bem? Tenho estado tão preocupada.

Não havia um dia em que eu não mandasse algumas mensagens e ligasse pelo menos duas vezes. Sempre sem resposta.

— Sim. Desculpe. — Ela suspirou. — Estou bem. Eu só tinha que sair de lá.

— Eu certamente posso entender isso. — *Só que você pode estar em perigo.* Segurei a bronca que eu realmente queria dar. — Estou muito feliz em receber sua ligação.

— Sim. Escute. — Ela fez uma pausa. — Eu queria saber se você poderia me fazer um favor.

— Claro.

— Estou aqui, em Clifton Forge.

— O quê? Você está?

— Algumas coisas estão acontecendo. Algumas, hmm... mudanças. De qualquer forma, antes que fique louca, você poderia me encontrar em algum lugar?

— Claro. — Eu não estava com o carro, mas daria um jeito. — Onde?

— No cemitério. Estou sentada no meu carro e não consigo sair.

— Oh, Genevieve. — Pousei a mão sobre meu coração. — Eu estarei lá. Apenas espere.

— Obrigada, Bryce.

Encerrei a ligação e gemi.

Dash vai adorar isso.

Vinte minutos depois, meu coração estava disparado quando Dash e eu entramos no cemitério.

Depois da minha ligação com Genevieve, fui até a oficina e contei a Dash sobre isso, sabendo muito bem que ele nunca me deixaria ir sozinha.

Estacionamos atrás de um sedã cinza com placa do Colorado. Respirei fundo quando desci da moto dele. Dez segundos depois, o ronco de outra moto ressoou pelo ar.

— Droga — murmurei ao ver Draven estacionando no cemitério. — Como ele sabia que estávamos vindo para cá?

— Emmett deve ter nos ouvido conversando e disse a ele depois que saímos.

Esta foi uma boa lição para lembrar de manter a voz baixa na oficina.

— Já é ruim o suficiente você estar aqui.

Ele fez beicinho.

— Nossa. Obrigado.

— Ah, você sabe o que eu quis dizer. — Gesticulei. — Ela precisa de uma amiga. Não de uma galera.

Sem mencionar que Dash ainda não gostava de Genevieve. Ele ainda não confiava completamente em seus motivos. Mesmo que ele acreditasse que ela era inocente e não tivesse participado do meu sequestro, acho que a imagem dela apontando uma arma para a minha cabeça ficou gravada para sempre em seu cérebro.

— Você pode observar daqui? — perguntei. — Eu não vou pra longe.

— Vou junto. — Ele se moveu para se levantar, mas coloquei as mãos em seus ombros, forçando-o a se abaixar.

— Ela veio aqui para ver o túmulo da mãe, Dash. Você, de todas as pessoas, deveria ser capaz de entender a perda de uma mãe. Deixe-me a sós com ela. Me deixe ajudá-la a passar por isso. Por favor?

Ele soltou um suspiro profundo.

— Tá.

— Obrigada. — Eu me inclinei e beijei sua bochecha.

Atrás dele, Draven estacionou e desligou a moto. Eu podia sentir sua expectativa a alguns metros de distância. Ele queria conhecer a filha, mas balancei a cabeça.

Ele teria que esperar.

Deixando-os em suas motos, caminhei até o sedã. Quando me aproximei, a porta se abriu e Genevieve saiu.

— Oi. É bom ver você. — Aquecida e vestida, não na floresta onde a via em meus pesadelos.

— Obrigada por ter vindo.

Nós nos abraçamos com força, como amigas que se conheciam há décadas, não dias. O abraço de duas pessoas que sobreviveram juntas ao impensável.

Quando nos soltamos, ela lançou um olhar para Dash e Draven.

— Eu tenho uma escolta. Desculpe. Dash está um pouco superprotetor no momento.

Seu semblante, se surpreso ou irritado, não revelava nada. Ela os observou com um olhar frio e apreensivo, como se estivesse se preparando para ser magoada.

Eu gostaria de poder prometer a ela que Draven não iria machucá-la. Mas eu não faria isso.

— Ignore-os. — Segurei a mão dela. — Isto é sobre você.

Genevieve assentiu e caminhamos pelo gramado, desviando de lápides até chegarmos a uma de granito situada sob um álamo alto. Um vaso de rosas amarelas havia sido colocado ao lado da lápide.

— Este lugar é bonito — comentei.

Ela simplesmente assentiu, enxugando os olhos antes que as lágrimas caíssem.

— Minha mãe não deveria estar aqui. Ela deveria estar sorrindo com uma amiga, rindo de um filme ou falando comigo ao telefone. Ela deveria estar em sua cozinha, fazendo os biscoitos da Chrissy.

— Biscoitos da Chrissy? — *Tipo... Chrissy Slater?*

— Sim. — Ela enxugou outra lágrima. — Aqueles biscoitos de chocolate que fiz no dia em que você foi para Denver. Era assim que mamãe sempre os chamava. Biscoitos da Chrissy. Acho que ela pegou a receita de uma amiga chamada Chrissy uma vez. Eu não a conhecia, mas os biscoitos são bons. Não importa agora.

Então Amina usou a receita de biscoito de Chrissy. Talvez algum dia esses biscoitos fossem algo com que Dash e Genevieve pudessem se conectar, algo para preencher a lacuna. Ou isso os separaria? Por enquanto, eu manteria as origens dessa receita para mim.

Apertei a mão dela.

— São bons biscoitos. Os melhores. E aposto que assim que publicarmos a receita com o memorial de sua mãe, toda a cidade também vai adorar.

— Eu espero que sim — ela sussurrou.

Ficamos ali, olhando para a lápide e para o nome de Amina escrito no mármore branco e cinza, até que um movimento chamou minha atenção. Draven estava pairando a cerca de seis metros de distância. Quando ele encontrou meu olhar, levantou a mão.

O movimento chamou a atenção de Genevieve também e seu corpo se retraiu. O aperto na minha mão se tornou quase doloroso.

Inclinei-me para perto.

— Você tem que conhecê-lo em algum momento.

— Tenho?

— Você acredita no que eu te disse? Que ele não matou sua mãe? Que ele é seu pai?

— De verdade? — Ela pensou por um longo momento. — Sim. Mas eu gostaria de não acreditar.

— Vou deixar vocês dois sozinhos. — Afastando-me, recuei em direção a Dash que esperava em sua moto. Draven se aproximou de Genevieve, dando-lhe um aceno desajeitado antes de enfiar a mão no bolso.

— Quase me sinto mal por ele — comentou Dash, quando cheguei ao seu lado.

— Você vai perdoá-lo?

Ele deu de ombros.

— Talvez. Talvez Nick esteja certo. Ele está fora de seu pedestal agora. Pode me dar uma chance de vê-lo como ele é.

— Ele está tentando corrigir seus erros — falei, observando enquanto Draven e Genevieve se afastavam. Eles se encaravam, mas ela tinha os braços cruzados sobre o peito, indicando claramente que ele estava perto o suficiente. — Vamos deixá-los em paz.

Dash assentiu, nos levando de volta para a oficina depois de um rápido desvio no McDonald's para pegar alguns hambúrgueres e batatas fritas para a galera. Atravessamos o estacionamento, cada um carregando sacolas de papel.

— Quase perguntei a Presley se ela me emprestaria o carro dela para que eu pudesse ir encontrar Genevieve — confessei. — Mas pensei que você poderia ter um aneurisma.

Ele riu.

— Eu teria. Faça-me um favor? Não me provoque um ataque cardíaco antes de eu ter a chance de conhecer meu filho.

Eu sorri.

— Vou tentar.

— Porra, você me deixa louco. — Ele parou de andar e me puxou para seus braços. — Se alguma coisa acontecer com vocês, eu...

— Não vai. — Eu me inclinei para trás e segurei seu rosto com minha mão livre. — Eu vou tomar cuidado. Prometo.

Dash deu um beijo em meus lábios, seu toque firme, mas gentil.

Meu estômago roncou, forçando-nos a nos separar. Estávamos quase no escritório, mais do que prontos para comer, quando um conhecido sedã cinza estacionou atrás de nós.

— É a...

— Genevieve? — terminei.

Ela estacionou ao lado do escritório, bem em frente à escada que levava ao apartamento de Isaiah. Draven a tinha convidado? Ele não estava à vista.

— O que ela está fazendo aqui? — Dash murmurou.

— Talvez ela queira te conhecer?

Dash franziu a testa.

— Eu que não quero muito conhecê-la.

Dei uma cotovelada nas costelas dele.

— Seja legal.

Genevieve saiu do carro, seus olhos indo para a escada antes de se mover em nossa direção.

— Olá de novo.

— Oi. — Sorri. — Hmm, Genevieve, esse é Dash. Meu namorado e seu...

— Meio-irmão. Certo.

Dash ficou lá, sem dizer uma palavra. O silêncio foi ficando cada vez mais denso, até que finalmente não aguentei mais e dei uma cotovelada nas costelas dele. De novo.

Ele franziu o cenho, se embanando com as sacolas de papel para liberar uma mão e estendê-la.

— Oi.

Tão rapidamente quanto eles se tocaram, o aperto de mãos acabou. Dash apontou com o queixo para a oficina e foi embora, levando minhas batatas fritas com ele.

— Tenho trabalho a fazer.

Pelo menos eu tinha as sacolas com todos os hambúrgueres.

— Desculpe — disse a Genevieve.

— Duas semanas atrás, eu estava sozinha, tentando lidar com a perda da mamãe. Então fui sequestrada, descubro que tenho um pai em Montana que não sabia que eu existia e um meio-irmão que me odeia. Estou insensível a tudo neste momento.

Abri a boca para dizer que ela realmente tinha *irmãos*, no plural, mas decidi que poderia esperar outro dia.

REI DE AÇO

— Dash não te odeia. Ele simplesmente não teve muito tempo para pensar nisso.

— Não importa. — Ela baixou a cabeça. — Nada importa.

Antes que eu pudesse dizer qualquer coisa, um par de passos desceu as escadas.

Meus olhos se arregalaram.

— Isaiah? Onde você esteve? Pensávamos que você tinha ido embora.

— Eu tinha. Agora estou de volta.

Fazia uma semana que ele havia sumido, desde o dia do resgate na montanha. Sem mensagens. Nenhuma ligação. Ele tinha apenas... desaparecido. Dash sabia que ele estava de volta?

Isaiah chegou ao último degrau e olhou para Genevieve.

— Oi.

— Oi. — Ela ergueu a mão como se fosse cumprimentá-lo, mas mudou de ideia e colocou uma mecha de cabelo atrás da orelha.

— Hmm, como foi a viagem? — perguntou Isaiah.

— Longa.

As placas do Colorado. Eu não tinha pensado no cemitério, supondo que ela tivesse acabado de alugar um carro, mas este devia ser dela. Por que ela dirigiria até Montana? Devia ser uma viagem de pelo menos oito horas. Talvez mais.

— Eu ajudo a levar suas coisas. — Isaiah caminhou em direção ao carro dela.

Coisas? Genevieve o seguiu, cabisbaixa, enquanto Isaiah abria a porta traseira. O banco estava cheio de caixas e malas. Dentro do bagageiro havia mais.

— Você vai ficar? — perguntei.

Genevieve e Isaiah trocaram um olhar cheio de segredos. Ela assentiu e Isaiah pegou uma mala e uma mochila, levando-as escada acima. Ela seguiu com uma caixa.

Nenhum dos dois respondeu à minha pergunta.

— O que está acontecendo? — Dash perguntou, se postando do meu lado. — Aquele era o Isaiah?

— Sim. E não faço ideia. Genevieve e Isaiah desapareceram escada acima. — Mas se eu tivesse que adivinhar, diria que Genevieve está se mudando para o apartamento dele.

Ele olhou para mim, tão confuso quanto eu.

— O que aconteceu naquela montanha?

CAPÍTULO VINTE E OITO

BRYCE

— Bom dia. — Eu me arrastei até a cozinha, descalça, vestindo o moletom de Dash. Ele me envolvia, bem folgado em meus ombros. As mangas passavam das pontas dos meus dedos. Usá-lo era como ter meu próprio casulo Dash.

Eu o levaria comigo assim que fosse para casa.

Não que tivéssemos falado sobre eu ir embora. Nos três dias desde que Genevieve se mudou para o apartamento de Isaiah, eu praticamente me mudei para a casa de Dash.

— Oi, linda. — Ele atravessou a cozinha de onde estava parado ao lado da cafeteira. — Como você está se sentindo?

— Melhor. — Bocejei quando ele me puxou para seu peito. — Obrigada por me deixar dormir até tarde. Eu precisava disso.

— Você apagou.

— Verdade. Eu nem ouvi você roncar ontem à noite.

Ele riu.

— Não ronquei porque estava com meu travesseiro.

— Você tem um travesseiro anti-ronco especial? — Inclinei-me para olhar seu rosto.

— Não é um travesseiro anti-ronco, apenas um travesseiro decente.

Meus olhos se arregalaram.

— Você acha que meus travesseiros não são decentes?

Dash sorriu.

— Admita, minha cama é melhor que a sua.

— Não quero. — Sorri e me aninhei de volta em seu peito.

Era sexta-feira, o dia normal de folga de Dash, mas ele planejava ir para a oficina mais tarde. Mesmo que ele tivesse muito trabalho a fazer, implorei por uma manhã preguiçosa. Algum tempo para dormir até tarde e ficar no chuveiro. Eu queria aproveitar alguns momentos de silêncio, como este, quando as perguntas não respondidas das últimas seis semanas eram deixadas de lado.

— Isso é bom — sussurrei.

Ele beijou o topo da minha cabeça.

— Concordo.

Ficamos assim, aconchegados um ao outro, até meu estômago roncar e nos forçar a nos separar.

— Café da manhã? — Ele foi até a geladeira. — O que vai ser hoje? Mais cereais? Ou posso fazer ovos fritos com bacon.

Franzi o nariz. Só de pensar no cheiro de ovo frito e gordura de bacon fez meu estômago sensível revirar. Eu precisava de algo leve. Os carboidratos eram meus amigos pela manhã.

— Cereal, por favor.

— Cereal — resmungou, mas pegou uma tigela para mim e outra para ele.

Sentamo-nos em uma mesa personalizada em estilo rústico na sala de jantar ao lado da cozinha. Parecia uma mesa de piquenique chique com cadeiras em vez de bancos.

— Alguma notícia do seu pai? — perguntei.

Ele balançou a cabeça, engolindo.

— Nada. Mas se algo acontecer, ele vai ligar.

— Droga. — Nós tentamos tanto provar que Draven era inocente. Agora parecia que quem quer que tivesse orquestrado tudo isso venceria.

Eu odiava perder.

Dash também.

— Genevieve mandou uma mensagem de volta pra você? — ele perguntou.

— Não. — Larguei a colher na tigela de cereal. Ela estava começando a me irritar com seu silêncio.

O que quer que estivesse acontecendo entre Isaiah e Genevieve, eles não falavam. Ela havia se mudado para o apartamento dele, e havia rumores de que ele havia passado uma ou duas noites no motel.

Ele perguntou a Dash se poderia manter seu emprego, desculpando-se por faltar sem dizer uma palavra. Dash, era claro, havia lhe dado uma folga e o deixado ficar porque Isaiah era um cara legal e um bom mecânico. Eu esperava que Dash tivesse mais sorte com Isaiah do que eu tive com

Genevieve, mas Isaiah era indiscutivelmente pior quando se tratava de se abrir. Ele vinha à oficina todos os dias, trabalhava duro com o mínimo de palavras possível e saía assim que seu turno terminava.

Enquanto isso, Genevieve saía todas as manhãs quando chegávamos à oficina e só voltava depois de sairmos à noite. Ela também não estava retornando minhas ligações ou mensagens de texto.

Ela responderia eventualmente. Eles não poderiam manter seu segredo para sempre, poderiam? Em algum momento, eles teriam que nos contar o que havia acontecido naquela montanha.

Mas, por hoje, eu tiraria isso da mente.

Terminei meu cereal, então voltei meu olhar para a enorme janela panorâmica que dava para o quintal de Dash. O sol estava brilhando. A grama era verde. Sob um céu azul brilhante, era um canto pacífico do mundo.

Dash tinha um amplo deque com sua banheira de hidromassagem de um lado. O gramado era imenso, com uma cerca alta de privacidade para mantê-lo aconchegante, embora ele não tivesse vizinhos. Um campo aberto ficava atrás de seu quintal. Havia um pequeno riacho fluindo no meio e um bosque exuberante de árvores.

— Quantos acres você possui? — perguntei a Dash.

— Vinte. Eu queria uma distância dos vizinhos.

Era isolado, mas não remoto. Perto da cidade por conveniência, mas longe da agitação.

— Você comprou esta casa? Ou construiu?

— Foi construída há cerca de três anos.

Eu me levantei da mesa, levando a tigela para a pia da cozinha, então caminhei lentamente pelo corredor que ia na direção oposta de seu quarto. Explorei um pouco enquanto estive aqui, mas hoje eu queria mais do que um olhar superficial para me orientar.

Os corredores eram largos, as portas lisas e brancas. Os pisos eram de madeira escura com tapetes em alguns cômodos para torná-los mais acolhedores.

— É muito... estilosa — eu disse a Dash enquanto caminhava, ele logo atrás. — Não é o que eu esperava de você.

— Eu gastei a porra de uma fortuna para trazer uma *designer* aqui para torná-la *estilosa*. Principalmente, eu queria uma casa que durasse e fosse confortável. Algumas das coisas que ela escolheu eu tive que vetar, mas, fora isso, acabou dando certo. — Ele se postou atrás de mim, envolvendo meus ombros com os braços fortes.

Tracei meus dedos ao longo de uma tatuagem na parte interna de seu pulso. Era a única tatuagem sobre a qual eu ainda não havia perguntado, uma data em letras pretas.

— O que é essa tatuagem?

— Aniversário da minha mãe. Foi a minha primeira tatuagem. Fiz quando completei dezoito anos. Comemoro esse dia todos os anos. Faço um bolo de chocolate. Compro velas.

— Aposto que ela adoraria isso.

— Sim. — Ele pressionou sua bochecha no topo da minha cabeça. — Que bom que você está aqui.

— Eu também estou achando. Eu gosto da sua casa.

— Ótimo. — Ele me abraçou com mais força, então me soltou para me virar. — Venha conferir.

Nós nos viramos e recuamos pelo corredor, indo em direção ao quarto dele no lado oposto da casa. Mas em vez de entrar em seu quarto como eu esperava, ele abriu uma porta para o escritório do outro lado do corredor.

A escrivaninha no canto estava vazia, nada parecido com a bagunça que ele tinha na oficina. A janela lateral dava para a frente da casa. Do lado de fora da janela havia um arbusto cheio de flores brancas.

Dash caminhou até o meio da sala.

— Que tal isso para um quartinho de bebê?

— Hmm... — Um quartinho de bebê? *Eu ouvi isso direito?* Eu esperava que ele oferecesse este quarto para o trabalho, não um quarto para o bebê.

Nós não tínhamos falado sobre o bebê durante toda a semana. Eu não queria forçar nada. Eu queria dar a ele – a nós dois – algum tempo para que a ficha caísse. Tínhamos meses para discutir sobre o assunto. Ainda nem sabíamos se teríamos um menino ou uma menina.

— Vou levar a escrivaninha e as coisas para um dos quartos vagos. Ou lá embaixo. Eu não uso muito de qualquer maneira. Podemos comprar um berço ou o que você quiser. Fica do outro lado do corredor do nosso quarto. E...

— Espere. — Coloquei a mão na parede quando a sala começou a girar. — Quartinho de bebê? Nosso quarto? Você quer que eu more aqui?

— Nós vamos ter um filho.

— Sim, mas isso não nos obriga a morar juntos.

— Então que tal você se mudar pra cá porque eu te amo?

Sério, meus ouvidos não estavam funcionando direito hoje.

— Você me ama?

— Cada dia mais. — Ele se aproximou e segurou meu rosto entre as mãos. — Pense em como estarei louco por você quando tivermos noventa anos.

Uma risada escapou dos meus lábios.

— Insano. Eu também te amo.

— Ótimo. Isso tornará mais fácil ser seu colega de quarto.

Eu sorri ainda mais.

— Vamos mesmo fazer isso? Morar juntos? Ter um bebê?

— Vamos, sim, fazer tudo isso. Morar juntos. Ter um bebê. Casar.

— Casar? — Quem é você e o que fez com Kingston Slater? Eu tinha ido para a cama com Dash, um playboy durão, e acordei com um romântico. — Você acertou a cabeça com uma chave inglesa ontem? Você sabe que está me pedindo em casamento, certo?

— Sim. Você disse que queria ter um filho quando se casasse e sossegasse. A meu ver, temos cerca de sete meses para fazer isso acontecer. É melhor nos apressarmos.

Oh. Meu coração afundou. Dash não estava fazendo isso porque queria. Ele estava fazendo isso por mim.

— Dash, eu agradeço a oferta, mas não quero me casar porque você acha que é isso que eu quero.

— Então que tal por ser o que eu quero? — Sua voz era baixa, suave e sedosa. — Confie em mim, querida. Eu quero fazer isso com você. Diariamente. Daqui até o fim.

— Tem certeza?

— É a melhor ideia que tive na minha vida.

— Você não acha que vamos nos matar?

— Provavelmente. — Deu um beijo em meus lábios. — Isso é um sim?

Hesitei, fazendo-o suar antes de responder:

— Sim.

— Claro que sim. — Dash inclinou a cabeça para trás e riu. Então suas mãos se afastaram do meu rosto para me envolver em um abraço. Eu ri, agarrada a ele enquanto ele me levantava e me girava ao redor do cômodo.

Por muito tempo eu quis isso. Nunca teria imaginado que encontraria um lar – um amor – com o homem a quem pretendia expor. O inimigo. Um criminoso que roubou meu coração.

Todos os dias e noites idiotas que passei imaginando se acabaria virando uma solteirona foram em vão. O *timing* simplesmente não tinha chegado.

REI DE AÇO

Eu estava esperando pelo meu *King Gypsy*.

— E o bebê? — perguntei. — Você não queria filhos.

O sorriso de Dash suavizou, mas não desapareceu.

— Eu estou assustado. Nunca me imaginei com uma criança, mas se há alguém no mundo com quem eu gostaria de criar um bebê, é você. Apenas me impeça de estragar tudo, beleza?

Ah, Dash. Por que eu não tinha percebido isso antes? Ele não tinha medo *de* crianças. Ele estava com medo de arruinar as coisas. Mais uma vez, o tempo não estava do nosso lado. O drama de Draven provavelmente reforçava os medos de Dash.

— Eu tenho fé em você. Fé cega e inabalável. Você será um pai incrível, Dash.

Ele recostou a testa à minha.

— Vamos. Eu quero te mostrar outra coisa.

Dash pegou minha mão e me levou para fora do escritório. Passamos por seu quarto e pela sala de estar, depois contornamos a cozinha e seguimos por outro corredor espaçoso.

— Esta é uma casa de família — afirmei. — Se você não queria uma família, por que construir uma casa tão grande?

Ele encolheu os ombros.

— Pelo espaço. Para não me sentir preso. Passei muitas noites na sede do clube e morei em cima da oficina por um tempo. Quando finalmente estava pronto para me mudar, queria espaço. Uma academia em casa para não ter que ir para a cidade de manhã. Um escritório. Um *home theater* no porão. Não consegui encontrar nada para comprar, então mandei construir.

— Um santuário.

— Sim, mas há uma coisa que odeio aqui. — Ele me lançou um sorriso de parar o coração por cima do ombro. — Está muito quieto. Imagino que você e nosso bebê podem dar um jeito nisso para mim.

Eu comecei a rir. Considerando seus pais, não havia dúvida de que nosso filho seria barulhento e ousado.

— Faremos o nosso melhor.

— Obrigado. — Dash me levou até a garagem. Ele soltou minha mão enquanto caminhava até o grande cofre verde de armas na parede oposta, girando a combinação no mostrador até que a porta se abriu.

— Puta merda. — Meus olhos se arregalaram com o pequeno arsenal.

— Acho que estaremos seguros depois do apocalipse.

Tirou um envelope branco e fechou o cofre. A aba do envelope não estava lacrada e ele o abriu, tirando algo.

Bem, não era algo.

Uma aliança.

— Esta era da mamãe. — Ele segurou o anel em uma das mãos enquanto estendia a mão para a minha esquerda.

— É linda. — A aliança de ouro era fina e delicada porque a pedra solitária no centro era o destaque. Era um diamante de corte quadrado – simples e perfeito. A peça inteira era clássica, algo que eu teria escolhido para mim.

— Meu pai me deu isso alguns anos atrás. Ele comprou para ela no décimo aniversário de casamento, mas ela não usava muito. Ela preferia a aliança barata que ele comprou quando eles eram apenas dois jovens pobretões. Ele a enterrou com aquela. Deu-me isto porque o Nick já era casado. Disse-me que um dia eu poderia dar isso para minha *old lady*.

Eu estava perplexa. Pedi uma manhã para descansar e ele mudou as regras. Mas, mesmo em choque, não perdi essa última palavra.

— Que tal você nunca mais me chamar de *old lady*?

Dash riu, o som enchendo a garagem.

— Quer que eu fique de joelhos? Fazer isso certo?

— Não. — Sorri para ele, agitando o dedo para que ele deslizasse o anel no lugar. Eu não precisava do joelho dobrado, das palavras bonitas. — Você já acertou.

No momento em que a aliança foi colocada em meu dedo, Dash me puxou para um beijo. Sua língua entrou, exigente e deliciosa. De pé em uma garagem, o chão de cimento frio em meus pés descalços, nos beijamos até que o calor fosse demais para suportar. Então Dash me pegou e me carregou para sua cama.

Nossa cama.

Eu tinha que admitir que era melhor que a minha. O moletom foi arrancado. A calcinha deslizou pelas minhas pernas nuas. A calça jeans de Dash rapidamente desapareceu junto com a camiseta branca que se esticava em seu peito largo.

Nós nos movemos juntos, meus quadris envolvendo os dele, como amantes que estão juntos há anos, não semanas. Nós gozamos juntos, ele nu e pulsando dentro de mim, nossas mãos unidas e nossas bocas grudadas.

Juntos.

— Eu te amo — sussurrei em seu ouvido enquanto nos agarrávamos.
— Te amo, linda. — Ele se afastou, afastando o cabelo da minha testa, e sorriu. — Droga, mas essa vida vai ser divertida. E eu prometo, farei o certo por você.

Ele seria o melhor marido e pai que eu poderia ter sonhado ser possível.
— Você vai. — Eu sorri. — E você tem razão. Isso *vai* ser divertido.

EPÍLOGO

DASH

Um ano depois...
— Oi, amor.
— Oi. — Bryce sorriu quando entrou na sala, largando a bolsa no sofá antes de roubar Xander dos meus braços. Ela encheu suas bochechas e testa com beijos. — Como está o meu homenzinho?
— Ele está bem. — Entrelacei as mãos atrás da cabeça. — Acabou de comer e soltar um baita arroto.
— Ele tá rechonchudo. — Ela sorriu para nosso filho, que estava molinho. — Eu amo isso.

Xander Lane Slater tinha quatro meses e suas pernas e braços eram gordinhos. Ele também tinha uma papada incrível. Tomamos cuidado extra ao limpá-la durante o banho noturno para que não cheirasse mal.

Eu me levantei da poltrona, pegando a bolsa dela e o jornal enfiado dentro.
— Como foi esta manhã?
— Perfeito. Os jornais foram para a entrega. — Ela se acomodou na cadeira que eu havia deixado, balançando-se ligeiramente para frente e para trás. Xander dormiria em trinta segundos ou menos.

Exatamente como eu havia planejado. Ele estava indo para o berço e Bryce e eu íamos nos divertir no quarto.

Mas primeiro, eu tinha que ler o jornal.

Sentei-me no sofá, abrindo-o para ler a primeira página. Eu nunca me cansaria de ver o nome da minha esposa impresso. Era um sentimento de orgulho que eu esperava que nunca desaparecesse.

Bryce confessou não muito depois de termos ficado juntos que uma parte dela se sentiu um fracasso quando se mudou para Clifton Forge. Ela sonhava em fazer sucesso, ser a próxima âncora do noticiário noturno – não exatamente o mesmo que dirigir um jornal de cidade pequena. Mas então ela percebeu que aqui, escrevendo histórias sobre nossa cidade e seu povo, era onde ela deveria estar. Ela relatava as coisas boas que aconteciam em Clifton Forge e, ocasionalmente, as ruins.

Ela se responsabilizava pelos anúncios de nascimento e casamento, até mesmo escrevendo os nossos. Havíamos nos casado cercados por nossas famílias e amigos mais próximos ao entardecer, à beira do rio. Então tivemos uma festa incrível no *The Betsy* – ideia dela, não minha. Seu único pedido era que eles lavassem os banheiros primeiro.

Nós nos casamos um mês depois que eu a pedi em casamento para que a barriga não aparecesse. Esse foi seu único pedido real. Ela queria *apressar as coisas*.

Nick foi meu padrinho. E Genevieve a madrinha de Bryce.

Eu gostava de pensar que talvez a mamãe tivesse ajudado a mim e Nick a encontrar nossas esposas. Que onde quer que ela estivesse, ela estava olhando para seus filhos e havia enviado a eles as mulheres de que precisavam.

Incluindo minha irmã.

— Você levou uma cópia para Genevieve? — perguntei, enquanto examinava o artigo na primeira página.

— Sim.

— Como ela reagiu?

— Ela chorou — respondeu Bryce, baixando a voz. Xander estava completamente adormecido. — Mas ela precisava desse encerramento. Acho que ela está feliz com o resultado.

No jornal de hoje, Bryce havia escrito um artigo memorial para Amina, que ela redigiu por mais de um ano. Bryce estava pronta para publicá-lo semanas depois que Genevieve se mudou para Clifton Forge, mas minha irmã pediu para adiá-lo inúmeras vezes.

Ela não estava pronta para ler aquela despedida final. Depois de tudo o que aconteceu conosco no ano passado, eu não a culpava.

Fiquei orgulhoso por ela finalmente ter encontrado coragem para deixar isso acontecer.

— Ótimo texto, querida. — Dobrei o jornal.

— Obrigada. Embora você devesse estar se parabenizando também. Você praticamente leu tudo me espreitando enquanto eu escrevia.

— Eu não espreito.

Bryce revirou os olhos.

— E eu não deixo a roupa para você dobrar.

Talvez eu espreitasse.

No ano passado, mantive um olho constante em Bryce. Era raro ela ir a algum lugar sozinha e, mesmo assim, eu tinha alguém vigiando. Hoje, essa pessoa era Lane. Bryce não reclamou, nenhuma vez durante todo o ano, porque ela sabia que eu precisava. Eu precisava ter certeza de que ela estava segura e ela me deu isso. Mas ela precisava de liberdade. Viver sem me ver me preocupar em círculos.

Eu seria o primeiro a admitir que, depois que Xander nasceu, fiquei um pouco preocupado com segurança. O sistema que instalei em casa era melhor do que o que Emmett colocou no clube.

Mas eu não ia correr nenhum risco com minha família, não depois das perdas que sofri.

Talvez eu me soltasse eventualmente.

Talvez não.

Eu estava levando as coisas um dia de cada vez, fazendo o meu melhor para me tornar um pai decente. Bryce me dizia constantemente que eu era bom com Xander, mas as merdas estavam chegando. Eu faria algo errado e daria um passo em falso aqui ou ali.

Mas o que eu podia fazer era proteger o que era meu. Falhei uma vez quando Bryce foi sequestrada. Essa foi a primeira e a última vez.

— Ele apagou. — Bryce se levantou da cadeira, acenando para que eu a seguisse até o quartinho do bebê.

Eu sorri, caminhando atrás dela pelo corredor. Na porta do quarto de Xander, coloquei minhas mãos em seus ombros, inclinando-me para dar um beijo na pele nua de seu pescoço. Ela estava com o cabelo preso em um rabo de cavalo hoje. Xander tinha acabado de começar a agarrar as coisas e o cabelo dela era o que ele mais gostava de puxar.

Talvez eu o enrolasse em volta do meu punho também.

Quando sorriu por cima do ombro, o sangue correu para o meu pau. Estávamos nos esforçando para compensar aquelas seis semanas após o parto.

Bryce levou Xander para o berço e o acomodou. Seus braços imediatamente foram acima de sua cabeça. Então ela ligou a caixinha de música dele, o balanço suave das ondas do mar enchendo o cômodo. Ela saiu na ponta dos pés, fechando a porta silenciosamente.

Segurei sua mão, dando um puxão para o quarto, mas ela me parou.

— Espere. Eu preciso te perguntar uma coisa.

— O quê? — Meus olhos a examinaram da cabeça aos pés, me certificando de que nada estava errado. — Você está bem?

Ela mordeu o lábio inferior.

— Como você se sentiria sobre mais filhos?

— Uh... — Uma conversa profunda sobre nossa família não era exatamente o que eu planejava ter agora, mas agora fiquei pensativo. *Como eu me sentiria?*

Ter Xander era incrível. Mesmo para um bebê que comia e dormia durante o dia, ele era incrível. E quando ele ficasse mais velho, podíamos fazer coisas juntos como jogar bola no quintal ou construir uma casa na árvore ou construir um kart para correr como os que eu fazia quando criança. Isso seria incrível.

— Bem — respondi, surpreendendo a nós dois. — Muito bem.

— Ufa. — Seu corpo relaxou e seu sorriso se tornou mais largo. — Ótimo. Estou grávida.

— É... o quê? — Enfiei um dedo no ouvido, limpando-o. — Você está grávida? Já?

— Pelos exames que fiz hoje de manhã, sim. Quero dizer, parei de amamentar e não tomei a pílula. Tenho o pacote para começar na próxima semana, mas não pensei que pudesse acontecer tão cedo.

Grávida. Eu ainda estava com medo? Definitivamente. Mas desta vez, eu não ia deixar o choque de seu anúncio me afastar. Então passei meus braços ao redor dela, respirando em seu cabelo.

— Te amo.

— Também te amo. — Ela se derreteu em meu peito, os braços serpenteando pelas minhas costas. — Eu tinha certeza de que você iria pirar.

Eu ri.

— Não dessa vez. Nós vamos arrasar com essas crianças.

Bryce se afastou, ficando na ponta dos pés para um beijo.

— Claro que sim, nós vamos mesmo.

Por favor, siga adiante para uma prévia de Cavaleiro Partido, livro dois da série CLIFTON FORGE.

CAVALEIRO PARTIDO

GENEVIEVE

— Estou desapontado.

Eu levaria um tapa na cara qualquer dia por causa dessa afirmação. Foi especialmente agudo e doloroso hoje, vindo do Sr. Reggie Barker, um homem que eu considerava um mentor e herói profissional.

— Sinto muito, Reggie.

Meu chefe – ex-chefe – suspirou do outro lado da linha.

— Dada a forma como você escolheu deixar a empresa, não posso lhe dar uma referência.

Estremeci.

— Ah, hmm... tudo bem.

Reggie sentiu que dar uma semana de aviso-prévio em vez de duas era uma afronta. Não importava que eu tivesse trabalhado como assistente jurídica nos últimos quatro anos, que fosse a primeira pessoa a chegar à firma todas as manhãs e a última a sair todas as noites. Não importava que, embora os assistentes jurídicos da empresa pudessem estudar para os vestibulares durante o horário de trabalho, eu deixava todos os meus estudos para casa, garantindo que cada minuto do meu dia de trabalho fosse dedicado a ajudar Reggie.

Eu desisti de fazer o vestibular quatro vezes porque ele me alertou para estar *pronta* – afirmou de uma forma sutil que não achava que eu estava.

Eu confiava nele. Valorizava sua opinião acima de todas as outras na firma. Dei a ele tudo o que tinha para dar e, aparentemente, não era o suficiente.

Eu também fiquei desapontada.

Só liguei esta manhã porque esqueci de deixar a chave do meu escritório para trás. Agora eu gostaria de ter simplesmente enviado com apenas um bilhete.

— Boa sorte, Genevieve.

— Obrigada...

Ele desligou o telefone antes que eu pudesse terminar. Vinte e sete já estava me tornando um desastre.

Feliz aniversário para mim.

Coloquei o celular de lado e olhei pelo para-brisa para a loja à frente. Eu estava estacionada em frente a uma pequena loja de roupas na Avenida Central. Era a única loja em Clifton Forge, Montana, que vendia roupas femininas além do depósito de suprimentos agrícolas.

Clifton Forge.

Minha mãe fez o ensino médio aqui. Meus avós, duas pessoas a quem não conheci, morreram em um acidente de carro e foram enterrados aqui. Seis semanas atrás, a cidade de Clifton Forge não passava de uma nota de rodapé na história da minha família.

Então mamãe veio para uma visita e foi cruelmente assassinada no motel local.

Agora Clifton Forge não era apenas uma mancha sombria no passado, era também minha casa no futuro previsível.

Eu ansiava por estar em casa em Denver, dirigindo por ruas familiares para lugares familiares. O fascínio da estrada tinha uma forte atração. Na viagem de carro do Colorado, fui tentada mais de uma vez a dar meia-volta e nunca mais olhar para trás. Para correr e me esconder.

Exceto que fiz uma promessa a um completo estranho, um homem que conhecia há apenas algumas horas. Eu não quebraria minha promessa.

Não depois do que Isaiah tinha feito por mim.

Então aqui estava eu, em Clifton Forge.

Por meses. Anos. Décadas. *Pelo tempo que for preciso.* Eu devia a Isaiah.

A sensação de enjoo que tive por dias aumentou, a bile subindo pela garganta. Engoli em seco, não querendo pensar em uma vida inteira condenada a Montana. Não tive tempo de pensar nas possibilidades – nas consequências – do que estava para acontecer. Eu deveria encontrar Isaiah ao meio-dia, o que me deu apenas duas horas para me preparar. Então enrijeci a coluna, acalmei os nervos e saí do carro para fazer algumas compras.

Eu me recusei a usar jeans hoje.

Na última semana, empacotei tudo no meu apartamento em Denver, assim como fiz com a casa da minha mãe, embora desta vez não tenha sido tão devastador. Ainda assim, doeu e chorei toda vez que fechava uma caixa com fita adesiva. Toda essa mudança, toda essa perda – eu estava me afogando.

A maioria dos meus pertences mais volumosos tinha ido para o depósito. Alguns foram embalados para despachar. E o resto estava enfiado no meu Toyota cinza de quatro portas, que dirigi do Colorado para Montana ontem.

Muito exausta, tentando fazer as malas e terminar a última semana de trabalho, não pensei em levar um vestido. Talvez fosse meu subconsciente protestando contra as núpcias de hoje.

Mas, gostasse ou não, este casamento estava acontecendo, e eu não usaria jeans.

Especialmente no meu aniversário.

Eu tinha tomado um cuidado extra com a maquiagem esta manhã. Lavei e arrumei meu cabelo grosso e castanho usando o caro modelador de cachos que mamãe comprou para mim no ano passado.

Foi o último presente de aniversário que ela me deu.

Meu Deus, sentia falta dela. Ela não estaria aqui hoje, para ficar ao meu lado enquanto cometia o maior erro da minha vida. Ela não estaria aqui em mais nenhum aniversário, porque um humano vil e perverso havia acabado com sua vida. Não era justo.

Mamãe foi assassinada, esfaqueada sete vezes, deixada para sangrar sozinha em um quarto de motel. Ela morreu, deixando para trás um rastro de segredos e mentiras que estavam arruinando sua bela memória.

Por quê? Eu queria gritar aos céus até que ela respondesse.

Por quê?

Eu estava tão brava com ela. Estava furiosa por ela não ter confiado em mim com a verdade. Por não ter me contado sobre meu pai. Que eu estava aqui nesta cidadezinha de merda por causa de suas péssimas escolhas.

Mas, caramba, eu sentia sua falta. Hoje, de todos os dias, eu queria minha mãe.

Lágrimas brotaram atrás dos meus óculos escuros e pisquei para afastá-las antes de entrar na loja de roupas. Coloquei o sorriso falso que estava usando há semanas.

— Bom dia — a balconista me cumprimentou, enquanto o sino soava sobre minha cabeça. — Por favor, sinta-se à vontade para olhar ao redor. Há algo em particular que você está procurando?

— Na verdade, sim. Preciso de um vestido e saltos altos.

Os calcanhares iriam doer. As solas dos meus pés estavam machucadas por correr pelas montanhas com os pés descalços. Mas eu suportaria isso hoje.

— Talvez eu tenha a coisa certa. — Ela saiu de trás do balcão onde estava dobrando um suéter. — Recebemos esse vestido verde-escuro ontem. Estou obcecada com ele. E vai combinar lindamente com o seu cabelo.

— Perfeito.

Desde que não seja branco.

Trinta minutos depois, eu estava em casa – um termo que usava vagamente –, porque minha residência temporária, este apartamento de merda localizado acima de uma oficina de merda em uma cidade de merda, definitivamente não era um *lar*. Coloquei meu novo vestido verde sem mangas, ajustando o decote em V profundo para que não aparecesse muita pele. Então fiquei na ponta dos pés no banheiro, tentando me ver no espelho. Quem mobiliou este lugar não parecia se importar com sua aparência da cintura para baixo.

Afivelei os saltos que comprei hoje também, desejando ter tido tempo para uma pedicure. Havia mesmo um lugar para pedicure em Clifton Forge? Em vez disso, vasculhei a bolsa em busca do frasco de esmalte rosa-choque que joguei lá semanas atrás para retoques de emergência. Passei outra camada e deixei secar. Havia tantas camadas agora que seria preciso uma britadeira para tirar tudo.

Afofei meu cabelo mais uma vez e passei uma nova camada de batom. O barulho da Oficina de Clifton Forge vinha do chão. O barulho de metal contra metal. O zumbido de um compressor. As vozes abafadas dos homens trabalhando.

Atravessando o estúdio, aproximei-me da única janela que dava para o estacionamento abaixo. Uma fileira de motos pretas reluzentes estava estacionada no limite da propriedade, alinhadas e igualmente espaçadas contra uma cerca de arame.

Meu meio-irmão tinha uma dessas.

Meu pai também.

Ele era o maior segredo da mamãe, um que só descobri por causa de sua morte. Será que ela teria me contado sobre ele eventualmente? Acho que não fazia diferença agora. Exceto algumas vezes quando criança e depois como uma adolescente malcriada, eu não tinha perguntado sobre ele. Não precisava de pai quando a tive como mãe.

Ela era tudo que eu precisava e muito mais. E agora ela se foi, me deixando para lidar com essa família de estranhos. Que outros segredos eu descobriria em Clifton Forge? Eles pareciam estar vazando das tábuas de seu caixão.

Um homem saiu da oficina, dirigindo-se a uma moto preta que não brilhava como as outras. Foi a única moto em que andei.

Isaiah. Um nome que vinha assombrando meus pensamentos há dias.

Seus passos eram longos e confiantes. Ele tinha uma graça em seu andar, uma facilidade na maneira como aquelas coxas fortes e quadris estreitos se moviam. Mas então vinha o baque, um peso cada vez que sua bota batia na calçada.

Parecia muito com pavor.

Eu poderia simpatizar com o sentimento.

Ele olhou por cima do ombro, seus olhos pousando no meu carro estacionado perto da escada que levava ao apartamento. Ele o encarou por um longo momento, então voltou seu olhar para a janela.

Não me incomodei em tentar esconder. Se ele pudesse me ver além das manchas de sujeira e água, não faria diferença. Logo, não haveria como escapar de seu olhar.

Era impossível ver a cor de seus olhos dessa distância, mas como seu nome, eles sempre faziam parte dos meus sonhos. E pesadelos.

Verde, marrom e dourado. A maioria os classificaria como avelã e observaria suas outras características de dar água na boca — as pernas longas, barriga rígida como pedra, braços esculpidos decorados com tatuagens e bunda linda. Mas aqueles olhos, eles eram requintados.

A espiral de cores era cercada por um ousado círculo de chocolate amargo. E embora o padrão fosse intrigante, o que os tornava tão dolorosos eram os demônios por baixo.

Não havia brilho. Sem luz. Eles estavam vazios.

De seu tempo na prisão? Ou de algo mais?

Isaiah me deu um único aceno de cabeça, então foi para sua moto, montando na máquina enquanto ela ganhava vida. Era a hora de ir.

Meu coração pulou na garganta. *Eu vou vomitar*. Engoli a saliva na boca e respirei pelo nariz, porque não havia tempo para isso. Era quase meio-dia.

Afastei-me da janela e voltei ao banheiro, arrumando as poucas coisas que havia deixado no balcão. Enquanto o resto do estúdio era totalmente aberto, o banheiro tinha uma porta, o que era bom, já que eu dividiria este espaço esta noite.

Então, com todas as minhas coisas guardadas em uma mala de viagem, arrisquei uma longa olhada no espelho.

Eu parecia bonita hoje, uma versão mais sofisticada do meu eu normal. De certa forma, eu parecia com a mamãe.

Droga, mãe. Maldita seja por não estar aqui. Por me obrigar a fazer isso sozinha.

Respirei fundo, não permitindo que a ameaça de lágrimas estragasse meu rímel. Empurrei esses sentimentos profundamente, para um lugar escuro onde eles ficariam até que eu pudesse suportar o colapso necessário. Agora não era esse momento, não importava o quão fodida minha vida tenha se tornado.

Primeiro, havia o meu trabalho. Ao pedir demissão, matei meu sonho de um dia me tornar advogada e trabalhar ao lado do grande Reggie Barker. Clifton Forge tinha advogados? Nesse caso, duvidava de alguém especializado em trabalho *pro bono* para mulheres vítimas de abuso. Certamente não havia uma faculdade de direito por perto. O que significava que se eu encontrasse um emprego, ficaria como assistente.

Adeus, emprego dos sonhos.

Em seguida, havia o meu apartamento, aquele que escolhi meticulosamente. Aquele pelo qual esvaziei minha conta poupança para comprar. Aquele que eu estava decorando aos poucos, com cuidado e paciência para escolher coisas que fossem perfeitas, não apenas coisas que preenchiam espaços vazios.

Foi uma agonia pensar em vender meu apartamento, especialmente enquanto estava presa em um apartamento tipo estúdio, e não do tipo chique. Bem, este era o tipo de solteiro com paredes brancas e rachadas e carpete bege velho.

Adeus, casa.

Adeus, vida.

Eu me arrastei para fora do banheiro, peguei a bolsa e me dirigi para a porta. Meus saltos batiam na escada de metal enquanto eu segurava o corrimão para manter o equilíbrio. Quando meus sapatos tocaram a calçada, corri para o carro, sem arriscar um olhar para a oficina.

Eu estava evitando meu meio-irmão, Dash, e sua namorada, Bryce, desde que cheguei ontem. Eles tinham perguntas sobre o que eu estava fazendo aqui. Sobre o porquê eu estava morando no apartamento de Isaiah. Quanto tempo ficaria.

Eu tinha respostas, mas ainda não estava pronta para dá-las.

Quando saí do estacionamento sem ser detectada, dei um longo suspiro e segui o GPS do meu telefone em direção ao centro de Clifton Forge.

Passei por um rio largo ao longo do caminho. Ele serpenteava ao longo da periferia da cidade, cercado por árvores que balançavam com a brisa.

O sol brilhava em suas correntes fluidas. As montanhas erguiam-se imponentes e azuis à distância. Era... pitoresco.

Talvez eu tenha sido um pouco dura em meu julgamento de Clifton Forge. Na verdade, tinha a mesma sensação campestre e tranquila de algumas das áreas rurais do Colorado, lugares que mamãe me levava para escapadelas de fim de semana. A oficina também não era tão ruim assim, mas chique, como as oficinas que você vê nos programas de TV de reparação de carros.

Talvez, com o tempo, eu conhecesse a cidade e seu povo e não me sentisse uma prisioneira.

Hoje não era esse dia.

Hoje era o primeiro dia da minha sentença.

Quanto mais perto eu chegava do meu destino, mais rápido meu coração disparava. Estacionando em uma das poucas vagas em frente ao tribunal de Clifton Forge, vasculhei meu console em busca de um punhado de moedas para encaixar no parquímetro. Eu não conseguia me lembrar da última vez que usei troco em vez do cartão de crédito para pagar o estacionamento.

Com no máximo duas horas – eu realmente esperava que não demorasse tanto –, subi as escadas que levavam ao prédio de tijolos vermelhos. Quando cheguei à porta, meus olhos avistaram uma forma familiar esperando e vacilei um passo.

— Ei. — Isaiah se desencostou da parede.

— Oi — respirei, enxugando as palmas das mãos suadas no vestido.

Ele estava com uma camisa preta de botão e um par de jeans, o mesmo que vestia na oficina. Eram jeans limpos, um pouco desbotados, mas lhe serviam muito bem. Ainda assim, eram jeans. Eu não tinha certeza do porquê isso me incomodava. Talvez eu devesse ter usado jeans também.

— O quê? — Ele olhou para si mesmo.

Desviei os olhos daquelas pernas longas, acenando.

— Nada.

— Você está bonita. — Ele passou a mão pelo cabelo castanho curto, evitando meus olhos.

— Obrigada. Você também.

Sua camisa preta estava abotoada até os pulsos, cobrindo as tatuagens em seus antebraços. A que estava atrás da orelha descia pelo pescoço antes de desaparecer sob o colarinho. Eu não tinha certeza se ele tinha alguma nas costas, pernas ou peito, mas cada um de seus dedos ostentava um desenho diferente. Dez pequenas tatuagens feitas de linhas e pontos, todas situadas nos nós dos dedos.

— Pronto? — perguntei.

Ele assentiu.

— Você tem certeza disso?

— Não temos escolha.

— Não. Acho que não.

Isaiah abriu a porta para mim, mas lá dentro ele assumiu a liderança, guiando-nos pelos corredores do tribunal, pelas placas de madeira penduradas nas paredes. O chão tinha sido polido recentemente e o cheiro avassalador de limão encheu meu nariz. Desaparecemos por uma série de curvas até chegarmos à porta com o brasão de *Escriturário do Tribunal Distrital*. Embaixo estava o nome de um juiz. Embaixo disso se destacava: *Juiz de Paz*.

Nós estávamos aqui. Estávamos realmente fazendo isso. Eu estava me casando com um estranho hoje. Eu estava me casando com o homem que salvou minha vida.

Hoje, eu retribuiria o favor. Eu o salvaria.

Isaiah cumprimentou a recepcionista na recepção, falando por nós dois, porque eu tinha esquecido como usar a língua. Fiquei ao seu lado, congelada e atordoada, esperando enquanto ele preenchia o formulário da certidão de casamento. Quando chegou a minha vez, minha mão tremia enquanto preenchia os espaços em branco.

— Vocês têm suas identidades? — perguntou a recepcionista. Ela pegou as duas junto com o formulário e apontou para a fileira de cadeiras atrás de nós. — Vocês podem se sentar.

Apertei os braços da cadeira enquanto me sentava, respirando fundo algumas vezes para impedir que a cabeça girasse. Não era assim que eu imaginava me casar. Isso não era especial. Eu estava com um vestido verde porque não queria usar branco quando esse casamento era uma farsa. Eu não sabia o nome do meio do meu noivo ou como ele gostava de ser beijado. Não sabia se ele bebia café ou em que lado da cama dormia.

Minha mãe não estava aqui para me levar até o altar.

O sangue bombeava alto em meus ouvidos e as marteladas em meu peito doíam. Eu nunca tive um ataque de ansiedade antes. Era isso o que eu sentia? Eu tinha sido sequestrada há pouco mais de uma semana e não tinha surtado. Se pude sobreviver a essa experiência, isso seria moleza.

É temporário. É apenas temporário. Eventualmente, nos divorciaríamos e eu estaria livre para me mudar para casa, no Colorado. Alguns anos aqui e então eu recuperaria minha vida. Eu poderia fazer isso por Isaiah.

— Nós não temos que fazer isso — ele sussurrou.

— Temos — insisti, encontrando a mesma determinação que tive quando sugeri o casamento em primeiro lugar. — Nós temos.

— Genevieve... — Meu nome soou tão suave em sua voz profunda. Cada sílaba foi espaçada uniformemente. Ele não se apressava como muitas pessoas faziam.

Encarei-o, encontrando aquele lindo olhar, e meu coração amoleceu. Isaiah era um homem bom. Um bom homem. Ele não merecia sofrer por causa dos erros da minha mãe.

— Vamos fazer.

— Isaiah e Genevieve? — O funcionário acenou para que subíssemos, deslizando uma certidão de casamento pelo balcão. — Está tudo pronto. Basta passar por ali.

Seguimos seu dedo por uma porta à nossa esquerda, encontrando um homem mexendo em alguns papéis em sua mesa de carvalho. Seus óculos estavam empoleirados no nariz. Sua cabeça era careca, exceto pelo halo de cabelo grisalho que ia de orelha a orelha.

— Os futuros Sr. e Sra... — ele examinou um papel na mesa — Reynolds.

Sra. Reynolds. Engoli em seco, então forcei um sorriso. Deveríamos estar apaixonados – um casal que se conheceu e se apaixonou no mesmo dia –, então deslizei minha mão na de Isaiah, ficando tensa quando o calor e os calos de sua palma atingiram a minha.

Ele não vacilou, mas seu corpo se contraiu.

— Vamos? — O juiz nos indicou o meio da sala. Ficamos na frente dele quando ele assumiu sua posição e nos deu um sorriso gentil. Se ele podia sentir nosso medo, não comentou. — Vocês têm alianças?

O pânico bateu forte. Em tudo o que fiz na semana passada, não pensei em comprar alianças.

— Eu, hmm...

— Aqui. — Isaiah tirou duas alianças do bolso da calça jeans. Uma delas era um aro simples. Não ouro ou prata, mas um cinza escuro, como titânio. E a outra era uma aliança fina de platina com um halo de pequenos diamantes no centro.

Minha boca se abriu.

— Não é muito. — Isaiah engoliu em seco, o constrangimento colorindo suas bochechas.

— É linda. — Apertei a mão dele, depois peguei a aliança. Linda de verdade. Os diamantes não eram enormes, mas não precisavam ser. Ele já tinha feito o suficiente. — Obrigada.

— Excelente. — O juiz sorriu. — Isaiah, Genevieve, por favor, deem as mãos.

Nós o fizemos, um de frente para o outro. O contato visual direto era fugaz na melhor das hipóteses. Eu me concentrei no nariz de Isaiah e sua larga ponte. Era um nariz admirável, forte e reto, encaixado perfeitamente entre aqueles olhos assombrados.

— Ao dar as mãos, vocês estão consentindo nessa união. Marido e mulher. Vocês estão prometendo honrar, amar e apoiar um ao outro. Você, Isaiah, aceita Genevieve como sua esposa?

Seus olhos encontraram os meus.

— Aceito.

— Você, Genevieve, aceita Isaiah como seu marido?

— Eu aceito.

Duas palavras e estava feito. Eu estava casada.

— Então, pela autoridade que me foi conferida pelo grande estado de Montana, eu os declaro marido e mulher. Desejo-lhes boa sorte em seu casamento, Sr. e Sra. Reynolds.

Casada.

Estava feito.

Isaiah estava seguro. Ninguém no mundo poderia me obrigar a contar o que havia acontecido naquela cabana nas montanhas. Porque agora, eu era sua esposa.

Voltei-me para o juiz, pronta para agradecer e depois fugir. Mas ele abriu a boca para uma última declaração que fez com que toda a cor desaparecesse do rosto de Isaiah.

— Isaiah, agora você pode beijar sua noiva.

AGRADECIMENTOS

Obrigada por ler *Rei de aço*! Sou muito grata por ter leitores tão incríveis.

Agradecimentos especiais à minha equipe de edição e revisão: Elizabeth Nover, Marion Archer, Julie Deaton e Karen Lawson. À Jennifer Santa Ana por ser minha guardiã de segredos. Obrigada, Hang Le, pela capa linda de *Rei de Aço*, original. E um muito obrigada a Danielle Sanchez, minha assessora de imprensa, por tudo que você faz.

Não posso agradecer o suficiente a todos os blogueiros incríveis que leram e divulgaram meus livros. Para Perry Street, obrigada por amar minhas histórias. Sua empolgação por elas enche meu coração!

E por último, obrigada aos meus amigos e familiares, que nunca param de acreditar em mim.

SOBRE A AUTORA

Devney é uma autora best-seller do *USA Today* que mora em Washington com o marido e dois filhos. Nascida e criada em Montana, ela adora escrever livros ambientados em seu precioso estado natal. Depois de trabalhar na indústria de tecnologia por quase uma década, abandonou as teleconferências e os cronogramas de projetos para desfrutar de um ritmo mais lento em casa com sua família. Escrever um livro, quanto mais muitos, não era algo que ela esperava fazer. Mas agora que descobriu sua verdadeira paixão por escrever romances, ela não tem planos de parar.

EPÍLOGO BÔNUS

BRYCE

— Por que achei que seria uma boa ideia? — Forcei outro sorriso enquanto a fotógrafa se posicionava atrás da câmera. Então, esperamos. E esperamos.

— Tire a porra da foto...

Clique.

Dash rosnou ao meu lado, o corpo retesado.

— Ah, que fofo! — A fotógrafa era uma mulher de vinte e poucos anos com um rabo de cavalo tão apertado que devia estar esticando células cerebrais. Ela entrou em nosso quarto de hospital esta manhã, com um sorriso irritantemente brilhante para as oito horas.

Eu a teria dispensado apenas pelo sorriso, exceto que ela pegou este fichário cheio de fotos de recém-nascidos e eu fui enganada.

Ela nos deu algumas horas para nos levantarmos e nos movimentarmos um pouco. Eu alimentei Zeke e as enfermeiras vieram para levá-lo para um banho. Então, tomei um banho morno, passando o mínimo de maquiagem e secando meu cabelo, bem a tempo de meus pais, Genevieve e Isaiah chegarem.

A fotógrafa, claro, havia escolhido aquele momento para voltar, com a câmera preparada.

Dash ficou quieto nas primeiras trinta fotos. Ele se sentou ao meu lado na cama enquanto ela torcia e virava Zeke em um milhão de posições diferentes.

Deus abençoe esse bebê. Ele teve que aguentar tudo isso.

Agora ele estava em meus braços, totalmente irritado – como seu pai – com o barulho e o caos. Seu rostinho estava ficando vermelho e com raiva. Pedimos uma foto da família.

Uma.

E demorou uma eternidade.

Eu estava segurando Zeke Draven Slater, um nome que tive que soletrar para ela três vezes, porque ela sempre escrevia errado no formulário de pedido. Dash estava lutando com Xander, de um ano, que queria continuar acariciando o emaranhado de cabelo escuro de seu novo irmão.

Continuamos sorrindo, a fotógrafa indo mais devagar do que qualquer ser humano na face da Terra. Minha mãe estava no canto, acenando e pulando como uma lunática para chamar a atenção de Xander para uma foto.

— Mais uma — disse a fotógrafa. — Que tal todo mundo?

— Cabemos todos? — perguntei.

— Claro! — *Deus, ela era escandalosa.*

— Vamos. Entrem aqui, pessoal — ordenou Dash.

Genevieve foi a primeira a correr, inclinando-se para sussurrar enquanto se sentava na beirada da cama:

— Desculpe, devíamos ter ligado primeiro.

— Tudo bem.

Isaiah estava atrás dela, com a mão apoiada em seu ombro. Meus pais se amontoaram ao lado deles. Papai se inclinou sobre nós, fazendo cócegas no queixo de Xander e fazendo-o rir.

Esse era um som que eu gostaria de poder engarrafar, enfiar em uma concha para que pudesse pressioná-la contra meu ouvido quando ele fosse adolescente e me lembrar de como sua risada soava.

Eu sorri para meu filho, então olhei para cima para encontrar os olhos de Dash focados em mim.

— Te amo — murmuramos ao mesmo tempo.

— Okay. Um. Dois. Três... — Era de se esperar um clique depois do três. Não com essa senhora.

Quatro. Cinco. Seis.

Clique.

A sala inteira suspirou, pronta para sair. Mas então uma batida veio e duas cabecinhas familiares entraram saltando pela porta.

— Oi. — Nick e Emmeline seguiram seus filhos até a sala. — Parece que temos a casa cheia.

— Vocês são da família? — perguntou a fotógrafa, sem esperar resposta. — Vocês deveriam entrar na foto também.

— Uh... — Nick olhou para mim.

Eu suspirei.

— Entrem. Vamos tirar essa foto. — A fotógrafa não iria embora até que ela considerasse esta sessão de fotos um sucesso.

Nick rapidamente ordenou que seu filho Draven e sua filha Nora pulassem na cama.

— É ele? — Nora veio em minha direção, apaixonada por seu novo primo.

Ela era assim quando Xander era um bebê. Então, gritou: — Ele é tão fofo!

— Okay, pessoal. Olhem para cá. Sorriam para a câmera — disse Emmeline aos filhos, sentando-se ao lado de Dash. Ela piscou para ele, então estendeu a mão para apertar meu joelho.

— Oi.

— Oi. — Sorri.

De alguma forma, eu tive sorte quando se tratava de cunhadas. Elas eram mais do que uma família extensa. Elas eram minhas melhores amigas.

— Ei, mana. — Dash se levantou para beijar a bochecha de Emmeline, então apertou a mão de Nick. — Ei, irmão. Que bom que vocês puderam vir.

Sorrisos se espalharam em ambos os rostos, seus olhos combinando cheios de alegria. Eu esperava que nossos meninos tivessem isso um com o outro também.

— Não perderia por nada — respondeu Nick, passando o braço pelos ombros de Emmeline. Ela soltou o longo cabelo ruivo e sorriu para o marido.

Eles estavam vivendo seu conto de fadas.

Eu também.

— Pronto — Dash falou para a fotógrafa.

— Beleza. Um segundo — disse ela, ajustando o tripé.

Um segundo se transformou em três minutos. Eu sei disso, porque observei o tique-taque do relógio o tempo todo.

— Jesus Cristo — Nick murmurou ao mesmo tempo em que Dash disse:

— Porra.

— Pronto. — A fotógrafa teria sorte de sair desta sala com vida. — Um. Dois. Três. Digam...

— Peidos!

Isso veio de Draven que tinha acabado de completar oito anos.

A sala inteira explodiu em gargalhadas, Nora rindo ao lado de seu irmão enquanto caíam em histeria ao pé da minha cama. Meus pais se abraçaram, papai rindo no ouvido de mamãe. Genevieve olhou para Isaiah enquanto ele sorria para ela. Emmeline parecia mortificada. Nick sorriu com orgulho, seu peito tremendo conforme um sorriso se estendia em seu rosto.

E Dash e eu olhamos um para o outro, rindo ao segurar nossos filhos.

Clique.

A The Gift Box é uma editora brasileira, com publicações de autores nacionais e estrangeiros, que surgiu no mercado em janeiro de 2018. Nossos livros estão sempre entre os mais vendidos da Amazon e já receberam diversos destaques em blogs literários e na própria Amazon.

Somos uma empresa jovem, cheia de energia e paixão pela literatura de romance e queremos incentivar cada vez mais a leitura e o crescimento de nossos autores e parceiros.

Acompanhe a The Gift Box nas redes sociais para ficar por dentro de todas as novidades.

 www.thegiftboxbr.com

 /thegiftboxbr.com

 @thegiftboxbr

 @GiftBoxEditora

Impressão e acabamento